サブリナ・ジェフリーズ/著

上中 京/訳

切り札は愛の言葉

A Hellion in Her Bed

扶桑社ロマンス

1367

A HELLION IN HER BED
by Sabrina Jeffries

Japanese translation rights arranged with
Pocket Books, a Division of Simon & Schuster, Inc.
through Japan UNI Agency, Inc., Tokyo

私の作家人生の最初から、ずっとかけがえのない存在であり続けてくれた二人の女性、スーパー編集者ことミッキー・ヌーディングと、スーパー・エージェントことパメラ・グレイ・アハーンに、感謝をこめて。あなたたちの魔法のおかげで、私はここまで作品を出し続けてこられました。

それから、クローディア・デイン、デブ・マーロウ、リズ・カーライル、キャレン・クレイン・ヘルムズ、レクサン・ベクネル。ありがとう、みんな——作家の友人として、あなたたち以上の人はいないわ。最後までやりとげることができたのは、みんなが共感してくれたからよ！

切り札は愛の言葉

登場人物

アナベル・レイク ――――― エール造りを行なう地方の旧家の令嬢
ジャレット・シャープ ―――― ストーンヴィル侯爵家の次男、天性のギャンブラー
ヘティ・プラムツリー ―――― ジャレットの祖母、ばばさまと畏怖される
辣腕のビール会社経営者
ヒュー・レイク ――――― アナベルの兄、レイク・エール社の経営者
シシー・レイク ――――― ヒューの妻
ジョージ・レイク ――――― 十二歳になるヒューとシシーの長男、愛称ジョーディ
ジャイルズ・マスターズ ――― ジャレットの親友
ジャクソン・ピンター ―――― ボウストリート・ランナー、捜査官ならびに私立探偵
ガブリエル・シャープ ―――― ストーンヴィル侯爵家の三男、愛称ゲイブ
ミネルバ・シャープ ――――― ストーンヴィル侯爵家の長女、小説家
セリア・シャープ ――――― ストーンヴィル侯爵家の次女
クロフト ――――――― プラムツリー・ビール社の書記
オリバー・シャープ ――――― ストーンヴィル侯爵、シャープきょうだいの長兄
マリア ――――――― オリバーの妻

プロローグ

英国、イートン
一八〇六年

　ストーンヴィル侯爵家次男である十三歳のジャレット・シャープは、これから過ごす地獄のような夜を思って、身震いした。馬車の窓から外を見ると、月が出ている。学校に到着する頃には、もう八時近くになるに違いない。その時刻には、生徒たちは寝台の並ぶ寮の大部屋に入り、扉の鍵《かぎ》がかけられる。そこから地獄が始まる。

　黒のクラバットの結び目を緩め、ジャレットは隣に座る祖母を見た。どう話せば、祖母は気持ちを変えてくれるのだろう？　六ヶ月前、ジャレットのきょうだいは全員、このばばさまに引き取られ、みんなで祖母のロンドンにあるタウンハウスに住むことになった。侯爵領のハルステッド館を離れて。あそこは、世界一の場所だったのに。

そしてビール醸造所への出入りも禁じられた。それまでは、ばばさまは自分の経営するプラムツリー・ビールへしょっちゅうジャレットを連れて行ってくれていたのだが、その代わりにこの地獄のような学校での寄宿生活を命じた。すべては、父上と母上が亡くなったせいだ。

悪寒《おかん》がジャレットの全身を駆け抜け、魂まで凍らせていく。どこかが麻痺《まひ》して、感覚が失われていく。何も食べられず、眠れず……泣くことすらできなかった。

自分はきっと悪魔の化身なんだ、ジャレットはそう思った。兄のオリバーでさえ葬式では涙を流していたのに。ジャレットも泣きたかった。しかし、涙が出てこなかった。夜になって、棺の中の父の姿が出てくる夢にうなされたあとも。

両親の死は新聞でも大きく取り上げられ、父の頭は銃弾で〝ぐちゃぐちゃにつぶれて〟いたと報道された。それがどんなふうなのかを考えてしまい、その想像図がジャレットの脳裏にこびりついて消えなかった。青白い顔で動かない母が棺に横たわる様子を思い出すだけでも辛いのに。母の胸は銃創を隠すように真っ白なドレスで覆われていた。父の棺は閉じられたままだった。中が見えないようにしてある意味を考えると、息苦しくなった。

「毎週必ず手紙を書くように、オリバーに伝えて。いいわね？」ばばさまが言った。

「はい、わかりました」ぐさっと、胸を突き刺されたような気がした。これまでは、自分がばばさまのいちばんのお気に入りだと思っていたのだが、今となっては自信がない。

「それからもちろん、あなたもよ」ばばさまが、やさしい声で付け加える。

「学校になんか行きたくない！」こらえきれなくなって叫ぶと、ばばさまが眉《まゆ》を上げた。ジャレットは急いで言い足した。「僕は家にいたいんだ。ばばさまと一緒に、毎日ビール醸造所に行きたい」

「まあ、まあ、ジャレットや――」

「いいから、聞いて！」ジャレットは膝《ひざ》に置いた喪装用の手袋をくしゃくしゃにしながら、いっきに話し出した。「ビール会社は、いずれ僕が継ぐようにって、じじさまが言ったじゃないか。ビール造りのことなら、もう何だって知ってる――麦芽の発酵のさせ方、大麦をどれぐらい焙煎《ばいせん》したらいいか、ちゃんと覚えたよ。それに僕は数字に強い。ばばさまだって、そう言ってたじゃないか。だから帳簿をきちんとつけて、事業の経営もできる」

「ごめんなさいね、そんなふうに思わせた私たちが悪かったのよ。私もじじさまも、あなたにビール造りへの興味を持たせるべきではなかった。あなたのお母さまは、息子をビール会社にかかわらせたいなんて思っていなかったわ。お母さまの遺志を尊重すべきなの。侯爵さまと結婚したのは、自分の子どもたちをもっと立派な人間にしたかったからなのだもの。醸造所で肉体労働をさせたかったわけじゃないのよ」

「ばばさまは醸造所で働いているじゃないか」

「そうしなければ生きていけなかったからよ。あなたたちを育て上げるためには、そうやってお金を稼ぐしかなかった。そのうち侯爵家の領地が大きな収入を上げるようになるでしょうけれど、それまでは私ががんばらないとね」

「僕がばばさまを助けるよ」ジャレットは、自分も家族のために何か役に立つことをしたかった。プラムツリー・ビールでの仕事は、誰がナイル川を横断したとか、ラテン語の動詞の活用を覚えるより、はるかに楽しい。学校で習う知識が、いったい何の役に立つのだ？

「あなたには世間で尊敬されるような職業に就いてもらいたいのよ。それが、私を助けることになる。立派な職業に就くにはイートン校を卒業しなければならないでしょ。あなたはれっきとした名門の生まれだから、たとえば法廷弁護士や、主教さまにだってなれるわ。ああ、あなた、軍人になりたいのかしら？　それなら、陸軍でも海軍でも構わないわ」

「兵隊なんかになりたくないよ！」どきっとして、ジャレットはそう叫んだ。銃を手にすると考えただけでも、吐き気がしそうだ。母が誤って父を銃で撃ち、そのあと、その銃で自殺したのだから。

その話は、いまだに納得できない。父上を自分の手で殺してしまったと知った母上が、悲しみのあまり自分を撃ったという部分だ。ばばさまが新聞記者にそう話したのだが、どう考えても腑《ふ》に落ちない。ただこの話は二度とするな、とばばさまに言われたので、疑問を口にすることはなかった。質問さえも許されなかったのだ。

母が自ら命を断った、と思うと、ひどく辛かった。五人の子どもを残して、どうしてこの世を去ったのだろう？　母が生きていれば、家庭教師を雇ってくれたかもしれない。それなら、ばばさまと一緒に醸造所に行けたのに。

考えると胸が詰まる。こんなの、あんまりだ。

「それでは、軍人はやめましょうね」ばばさまの声がやさしかった。「法廷弁護士はどうかしら？　あなたは洞察力の鋭い子だから、きっと法廷でも大活躍できるわ」

「法廷弁護士になりたいんじゃない！　僕はばばさまと一緒に、ビール会社を経営したいんだ」

ビール会社には、ひどい言葉を投げつけてくる者はひとりもいなかった。醸造所では、ジャレットも一人前の男として扱われた。醸造所の男たちは母を〝ハルステッド館の殺人鬼〟と呼んだりはしないし、オリバーに関する悪意に満ちた嘘《うそ》をまき散らしたりもしない。

気づくと、ばばさまがじっとこちらを見ていた。ジャレットは険しい表情を元に戻した。

「学校に行きたくないのは、喧嘩《けんか》と関係があるの?」ばばさまが心配そうにたずねる。「校長先生がおっしゃっていたわ。あなたがしょっちゅう喧嘩するから、毎週のように罰を与えなければならないって。何が原因で喧嘩になるの?」

「知らないよ」ジャレットはぼそりと答えた。

ばばさまの顔に、苦悩の色が広がる。「お父さまとお母さまのことで、他の子たちにいじめられているのなら、私が校長先生に話を――」

「だめ! ちくしょう、やめろよ」心の中をすっかり見抜かれて動揺したジャレットは、ついそう叫んでいた。校長先生にばばさまが話をする――絶対にだめだ。そんなことになれば、ますますひどくいじめられる。

「私の前で、汚い言葉を遣わないでちょうだい。それより、理由を聞かせて。ばばさまになら話せるでしょ? 学校に戻りたくないのは、そのせいなの?」

ジャレットは口を尖《とが》らせた。「僕はただ、勉強したくないんだ。それだけだよ」

ばばさまの鋭い視線が、探るようにジャレットの顔を見る。「つまり、あなたは怠けたいだけなの?」

ジャレットは何も言わなかった。怠け者だと思われるのならそれでいい。告げ口屋呼ばわりされるのだけは嫌だ。

ばばさまが、重々しく息を吐いた。「そう。でも、勉強したくないというだけでは、家に帰る理由にならないわ。男の子がじっと机に向かうのを嫌がることは承知しています。それでも、勉強は自分のためになるものなの。懸命に努力し、勉学に励めば、将来立派な人になれる。あなただって、将来立派なおとなになりたいでしょ?」

「はい」

「それなら、きっと立派な人になれるわ」ばばさまがちらりと窓の外を見た。「あら、もう着いたのね」

息が苦しい。学校に戻さないで、と泣いてでも頼みたい。しかし、ばばさまは一度決心すると、誰が何を言おうが考えを変えようとはしない。何より、ばばさまはジャレットには醸造所にいてもらいたくないのだ。誰もがジャレットのことを迷惑がる。もう自分は誰からも必要とされていない。

馬車を降りて校長室に向かい、ばばさまが手続きをしているあいだに、召使いが荷物を寮に運んだ。

「もう喧嘩はしないと約束してちょうだい」ばばさまが言った。

「約束します」心にもない言葉が口から出た。嘘をついたところで、それがどうだというのだ? 何もかも、どうだっていい。

「いい子ね、ジャレット。オリバーは明日到着するわ。お兄さまがいれば、あなたも安心でしょ?」

言い返したくなる気持ちを、ジャレットは懸命に抑えた。オリバー兄上はジャレットを守ろうと努力してくれる。しかし、オリバーだって始終そばにいてくれるわけにはいかない。いろいろな場所にすぐには駆けつけられない。十六歳になった兄は、同じ年頃の仲間とつるんでパブに出入りしてばかりだし、さらに今夜は、ジャレットひとりなのだ。

ああ、考えるだけでもぞっとする。

「さあさ、ばばさまにキスしてちょうだい。ここでお別れよ」

やさしい口調の祖母にきちんとキスしたあと、ジャレットは重い足を引きずって階段を上がった。寝台の並ぶ部屋に入ったとたん、すぐ後ろで扉に鍵がかけられる音がした。ジョン・プラットがゆったりとした足取りで近づいて来て、けだものが獲物をあさるように、ジャレットのかばんに手をかけた。

「今度は何を持って来てくれたんだ、ベビーフェイス」

赤ちゃん顔《ベビーフェイス》というあだ名が、ジャレットは大嫌いだった。ひげが生えそろわず、身長も低いので、プラットとその取り巻きたちが、いつもそう呼ぶのだ。十七歳のプラットは、頭ひとつ分はゆうにジャレットより大きく、また荒っぽい顔つきをしていた。

プラットはかばんから紙に包まれたアップル・ケーキを取り出すと、ジャレットに見せつけるようにして、真ん中からがぶりと食べた。ばばさまがくれたケーキなのに、そう思うと悔しくてならなかった。

「何だ、文句でもあるのか？」プラットが、ジャレットの顔の前にケーキを突き出してみせる。

文句を言って何になるのだろう。プラットとその仲間に、殴られるだけだ。そしてまた、校長先生から罰を受ける。

何か大切にしたいものができると、必ず奪われる。ケーキのことを気にしていると知られれば、事態は悪くなるだけだ。

「僕はアップル・ケーキが嫌いなんだ」嘘だった。「うちの料理人が、犬のおしっこを入れるから」

プラットが眉をひそめてケーキを見つめる姿に、ジャレットは満足感を覚えた。プラットは頭の悪い取り巻きにケーキをほうり投げた。こんなやつら、ケーキを喉《のど》に詰まらせればいいのに。

プラットがまたかばんの中を探っている。「こりゃ何だ？」取り出したのは、ジャレットが誕生日の贈りものとして父からもらったひとそろいのトランプ札《カード》だった。

金縁《きんぶち》の飾り箱を見たとたん、ジャレットは凍りついた。じょうずに隠しておいたつもりだったのに。両親の思い出を手元に置いておきたくて、衝動的に荷物の中に入れたのだ。

今度は気持ちを抑えておくのが難しかった。「そんなものを手にして、どうする気だ？」退屈しきった口調を気取る。「君の頭では、カード・ゲームなんかできっこないのに」

「何だと、生意気な！」プラットがジャレットのクラバットをつかみ、体を持ち上げた。息ができない。

呼吸を求めてジャレットがもがき始めたときだった。ジャイルズ・マスターズが現われ、プラットの手をジャレットのクラバットから引き離した。彼はカークウッド子爵家の次男で、オリバーの親友であるデイビッドの弟だ。

「こいつに構うなよ」ジャレットがぜいぜいと息をする横で、ジャイルズが言った。彼は十八歳で非常に背が高く、喧嘩にはめっぽう強い。

「構って悪いか？」プラットは引き下がろうとはしない。「構ったら、銃で撃たれるのか？　こいつの兄貴が侯爵になるために、自分の父親を撃ち殺したみたいにか？」

「ちくしょう、嘘ばっかり言うな！」ジャレットはこぶしを握りしめて叫んだ。

ジャイルズはジャレットの肩に手を置いて押し留め、プラットをいさめた。「挑発するようなことを言うな。それから、そのトランプを返してやるんだ。この僕に叩《たた》きのめされたいのか」

「おまえは大学入学試験を控えた身だからな、殴り合いの喧嘩なんてする気はないはずだ」プラットは落ち着きなく言ったあと、ジャレットのほうを見た。「そうだ、こうしよう。ベビーフェイスがトランプを取り戻したいのなら、僕とピケのゲームをするんだ。こいつが勝ったら返してやるよ。賭《か》けをするんだから、少しは金を持っているんだろうな、ベビーフェイス？」

「弟が賭けごとをするのを、オリバーは喜ばないはずだ」ジャイルズが言い返す。

「ほう、やさしい兄上だな、え？」プラットがにんまりする。「ベビーフェイスは、何でも兄上の言うなりってわけだ」

「いいかげんにしろよ、プラット――」

ジャイルズの言葉をジャレットがさえぎった。「金ならある」カードでの勝負の仕方なら、父の膝で学んだ。自分がカードに強いのもわかっている。ジャレットは胸を張った。「勝負しよう」

プラットは眉を上げ、床に座り込むとピケに使う三十二枚の札を選《え》り分け始めた。

「本当にいいのか？」ジャレットが宿敵プラットの前に座ると、ジャイルズがたずねた。

「大丈夫」

一時間後、ジャレットはトランプを取り戻した。二時間後、プラットから十五シリングをせしめた。夜が明けるまでには、ジャレットの勝ちは五ポンドになっていて、頭の悪いプラットとその取り巻きはただ悔しがるだけだった。
その後、ジャレットをベビーフェイスと呼ぶ者はいなくなった。

1

ロンドン
一八二五年三月

あの運命の日から十九年経ち、ジャレットはすっかり背が高くなり、喧嘩《けんか》になればどうパンチを繰り出せばいいかを覚えた。そして、まだ賭《か》けごとを続けていた。実際、カード勝負で生活費を稼いでいる。

ただ今日、トランプ札を手にしているのはただ気を紛らわせたいため。ばばさまのタウンハウスの書斎で、彼はテーブルに札を七枚並べた。

「こんなときに、よく賭けごとなんてしてられるわね」妹のセリアが、長椅子《ながいす》から声をかけた。

「賭けごとじゃない、ソリティアだ」ジャレットは穏やかに応じた。

「ジャレットは、いつだってそうなんだから」弟のゲイブが口をはさむ。「トランプ札を手にしていないと、心穏やかではいられないんだよ」

「正しくは、カードで勝っていないときは心穏やかではいられない、でしょ」もうひとりの妹、ミネルバが言った。

「それなら、今のジャレットはきわめて心穏やかじゃないだろうな。このところ負け続けだから」ゲイブが言った。

ジャレットは体を強ばらせた。弟の言葉が現実を思い出させる。派手な暮らしぶりも賭けごとでの儲《もう》けに頼っているだけに、問題としては深刻だ。

ゲイブは当然のように、負けのこんでいる兄をからかう。ゲイブはジャレットより六歳若い二十六歳で、癪《しゃく》に障ることこの上ない。弟はミネルバと同じブロンドがかった茶色の髪を持ち、母そっくりの色合いの緑の瞳《ひとみ》なのだが、その他には厳格だった母と似たところはまったくない。

「ソリティアで勝ち続けることはできないわよ。いかさまでもしないかぎり」ミネルバが言った。

「いかさまはしない」これは事実だ。ジャレットには、場に出た札をすべて記憶する能力があるだけだ。多くの者は、何が出たのかを覚えていられないのだ。

「ソリティアは賭けごとじゃない、さっきそう言ってたよな？」ゲイブが嫌味を言う。

まったく、腹立たしいやつだ。先日、馬車レースで腕を骨折する重傷を負ったのだが、それだけでは足りないのか、手の指をぽきぽき鳴らす。その音がジャレットの神経に障る。

「頼むから、ぽきぽき鳴らすのをやめろよ」ジャレットは弟に向かって怒鳴った。

「ぽきぽきって、これのことか？」ゲイブはそう言うと、わざとらしくまた指を鳴らした。

「そのぐらいにしておかないと、僕の指をおまえの顎《あご》にぶちこんで、音を立ててやるぞ」

「喧嘩はやめて」ばばさまの寝室の扉をちらっと見た、セリアの目が涙で潤んでいる。

「こんなときに喧嘩なんて。ばばさまが死ぬかもしれないのよ」

「死にゃしないわよ」どこまでも現実的なミネルバが言った。ジャレットより四歳年下の彼女には、セリアのように何ごとも大げさに考えるところはない。作家として、想像力のすべてを自分の書く作品で吐き出しているからだろう。

さらにミネルバは、ジャレット同様、祖母がどういう人物かをよく知っている。ここらが年齢の若いセリアとの違いだ。ヘスター・プラムツリーは不滅なのだ。祖母が病気だという話も、自分の筋書きどおりにものごとを運ぶための彼女の作戦なのだろう。

ばばさまから出された条件は、はっきりしていた——きょうだい全員が今年じゅうに結婚すること、さもなければ彼女の財産はいっさいきょうだいたちには入ってこない。ジャレット本人は、そんな条件なら真っ向から拒否しても構わないと思っていた。しかし、きょうだいたちまで生活に困るような目には遭わせられない。

兄のオリバーは祖母の条件に抵抗していたはずだったのに、やがてアメリカ人の女性と結婚してしまい、きょうだいを驚かせた。ところが祖母はそれでも満足せず、残りの全員の首を差し出せと言い続ける。そして祖母の出した期限まで、あと十ヶ月を切った。

そのせいでジャレットは、最近カードに集中できないのだ。祖母は簡単に考えているようだが、シャープ一族のスキャンダルと、きょうだいの放埒《ほうらつ》ぶりに動じることなく結婚してくれる女性はそう存在するものではない。だからこそジャレットは、これから弟と妹の面倒をみられるぐらいの財産を作ろうと大きな勝ちを狙《ねら》いにいってしまうようになった。ばばさまに、ざまみろ、と言えれば、どれだけすっきりするだろう。

しかし、どうしても金を稼ぎたいと考えながら賭けごとをすれば、絶望が待っているだけだ。ジャレットがこれまで勝ち続けたのは、結果を気にせず、冷静な判断力を失わなかったからで、そういう場合には、手元の札に集中できる。必死になっている人間は、感情に流されて危険を冒す。能力はあっても、それを発揮するまでもなく決着がつく。近頃はそういう状態が続いていた。

自分たちを無理やり結婚させたところで、ばばさまに何の得があるのだろう？　自分たちの両親と同じような惨めな男女ができるだけなのに。

だが、オリバーは惨めではない。

兄は運に恵まれただけだ。くだらない噂《うわさ》や陰口にも耐えられる女性を見つけたのだ。きょうだいの中から二人もそんな幸運に恵まれる可能性は、低い。それがあと四度となると、ほとんど皆無だ。運命の女神が同じほうを向いてほほえみ続けてくれるはずはない。それは、賭けでよくわかっている。

くそ、と小さくつぶやいて、ジャレットは部屋の中を歩き始めた。ハルステッド館の書斎と異なり、ばばさまの家は明るくて瀟洒《しょうしゃ》な雰囲気が漂う。家具は最新流行のもので、紫檀《したん》のテーブルには、でん、とプラムツリー醸造所の模型が置かれている。目にするのも、いまいましい。確かにばばさまは、このビール会社を長年独りで見事に経営してきた。だがその結果、ばばさまは他人の人生をも思いどおりにできると考えるようになったようだ。何でも、自分の意のままに支配しないと気が済まないらしい。ちらっと見ると、事務机の上に書類がうずたかく積み上げられている。七十一歳になったばばさまが、何もかも独りでやるのは無理だという証拠だ。それなのに、ばばさまは意固地になって、経営をまかせる人間を雇おうとはしない。

「ジャレット、オリバー兄さまには手紙を出したの？」ミネルバがたずねた。

「ああ。おまえが薬屋に行っているあいだに。召使いが郵便で出してくれたはずだ」

兄夫婦は新妻の親戚《しんせき》を訪ねて、アメリカへ旅立ったのだが、ジャレットとミネルバは相談の上、ばばさまが病気であることを知らせておくことにした。本当に深刻な状態であった場合、手遅れにならないように。

「二人でマサチューセッツを楽しんでいるといいわね。図書室での話のときは、オリバー、ひどく辛そうにしていたもの」

ミネルバの言葉に、ゲイブが答えた。「そりゃそうだろう。誰だって両親が死んだ原因を作ったのが自分だと思い込んでいれば、辛いよ」

これが、オリバーに告げられた二つ目の驚きだった。あの悲劇の日、兄が母と口論をし、それが引き金となって母は激怒し、父を追って家を出たという話だった。

「オリバーの言ったことは本当だと思う?」セリアがたずねた。「お母さまがお父さまを撃ち殺したのは、オリバーのせいなの?」事件当時、まだ四歳だったセリアは、事情をほとんど理解できていなかった。

しかし、ジャレットはじゅうぶん大きくなっていた。「違う」

「理由は?」ミネルバが追及してくる。

どこまで打ち明けるべきだろう? ジャレットには明確な記憶があり……

だめだ。根拠もなく犯人だと人を名指しすべきではない。その容疑者が、誰であっても。ただ、犯人が誰かということとは関係ない部分なら話せる。「父上はみんなとピクニックの場にいた。父上がつぶやいたのを、僕ははっきり覚えているんだ。『あいつ、いったいどこに行くつもりなんだ？』父上の視線の先を見ると、母上が馬に乗って、草地を突っ切っていくところだった。その先には狩猟小屋があった。そのときの光景が、僕の頭にこびりついている」

ジャレットの推理をゲイブが説明する。「つまり、母上が父上を捜しに出た——オリバーはそう主張しているわけだが、それならピクニックの場所に父上がいたのはわかっていたはずで、さらに狩猟小屋まで行く必要はなかった、そういうことだな」

「まさに、そうだ」

ミネルバが口元を強ばらせる。「だとすれば、ばばさまの説明が正しかったのかもしれないわね。お母さまは動揺していたので、独りになりたくて狩猟小屋に行った、いつの間にか寝入ってしまい、物音に驚いて銃を——」

「——撃ち、夫を殺したと知って、その銃で自殺した？」セリアがあとを引き取る。

「そんなの信じられない。どう考えても変だわ」

ゲイブが、何にもわかっていないんだな、といった眼差しを末の妹に投げかける。

「考えもせずに男を撃つような女性が存在するということが、おまえには信じられないだけだろ」

「そんな愚かなまねは、私なら絶対にしない」セリアが言い返した。

「だって、あなたには射撃への情熱があるし、健全な意味で銃への畏怖《いふ》を抱いているもの」ミネルバが妹に味方する。「お母さまには、どちらもなかった」

「そう、それよ。だからね、お母さまが深くも考えずに撃ったことが信じられないの。その日、生まれて初めて銃を手にしたわけでしょ？　人に向けて撃つかしら。おかしいと思わない？　そもそも、銃弾をどうやって装塡《そうてん》したの？」

全員があ然としてセリアを見た。

「なるほど、誰もそういうことについては考えもしなかったわけね」

「母上には、銃についての知識があったのかもしれないぞ」ゲイブが言った。「ばばさまは、ちゃんと銃が撃てる。確かに母上は、僕たちの前では銃を持つところを見せたことがなかったが、ばばさまから使い方は習っていたのかもしれない」

セリアが眉《まゆ》をひそめる。「ただ、もしオリバーの言うように、お母さまがお父さまを撃つつもりで外に出たのなら、誰かに頼んで装塡してもらった可能性もあるわ——たとえば、厩舎《きゅうしゃ》の者とか。その場合、ピクニックの近くの茂みにでもひそんで、お父さまがひとりになるのを待ちそこで撃てばよかったのよ。どうして独りで先に狩猟小屋に行ったの？　おかしいわ」

「厩舎の者の話が出たので、ふと思ったんだが」ジャレットも興味を持った。「母上は馬に乗っていたんだから、誰かに鞍《くら》をつけてもらわなければならなかったはずだ。厩舎の者なら、母上の行き先を聞いていたかもしれないし、何時頃出たのかも知っているはずだ。ひょっとしたら、どうして馬に乗って出かけるのか、母上が理由を口にした可能性もある。誰かに話を聞けば――」

「でも、厩舎の者は残っていないわ。オリバーがハルステッド館を閉めたとき、ほとんどの召使いは出て行ったから」話を聞ける可能性の低さを、ミネルバが指摘する。

「ああ、だから僕は、ジャクソン・ピンターを雇おうかと思っている。当時の召使いを捜してもらうんだ」

セリアが、ふん、と鼻を鳴らした。

「おまえはあの男が気に入らないようだが」ジャレットはセリアに向かって言った。「ボウストリート・ランナーの中でも、あいつは特に優秀だと評判だ」ピンターはきょうだいの花嫁、花婿《はなむこ》候補の身元調査をしてくれることになっているのだが、新たな依頼を引き受けてくれない理由もない。

そのときばばさまの寝室の扉が開き、ライト医師が書斎に入って来た。

「どうなんだ?」ジャレットはすかさず声をかけた。「君の診断は?」

「私たち、ばばさまに会えるかしら?」ミネルバがたずねる。

「実は、奥さまはジャレットさまに会いたいとおっしゃっています」ライト医師が言った。

ジャレットの体に緊張が走った。オリバーがいない今、ジャレットがきょうだいの中でもっとも年長になる。ばばさまは病気という触れ込みだが、その裏で何をたくらんでいるのか、あるいはいないのか、見当もつかない。

「ばばさま、大丈夫なの？」不安に顔を強ばらせ、セリアが言った。

「今のところは、ただ胸の痛みを訴えておられるだけです。たいしたことではない可能性もあります」ライト医師がジャレットを正面から見た。「ただ、しばらくは安静にして様子を見る必要があります。それなのに奥さまは、ジャレットさまとお話しするまでは、じっとしてはいられないと主張されるのです」きょうだい全員が立ち上がると、医師が制した。「お二人だけで」

ジャレットはぎこちなくうなずくと、ばばさまの部屋へ医師とともに向かった。

「奥さまを動揺させるようなことは、おっしゃいませんように」そうジャレットに耳打ちすると、医師は部屋を出て扉を閉めた。

祖母の姿を見て、ジャレットは胸が締めつけられるような気がした。確かに、普段のばばさまとは違う。ベッドに枕《まくら》を高く積み上げ、上体を起こしてもたれかかっているので、重篤な状態ではないようだが、顔色が悪い。

恐怖で息苦しくなったが、ジャレットはそんな気持ちを無視した。ばばさまはただ、体調がすぐれないだけ。その機会を利用して、他人を思いどおり操ろうとしているのだ。そんな作戦はオリバー兄貴には通用しても、僕には効果がないぞ、とジャレットは自分に言い聞かせた。

ベッド脇《わき》の椅子に座るよう無言で促されたので、ジャレットは警戒しながら腰を下ろした。

「あの医者の愚かなこと。最低一ヶ月は安静にし、ベッドから出るなと言うのよ」ばばさまが愚痴っぽくつぶやいた。「一ヶ月よ！　そんなに長いあいだ、会社を留守にはできないわ」

「体がすっかりよくなるまで、一ヶ月と言わず安静にしていないと」ばばさまが何をたくらんでいるかを正確に知るまで、うかつなことは言えない。

「このベッドで一ヶ月ものらくらしていられないわ。もし、誰か信頼できる人が会社の面倒をみてくれるのなら別だけど。私が信頼を置ける人、会社の経営に明確な関心を示し、滞りなくものごとを処理できる人でないと」

ばばさまの視線が鋭くなり、自分に注がれるのを感じて、ジャレットは凍りついた。なるほど、これがばばさまの計略だったわけか。

「あり得ないね」彼はさっと立ち上がった。「考えるだけでも無駄だ」これ以上ばばさまの思いどおりにされてたまるか。結婚の時期まで勝手に決められ――自分の人生のすべてをばばさまの思いのままにされるのは嫌だ。

　ばばさまは息を吸い込んだが、呼吸もたいぎそうだった。「昔はビール会社の経営をさせてくれって、必死で頼んできたことだってあるのに」

「大昔の話さ」あのときは何としても自分の居場所を見つけたかった。やがて、どこにいようが、運命は何の前触れもなく自分の居場所を奪い取っていくものだと悟った。将来の夢を口にするとぴしゃりとはねつけられ、あっという間に両親を亡くした。そして名門だったはずのシャープ家は悪い噂の中でしか語られなくなった。

　人生において確実なものなど何もない。だから、身軽なままでいるほうがいい。義理も責任も何の希望も持たず、いつもどこかに移動できるようにしておくのだ。失望感を味わうことなく生きるには、そうするしかない。

「いずれは、あなたがあの会社を受け継ぐのよ」

「今年じゅうに、僕たち全員が結婚できたら、だろ?」ジャレットは言い返した。

「それにもし、僕が受け継いだとしても、経営は誰かにまかせるよ。ばばさまも、とっくの昔にそうしているべきだったんだ」

　ばばさまの顔が曇る。「赤の他人に、大切な会社をまかせたくはないわ」

　昔から常に言い争う問題で、決着がつくことはない。

「あなたが嫌なら、会社はデズモンドに譲る」

ジャレットの心で、怒りが燃え上がった。デズモンド・プラムツリーは母方のまたいとこにあたり、シャープきょうだい全員に嫌われている。特にジャレットは、この男に対し憎悪に近い感情を抱いていた。会社をこのろくでなしに譲ると、前にもばばさまから脅迫めいたことを言われた。ジャレットのデズモンドに対する気持ちを、ばばさまはよく知っているので、そこをついてくるのだ。

「どうぞ、ご自由に。あいつに経営をまかせればいい」そう口にするには、かなりの努力が必要だった。だが、祖母の策略の餌食《えじき》にされてはならない。

「デズモンドは、あなた以上に会社のことなんて知らないのよ」ばばさまの口調が残念そうだ。「それに、最近、新しい事業を興したとかで」

ほっとしたが、ジャレットは安堵《あんど》感を顔に出さないようにした。「ばばさまの代理をするのなら、ビール醸造や経営についてじゅうぶんな知識のある者でないと」

ばばさまが咳《せ》き込み、ハンカチで口を覆う。「信頼できる人はいないわ」

「僕なら代理が務まると、信じているわけか?」皮肉っぽく、笑い声を立てる。「二、三年前のことだったかな、賭けごとで生計を立てるような男は、社会の寄生虫だと言ってたよな? ばばさまが大切にしている会社を、僕が賭けの対象にして、倒産させるかもしれないんだぞ。心配じゃないのか?」

さすがに、ばばさまも顔を赤らめた。「私が言ったのは、あなたのように頭のいい男性が、その頭脳を賭けごとにしか使わないのはもったいない、という意味よ。すぐれた才能をみすみす無駄にするのを見るのはしのびないし、あなたがどれほど頭がいいのかを知っている私には、賭けごとに明け暮れる生活なんて、あなたにふさわしいとは思えないの。あなたなら、醸造所で働き始めればすぐに昔の勘を取り戻せるはずよ。何かわからないことがあっても、私はここにいるから相談に乗れる」

ばばさまの声ににじむ哀れな色に、ジャレットははっとした。こんなになりふり構わず……切羽詰まった感じに聞こえる。彼はしげしげと祖母を見た。この状況を利用すれば、うまくいくかもしれない。

ジャレットはもう一度椅子に座った。「一ヶ月間、僕にビール会社をまかせたいと本気で思っているのなら、その見返りとして僕からも要求がある」

「お給料は払うわ。悪いようにはしない――」

「金の問題じゃない。相続条件を引っ込めてもらいたい」体を乗り出して、祖母を見下ろす。「結婚しないなら金は出さないなどという脅しは、もうやめてもらおう。ばばさまの思いどおりにはさせない。僕たちは元の生活に戻る」

ばばさまがジャレットをにらみ返す。「それはだめ」

「それなら、どこかで経営者を見つけるんだな」彼は立ち上がると扉へ歩き出した。

「待って！」ばばさまが声を上げた。

ジャレットは立ち止まり、眉を上げて振り向いた。

「あなただけは、条件を免除する。これで、どう？」

笑みがこぼれそうになるのを、ジャレットはこらえた。交渉に応じるぐらいなのだから、ばばさまはよほど切羽詰まっているのだ。「それで？」

「ボグさんを呼んで、遺言を書き変えさせるわ。ビール会社は、理由や条件のいかんにかかわらず、あなたが相続する」ばばさまが、苦々しく付け加える。「あなたは、死ぬまで独身を通して構わない」

考慮の余地はある。自分がビール会社を所有すれば、弟や妹が年内に結婚できなくても、養ってやることができる。ばばさまが生きているあいだは、どうにか自分たちでやりくりしてもらうしかないが、その後はジャレットが支えてやればいい。見通しとしては、現在よりもはるかに明るい。「まあ、それならいいだろう」

ばばさまが弱々しく息を吐いた。「ただし、あなたには年内ずっと、会社に留まってもらうわ」

ジャレットは、ぎくっとした。「理由は？」

「多くの人たちの生活がかかっているからよ。私の代わりにあなたが経営者となっても、会社がきちんと利益を上げないと困る。私の死後、あなたが他に経営者を雇うとしても、同じことよ。だから、ちゃんと職務を果たせる能力のある人を雇ってもらわなければならないし、そのためにはあなたが仕事を理解してくれないと。あなたがあの会社を破滅させることはないという確信を持ちたいの」

「自分の孫がそこまで信じられないのか？」そう言いながらも、ばばさまの話にも一理あるとジャレットは思った。ビール醸造所には、十九年間、一歩も足を踏み入れていないのだ。ビール製造業を続けていくためのあれこれを、もうすっかり忘れてしまったかもしれない。

いや、これから学べばいい。ちゃんと知識を得る。ばばさまが自分たちきょうだいの人生をめちゃめちゃにするのを防げるのなら、それぐらいのことはする。ただし、どうやって学ぶかは、自分で決める。

「いいだろう。年内は会社に留まる」ばばさまが笑顔になったので、ジャレットは釘《くぎ》を刺した。「しかし、会社のすべてを僕にまかせてもらおう。会社で何が起きているかは、逐一報告するし、それに対してばばさまが意見を述べるのは自由だ。しかし、決定権は僕が握る」

その言葉に、祖母の顔から笑みが消えた。

「僕は、自分がふさわしいと思うやり方でプラムツリー・ビール製造会社を経営し、ばばさまからの干渉はいっさい受けない。さらに、このことは文書にしておいてもらいたい」

ばばさまの青い瞳に鋼鉄のような強い意志が浮かび、見かけほどは弱っていないことがわかった。「十ヶ月もあれば、かなりの損害を与えられるわ」

「ああ、そのとおり。ただ、忘れたのか？　これは僕が言い出した話ではないからね」

「それなら、経営方針を大きくは変えないと約束してちょうだい」

ジャレットは腕組みをした。「嫌だ」

ばばさまの顔に、警戒感が広がる。「せめて、賭けごとみたいに大胆な投資はしないと約束してもらわないと」

「嫌だね。すべてを僕にまかせるか、別の経営者を雇うか、二つにひとつだ」

交渉で優位な立場にいるのが楽しかった。ばばさまにつきまとわれ、何かをするたびに反対されるのはご免だ。会社を経営するのなら、自分なりのやり方でする。そして年が明ければ、自由の身になれるのだ。自分の思いどおりの暮らしを始め、弟や妹が生活に困らないようにしてやろう。

ただ、ばばさまがジャレットの出した条件を受け入れるとは思えない。これまで一日たりとも、自分の思いどおりにしなかった日はないのだ。一年近くものあいだ、寄生虫呼ばわりした孫息子に決定権を譲るとは考えにくい。

そう思っていたので、ばばさまの次の言葉にはジャレットも驚いた。「わかったわ。

あなたの要求を受け入れましょう。明日までには文書にして、用意しておきます」

ばばさまの瞳が、きらりと光るのを見て、ジャレットは、しまった、と思った。ただ、ほんの一瞬のことだったので、見間違えただけだろうと自分を納得させた。

「文書には、付帯条項をひとつ入れます。クロフトさんをあなたの書記としてそのまま使ってもらいたいの」

うめき声が出そうになる。醸造所でばばさまの書記をしているこの男は、ジャレットが知るかぎり、いちばんの変人だ。「どうしても?」

「あなた、クロフトさんのことをずいぶん変わった人だと思っているんでしょ。それはわかっているわ。でも一週間もすれば、あの人がいてよかったと思うようになるから。クロフトさんは醸造所になくてはならない人なの」

まあ、これで本来の生活が取り戻せるのなら、安い代償だ。この交渉で得をしたのは自分のほうだと、ジャレットは満足した。

2

プラムツリー・ビール製造会社は、アナベルが思い描く醸造所というものとはまったく異なっていた。アナベルの住むバートンには多くのエール醸造所があるのだが、すべてこぢんまりした建物で、あたりにはホップと大麦を焙煎《ばいせん》する匂《にお》いが漂う。プラムツリー・ビール製造会社の周辺では、ほとんど石炭を燃やす臭《にお》いしかしない。巨大な蒸気エンジンを動かすためだが、そのエンジンの大きさに、アナベルは目をみはった。エンジンには長いくま手のような軸が二本ついていて、それが蒸されたモルトをかき混ぜ続けている。モルトの蒸し器《ボイラー》そのものも十二フィート以上ある。巨大な機械が音もなく動く様子が何だか不気味だった。兄が所有する醸造所、レイク・エールには、これほどの規模の装置はない。こんな装置さえあれば……。

違う。現在のレイク・エールの窮状は器具や装置のせいではない。ヒュー兄さまの飲酒癖が、危機を招いたのだ。

「おい、そこで何をしている？」大木の幹みたいに太い腕で、荷車に樽《たる》を載せ込んでいた男がアナベルに声をかけた。

アナベルは中身をこぼさないように慎重に箱を持ち上げた。「ヘスター・プラムツリー夫人を捜しているのですけど」

「あっちだよ」男が顎《あご》を突き出して階段のほうを示した。階段は二階の回廊につながっている。

階段を上りながら、アナベルは醸造所の全体像をじっくりと眺めた。ここは醸造家にとって、夢のような場所だ。鉄の床とレンガの壁で、火事が起きにくくしてある。ぴかぴかの銅釜《どうがま》がホップを蒸し、その上部は二階建ての高さの屋根に覆われている。あの銅釜には、どれだけたくさんのホップが入るのだろう。気の遠くなるような量だ。アナベルは、義理の姉シシー、その息子ジョーディと一緒に、今日の昼過ぎにロンドンに到着した。着いてすぐ、宿でプラムツリーのポーター（褐色麦芽を使った赤褐色のビール）を試してみた。確かにすばらしい味だ。アナベルの造るものと互角に近いとさえ言える。

アナベルの顔に、にんまりと笑みが浮かんだ。互角に近い。

階段を上がりきると、彼女は苦労して扉を開けた。目の前には別世界が広がっていた。ここの経営者が女性であることを、あらためて意識する。入ってすぐの受付らしい場所には、縞《しま》模様のおしゃれな長椅子《ながいす》が置かれ、美しいが生地のしっかりした絨《じゅう》毯《たん》が敷かれている。男性はこういった細かなところに心配りができないものなのだ。

部屋の奥の中央にクルミ材の机があり、そこに細身のブロンドの男性が座っていた。事務員だろうが、仕事に熱中していて、アナベルが入って来たのにも気づかない。彼女は机に近づいたのだが、男性は新聞の切り抜き作業に集中している。目的の記事の線に沿って正確にカミソリで切り抜いている。

アナベルは咳払《せきばら》いをした。

男性はびくっと飛び上がり、その拍子に椅子が倒れた。「誰……何を……」アナベルの姿を認めると、作り笑いを浮かべたが、骸骨《がいこつ》が笑ったようにしか見えなかった。

「何かご用ですか？」

「驚かせてごめんなさい。私はアナベル・レイクと申します。ヘスター・プラムツリー夫人にお会いしたいのですが」

事務員の顔に警戒の色が広がる。「いや、それはだめです……いえ、その、お会いになることはできないのです。無理です。応対不能でいらっしゃるもので」

「応対不能、ってどういう意味かしら？」この事務員は、アナベルを追い払おうとしている。態度からも明らかだ。この扉一枚隔てたところに、プラムツリー夫人がいるのだ。事務員は、夫人は外出中だとは言わなかった。つまり、扉の向こうにいて、訪問客を避けているわけだ。「噂《うわさ》では、プラムツリー夫人は、明け方から日没まで醸造所にいるということだったわ。今はまだ昼の三時よ」

事務員は、そんな言葉を返されるとは思っていなかったらしく、ぽかんとした。

「いえ、あ、ええ。それはそうなのですが、今日は違うのです。お帰りください。どなたであろうと、だめなんです。誰ひとりとして。お名前と連絡先を書いていただければ、プラムツリー夫人の応対が可能になり次第――」

「それはいつになるの？」

事務員はただ狼狽《ろうばい》するばかりだった。「私にわかるはずがありません」手をもじもじさせて、不安そうにちらちらと扉を見る。何と奇妙な男だろう。

アナベルは声の調子を和らげ、事務員を落ち着かせようとした。「お願いよ。とても重要な話があるの。ぜひ会わせて」

「だめ、だめ、だめ……問題外です。まったくもって、問題外ですとも。禁じられているのですから。奥さまは……その……とにかく、帰ってください！」アナベルを戸口に案内しようとしてか、事務員が机からこちら側に出て来た。

わざわざここまで来たのに、風変わりな事務員にていよくつまみ出されていたのでは話にならない。事務員の隙《すき》をついて、アナベルは反対側へ駆け出し、奥の部屋に通じる扉を開けた。

重厚なマホガニーの机の向こうに座っていた人物は、どう見ても年配の婦人ではない。男性、しかもアナベルと同年配、若干年上という青年で、真っ黒な髪に整った顔立ちをしていた。

「あなた、いったい誰？」アナベルは思わずそう叫んでしまった。

青年は机に身を乗り出し、笑った。「それは僕のせりふだと思うが」

事務員が慌てて部屋に入って来て、アナベルの腕をつかんだ。「申しわけありません」事務員がアナベルを戸口へ引き立てて行こうとする。「大変、失礼をば、いたしました。こちらのレディがいったい何を――」

「放してやりなさい、クロフト」青年は瞳《ひとみ》をきらきらさせ、面白がるような口調で言った。「ここからは、僕にまかせてくれ」

「しかし、若さまご自身が、おっしゃっていたではありませんか、誰ひとりとして、おばあさまが――」

「いいから。僕が対処する」

「あ」事務員の頬《ほお》が、丸く赤らんだ。「さようでございました。若さまが安全だと判断なさるのなら、おまかせいたします」

青年がくすっと笑った。「もしこの女性が僕に嚙《か》みついたり、机に火をつけたりしたら、すぐさま君に知らせるよ」

クロフトと呼ばれた事務員が、アナベルの腕を放した。「では、お嬢さん。若さまが話を聞いてくださるそうだから、用向きを伝えなさい」クロフト氏はすっと部屋から出て行き、あとにはアナベルと青年だけが残された。この青年は、ヘスター・プラムツリーの孫に違いない。

大変だ。シャープきょうだいが、いかに放埓《ほうらつ》であるかは、シシーから聞いて知っていた。シシーは新聞のゴシップ欄《らん》を読むのが何より好きなのだ。青年がつかつかと戸口へ歩き、ばたんと扉を閉めるのを見て、アナベルは一瞬、恐怖に駆られた——彼が机に戻り、じろじろとアナベルの全身を眺めるので、余計におろおろしてしまう。

昼用のドレスが去年の流行であるのが恨めしいが、どうすることもできない。レイク家の財政状態はそれどころではないのだ。自分にも少しばかりの手持ちの金ならあるが、衣服に費やすよりはジョーディがよい学校に通えるよう資金をためておきたい。兄のヒューにはそんな余裕はまったくないのだから。

それより、目の前の青年は悪名高いシャープ兄弟の中の誰なのだろう？　頭がおかしいと言われる、末息子のロード・ガブリエルなのか。彼は無謀な馬車レースばかりして、いつも黒ずくめの服装なので、死の天使というあだ名をつけられている。いや、違う。目の前の青年は茶色いなめし革のチョッキの上に、紺の上着という服装だ。

もしかしたら長男なのか。名うての女たらしで、遊び人のはず——いや、ストーンヴィル侯爵はアメリカに新婚旅行中だと、今朝の新聞に書いてあった。その記事をシシーが読んでくれたばかりだ。

残るは次男、どういう名前だったか覚えていない。確か賭《か》けごとに明け暮れているとか。兄や弟と同じように女性を泣かせてきたのだろう。ミケランジェロのダビデ像みたいな風貌《ふうぼう》に、女性が惹《ひ》きつけられずにはいられないのも当然だ。それにこの瞳。この世のものとは思えない色彩だ。まばゆいばかりの青かと思えば、ふとした光の加減で、同じぐらい鮮やかな緑に変わる。これほどの美青年は、自分の整った容貌を利用すれば望むものを何でも手に入れられることを、かなり若い段階で覚える。そうやって、女たらしになっていくのだ。

「クロフト君の無礼を、許してくれたまえ」散らかった机にもたれながら、彼が言った。低音の声が豊かに響く。「侵入しようとする者があれば、体を賭《と》してでも止めなさいと、うちの祖母に教育されてきたもので。で、奥さん……」

「私は未婚です」反射的に言い返してしまった。すると狼《おおかみ》を思わせる笑みが彼の口元に浮かび、アナベルの体はぞくっと反応したが、彼女は震えを見せないようにした。

「アナベル・レイク、ビール醸造家ですの。それで、あなたはロード……」

「ジャレットだ。ジャレット・シャープ」彼の顔が不快そうに歪《ゆが》む。

いつものことだ。アナベルはひねくれた感想を抱いた。大きなビール会社を経営する男性が、女性のビール醸造家に対して示す態度は、ただ軽蔑《けいべつ》だけ。そもそもプラムツリー夫人に会おうと思ったのも、それが理由だった。だからこれぐらいのことでへこたれてはいられない。

彼の冷たい声が聞こえる。「君はうちで職を得るために来たんだろ？　祖母が君を呼んだんだね」

「え？　あらまあ、違います。プラムツリー夫人が私をお呼びになるはずはありませんわ。お会いしたこともないのですもの」

彼が警戒するようにアナベルを見た。「これは失礼。近頃、ビール醸造をする女性職人の数は少ないし、しかも若くて未婚で美人となると……ああ、ばばさまがまた策をめぐらせて、僕を罠《わな》にかけようとしたんだと思った」

「罠？」

「いや、いいんだ。気にしないでくれ」

「恐縮ですが、プラムツリー夫人とお話しできないかと――」

「それはだめだ。今のところ、ばばさまは……応対不能だ」

またこれだ。アナベルは、応対不能、という言葉が急速に嫌いになり始めていた。

「でも、いずれはお戻りになるのでしょ？」

期待がこめられたアナベルの口調に、彼も表情を和らげた。「当分は無理なんだ。ちょっとした事情があり、祖母は年内ずっと、家のほうで手いっぱいなんだ」

年内ずっと！　年が明ける頃には、レイク・エールの債権者が醸造所から金目のものを次々と持ち去り、何も残らなくなっているだろう。

アナベルの苦悩が伝わったのか、ロード・ジャレットがまた口を開いた。「しかし、僕が会社の経営をまかされた。だから、僕で役に立てることがあるのではないか」

この人が？　プラムツリー夫人は、いったい何を考えているのだろう？　ビール事業にかけては抜け目がないことで知られた伝説の女性経営者だったはずが、こんなろくでなしに会社をまかせるとは。

アナベルは目の前の男性を眺めた。頼りにできる人物なのだろうか？　屋内での楽しみばかり追求してきた紳士にしては、体格はいい。いや、もちろん服の上から見ただけではあるが。しかし、醸造所にこんな立派な服装で来るとは、どういう男性なのだろう？

ビール事業の何たるかをまるで知らない人、要はそういうことだ。退屈しのぎに、ちょっと醸造所の仕事にもかかわってみようかなと思っただけなのだろう。つまり、彼に話をしても何の意味もないということだ。ただ、他にどうすることもできない。彼が会社をまかされているのだ。せっかくシシーと一緒にここまで来たのだから無駄足にはしたくない。

アナベルは気持ちを鎮め、箱を持ち上げた。「私どもの醸造所との共同事業を提案しに、病気の兄の代理として参りました」

ロード・ジャレットが、きれいな形に整えられた黒い眉《まゆ》を上げた。「共同事業？どんな事業だ？　君の兄上とは何者だ？」

「兄の名はヒュー・レイクです。兄はレイク・エールの持ち主であり、醸造所の所在地は――」

「バートン・アポン・トレントだろ。ああ、聞いたことはある」

アナベルはびっくりした。「そうでしたか」

彼は体を起こすと、書類の束を指でたどり始めた。捜していた書類を取り出すと、そこにはさまざまな説明が書かれていた。「君たちの父、アロイシアス・レイクが一七九四年に設立した。数年前、同氏が亡くなり、君の兄、ヒューが跡を継いだ。レイク・エールが得意とするのは、ブラウン・エール（甘味の強い濃い色のビール）、ポーター、スモール・ビール（アルコール度数の低いビール）」そこで顔を上げた彼は、アナベルがぽかんと口を開けているのに気づいて、言い添えた。「競合相手については、できるだけの知識を得ておこうと努力しているんだ」

なるほど、ロード・ジャレットはすぐれた容貌だけのお飾りではなかったわけだ。

「実はこちらに伺った理由は、競合相手としてより、共同で事業を行ないたいからなのです」

彼は不信感もあらわに、腕組みをした。組んだ腕の下の胸板が、ずいぶん分厚い。

「僕の調べたところ、レイク・エールの年間生産量は五万樽《バレル》分、対するプラムツリー・ビールは二十五万バレルだ。君たちがうちの会社とどうやって共同事業を始めると言うんだ？」

衝撃的な言葉だった――この男性がレイク・エールの生産量を知っていた、さらには、対等の人間として自分に話しかけてくれた。どちらの事実により衝撃を受けたかはわからないが、とにかく、そんな話なら兄上に来てもらえ、女はとっとと家に帰れ、と言われなかったのは実にありがたい。まあ、考えてみれば、この会社は彼の祖母が大きくしたものだから、彼も女性と事業について話し合えるのは当然だと思ってきたのだろう。

「詳しい話の前に、まずうちの製品を試していただきたいのです」箱を机の上におき、貴重な荷物を取り出した――エールの瓶とグラスだ。エールの栓を開け、グラスに半分のところまで注ぐ。泡が多くなりすぎないよう、気をつけねば。

アナベルがグラスを前に押すと、ロード・ジャレットは疑わしそうな眼差しで彼女を見た。「競合相手に毒を盛るつもりかい？」

「まさか。でも不安に思われるのでしたら、私が先に飲みますわ」笑いながらそう言って、アナベルはエールを口に含んだ。彼の視線がアナベルの口元に集中する。泡を拭《ぬぐ》おうと舌で上唇を舐《な》めると、彼の視線はその舌の動きを追った。間違いない。

「どうぞ」アナベルは冷たい口調で言いながら、グラスを彼のほうに突き出した。彼女の舌の動きがどうとか、ビール醸造とはいっさい関係のない卑猥《ひわい》な冗談でも言うのだろうと、半ばあきらめていた。

ところが彼はグラスを受け取り、琥珀《こはく》色の液体をじっくりと見下ろしている。「ペール・エールだな？」

「ええ、インド市場向けの十月醸造《オクトーバー・ビール》です」

「なるほど。淡い金赤の色合いがきれいだ」彼はグラスをゆったりと揺すり、鼻の下に持っていくと、深く香りを吸い込んだ。「ホップが薫《かお》り立つ。フルーティなアクセントも感じられる」

彼が飲むあいだ、アナベルは母の形見の指輪をくるくると回していた。こうすると、いつも幸運が訪れる。だから醸造のときにも、この指輪を外そうとはしなかった。

彼がエールを口の中で転がすように味わうと、瞳が鮮やかなコバルト・ブルーに輝く。ひと口喉《のど》に流したあと、またひと口すすり、最初の印象を確かめる。

そしてグラスにあったエールをすっかり飲み干した。「非常によくできている。こくがあるのに、苦みが残らない。モルトも強すぎない。レイク・エールで醸造したのか？」

アナベルは安堵《あんど》の息を漏らした。「ええ。私が自分で造りました」

彼が背筋を伸ばした。アナベルは身長が五フィート一インチしかないので、彼の背の高さに圧倒される気がした。「でも、これがプラムツリー・ビールとどう関係するのか、まだわからないんだが」

「これを販売するのに、手を貸していただきたいのです」

完璧《かんぺき》に事務的な調子に戻った彼が、グラスをアナベルに返した。「率直なところを言わせてもらう。エールの新規事業を始めるには、今は適切な時期ではないんだ。ロシア市場が失われつつあり――」

「だからこそ、こうしてここに来たんです。兄が病気なので、私たちも困っています。ロシア市場での損失を、お互いの会社がじゅうぶん取り戻せるはずです」アナベルはエールの瓶を机に置いたまま、グラスを箱に戻した。「ホジソン・ビール社のことはご存じですか？」

「もちろん。あの会社は、インド市場を独占している」

「トマス・ドレインとの事業を始めてからは、そうでもないんです。ホジソンとドレインが、東インド会社を飛ばして、直接取引を始めたからです」

ロード・ジャレットが目を丸くした。「愚かなことを」

「そのとおりです。東インド会社を相手にして、勝てる者などいませんから」東インド会社はインドの品を英国へ輸入し利益を上げることになっているのだが、会社の荷物を運搬する船の船長たちが英国のものをインドに持ち込むことも許可されている。彼らは持ち込んだ英国製品をインド在住の英国人に売っているのだ。エールは、船長たちが個人用の荷物として持ち込む品のほとんどを占め、特にホジソンの十月醸造《オクトーバー・ビール》が彼らに莫大《ばくだい》な富をもたらすようになった。そこでホジソン・ビールは、船長たちを飛ばして直接取引をすれば利潤を独り占めできると考え、その結果ひどい痛手をこうむっている。

「そこでホジソン・ビールは信用払い制度をやめ、価格を上げました」アナベルは説明を続けた。「対抗して運搬船の船長たちは、他のビール会社から買うことにして、ホジソンを閉め出したのです。船長たちはバートンのオールソップ醸造に目をつけました。オールソップが最初に東インド会社にエールを納入したのは二年前のことですが、それ以来オールソップの業績は上がる一方です。巨大な市場ですし、レイク・エールとしても参入したいと考えています。ただ、私たちだけの力では無理なのです」

「僕の祖母も、何年か前にインド市場に参入しようとしたが、失敗に終わった」

「プラムツリーのオクトーバー・ビールを売ろうとなさったのでしょ、違いますか？」

一瞬ためらってから、ロード・ジャレットがうなずいた。

「調べた結果、バートンの水のほうがロンドンの水よりもオクトーバー・ビールには適しているのです。オールソップは生産する輸出用製品の半分をインド市場用にしています。東インド会社の船長たちが、レイク・エールの製品を扱ってくれるのなら、同様の売り上げが期待できます。ところが船長たちは私たちを相手にしてくれないのです。兄が――」アナベルは『あてにはできない』と言いかけて、はっと口を閉ざし、言葉を変えた。「病気なもので。それから、私が女性なので。私たちが注文どおりの数量を生産できると信じてもらえないのです。だから、プラムツリー・ビールの助けが必要なのです」

ロード・ジャレットが眉をひそめた。「君たちが醸造したエールを、僕たちが東インド会社の船長たちに売る、そういう意味か？」

アナベルはぱっと顔を輝かせた。「ええ、そうです。互いに得るところは大きいですわ。これでどちらも、ロシアが英国産エールに対する関税を上げて以来の販売不振を取り戻すことができます」

「当社が販売不振に苦しんでいると、勝手に決めつけているようだが」彼がもったいぶった口調で言った。

「出荷量が激減していないビール会社なんて、ひとつもありません。よくご存じのはずですわ」

彼は目をそらせて、顎のあたりをこすった。「申し出としては、面白い」

「それでは、考えていただけますの？」

彼の視線が、ひたとアナベルに向けられた。残念で仕方ない、という表情をたたえて。「いいや」

アナベルの心が沈んだ。プラムツリー・ビールが最後の望みだったのだ。「どうしてです？」

「まず、僕は会社をまかされてまだ一週間にしかならない。だから、会社の状況を把握しようとしている最中だ。新規事業の開始を決定するなんて無謀すぎる。ましてや、その事業が、若い醸造家のちょっとした思いつきに――」

「ちょっとした思いつきなんかではありません！」それに、アナベルはもうすぐ三十歳になろうとしている。身長が低いゆえの悩みはこれだ――幼いと思われがちなのだ。「オールソップがどれだけ業績を伸ばしているか、誰かにたずねてみてください。ロンドンのビール会社にも、噂は伝わっているはずですから。私が造るオクトーバー・ビールは最高です。あなたも自分でそうおっしゃいました」

「話はまだある」彼が子どもに言って聞かせるような口調になった。バートンの他のビール会社でも、聞き飽きた口調だ。

アナベルは顎を高く上げた。「おっしゃりたいことはわかりますわ。私が女性だからですね」

「君が醸造家だからだ。醸造家は自分の舌だけを根拠に、話をしがちだ。だからすぐれた製品を造り出せるし、品質のことだけを考えていればいい。しかしビールの質を上げるだけでは事業は成り立たない。君の兄上もそのことをわかっているのだろう。だからこそ、自分ではここに来なかったんだ、違うか？」

「兄が来なかったのは、病気のせいです！」

「病気でも紹介状ぐらいは書けるだろう？　レイク・エールを代表して、自分の代理で妹をここに来させたと、手紙を持たせればいいはずだ」

アナベルは、ごくんと唾《つば》を飲んだ。そう、紹介状はない。ジョーディを入れる学校を捜すため、シシーとアナベルはロンドンに行った、ヒュー兄さまはそう思っている。

「病が重くて、手紙を書くこともできなかったのです」

ロード・ジャレットは、ちらりと片眉を上げた。

アナベルは、藁《わら》にもすがる思いで別の手段に訴えた。「賭けごとばかりなさっている殿方のわりには、投資にはずいぶん慎重になられますのね」

彼の口元が、ぴくりと歪む。「噂はほうぼうに広がるものなんだね」

「スキャンダルになるようなことばかりすれば、噂になるのは当然でしょう？　ま、そんなことを話したい人の気持ちなんて、私にはわかりませんけど。ともかく、これほど確実な投資を見逃すぐらいですもの、賭けごとに必要な大胆さや勇気も、あなたは持ち合わせていらっしゃいませんのね」

ロード・ジャレットが満面の笑みを浮かべた。ああ、いまいましい。おまけに、えくぼがひとつ、いや、二つもあるのがわかる。「いやはや、そういうやり方は、かわいそうな君の兄上には通用するのかもしれないが、僕には無意味だ。僕には妹が二人いるからね。男の面子《メンツ》をくすぐるつもりだろうが、僕はそういうのに動じる男じゃないんだ」

まったく憎たらしい。どこまでも……男らしいんだから。「この提案を受け入れれば会社にとって利益になると、あなたのおばあさまならお考えになるはずですわ。プラムツリー夫人なら、理解してくださるはずですもの」

彼の顔から笑みが消え、アナベルに近づいて来る。六フィートの体で目の前に立たれると見上げるような格好になる。「現在、この会社の責任者は祖母ではない。たとえ祖母が責任者であっても、君の申し出を受け入れるとは思えない」

彼の存在感に圧倒されそうになるが、アナベルは懸命に胸を張った。「たずねもしないのに、どうして断言できますの?」

「たずねなくてもわかる」

「あなたは会社をまかされてまだ一週間だから、状況を把握しようとしている段階だと、ご自身でおっしゃっていましたわね」見下した態度を取ろうと思ったのだが、純粋に背丈の違いのため、見上げることしかできない。「あなたの考えが間違っている可能性もありますわ。せめて、プラムツリー夫人の口から、こちらの会社はレイク・エールの申し出には興味がないと言っていただかないと――」

「それは無理だ。現在、祖母は――」

「応対不能なんでしょ、ええ、わかっています。都合のいい言葉を見つけたものですわね」アナベルはロード・ジャレットをにらみつけた。「大きな利益を上げる絶好の機会を、ただ面倒だからと無視なさるのね。こんな話がおばあさまの耳に入ったら、何とおっしゃるかしら」

「脅すのも無駄だよ。さて、これで話が終わりなら……」

彼が扉に向かって歩き出すのを見て、アナベルは焦った。「レイク・エールは、危機的な状態なのです」大きな声で彼の背中に訴えかける。「私が頼んでいるのは、プラムツリー夫人にこの申し出を聞いていただくことだけです。そんなに難しいことでしょうか？　レイク・エールが倒産すれば、四十人もの人が職を失います。私の家族も、これからどうやって――」

「ああ、もう」彼が振り向いた。「君の計画についての意見を、僕が祖母にたずねる。それで満足するのか？」

アナベルの心に希望がわいてきた。「ええ。ただ、できれば私から直接――」

「それはあり得ない。僕から今夜、計画について話す。しかし、祖母がだめだと言えば――そう言うに決まっているんだが、そのときは、君もあきらめろ。わかったな？」

アナベルはためらったあと、うなずいた。実際、選択の余地はない。

ロード・ジャレットが扉を大きく開いた。「明日、もう一度ここに来たまえ。ばばさまが何と言ったか、説明する。では、ごきげんよう」

慇懃《いんぎん》無礼な追い出し方に文句を言いたかったが、アナベルは黙って彼の指示に従った。ロード・ジャレットから、これ以上のことは望めない。あとはただ、彼が約束どおり、プラムツリー夫人に話をしてくれることを祈るしかない。

ところが、階段を下りていくうちにアナベルの心に不安が募った。ロード・ジャレットは、本当にプラムツリー夫人に話をしてくれるのだろうか。彼自身は、アナベルの提案を即座に拒否したがっていた。だから、ホジソン・ビールがどれほど大変なことになっているかを、たずねようともしなかったのだ。アナベルが話を大げさに伝えているとでも考えたのだろう。

しかし、ビール業界を熟知するプラムツリー夫人なら、彼にきちんと説明……

ああ、だめだ。そこまで話がいく可能性は低い。

プラムツリー・ビールの建物を出ると、玄関段の下のほうにシシーとジョーディが腰かけているのが見えた。待ちかねていたのだろう、シシーはアナベルの姿を見るなり立ち上がり、その勢いで外套《がいとう》のフードが落ちてきれいな金髪があらわになった。「どうだった？」シシーが期待をこめてたずねる。「プラムツリー夫人は何とおっしゃったの？」

　アナベルはため息を吐《つ》いた。「プラムツリー夫人はいらっしゃらなかった。話に応じてくれたのは、孫息子のひとりよ」

「有名な〝ハルステッド館のあくたれたち《ヘリオン》〟のひとりと、実際に会ったの？」シシーの青い瞳が興奮で輝く。「どのヘリオン？」

「ジャレットさまよ」

「賭けごと好きの？　評判どおりの男前だった？　放埓な生活のつけが、顔や体に出ていた？」

「そう言われて思い出すと……それはなかったわね」ロード・ジャレットに関する悪い噂の数々を考えれば、妙な話だ。二日二晩ぶっ続けでカードの賭けをしたとか、一時間で千ポンド負けたとか……それに、手札を変えるのと同じように、女性をとっかえひっかえするとか。

　女性にまつわる噂は誇張ではないだろう。大海原のような色合いの瞳と、ものうげなほほえみに、たいていの女性は引き寄せられてしまう。もちろんアナベルは、そのたいていには入らない。まったく興味はない。

「ただ、放蕩者《ほうとうもの》っていう雰囲気はあったわね」アナベルは渋い顔で言った。

「プラムツリー夫人は、どうしてそんな放蕩者に自分の会社をまかせたのかしら？」

「決まってるでしょ、男性だからよ。ジャレットさま本人は、私の申し出に聞く耳も持たない、って感じだったけど、とにかくプラムツリー夫人の意見を聞くことには同意してくれた」

「本当にプラムツリー夫人の意見を聞いてくれるかしら？」

「わからないわ。ジャレットさまって、傲慢《ごうまん》だったわ。私、苛々《いらいら》した。ああいう人が何かを約束してくれても、そのとおり実行するとは思えないわね。あちらの会社に大きな利益をもたらす計画を提案した私をつかまえて、何かを無理強いしているみたいな言い方をするのよ」

「アナベル叔母さんは、男の人に、ああしろこうしろと言うべきじゃないんだよ」ジョーディが口をはさむ。「父さんがいつも言っているだろ、女性というものは――」

「あなたのお父さまの口癖なら、よく知っているわ」女性は醸造所に立ち入るべきではない。醸造所に出入りするのをやめれば、おまえに結婚を申し込むような男だって、いるかもしれないぞ。

兄がジョーディの前で、そういった言葉を慎んでくれるよう、アナベルは強く願っていた。大きくなってきたジョーディが、父の口癖を真似《まね》て同じようなことを言い始めたからだ。さらに兄は、アナベルがどうして結婚しようとしないのか、知っているのに。他家に嫁げば、ジョーディを置いていかなければならない。ジョーディと離れることはできない。

なぜなら、ジョーディはアナベルの息子なのだから。

ジョーディ本人はそうとは知らない。婚約者だったルパートとのあいだに子どもができ、アナベルがジョーディを出産してすぐ、ルパートは戦死した。そんな事情を子どもに伝えられるはずもない。ジョーディはアナベルを叔母だと信じて成長してきた。庶子という重荷を背負わせたくなければ、そうする他にはなかった。もうどうすることもできない。

アナベルはただ、息子が愛情に包まれ、すくすくと育つよう、最善をつくすだけだった。ジョーディが他の女性を母と呼ぶのを見ても、耐えるしかない。

涙がこみ上げてきたが、いつもどおり気持ちを抑えた。最近の息子の成長ぶりは著しい。そのうち、本当のことを告げなければならない日が来る。幼いあいだは、何も言わないほうがいいと兄のヒューとその妻シシーとの三人で了解し合っていた。ひょっとしてジョーディがどこかで口を滑らすのではないかと恐れたのだ。しかし最近シシーは、そろそろ真実を話すべきだと主張し始めた。その時期が来たのではないか、と。

確かに、その時期は来ている――ただ、アナベルに話す勇気がないだけ。これまでのことがすべて嘘《うそ》だったと知れば、ジョーディは傷つく。実の父は死に、母がみだらだったから、こんなことになったと思うだろう。アナベルを責め、ジョーディは二度とアナベルを敬愛してくれなくなる。息子を失うのも同然で、そんな危険を冒す気にはなれない。今はまだだめ。ヒュー兄さまの問題が解決するまでは。

アナベルはさらに険しい表情になった。ヒューのことは、どうすればいいのだろう？　日一日と兄は捨てばちになっていく。陰鬱《いんうつ》になるいっぽうで、酒の量が増え、レイク・エールがどうなろうが、どうだっていいという態度を取る。ここまでのところは、他人に知られないようにしてきたが、やがてヒュー・レイクが会社の事務所に現われないこと、重要な取引先との会議に出ないことが人々の口にのぼるようになるだろう。自宅の書斎で正体もないほど酔っぱらっていて、人前に出られる状態ではないのだ。

「父さんの言うとおりにすべきなんだよ」十二歳になった頃から身につけ始めた威張った口調で、ジョーディが言った。「父さんはただ、アナベル叔母さんにお婿《むこ》さんを見つけてあげようとしているだけなんだから。でないとアナベル叔母さんは、歳を取りすぎてお嫁に行けなくなるよ」

「ジョーディ！　失礼なことを言うものではありません」シシーが叱《しか》った。

「何にしても、私は結婚なんてしたくないのよ、ジョーディ」アナベルは力なく言い返した。

本心はまったく違った。アナベルも結婚し、たくさん子どもを産んで自分の家族というものを持ちたかった。彼女も普通の女性なのだ。しかし、処女でない女と結婚したい男性がどこにいるだろう？　もし、ルパートとのことは若気の至りだったと理解してくれる男性がいるとしても、そのときにできた庶子を引き取ってくれるはずはない。ジョーディが庶子の烙印《らくいん》を押されるのを避けるためにも、実の息子を残して嫁がなければならないのだ。

そんなことは耐えられない。

それに、兄夫婦が心ない噂に巻き込まれるのも嫌だ。二人はこれまでアナベルに親切にしてくれた。若気の……過ちを理由に、家族の縁を切る人たちもいっぱいいるのだから。

「それで、これからどうするの？」シシーがたずねた。

「ジャレットさまが約束を守ってくれるか、明日まで待つしかないわ。でも、プラムツリー夫人と直接話すことができれば、すっきりするのにね」

「直接話せばいいじゃない。住まいがどこかぐらい、わかるでしょ？」

「わかればいいんだけど」

ロード・ジャレットが言っていたことを、思い出してみた。「自宅にいらっしゃるとは思えないのよ。家庭の事情で、手いっぱいだとか、ジャレットさまが言っていたから。どこか遠くに出かけていらっしゃるのかもしれないわ」

「あら、でもジャレットさまは今夜プラムツリー夫人と話をするわけでしょ？　それなら、夫人のいらっしゃるところに行くしかないわ。私たちは、ジャレットさまのあとをつければいいのよ」

アナベルは、はっとして義姉を見つめ、すぐに彼女を抱きしめた。「冴《さ》えているわね、シシー。ええ、そうだわ、あとをつければいいのよ。そうね、私がその役目をするわ。三人だと目立つでしょ。ひとりなら怪しまれずに済む」

「その役目、僕にさせてよ」ジョーディが胸を張った。

「絶対にだめ！」アナベルとシシーは声をそろえ、そのあと二人は笑い出した。ジョーディのことになると、二人の意見は完全に一致した。ジョーディのために、シシー以上の母親は望みようもないとアナベルは思っていた。シシーには自分の子どももいるのに――現在、子どもたちはバートンのシシーの母のところに預けてある――ジョーディに対しても、我が子とまったく同じように接してくれた。

結婚して一年も経たない頃、シシーはアナベルが未婚のまま産んだ子どもを押しつけられることになった。普通の女性なら、夫の妹の問題にまで構ってはいられないと拒否しても当然のところ、シシーはアナベルと一緒に世間を欺く計画まで練ってくれた。スコットランドに近いところに住む親戚《しんせき》が病気で苦しんでいるので、手伝いに行くという話を作り出し、そこに滞在中、自分が子どもを産んだことにした。ジョーディが生まれたときには我が子ができたという手紙まで書いてくれた。赤ちゃんをただ喜びだけで迎え、悲しみにくれるアナベルを懐《ふところ》に抱え込むようにして家族の一員に加えてくれた。

そのお返しとして、アナベルは愛情いっぱいの叔母の役割に徹し、子どもたちの面倒をみてきた。もちろん兄が酔っぱらって仕事に出て来ない日は、醸造所に行かねばならなかったが。

「ジョーディ」少年のまっすぐな茶色の髪をくしゃくしゃにしながら、シシーが言った。「これはアナベルにまかせましょう。いいわね？」

「ああもう、母さん、そういうの、やめてよ」ジョーディはシシーの手を振り払った。

「僕はもう子どもじゃないんだから」

「あらまあ、立派なおとなになったものね」アナベルがからかった。

「本当におとなだもん」ジョーディがシシーとアナベルをにらみつける。その顔つきが、ルパートそっくりだった。「父さんが、そう言ったんだから」

「それなら、お母さまをちゃんと宿までエスコートするのよ」ありがたいことに、宿はすぐ近くだった。「私はここに残るから」

「ひとりで？　暗くなってからも？」シシーの声に不安の色がにじむ。

「大丈夫よ。きっと、あと二時間ほどで、ジャレットさまはここを出るわ。だって、あんまり勤勉そうな方ではなさそうだし。通りの向かいの店からなら、建物がよく見えるから、お店の中であの方が出て来るのを待つわ」シシーがまだ心配そうな顔をしているので、アナベルは言い添えた。「じゅうぶん気をつけるから。約束する」

「ではせめて、外套ぐらいは着てちょうだい」シシーはそう言うと、着ていた外套を脱いだ。「ボタンを襟元まで留めて、フードをかぶれば、あなたが女性だとすぐにはわからないはずよ。髪も隠れるし、あなたは背が低いから、ドレスの裾《すそ》まで見えなくなるもの」

フード付きの外套があれば、太陽が沈んで冷たい風が吹き始めても、寒さしのぎにはなる。「ちょっと時間がかかるかもしれないわ」アナベルは帽子を取ってシシーに渡し、外套を着た。「プラムツリー夫人の居所がわかれば、直接話をしに行くつもりだから」

「話が終わったら、帰りは辻馬車《つじばしゃ》を使ってね」シシーが宿の予備の鍵《かぎ》と一緒に、硬貨を握らせてくれた。「歩いて宿に戻ろうなんて、考えるのもだめよ」

アナベルは硬貨を見下ろし、義姉の心遣いに感動した。「ごめんなさい、こんなことにあなたを巻き込んでしまって。兄のこと、どうお詫《わ》びすれば――」

「いいのよ」シシーがやさしく言った。「あなたが悪いのではないもの。それに、ヒューも元々はいい人なのよ。ただ、あれほど……ふさぎ込んでいなければ」シシーは、いつものように聞き耳を立てているジョーディのほうをちらっと見た。「あなたならプラムツリー夫人を説得できるわ。プラムツリー・ビールの支援を得て、レイク・エールにも活気が戻れば、ヒューだってやる気になるかもしれない」

「そうなればいいんだけど」アナベルは鍵と硬貨を外套のポケットに入れた。

あまり見込みがありそうとは言えないが、それがアナベルとシシーの計画だった。以前アナベルがインド市場の可能性を説明した際には、兄も興味を示した。ところが鬱状態で酒に救いを求めるようになり、実際の行動に移すことができなかった。そこでアナベルとシシーは、プラムツリー・ビールを共犯者にしようと考えた。この大会社が販売を引き受けてくれれば、兄の心にも希望がわき、成功の可能性を考えてくれるようになるかもしれない。それでレイク・エールは窮状を脱し、兄はいっそうやる気を出すはず。

品質には自信がある。だから、プラムツリー夫人なら自分たちを助けてくれるに違いない。彼女の傲慢な孫息子が何と言おうと。

何としてもプラムツリー夫人の支援を得ようと、アナベルは強く心に決めた。ロード・ジャレットの意見は、どうでもいい。プラムツリー・ビールに支援してもらうしか、自分たちが生き残るすべはないのだ。

3

アナベル・レイクが置いていった半分エールの入った瓶を、ジャレットはぼう然と見つめていた。小規模な醸造会社というのは、通常近所のパブや家族のためにエールを造る。ジャレットの知るかぎり、ばばさまの他にはビール会社で実際に醸造の責任を取る女性はいない。それだけ厳しい労働環境なのだ。

そのせいだろうか、病気の兄がいるとかいうあの娘の話が、妙に気にかかる。彼女がプラムツリー・ビールとの提携話を持ち出した瞬間に、追い出せばよかった。しかし、何とも興味をそそられる申し出だ。ジャレットの好奇心を刺激する、まさに……危険なばくちで、会社の破滅を防ぐためには絶対に避けなければならない賭《か》け。

彼は重々しく息を吐き、机の上を見た。ちょうど彼女が入って来たとき、この帳簿に頭を悩ませているところだった。プラムツリー・ビールは、倒産の危機にある。ロシアへの販路を失い、利益がいっきに下がった。ばばさまがしっかりした経営者を見つけようと必死だったのも、このせいだ。

会社には今、大きな賭けに出る余裕がない。レイク・エールからの申し出を受けたせいで、ロシア市場での損失による傷に塩を塗ることにもなりかねない。賭けに負ければその痛手から立ち直るのは難しい。そんな勝負に打って出るわけにはいかない。

ただ、もしあの娘が本当にこのエールを醸造したのだとしたら、醸造家としての彼女の能力はすばらしい。それは認めざるを得ない。しかし、自分がエールに関して権威と言えるとは思えず——エール造りから遠ざかって久しい。長いあいだ、食事のときに飲むぐらいだった。

じじさまこそが、権威だった。モルトの山を前にして、どれぐらい焙煎《ばいせん》したものが、どういう種類のエールになるのかを教えてくれた祖父の姿が、頭に浮かぶ。じじさまはよく、いずれはこの醸造所はみんなおまえのものになるんだぞ、とジャレットに言って、発酵台に酵母を入れさせてくれた。少年だった彼は、誇りで胸がいっぱいになった。いつの日にか……そう思っていたジャレットから、ばばさまはすべてを取り上げた。

ジャレットは顔をしかめた。それでもまた、ここに来たのだ。麦芽汁の匂《にお》いに囲まれ、熟成前のビールの味見をしている。ばばさまに、ここをまかされたから。この十九年の歳月など、何もなかったかのように。だが、以前とは異なることがある。醸造所のために自分の人生を捧《ささ》げようという気は、もうジャレットにはないのだ。

「クロフト！」彼は大声で叫んだ。

すぐにクロフトが姿を現わした。この男に関しては、ばばさまが言ったとおりだった。慣れない人に対する態度はぎこちないし、全体として変わった男だが、それでもプラムツリー・ビールについてこの男が知らないことはない。

「ハーパー君をここに呼んでくれ」

「かしこまりましてございます。しかしながら、あの女性がこちらに入るのを許したことを、今一度、お詫《わ》びしたいのです。あの女性に、どう言えばいいのか困ってしまいまして。つまりですね、プラムツリー夫人がご病気であることは誰にも知られぬようにと、若さまに言われておりましたし、あの女性はしつこく質問を――」

「もういいんだ、クロフト。何の問題もないから」ばばさまの体調について、ごく近しい人間の他には隠しておくようにと言い張ったのは、ばばさま本人だった。経営が不安定になると考えた競合相手が、禿鷹《はげたか》のように会社に押し寄せることを危惧《きぐ》したからだ。

「それから、差し出がましいことをおたずねして恐縮ですが、奥さまのご様子はいかがですか？」

「僕が昨夜会ったときには、特に変わったところはなかった」詳しい説明は避けたが、ばばさまの顔色は相変わらずで、咳《せき》もひどかった。

クロフトが急いでハーパーを呼びに部屋を去ると、ジャレットの心に不安が広がった。自分との取引がまとまれば、ばばさまもいつもどおりの姿に戻るだろうと考えていた。ところが、日を追うにつれ、ばばさまの容体は悪くなるいっぽうだった。ライト医師の説明では、肺水腫《はいすいしゅ》とかいう病気だそうで、治らない恐れもあるらしい。

ばばさまが死ぬかもしれない、そう思うとみぞおちのあたりがぎゅっと締め上げられる感じがした。ばばさまはいつもきょうだいのそばにいてくれた。ビール醸造に傾ける精力と情熱のおかげで、ばばさまの存在をより大きく感じた。口論になることはあるが、それでもばばさまは家族のかなめとして全員を結びつけてきた。もしばばさまが死ぬことになれば……

ばばさまが死ぬもんか。そんなこと、考えられない。

「ジャレットさま？　クロフトさんから、お呼びだと聞きましたが」

顔を上げると、会社の首席醸造担当者であるハーパー氏が脱いだ帽子を手に立っていた。ジャレットは机のエールの瓶を示した。「ハーパー君、このオクトーバー・ビールについて、君の意見を聞きたいんだ。グラスなら横の棚にある」

その棚に、ばばさまはブランデーを隠していたのだ。ジャレットの頰《ほお》が少し緩んだ。ばばさまがブランデーを飲むことを、母はよくこぼしていた。レディとしてはあるまじき行為だと、こんな強い酒を飲むことが信じられない様子だった。しかし、ばばさまは普通のレディとは違うのだ。

ただ、さっきのアナベル・レイクという女性とは共通点がある。

そう考えて、ジャレットは眉《まゆ》をひそめた。あの娘はばばさまとはまったく似ていない。だから彼女がこの部屋にいるあいだ、ずっと流行遅れの緑のウールのドレスの下にはどんな体があるのだろうと想像してしまったのだ。小柄で森から冒険に出てきた妖精《ようせい》のようだったが、女性らしい豊かな曲線が感じ取れた。そのなだらかな体の線が、いつの間にかジャレットの欲望を刺激していた。それに、一度だけだが彼女がほほえんだとき……。

ああ、顔全体の印象がすっかり変わった。茶色の瞳《ひとみ》がきらきらと輝いて、薄いそばかすのある頬が赤く染まった。つややかに輝く濃い色の髪が顔を縁取り、斜めにかぶった帽子の下にある髪の豊かさを想像させる。

都会の垢《あか》にまみれたことのない、健康そのものの田舎の娘、という雰囲気の女性だった。ジャレットはこれまでも、常に大地の匂いのする素朴な女性が好きだった。上流社会でよく見かける、優雅ではあるが他人の噂《うわさ》ばかりする根性の悪いレディより、はるかに好きだ。さっきの娘なら、村祭りで踊り、恋人と緑豊かな田舎道を散歩している姿が、簡単に想像できる。そういう娘は、男性からの好意を素直に結婚への序章だと受け取るはずだ。

ばばさまが彼女を自分のところに寄こしたと早合点したのも、それが理由だった。まさにばばさまのやりそうなこと——ジャレットの嫁に、と期待を抱いて美人の醸造家を雇い入れるのだ。そうなれば、結局ばばさまのもくろみどおりになる。

そういう計画に、あの娘はまさにうってつけだ。彼女がちょこんと尖《とが》った鼻を高く上に向けた瞬間、ジャレットは彼女の帽子とドレスを脱がし、その体がどんなものかを探ってみたくなった。だめだ、そんなことを考えている場合ではない。

「どうだ?」ハーパーがひと口、さらにもうひと口飲むのを待って、ジャレットは鋭い口調でたずねた。

「よくできてますね。私がこれまでに飲んだオクトーバー・ビールの中で、いちばんおいしい」

「ちくしょう」

「失礼、何とおっしゃいましたか?」ハーパーが言った。

自分の感想をハーパーが覆してくれないかと考えていたのだが、やはり最初に思ったとおりだった。アナベル・レイクが造ったエールには、大きな市場性がある。ジャレットが協力を申し出さえすれば、彼女の計画は成功に向けて動き出せる状態にある。

「インド市場への参入を検討なさっているのですか?」ハーパーの質問に、ジャレットは驚いた。

「なぜそう思う？」

ハーパーは肩をすくめる。「ホジソンがどうにもこうにもならない状況に陥り、一方ロシア市場はほぼなくなった、そういう背景を考えれば、うちでも東インド会社用にペール・エールを造ってみてもいいのではないかと考えていたんです」自分以外の誰もが、ホジソンの失敗について知っていることが悔しくて、ジャレットがただ目を見開いていると、ハーパーは急いで付け加えた。「プラムツリー夫人が反対なさっていたことは、私も承知しております。しかし、現在のような苦境では、再度考えてみる余地はあります」

「ホジソンはいったい何をして東インド会社を怒らせたんだ？　具体的に話してくれ」

ハーパーの説明では、ホジソン・ビールは立て続けに何度も業界の商慣行を破ったようだが、ジャレット自身この業界から遠ざかっていたので、はっきりとしたことは言えない。ただ、事情がわかるにつれ、認めるのは癪《しゃく》だが、あの娘の申し出には考慮する価値がありそうに思える……ただそれは、彼女の醸造所が約束どおりの製品を造れれば、の話で、彼女にそれが本当にできるという保証はない。

「これと同程度の品質のオクトーバー・ビールをうちでも造れるか？」ほとんど空《から》になった瓶を差して、ハーパーにたずねる。

ハーパーは顔を赤らめた。「できると断言はできません。これは非常に質の高いエールです。まずこのエールの材料配分を研究しないと。ただ、ホジソンのオクトーバー・ビールもうちのものと変わりませんよ。あいつらのいなくなった場所に取って代わることなら、じゅうぶんできます」

バートンの水のほうがロンドンの水よりもオクトーバー・ビールには適しているのです。

ジャレットは、瓶の底に少し残ったエールを見つめた。「意見を聞かせてくれてありがとう。用はそれだけだ、ハーパー君」

あの娘が最高品質のインド市場向けペール・エールを造ったからといって、それがどうした？　あの娘がホジソンの愚かな過ちを好機ととらえ、インド市場に打って出るのなら、それはそれでいい。ただ、その計画に乗せられてプラムツリー・ビールまでが無謀な賭けに参加する必要はないのだ。

レイク・エールが倒産すれば、四十人もの人が職を失います。

ふん、そんなのは、自分の知ったことではない、ジャレットはそう思った。彼の仕事は、この国で苦境に立つビール会社のすべてを救うことではないのだ。このプラムツリー・ビールを救うだけで、手いっぱいだ。

こういう事態になるのだけは、避けたいと思ってきた。何かに愛着を感じてしまうこと。このままでは、やがてばばさまと同じようになる。自分の娘を名家に嫁がせ、結局は不幸にしてしまった。プラムツリー・ビールを英国一のビール会社にするため長年懸命に働いてきたのに、遠いロシアで関税が変わっただけで、築き上げたものががらがらと崩れ落ちようとしている。

たいせつにするものができると、こういう結末になりがちだ。まったく何の落ち度もないのに、運命の皮肉で辛い目に遭う。

現在のジャレットには、選択肢は残されていない。手持ちの札はひどいものだが、この手札を使って賭けに勝たねばならないのだ。家族を支えるために、プラムツリー・ビールの存続は不可欠だ。今のところ、存続はジャレットの肩にかかっており、他の誰もどうすることもできない。

いや、存続していくだけでは足りない。会社をこれまでより大きくし、よりしっかりした事業基盤を持たせなければ。そうすれば年が明けたとき、うしろめたい気持ちを持たずに会社を去ることができる。そして、賭けごとに明け暮れる毎日に戻る。自分の手持ちの金だけを賭けの対象にする。何に対しても愛着を抱くことはない。人生とは先が予測できないものであり、絶対確実なことはないのだと理解して。

アナベル・レイクは、別の会社を捜せばいい。どこかのばかが、あの危なっかしい儲《もう》け話に飛びつくだろう。

私が頼んでいるのは、プラムツリー夫人にこの申し出を聞いていただくことだけです。

はん。ばばさまならこんな話、一顧だにしないはずだ。ただまあ、ばばさまに話すと言った以上、約束は守るつもりだ。

扉にノックの音が聞こえたので顔を上げると、ジャイルズ・マスターズが立っていた。

ジャレットは大きな笑みを浮かべて、すぐに立ち上がった。「何でまた、こんなとこに来た？」

新進気鋭の法廷弁護士として活躍中の旧友が、鷹揚《おうよう》に手を広げた。「君の弟から聞いたのさ。今夜のホイスト・ゲームには、君は来ないんだって？　君の不参加なんて、許されないぞ」

「最近、僕が勝てないものだから、今のうちに負けた分を取り戻すつもりなんだろ」

ジャイルズがわざとらしく胸を張った。「最良かついちばん古い友人がやって来て、ただ楽しい会話で盛り上がり、男性らしい夕べの過ごし方をしようと誘っているだけなんだぞ」

「僕たちの夕べの過ごし方とやらを、そう形容するのか？」ジャレットは少し恨めしそうな目つきで、親友を眺めた。「この前、酒場に行ったとき、ほら、プラムツリー・ビールが経営する酒場のひとつだ――あのときには、君とゲイブがひどく酔っぱらい、どっちが大きなおならをするかを競った。確か、君が勝ったんだったよな。あの場にいた全員がひどい目に遭わされたが」

「しかし、僕は機知に富んだ見事な勝利を収めた。だから結局は、楽しい会話で盛り上がる、男性らしい夕べの過ごし方を示したわけだ」ジャイルズが扉のほうへ手を向ける。「さ、来いよ。僕たちみたいに昼間は実際に汗して働かなければならない者は、夜になれば娯楽が必要なんだ。さらに、君たちみたいに暇つぶしに仕事をするやつらから拒否されるのが、我慢できない」

なぜだかはわからないが、ジャレットは自分が暇つぶしに仕事をしていると思われたのが癪に障った。「ホイストをするには、四人そろわないとだめだろ？」むすっとした声で答える。「それに、君の気分を害するようで申しわけないが、オリバーならもうあてにはできないぞ。今はアメリカにいるが、帰って来ても昔のように僕たちと付き合ってはくれないだろうな。まじめいっぽうの既婚者になってしまったから。そう考えると余計に気分が悪い」

ジャイルズがため息を吐《つ》いた。「君の兄上も、うちの兄貴も同じだな。近頃じゃ、まともな独身男性を見つけるのもひと苦労だ。まあ、だからこそ、僕たちと結束を強める必要があるんだ」ジャイルズが、そこでにやりとした。「それに、四人目ならもう見つけてある。ゲイブがピンターを説得したんだ」

「ピンターだと？　あいつ、険しい顔をして、カードで遊ぶなんてくだらない、時間の無駄だ、みたいなことでも言わなかったのか？」

「あいつは悪いやつじゃないよ。一緒にいて楽しいし、稀《まれ》にだが冗談も言う。いいから来いよ。あいつがどういう男か、自分で確かめればいいじゃないか」

ちらりと机の上に目をやると、帳簿が山と積まれていた。何日も、帳簿とにらめっこして、隅から隅まで見直したが、会社の窮状を救う案は経理上、どこにも見当たらなかった。ちょっと気分を変えてみたほうがいいのかもしれない。旧友とカードを楽しみ、プラムツリー・ビールの最上級のポーターを飲みながら、酒場の女の子とたわむれれば、頭もすっきりするだろう。

そのとき、さっきの娘のことがジャレットの脳裏をかすめた。ジャレットに助けを求めるきれいな瞳が脳裏をよぎる。ちくしょう、彼は心の中でそうつぶやいた。いいさ、ばばさまと話をするのは、明日の朝にしよう。

それに、ハルステッド館の昔の厩務員《きゅうむいん》を捜してもらうよう、有能な探偵であるピンターに依頼しようと思っていたところでもあった。それなら、今夜話ができると、都合がいい。「わかった、行こう」

アナベルは、ロード・ジャレットがこげ茶の髪の男性と一緒に会社から出て来るところを見て、あとをつけた。隣の男性は、侯爵家の長男、あるいは三男だろうか？一緒に祖母のところに行くのかもしれない。男性二人の脚が長くて、アナベルの脚ではすぐに離されそうになり、途中何度も走らなければならなかった。背が低いことの問題点のひとつだ。

さらに広告看板を掲げた少年たちが通りのあちこちに立っていて、前方がよく見えない。また大都会のにぎわいに、目を奪われそうになる――最新流行の品を取りそろえる帽子屋や、さまざまな種類の色鮮やかな布地が陳列された布地屋に、心を引かれる。道端には屋台が出て、おいしそうなソーセージから、暖房用の薪、さらには梅毒の薬まで売られている。

最後の屋台の前を、アナベルは顔を赤くして通りすぎた。バートンの街頭では、あんなものは売られていない。

ロード・ジャレットとその連れは、十五分ほど歩いて目的地に着いた。二人が入った場所の前に立ったとき、それが酒場だと知って、アナベルの心に激しい憤りが燃え上がった。プラムツリー夫人との話はどうなったの！　ロード・ジャレットは、やはり約束を守るような男性ではなかったのだ。

いや、祖母のところに行く前に、軽く飲むだけのつもりなのか？　その可能性はある。酒場の看板を見ると『プラムツリー・ビールの最高級品を提供します』と書いてあった。つまり、この酒場はプラムツリー・ビールが所有しており、所有者の孫息子が軽く一杯飲みたい場合に立ち寄るのはしごく当然でもある。たぶん。

ここでアナベルは決断を迫られた。二人が出て来るのを外で待つか、中に入るべきか。

外で待つのは賢明ではなさそうだ。あたりは急速に暗くなってきているし、ロンドンは辻強盗《つじごうとう》が多いので有名だ。しかし、プラムツリー夫人の居場所を突き止める機会を失うわけにはいかない。

うまい具合に、まだそう遅い時間でもなかったため、酒場に立ち寄る労働者や、軽食をとろうと中に入る男女もたくさんいた。今ならアナベルもあまり目立つことなく店内に入れそうだ。そう考えた彼女は店に入り、ロード・ジャレットからあまり離れていない席に座った。頭を垂れたまま食事を注文し、これなら長時間この場で粘れるだろうと思った。

ところが食事が運ばれる前に、男性がさらに二人、ロード・ジャレットの席に加わった。そして彼らがグラスではなく、ピッチャーでエールを注文して、カードの札を取り出すのを見て、アナベルはこの四人の男性が何を始めるつもりなのか、はっきりと悟った。男性ならではの夜遊びだ。

ロード・ジャレットなんて、地獄に落ちるがいいわ！　彼には、アナベルの提案を祖母に話すつもりなどまったくないのだ。そう理解したものの、次はどうすればいいのだろう？

一時間後、キドニー・パイを食べ、エールを飲み終えても、アナベルはまだ心を決めかねていた。ただ彼らの会話から、いろいろな情報を仕入れることができた。

最初にロード・ジャレットと一緒だった男性は、シャープ家のきょうだいではなく、ジャイルズという名の友人で、この男性も貴族階級の紳士らしい。ロード・ジャレットの実の弟は、金髪の混じった明るい茶色の髪の男性で、これが三男のロード・ガブリエル。彼は、しょっちゅう他の男性たちを年寄り呼ばわりしてからかっている。

四人目はピンター氏という男性で、黒髪、しゃがれ声で、非常に無口、立ち居振舞いがきまじめだ。他の三人のように陽気に騒ぐことはないが、ときおり皮肉な冗談を言うと、全員があっけにとられる。このピンターという男性が、ロード・ジャレットの友人なのか、ただ行きがかりで一緒にカードをする仲間に引き入れられただけなのかは判断がつかない。貴族階級ではなさそうで、他の三人のように女給とふざけたりはしない。

アナベルが観察しているかぎりでは、ロード・ジャレットと弟の二人が、だいたいにおいて勝っている。他の二人は、負けていることへの不満を口にしていた。

男性たちがどんな賭けをしているのかが知りたくなって、アナベルは思いきって四人の近くを通ってみた。ホイストだった。ロード・ジャレットの近くで足を止め、その場でうろうろしていると、彼がホイストを得意としているのがわかった。彼とロード・ガブリエルの組が勝っているのは、そのためだ。

ジャイルズと呼ばれている男性が、エールのピッチャーをもうひとつ頼んだ。「君は幸運の女神に見放されたんじゃなかったのか、ジャレット?」悔しそうに手札を場に捨てる。

ロード・ジャレットがにやりと笑った。「君とピンターじゃ、僕の相手にもならないね」

「言わせてもらえば」ピンターと呼ばれた男性が言った。「今夜は、手が悪すぎるんだ。これほど運に恵まれないと、どんなに才能があっても、無理だな」

「情けない言いわけだな、おい」ロード・ジャレットがピンター氏をからかう。「さ、どうだ、ジャイルズ? 賭け金を上げるか? これで負けを取り戻せるぞ。挑戦しがいのある相手が必要なんだ」

「ああ、もちろんだ。年寄り用に賭け金を上げよう」ロード・ガブリエルが楽しそうに言う。「いつもの兄貴が戻ってきたんだからな」

自分もあの場に参加できれば、とアナベルは思った。何を賭けの対象にすべきか、すっかり心づもりはできている。小さい頃から、カードの遊び方には慣れてきた。最初は両親と兄とで、その後、ジョーディがルールを覚えられるぐらい大きくなってからは、シシーとジョーディを加えて。ただ、最近はカードで遊ぶ機会もめったにない。理由は兄が……。

涙がこみ上げてきた。兄さまの弱虫。昔のやさしいヒュー兄さまを取り戻したい。兄が酔っぱらってばかりいるようになって、ずいぶん日も経つ。兄が酒ばかり飲むようになった理由も、理解できなくはないが、理由がわかったところで、どうなるものでもない。

ピンター氏が札を置いた。「賭け金を上げるのなら、私は降りる。警察からもらう給料では、君たち貴族みたいな高額の賭けはできない」

「僕だって、法廷弁護士なんだぞ。腐るほど金を持ってるとでも思うのか？」ジャイルズという男性がぶつぶつと言った。「とんでもない」

「だが、あなたには金持ちの兄上がいる。負けたところで、兄上に払ってもらえばいいだけだ」ピンター氏が言い返した。

「つまらないことを言うなよ。君は面白いやつだって、ジャレットに言ったばかりなんだぞ。僕を裏切る気か？　君が降りるんなら、僕までやめなきゃならないじゃないか。僕が負けを取り戻す機会を奪うな」

「私には関係ない話だね」ピンター氏がエールを飲み干し、どん、とテーブルにジョッキを置いた。もうこれで帰る、という意思が明らかだ。

アナベルはさっと前に出て、フードを後ろに落とした。「よければ、私がこの方の代わりをしますわ」

気のせいか、酒場の中にあるすべてのものが動きを止めたように思えた。

ロード・ジャレットがいぶかしそうにアナベルを見た。「レイクさん、こんなところでお会いするとはね」

アナベルは震える手を外套《がいとう》のポケットに入れて隠した。「ジャレットさまが、もっと大切なものを賭けたい、とおっしゃるのなら、賭け金を増やすことにも応じますわ」

ロード・ガブリエルがアナベルと兄を見比べ、満面の笑みを浮かべた。「説明してくれないかな、君は何を賭けるつもりだ？」

大きな音を立てて椅子《いす》を引き、ロード・ジャレットが立ち上がった。「すまんが、ちょっと二人で話をさせてもらいたい……」アナベルの腕をつかみ、玄関へと引っ張って行く。入り口でアナベルがつかまれた腕を振りほどくと、彼がたずねた。「今度はいったい何をたくらんでいるんだ？」

アナベルはつん、と顔を上げ、怒りの眼差しで彼を見た。「さっきと同じですわ。

私はあなたの援助を求めている。あなたにその気がない以上、カードで勝ち取るまでです」

「君みたいな女性は、こういう酒場に来るものではない」

「私がどういう女性か、あなたが知るはずもありませんわ。あなたが知っているのは、この軽薄な生活だけでしょう？　賭けごとに明け暮れ、お酒を飲んで、女性とたわむれるだけ」ちょうど、兄が同じような人間になってきている。自分勝手で無責任な男性だ。「ほんのひと晩、そういう時間の使い方をやめて、おばあさまにレイク・エールのことを話してくれさえしないなんて！」

「君は僕のあとをつけてきたのか？」彼の声に、信じられない、という気持ちがにじむ。「正気を失ったとしか思えない。このあたりはロンドンの歓楽街で――」

「あら、私の心配をするふりなんて、おやめになって。あなたの言葉なんて、嘘《うそ》ばっかり。約束すら守れないんですもの」

ロード・ジャレットは顔を強ばらせ、腕組みをした。「言っておくが、僕は明日の朝、ばばさまと話をするつもりだった」

「明日の朝、もう一度来るようにと私におっしゃったでしょ、お忘れになったの？　今覚えていらしたところで、お友だちと夜通し飲んだら、そんな記憶すらすっかり消えてしまうところだったのではなくて？」

彼の頰のあたりが、ぴくぴくと動く。「そこで君は自分の目的を果たすために、僕に賭けを挑んだ、そういうことか？」

「いけませんかしら？　私、カードは得意ですの。お友だちのピンターさんは帰ろうとなさっているようですし、あなたは挑戦しがいのある相手と賭けをしたいとおっしゃっていましたわ」

「君が賭けの対象にしたいのは、レイク・エールに関する提案だろうね」

「ええ。プラムツリー・ビールが私たちへの支援に合意する、私の求めているのは、たったそれだけのことです」

ロード・ジャレットがにらみつけてきた。「たったそれだけ？　自分が何を要求しているのか、君は理解しているのか？」

「兄の醸造所を助けてほしい、そうお願いしているだけです。もちろん、競合相手が減るほうがいいとお考えになる気持ちはわかりますけど」

「ばかなことを言うな。たかだかちっぽけなバートンの醸造所を、うちが競合と見なすはずがないだろう。プラムツリー・ビールは、レイク・エールの五倍の量を生産しているんだぞ」

「それならなお、私たちを支援しても構わないのではありませんかしら？」

彼が浮かべた笑みに、アナベルはぞっとした。「僕が勝てばどうなる？　これほど賭けの対象を大きくして、僕が勝った場合、何を得られるんだ」

アナベルはゆっくりと指から母の形見を抜いた。この指輪がどれほど大切なものかを、彼に知られたくはなかった。「これです。純金で、ルビーとダイヤモンドがついています。最低でも二百ポンドの価値はあるはずです。あなたが勝てば、これをさし上げます」

面白くもなさそうな笑い声が彼の口から漏れる。「指輪？　それで双方の賭け金が釣り合うとでも思っているのか？」

「幸運の指輪なんです」何としてもロード・ジャレットをホイストでの勝負に引っ張り出したくて、アナベルは必死だった。「この指輪をつけて醸造したら、必ずすばらしいエールができるんです」

「ああ、そうだろうよ。その話で指輪の価値が十倍は上がるな」皮肉を返される。

何といまいましい男性だろう。「結構ですわ。私とのホイストを怖がっておられるようですので……」

彼の瞳が、アナベルが醸造したエールを試飲するときと同じような鮮やかな青になった。「つまり、君は僕とホイストをして、勝てる気でいるのか？」

「絶対の自信があります」自信などほとんどなかったが、この機会を逃すわけにはいかない。

ロード・ジャレットが前に出た。見上げるほどに大きくて、サーカスに出てくる巨人のように思えた。「君との賭けに応じるには、君が出す賭けの対象をもっと個人的なものにしてもらう必要がある」

アナベルはごくん、と唾《つば》を飲んだ。「個人的なもの、ですか?」

「一対一の勝負とする。三ゲーム勝負とし、どちらかが二ゲームを勝ったら、相手の賭けの対象を得られることとする」

「結構ですわ」

「まだ続きがあるんだ。君が勝てば、プラムツリー・ビールはレイク・エールがインド市場にペール・エールを売る手伝いをする」罰当《ばちあ》たりな笑みが彼の口元に浮かぶ。

「しかし僕が勝てば、君は今夜僕のベッドを温めるんだ」

4

　自分の言葉に、彼女がひどく狼狽《ろうばい》しているのがわかった。これでいい。この娘には、少々常識というものを教えてやる必要がある。自分の妹たちが彼女みたいなことをしたら、どこかに閉じ込めて鍵《かぎ》をかけ、その鍵を捨てるところだ。

　暗くなってから、ひとりで自分のあとをつけ、ロンドンの歓楽街を歩くとは。守ってくれる者もなく酒場に座るなど。そしておまけに、この自分に、カードで勝負を挑んできたのだ。何ともはや、むこうみずな。非常に魅力的な女性で、心惹《ひ》かれはするが、あまりに無謀で危険きわまりない。

　ただ、この賭けに応じるほど、彼女もいかれているわけではないだろう。そして彼女を宿泊先――どこかは知らないが、そこまで送り届け、付き添って来た者に、この女性から目を離してはいけないと忠告しておこう。

　彼女が、つんと顔を上げた。「受け入れます。賭けの対象は、それで結構ですわ」

「まさか、そんな……本気なのか？」

彼女が強情そうに口元を引き締める。「それでは、また嘘《うそ》をつかれましたの？　実際に賭けをする気もないのに、そうおっしゃったのですね」

「最初だって、嘘はついていないからな！」ほとんど怒鳴るような声になっていた。

「でも、今度は嘘でしたの？」

澄ました顔で小首をかしげるので、彼女の髪が揺れた。どうしてかはわからないが、それを見てまたジャレットは怒りに駆られた。ちくしょう、こんな娘のことはさっさと忘れなければ。「誰かが君をどこかに閉じ込めておく必要があるな」

「それで、あなたがその役目を引き受けようとなさっているのかしら？」挑戦するような口調で彼女が言い返す。「けれど、私を閉じ込めておくほど大きな籠《かご》はありませんわよ」

ジャレットは額を突き合わせるほど、顔を近づけた。「一生を台無しにする気か？　体面を失い、処女を奪われるんだぞ。今後結婚できる希望もなくなる。レイク・エールへの支援を求めるだけのために」

彼女の顔を、奇妙な表情がよぎった。「切羽詰まった人間は、とんでもない行動を取るものですわ」

ジャレットは、すうっと息を吸って、彼女から視線をそらした。切羽詰まった状態がどういうものかは、わかっている。少年の頃、ジャレットも同じ感覚を味わった。

そして長年、賭けごとを続けてきた中で、最後の六ペンス硬貨まで使い果たしてしまう者たちを多く見てきた。もう一回だけ、今度こそは、次ですべての損を取り戻せると期待する男たち。

しかし、女性がこれほど切羽詰まった状況にあるところを見たのは、母以来だった。母を思い出し、ジャレットは落ち着かない気分になった。

「それに、私は負けると思ってはいませんから。自慢するようで恐縮ですが、ホイストは得意ですの」

ふん。どこか辺ぴな地方から出て来た女性醸造家が、この自分をカードで打ち負かそうというわけか。あり得ない。

ただ、ジャレットとしてもこれは危険な賭けになる。プラムツリー・ビールの現在の窮状を考えれば、賭けに応じるというようなことを口にすべきではなかった。会社の将来を賭けの対象にするような権利は、ジャレットにはない。ただ、彼女が受け入れるとは思ってもみなかったのだ。

「もちろん」彼女がなおも続ける。「負けることを怖がっておられるのであれば――」

「君が僕に勝つ可能性なんて、まったくない」

それなら、心配する必要さえないのではないか？　目隠しをされていたって、一対一のホイストでなら勝てる。そしてアナベル・レイクは世間の厳しさを思い知って、バートンに帰るのだ。

結婚できない体になって。

良心が咎《とが》めたが、ジャレットはやましさを無視した。彼女がこの賭けで何もかもを捨て去ることになったとしても、自分とは関係ない。彼女自身がまいた種なのだ。今回の教訓から、男性の職場を訪問して困らせたり、その男性のあとをつけて酒場に入ったりというような愚かな行為は、もうしなくなるだろう。

それに何より、ジャレットとしては賭けの結末を存分に楽しめるのだ。

「いいだろう。これで双方、何を賭けるか了解した」

驚いたことに、彼女のかわいい顔に安堵《あんど》の表情が広がった。「ありがとうございます」そう言ったあと、彼女の瞳《ひとみ》がいたずらっぽく輝いた。「こてんぱんにはやっつけないよう、努力いたしますわ。あなたにお友だちの前で恥をかかせるようなまねは、慎まなければ」

あれこれ気の重いことがあるにもかかわらず、ジャレットは思わず声を立てて笑った。まったく、たいした娘だ。

二人が酒場の大部屋に戻ると、ジャイルズが他の客から金を集めていた。ピンターはテーブルを離れ、長椅子《ながいす》にもたれて、渋い顔で成り行きを見守っている。どうやら、若い女性がヘティ・プラムツリーの孫息子にカードによる賭けで挑戦した、という噂《うわさ》は店の外にまで広がっているようで、店内はさっきよりも混雑している。

「それは何だ？」ジャレットは空席になったピンターの椅子を娘のために引き、自身は彼女と正面になるようジャイルズが座っていた席に着いた。

「君が彼女との勝負に応じるか、ジャイルズが賭けを募ったんだ」ゲイブが説明する。「ピンターと僕は、応じないほうに賭けた。賭け率は五対一だ」

「ふむ」ジャレットは皮肉な口調で言った。「君もたまには勝つことがあるんだな、ジャイルズ」

店内にいた男性たちから、悔しそうなどよめきの声が上がった。ジャイルズは別の椅子を出してそこに座り、自分の勝ちを勘定し始めた。

「君の儲《もう》けから、僕もいくらかもらえるのか？　君の勝ちは僕のおかげなんだぞ」

「いや、君のことを僕がよく知っていたおかげだね。実に思ったとおりだった」ジャイルズがずるそうに娘のほうへ視線を投げかける。「美人と一緒に過ごせる機会を、君が断るはずはないからな。理由はどうであれ。それで、こちらの女性を僕たちには紹介してくれないのか？」

やれやれ。ジャレットは、友人たちを彼女に紹介した。

「よろしく、レイクさん」ジャイルズが誘いかけるような笑顔を彼女に向ける。「賭けごとの場に、これほど美しい女性をお迎えできるとは、うれしいかぎりだ」

アナベル・レイクが、まったくもう、と天を仰いだ。「あなたもジャレットさまと同じような物腰でいらっしゃるのね。お母さまはさぞかしご自慢に思っておられるでしょう」

「こいつは、こういう見えすいたお世辞を母親には使わないんだ」ジャレットは笑いをこらえた。女性は普通、ジャイルズ・マスターズからの褒め言葉にのぼせ上がる。そうでない女性がいると知って、愉快だった。「こいつの母親は、舌先の鋭い側だけをこいつに向けてくる」

「うちの母の舌には鋭くない側なんてないからな」ジャイルズが不平をこぼした。「兄貴が幸せな結婚をした今となっては、僕に対する舌先は鋭くなるいっぽうさ」

「おしゃべりはもういいよ」ゲイブが言った。「みんなで何の勝負をするんだ?」

「ジャレットのことだから、アイリッシュ・ホイストでもしたいんだろ」ジャイルズが、男女の睦《むつ》みごとを意味する卑しい俗語を使った。

「アイルランド風のホイストって、どういうものでしょう?」アナベル・レイクが質問する。

ジャレットはジャイルズをにらみつけた。「気にするな。僕の友人がくだらないことを言っただけだ」そして弟のほうを見る。「みんなでは勝負しないんだ。僕とレイクさんが、一対一でホイストをする」

「何を賭けたんだ？」ゲイブがたずねた。

「二人だけの秘密だ」

「ああ、二人だけの秘密」ジャイルズが背もたれに体を預け、にやにやと笑う。「いちばん楽しいやつだ」

「卑しいことばかり考えるのはやめろよ」ジャイルズはぴしゃりと言った。「レイクさんは、レディなんだぞ」

「こんなところに座っているレディなんて——笑えるわ」彼女がつぶやく。「それからマスターズさま、あてこすりめいたことをおっしゃるより、私に面と向かって言われたらいかがかしら？」

その冷静沈着な声音に驚いて、ジャレットは彼女のほうを向いた。すると、テーブルの上で固く組み合わせた手が、ほんのわずかに震えているのが見えた。

よし。彼女は見かけほどには冷静ではないのだ。こんなばかげた申し出を、これからは二度と受け入れないはずだ。

「あてこすりのつもりはない」ジャイルズの視線が、彼女とジャレットのあいだを行ったり来たりする。「見たままを言っただけさ」

「それなら、他の場所を見ているほうがいいんじゃないか」ジャレットは友人に声をかけた。「二人だけの賭けなんだから、君にこの場に留まってもらう理由はない」

ゲイブが笑った。「僕はどこにも行かないからな。若者にとって、夜はこれからなんだ」

「僕だって、こんな機会を絶対見逃すもんか」ジャイルズも言う。

「好きにしろ」この二人には見られたくないとも思ったが、仕方ない。立ち去らせようという努力はしたのだ。

ジャレットはカードの山を場に置き、彼女に札を確かめさせた。そして、交互に札を切り、ジャレットが切り終わると、彼女に札を配らせた。

ジャイルズが後ろを振り返り、人でいっぱいの部屋に向かって大声で言った。「こちらのレディがロード・ジャレットに勝つほうに賭ける者はいるか？　倍率は五対一から始めよう」

一斉に賭けに応じる声が上がる。彼女が勝つとは誰も予想していないからだ。

「君は僕が負けるほうに賭けるのか、ジャイルズ？」ジャレットは親友の無謀さにいささか驚いていた。

「今日の君はずっと勝ち続けてきたからな。そろそろ運を使い果たす頃だ」

「君の負けだな」ふと見ると、ピンターも残っている。腕組みをして、柱にもたれかかっているのだ。「君まで残っていることはないんだぞ、ピンター」苛立《いらだ》たしい口調で声をかける。「僕たちみんなに、今夜は散々な目に遭わされたんだから」

「あなたはさっき、あとで相談したいことがあると言っていたように記憶しているのだが」

　ああ、くそ。すっかり忘れていた。

「待つのは、まったく苦にならない」ピンターは娘のほうをちらっと見た。「見ているのも」

「ああ、そうだった」ゲイブが口をはさむ。「ピンターはレディのこととなると、完《かん》璧《ぺき》な紳士なんだ。気の毒なレイクさんをひとり、僕たちの中に置いて立ち去るなんて、この男にはとてもできないのさ。僕たちの誰かが、秘密のねぐらに彼女を無理やり連れ帰るんじゃないかと心配してるんだよ」

「あら、不思議」アナベル・レイクが眉《まゆ》を上げてたずねる。「あなたたち三人は、女性を無理やり連れ帰ることを習慣になさっているのかしら?」

「火曜日と金曜日だけはね」ジャイルズが答える。「だが、今日は水曜日だから、君の身の安全は守られる」

「ただし、君が青い靴下留め《ガーター》を着けていれば、話は別だぞ」ゲイブが茶化す。「水曜日には、ジャイルズと僕は青いガーターが無性に見たくなるんだ。君のガーターは青か?」

「月曜日と木曜日だけは」双方に十三枚ずつ札を配りながら、彼女が応じる。残りを場に置いて、いちばん上の札だけを、表に向ける。「残念でしたわね。他の女性を連れ帰っていただかなければなりませんわ」

「レイクさんのガーターのことなんて、考えるな」ジャレットは威嚇するように言った。「二度と口にするな。今度そういうことを言えば、僕が外にほうり出してやる」

ジャイルズがじっと自分を見ているのに気づいて、ジャレットはどきっとした。ちくしょう。長年の付き合いで、この男には心の隅々まで読み取られるようになっている。ジャレットが守ろうとする女性は、妹だけであることも知っている。だがまあ考えてみれば、守ってやらねばならないようなまともな女性と、ジャレットが一緒にいることはめったにないのだ。

親友の視線を無視して、ジャレットは手札に注意を戻した。何とまあ、ひどい手だ。ひょっとしたら、彼女がいかさまをしたかと疑いさえ持つほど。ただ、ジャレットはカードでペテンをする人間であれば、遠く離れたところからでも見わけられる。彼女はペテン師ではない。

「その『二人だけの秘密の賭け』というのは、プラムツリー夫人の相続条件と何か関係あるのか?」何かを考え込んでいたジャイルズが、思いを口に出した。

「相続条件?」アナベル・レイクがたずねる。

まったくもう、ジャイルズのやつめ。彼女が場から札を取り、手札を一枚捨てるのを見ながら、ジャレットは心の中で毒づいた。

「プラムツリー夫人が出した、財産の相続条件なんだ。来年の一月までに孫の全員が結婚しなければ、生活資金も含めて、彼女は孫に資金援助をしない」ジャイルズが事情を説明する。「君はジャレットとの結婚を承諾したのかい？」

「絶対に、あり得ません」

くそ、こんなにきっぱりと否定しなくたっていいのではないか？

ジャイルズの瞳が、面白がるようにきらめく。「ほう、それは皮肉だな。通常、女性はこの男に群がるものなんだが。教えてもらえないかね、君はジャレットのどこが嫌いなんだ？」

「この方のことを、好きとか嫌いとか言えるほど、存じ上げておりませんもの」澄ました顔で彼女が答える。「ですから当然、結婚も考えられませんわ」

「女性は普通、恋愛結婚を望むものだ。レイクさんもそうなんだろうよ。結婚を賭けの対象にはしないよ」ジャレットが、そう付け加えた。

「私が結婚についてどのように考えているか、今朝会ったばかりですのに、よくおわかりですこと」彼女が疑いの眼差しを向けてくる。「もしかして、相手の心を読むのは、こちらのお友だちではなくて、あなたのほうではないのかしら、ジャレットさま」

口の達者な女だ。「僕が人の心を読めたら、困るのは君だぞ」ジャレットはクラブの11《ジャック》を置いた。「この勝負を君が失うわけだからな。そして賭けの対象である君の望みも叶《かな》わない」

「あなたが人の心を読めないことは、もう知っています」彼女が、にんまりと笑い、ジャレットが置いた札の上に、クラブのキングを置いた。「だって、私が第一回の勝負をいただきましたもの」

確かにそうだった。あの手札ではジャレットが勝てるはずもなかった。ただ、彼女のつきもそう何度も続かないだろう。

ジャレットが札を集めて、切り始めると、ジャイルズがたずねた。「今ので、賭けの勝敗は決まったのか？」

「三ゲーム勝負として、二ゲーム勝てば、賭けの勝者となる。だから、違う、まだ賭けの勝敗は決まっていない」

「もう一度聞くが、賭けはプラムツリー夫人の相続条件とは、まったく関係ないんだよな？」

「僕が説明しようとしていたのに」ゲイブが口を開いた。「関係はないはずなんだ。ジャレット兄貴はうまくばばさまを説得して、自分は条件から外してもらうことに成功したのさ。年内いっぱい、会社の経営に責任を持つだけでいいんだ。その後、ジャレットは以前の生活に戻り、結婚もせずに賭博場《とばくじょう》に君臨できるんだ」

ジャレットは、ふと思案した。そう言われてみると、非常に無責任に聞こえる。いや、そう聞こえたところで、どうということではないのだが。責任を持てば、痛みや喪失を体験せずにはいられない。そんな苦悩を抱えるよりは、何の責任もないほうがいい。

「なるほど、ビール会社の経営は、あなたにとってただのお遊びなのですね」娘の言葉に非難の色がにじむ。

「遊びではない」今度の手札はどうかと調べるあいだ、彼女の鋭い視線を感じる。

「いわば、短期的に経営をまかされた形になるんだ。祖母が戻って来るまで、会社の状態を保っておくように」

「つまり、会社が発展することには、何ら興味はない、という意味ですわね？」

ばかにしたような言葉から、彼女の気持ちが伝わってくる。ジャレットは彼女をひたと見据えた。「僕が、君の無謀な提案に興味を持たないのは、会社を発展させたいからだ」

二人は勝負に戻り、ジャレットはすぐに三トリックを獲得した。

「無謀な提案、って何なんだ？」ゲイブがたずねた。

娘が自分の札の配置を変えながら答える。「私の兄はバートンで醸造所を所有しています。そこで、プラムツリー・ビールと共同事業を始めたいと提案しました。どちらの会社にとっても有益なのです」

「彼女の主張ではな」ジャレットは彼女の言葉を否定した。

「と言うことは、これは事業絡みの賭けなのか？」ジャイルズが言った。「何だ、つまらない。レイクさんが賭けに勝てば、ジャレットは共同事業に参加するわけだ。それで、ジャレットのほうは何を得る？」

「彼女の兄上の醸造所だ！」ゲイブが叫んだ。「そうに違いない」

「まさか」娘が反論する。「醸造所を所有するのは私ではなく兄ですし、うちの醸造所は、ジャレットさまを必要としておりません。そもそも、大切な事業の経営権まで賭けの対象にするような愚かな者がいるわけないでしょう？」

「驚くなかれ、どんなものだって対象にする男はいるんだ」

ジャレットが言うと、すかさずジャイルズも口を開いた。「女もだよ」そして訳知り顔を彼女のほうに向ける。

「醸造所を賭けたのでないなら、他に何があるんだ？」そうつぶやいたゲイブを、ジャレットは、黙ってろ、と視線で制した。弟はびくっとしてから、アナベル・レイクのほうを見た。

彼女の頬《ほお》がケシの花のように真っ赤になる。この女性は、感情がすぐに顔に出るのだ。彼女が、ふしだらな女なのだろうと酒場じゅうの男たちの憶測の的《まと》になる。そんなのは嫌だとジャレットは思った。

「レイクさんは、指輪を賭けたんだ」ジャレットはそう言いつくろった。

ああ、助かった、という視線を彼女が返してきた。「とても貴重なものなのです。売ればかなりの金額になりますわ」

「へえ」ジャイルズが、やっぱりな、という視線をゲイブと交わす。「指輪ねえ。なるほど」

ジャイルズもゲイブも、ジャレットが賭けの対象として、思い入れなどが入る余地のない現金を好むのを知っている。宝石で支払いを受け取ったことは、これまで一度もない。二人は新たな興味もあらわに、娘のほうを見た。ジャレットが勝てば、何を得るのかがわかったのだ。

ああ、ちくしょう。こんな賭けに応じなければよかった。厳しく彼女を諭《さと》し、宿泊先まで送り届けるべきだったのだ。

それならなぜ、送り届けなかった？

後悔し始めたのは、彼女に負ける可能性が現実味を帯びてきたからだ。これほど苛々させられる女性に出会ったのは初めてだった。彼女の純朴な魅力が、これまでにないほどジャレットを刺激した。

そうやって気持ちを乱されるのはおかしい。好ましくない結果につながる。だから正気を失う前に、彼女をベッドに連れ込もう。絶対に。

ゲイブは状況をさらに知ろうとしてか、質問した。「それで、君はロンドンにはひとりでやって来たのかい？」

「もちろん違います」彼女がトリックをひとつ獲った。「義理の姉と……甥《おい》が一緒に来ました」

気のせいだろうか、彼女が〝甥〟と言う前に、ためらいがあった。その理由に、ふとジャレットは思い当たった。「甥というのは何歳なんだ？」

彼女は勝負に集中している。「どうでもいいでしょう？　甥の年齢がどう関係ありますの？」

「男性の付き添い役をその甥が務めているのなら、どうでもいいでは済まない」ジャレットはさらにたずねる。「何歳だ、五歳か？」

言葉に詰まって、彼女が唾《つば》を飲んだ。「どうしてもお知りになりたいのなら。十二歳です」

「十二歳！」ジャイルズが大声を上げた。「まだ子どもじゃないか。この大都会に少年だけを頼りに出て来るとは……君の兄上は、よく許可したものだな」

「兄は病気なもので。どうすることもできなかったのです」

ジャレットは眉を上げた。「どうにかする機会を、君は兄上に与えたのか？」

彼女が、ぴしっと音を立てて場に札を置く。「いいえ、まったく」

ゲイブが低く口笛を吹いた。「兄貴が彼女と結婚しないのなら、誰かが彼女を妻にしないとな。この女性には、面倒を起こすのを止める夫が必要だ」

「その話は、もう彼女にしたよ。僕だって黙っていたわけじゃない」ジャレットは不満げに答えた。

「してないわ！」アナベル・レイクが興奮気味に言った。「あなたの話とやらは、『誰かが君をどこかに閉じ込めておく必要があるな』でしたのよ。意味合いがまるで異なりますわ。あなたは、女性なんて愛玩《あいがん》動物みたいなものだと思う種類の男性なのです。籠《かご》に閉じ込め、自分はパーティにうつつを抜かす方よ」

「おい、ジャレット」ジャイルズは咎めるような口調だったが、その瞳はきらきら輝いていた。「君がそれほどまでに低い女性観を持っていたとはね」今度は彼女に体を近づける。「この僕は、そのような言葉をレディに向かって発する男ではない。これだけは確かだ」

ジャレットはふん、と鼻先で笑ったが、彼女は細く形のよい眉を上げてジャイルズをちらっと見た。「女性のご機嫌を取りたいだけのことでしょ」

「やられたな、ジャイルズ」ゲイブが笑い飛ばす。「レイクさんは本当に人の心が読めるに違いない」

ジャレットは彼女のトリックを奪った。「読めるはずがないさ。だからこそ、僕の女性観を誤解するんだ」一瞬、彼女のほうに視線を向ける。「一日知り合っただけで、人格を決めつけるのは僕だけではないようだ」

「出会ってからのできごとで、あなたがどういう人かを決めつけたのではありません」彼女が言い返す。「私は、あなたの言葉から人格を判断したのです。女性をどこかに閉じ込めておく必要がある、というのは、女性には自分の身を守る能力すらないとおっしゃったのも同じです。あからさまな侮辱でしょう」

「侮辱するつもりはなかった。ただ、女性が都会に来れば、田舎にいるときとは異なる行動を要求されると指摘しただけだ。それができない女性には、面倒をみてくれる者が必要なんだ」

「田舎ですって！　私の住んでいるのはバートンですのよ。人口七千人の町です」

全員が笑った。

彼女の不愉快そうな表情に、ゲイブが説明する。「失礼。だが、ロンドンの人口は百万を超えるんだ」

「それぐらい承知しています。だからと言って、バートンが田舎だということにはなりません。違いますか？」

「比較すれば――」ジャレットの言葉を、彼女がさえぎった。

「私たちの町にも、それなりの醜いところや汚い部分はあります。ロンドンとの違いは、その規模だけなのです」

彼女の言葉にこめられた苦々しさに、ジャレットははっとした。彼女自身、醜い犯罪の犠牲になった経験でもあるのだろうか？　どこかの悪党が、彼女の純潔を奪ったとか？　その可能性を考えるだけで、どうしてこんなに怒りがわき起こるのだろう？

「何にせよ、ロンドンでは女性はじゅうぶん身の安全に気を配らねばならないことは、わかっています」彼女が挑戦的にジャレットを見る。「私だって、良心のかけらもないふとどきな男性三人とテーブルを囲むことになるとは思ってもおりませんでしたから。そのあげく、男性から身を守るためには夫が必要だ、世の中には自分たちみたいな不埒《ふらち》な男性がいるからね、などとばかげたことを言われるとは」

ジャイルズが笑った。「もっともな意見だな、ジャレット」

「彼女を調子に乗せるな」ジャレットは親友をぴしゃりと制した。

ジャイルズは良心のかけらもないふとどき者だ。しかし、自分は違う、とジャレットは思った。自分は陽気で楽天的な遊び人だ。だから目の前に座っている辛らつな女性の社会的体面に責任を持ちたくはない。不純な賭けを軽率に受け入れたのは、彼女ではないか。いや、もちろん、自分のほうであいった賭けの対象を言い出さなければばよかったのだが。

二回目のゲームが終わった。腹立たしいことに、勝負がつかなかった。二人とも十三トリックを獲得したのだ。次のゲームも同じだった。

悔しいが、思ったよりも彼女はホイストがうまいことを認めざるを得なかった。一対一でホイストをする場合、たいした戦略が必要なわけではない。それでも、出された札にじゅうぶん注意を払っておかねばならない。彼女の獲得したトリックのいくつかは見事なやり方で、ジャレットも感心した。

ただ、腹立たしくもあった。今夜、負けるわけにはいかないのだ。

彼女が配ったばかりの札を手に取り、ジャレットは場で表に向けられた札を見た。切り札はダイヤだ。やった。今回のつきはジャレットにある。これで彼女がどういう闘い方をするのか、お手並み拝見だ。

「それで、ジャレットさま」彼女がゲームを始めながらたずねた。「あなたの女性観とは、どういうものなのでしょう?」

「こりゃ、大変だぞ」ジャイルズが瞳をきらりと光らせる。「追い詰められたな」

「どうしてですの?」彼女がたずねる。

ゲイブが笑った。「女性を満足させる答などないからさ。何を言っても地獄が待っている」

「ピンターさん」彼女は探偵に声をかけた。「あなたなら、きっと正しい答をお持ちでしょう?」

ピンターの顔に狼狽の色が広がる。相当慌てているようだ。「この話に参加しないでいることを許していただきたい。私は女性に対して、いっさいの先入観を持たないんだ。誓うよ」

こいつは意気地のない男だな、そう思いながらジャレットは数字の低い捨て札を切った。「僕が答えよう」ばばさまと、ばばさまがあれこれと生活に干渉してくることを思う。さらには父と母の悲劇的な結末。彼の心に、何か暗いものがわき上がってきた。「女性は、周囲の人間を騒動に巻き込んで困らせるとき、いちばん幸せなんだ」

その場が、しん、とした。酒場全体が静まり返っている。部屋にいる男性全員の視線が、アナベル・レイクに注がれた。

ところが意外なことに、彼女は大声で笑い出した。「どうやら、思ったよりも私たちは共通点がありそうですわ。あなたのおっしゃったことそのものが、まさに私の男性についての感想ですの」

「そうなのか?」彼女がいくつかトリックを獲ったが、ジャレットはそのままにした。不要な札を捨てていく。「そういう男性観を持つようになった理由は? 君の周囲には気の毒な男性がいたんだろうね」

「そういう男性がひとりだったとは限りませんわ」彼女が眉を上げる。「あなたのほうは、どうですの？　そういう考えを持つようになったきっかけは、どなたかに失恋したせいなのかしら？」

場の札がなくなった。彼女はエースを出し、ジャレットは切り札のダイヤでそれを奪った。ジャレットの手にはたくさんダイヤがあり、また低い数字の札はほとんどないため、最後までトリックを獲得し続けられる。この手なら、勝負がつかないはずはない。「失恋した経験はない。今後もないだろうな」

「それは心を許すほどには女性を近づけないからさ」ゲイブが冗談めかして言った。

そうだ、心を許す必要などない。女性は自分を変えようとするし、人に自分の生き方を指図されるのはご免だ。ばばさまがくだらない策略をめぐらすまでは、この生活に何の問題もなかった。年が明ければまた、元の暮らしを謳歌《おうか》できる。

ただ、ときおり孤独を感じることはある。それは認めよう。夜遅くまで同じ賭けごとばかりしている暮らしに飽きてきた。ただ、賭けごとをしていると、気持ちが落ち着く。この世界しか知らないし、自分に自信が持てるのもこの場所だけだ。

ジャレットは次々に札を出していった。彼女が切り札として出したものを、一枚、また一枚と獲得していく。このゲームは勝てないと悟った彼女の顔が青くなっていくのを見るのが楽しかった。「僕からも同じ質問をしよう。君は誰かに失恋した経験があるのか？　未婚でいるのはそのためか？」

「私が結婚しないのは、結婚に何の魅力も感じないからです。あなたや、あなたのお友だちを見ていると、つくづくそう思いますわ」

「まあ、僕たちのことばかりも心配していられないだろう」ジャレットは最後のトリックを獲り、にんまりとした。「このゲームは僕の勝ちだ。これであいこになった。賭けに勝つのにも、うんと近づいたわけだ」

「私も同じでしょ」アナベルが札を集める。「私が配る番ですわね。あなたみたいに手札に配慮はいたしませんから」

ジャレットは険しい顔で彼女を見た。「僕がいかさまをしたとでも言いたいのか？」

「いえ、とんでもない」彼女は頰を赤らめて配り始めた。「言い方が悪かったのです。さっきみたいなつきに恵まれることなど、そうは続きません、言いたかったのはそれだけですわ」

少しばかりおどおどした彼女の口調に、ジャレットはしめしめ、と思った。「それは負け惜しみかな？」

「あなたもお認めになるでしょう？　さっきは、すばらしい手だったと」

ジャレットは肩をすくめた。「へたな者は、つきがあっても逃してしまうものさ。同様に、じょうずな者は、ごく普通の札ばかりでもすばらしい手に変えられる」

「ごく普通の者は、すばらしい手でも苦労する」ジャイルズが口を開いた。「いいから、さっさとゲームしてくれ。どっちが勝つか、みんな待っているんだぞ。ホイスト・ゲームに関する哲学を聞きたいわけではない」

アナベルがちらっと眉を上げ、ジャレットを見た。「この方、いつもこんなに気が短くていらっしゃるのかしら?」

「大金を賭けているときだけだよ。こいつは、すべての希望を君に託した。愚かな男だ」

「頼むから、この男をこてんぱんにやっつけてくれ」ジャイルズが言った。「たまには僕もひと儲けしたいし、ジャレットもがつんと一発食らえばいいんだ」

「あら?」アナベルが札を配る。「ジャレットさまは、よく勝つのかしら?」

「勝つのは、いつもだよ」ゲイブが不満そうに言った。「ただ、最近は運に見放されていたみたいだが」

「しかし、今夜は違う」ジャレットは自分の手札を見ながら言った。前回ほどすごい手ではないが、まずまずだ。ジャレットなら勝てない手ではない。

そのゲームの進行は早かった。二人が黙って、ゲームに集中していたからだ。そのゲームも、またもや勝負がつかず、テーブルを囲む男たちが一斉に不満の声を上げた。

アナベルは札をジャレットのほうに滑らせた。「この調子では、朝になっても決着がつかないかもしれませんわね」

「お疲れの様子かな?」ジャレットは札を切りながら、彼女をからかった。

「いいえ、まったく。でも、勝負は互角ですわね。あなたもお認めになるでしょ?」

「まあな」彼は札を配り始めた。

「あら、今聞こえたのは負け惜しみかしら?」

「君が避けようのない破滅の影を見ただけだよ」

二人はこんなやり取りを続けながら次のゲームを始めた。今度の手札は、どっちに転ぶかわからない。ここまでのところで、彼女の勝負のスタイルというのがわかってきた。彼女がどういう作戦に出るかを予測できる。

ただし、彼女のほうもジャレットの作戦を見抜けるはずだ。

これほど勝負のしがいのある相手との対戦を、ジャレットは楽しんでいた。ジャイルズとゲイブは、札を注意深く観察しない。いつ、誰がどういう札を出したかに無頓《むとん》着《じゃく》なのだ。二人はもっぱら、酒を飲んで酒場の女給とふざけるほうに興味を示す。

この娘は違う。真剣にゲームに挑む。こういう女性は、どんな家族の中で育ったのだろう? 両親は亡くなっていて、今は兄と兄嫁の家で暮らしている。つまり未婚の小姑《こじゅうと》、というわけだ。

そう考えると気の毒になってくる。おそらく、二十五歳にもなっていないだろうから、叔母さんと呼ばれるには若すぎる。小姑としての生活に、我慢できるものだろうか。

確かに、二十八歳のミネルバでも、現在の生活に満足しているように見える。ただミネルバの場合は、作家としての暮らしがある。この娘には何があるのだろう？　自分が所有しているわけでもない醸造所だけ。おそらく彼女の兄は、妹を醸造所に来させないよう苦心しているはずだ。

いや、待て。彼女の兄は、妹がロンドンに出るのを無理には止めなかったぐらいだ。アナベルが最初の台札を出したので、ジャレットはゲームに集中せざるを得なくなった。全力で臨まなければ、勝てない。悪くとも、このゲームを勝敗がつかない形で終わらせなければ。

しばらく二人は無言のまま、互いにトリックを獲り合った。場札がなくなったところで、ジャイルズが口を開いた。「ところでゲイブ、ジャレットが結婚しなくて済むのなら、残るのは君だな。相手はもう決めたのか？」

ゲイブが顔を曇らせる。「ぎりぎりまで抵抗するよ」

「それがいい」ジャイルズが答える。「それで……えっと……女性のきょうだいはどうなんだ？　二人とも相手を選んだのか？」

ジャイルズの口調に、なぜか引っかかるものを感じ、ジャレットは身構えた。ちらっと見ると、ジャイルズは爪《つめ》の先をいじっている。何でもない、というそぶりを見せてはいるのだが、どことなく頬のあたりが強ばり、突然身動きしなくなっていた。

ゲイブはその変化には気づいていない。「ああ、セリアはまだばばさまのことを恨んでいる。ミネルバは、ジャレットが自分だけ条件を免除されたことに、かんかんだ。だが、ミネルバにはどうすることもできないからな。交渉材料があったのは、ジャレットだけなんだから。オリバーがばばさまを出し抜こうと考えた策だって、失敗したくらいだ」

「さあな、誰かがうまい策を考えるとすれば、ミネルバだろう」ジャイルズの言い方が、あまりにも慎重すぎる。

ジャレットははっとした。ジャイルズとミネルバのあいだには何かあるのだろうか？　実は、フォクスムア邸のバレンタインデー大舞踏会で二人が一緒にいるところを見たときに、そう思った。ところがその夜、オリバーがマリアとの婚約を発表し、ミネルバとジャイルズのことは忘れてしまっていた。

ちくしょう、何もなければいいのだが。ジャイルズは親友だ。しかし、安心してこの男に女性を預けられるか、と聞かれれば、はっきり否定する。おまけにいつも、ふいっとどこへともなく姿を消してしまう。そのあと何日も彼を見かけることはない。ばばさまいつそばにいてくれるかもわからないような男と妹を結婚させたくはない。ばばさまの条件さえなければ、ミネルバは独身を通しても――

「切り札はハートでしてよ、ジャレットさま」アナベルの声が聞こえた。見下ろすと、彼女の出したダイヤのジャックを、スペードの5で獲ろうとしていた。スペードはこの前の回の切り札だったのだ。ああ、ちくしょう！　ジャイルズが自分の妹に手を出そうとしていると思って、集中できなくなっていた。

「ああ、そうだった」なにくわぬ顔で言って、札を彼女のほうへ押す。

しかし、困った状況になっていた。ゲームに集中していなかったあいだに、少なくとも三トリックは終わっていた。ジャレットはどんな札が出たのか記憶をたどろうとしたが、どうがんばっても思い出せない。

だめ、だめだ。何たる大失態。クラブのクイーンとハートの10がどうなったのか、さっぱりわからない。どちらもジャレットの手札にはなかった――そこまでは覚えている。しかし彼女がすでに出したのかどうか、確信が持てない。

最後のトリックに入った。これまでのところ、獲得した得点は同じ。手元にあるのは、ハートの9とクラブの5――ジャレットが台札を出す番だ。彼女の手元にあるのはダイヤの8、そしてクラブのクイーンもしくはハートの10。

ジャレットはすばやく頭を回転させた。5を先に出せば彼女が何を出そうが同点になる。ハートの9を出せば、彼女が勝つか、彼が勝つか、あるいは勝負がつかないか、彼女の次に出す札次第で、すべての可能性がある。

5を先に出すべき――それが安全策だ。負けることは許されないのだから。ただ、勝つこともできない。いや、彼女の持っているのがクラブのクイーンとダイヤの8だった場合、クラブの5を出せば負けてしまう。ハートの9を出しておけば、勝つ可能性は残されている。

彼女が切り札であるハートを残しておいたのか、絵札を取っておくことにしたのか、にかかっている。これまでの札の出し方からは、どちらとも判断できない。

ジャレットは深く息を吸った。安全策は自分のスタイルではない。

どきどきしながら、彼はハートの9を出した。彼女は不思議そうな視線を投げかけてから、ハートの10を出した。

ジャレットはぼう然と出された札を見下ろした。読みが間違っていたのだ。もうだめだ。

最後のトリックは形式的なものでしかなかった。彼女はこのゲームの勝者となり、つまり賭けに勝ったのだ。そして、賭けの対象も手に入れる。

ああ、ちくしょう！

5

アナベルはぼう然とテーブルの札を見た。自分の目が信じられなかった。マスターズ氏が歓声を上げ、ロード・ジャレットの勝利に賭《か》けていた男たちから、ああ、という嘆声が聞こえた。ロード・ガブリエルもそのうちのひとりで、兄の敗北を口汚く罵《ののし》った。

ロード・ジャレットは何の感情も表わさず、ただぼんやりとテーブルを見下ろしている。

彼の無表情は今に始まったことではない。ホイストのあいだじゅうも、ずっとこの調子だった。そのため、彼がどういう戦略で勝負をするのかがわからず、先を読むのが難しかった。最後の二枚になり、彼が台札を出す際には、この回はまた勝負がつかないな、とアナベルは覚悟した。彼の手札が何かを正確に理解していたし、彼のほうも自分の手札を把握していると思っていた。彼はどの札が出たかを記憶する能力にとりわけすぐれていると、友人たちも言っていた。

ではなぜ、彼はハートの9を出したのだろう？　どの札が出たかをアナベルが覚えていないとでも考えていたのだろうか？

いや、それでは理屈に合わない。ハートが台札になれば、同じハートを持っているアナベルとしては、ハートを出さざるを得ない。つまり、アナベルは嫌でも勝つことになる。

わざと負けたのだろうか？　それが唯一、納得のいく説明だ。しかし、どうしてアナベルに勝ちを譲ったのだろう？　レイク・エールへの支援を、あれほど渋っていたのに。

理由として考えられるのはひとつだけ。アナベルとベッドをともにしたくなかったのだ。

賭けを決めたときの、二人の会話を思い返してみる。賭けの対象として、彼はとんでもないことを言い出したが、アナベルが受けて立ったので、びっくりしていた。だから、ベッドを温めろというのは、賭けを断る口実であったに違いない。こういう男性だから、いったん言い出した賭けの対象を引っ込めるようなことは、プライドが許さなかったのだろう。

無理にアナベルをベッドに連れ込む事態を避けるには、自分から負けるしかないと考えたのだろうか？　もしそうなら、彼が女たらしだというのは、見かけだけなのかもしれない。あるいは、アナベルにはまったく魅力を感じていないか。ただ、彼は自分に対してある程度の欲望は感じているように思える。もちろんアナベルは、はちきれるようにみずみずしい若い女性とは言えないが、墓場に片足を突っ込んだ老婆《ろうば》というわけでもない。本当に女性の尻《しり》ばかり追いかけているような男性なら、さほど選《え》り好みをするはずはない。たぶん。

ただ、紳士的な態度を取りたかったのなら、賭けに勝ったところで、支払いは不要だと言いさえすればよかったのに。あるいは、アナベルが差し出した指輪を受け取ってもいい。どうしてそうしなかったのだろう?

今のは真剣勝負だったのかも。それにアナベルが勝ったということなのか?

酒場全体が重々しい沈黙に包まれ、誰もがアナベル、あるいはロード・ジャレットが口を開くのを待っている。

「どうやら、プラムツリー・ビールはレイク・エールと共同事業を始めることになりそうですわね、ジャレットさま」他にどう言えばいいかわからなかったので、アナベルは思いきってそう切り出した。

ロード・ジャレットはまっすぐにアナベルを見据えた。緑の瞳《ひとみ》にろうそくの火が揺らめいた。「確かにそのようだ」

その言葉からも、彼の気持ちはいっさい伝わってこない。そのため、アナベルはどぎまぎした。「この賭けに応じてくださったこと、感謝します。私とホイストを勝負してくださったことも。ありがとうございました」

「どういたしまして」

やっと彼の感情が声ににじんだ——わずかだが苛立《いらだ》ちが伝わる。

すると彼がいきなり立ち上がった。「君はどこに宿泊しているんだ?」

予想外の質問に、アナベルは驚いた。「『あぶみ亭』です」

「ハイ・ボロー街にある宿だな?」アナベルがうなずくと、ロード・ジャレットは近くの服掛けから帽子と外套《がいとう》を取り、身ごしらえをした。「宿まで送っていく」

「そこまでしてくださらなくても結構ですわ。辻馬車《つじばしゃ》を使いますから」

「辻馬車など問題外だ」

「私が送って行こう」ピンター氏が口をはさんだ。

「いや」きっぱり断られて、ピンター氏は反論しかけたのだが、ロード・ジャレットがすぐに言い添えた。「レイクさんと打ち合わせておかなければならないことがあるんだ。二人だけで」

アナベルは身構えながらも立ち上がった。打ち合わせなら、明朝にすると思っていたのだ。

「用が済んだら、戻って来るんだろ?」マスターズ氏が声をかけた。彼は自分の賭けに勝ったことで、すっかりご機嫌だ。「君はまた運に見放されたみたいだからな。さっき負けた分を取り返したい」

「自分のつきを、もうしばらく楽しみたいわけだな」ロード・ジャレットが、皮肉な口調で言葉を返す。

「当然だ。負けは一回で終わるはずがないからな」

「僕の恐れているのは、そこだよ」ロード・ジャレットは恨みがましい様子も見せない。腹を立てているのかもしれないが、気持ちをうまく隠している。「悪いが、楽しみは別の機会までとっといてくれ。ピンターと話をするためここには戻るが、話が終わればすぐに帰宅する。明日はバートンまで行くので、早く起きなきゃならないんだ」

それを聞いて驚くアナベルを尻目に、ロード・ジャレットはテーブルを回ってアナベルの側に来た。「さあ、行こう。すっかり遅くなったから」

アナベルは差し出された彼の腕に手を置いた。外に出るとすぐにアナベルは質問した。「どういう意味ですの、バートンまで行くとは？　来ていただく必要はありませんのよ。うちのオクトーバー・ビールを取り扱ってもらうよう東インド会社の方と話してくだされば、それでじゅうぶんです。注文には必ず応じられます、と保証していただけばいいだけです」

冷たい視線が返ってきた。「賭けに負ければ、プラムツリー・ビールがレイク・エールを支援する、ということまでは約束した。しかし、君の兄上の醸造所がどういう会社なのか、何も知らないまま支援するとは言っていない。レイク・エールについての知識もなく東インド会社に話を持ち込んでは、プラムツリー・ビールと先方との関係を危うくする事態にもなりかねない。だから調べておきたいんだ、レイク・エール社の経営状況、じゅうぶんな生産量が確保できるのか、君の兄上の事業計画――」

「だめ、バートンにいらしてはいけないわ！」アナベルは思わず声を張り上げてしまった。

彼が疑うような眼差しを向ける。「なぜだ？」

「わ、私は……その……」そこで名案がひらめいた。「あなたがいなければ、プラムツリー・ビールの経営に支障が出るでしょう？」

彼がヒュー兄さまをひと目でも見れば、アナベルの言う〝病気〟の正体が露見する。さらに、インド市場進出の計画をヒュー自身はまだ認めていない事実も知られる。そうなれば賭けの勝敗がどうであろうが、支援など絶対にしてもらえない。

彼はじょうずにぬかるみを避けて、アナベルをエスコートして行く。「プラムツリー・ビールのことなら、心配は要らない。首席醸造担当者と書記のクロフトに指示書を残しておく。この二人にまかせておけば、僕がいないあいだも、業務に支障は出ない。ほんの数日のことだから」彼の視線が、アナベルの表情を探る。「何か、僕に隠していることでもあるのか?」

アナベルは彼の視線を正面から受け止めた。「いえ、ちっとも。ただ、ジャレットさまにご迷惑をかけるのでは、申しわけないと思っただけです」

彼が苦々しく笑った。「申しわけないと思うのが、少し遅すぎたんじゃないかな。君は僕の支援を求め、今それを手に入れた。君たち一行をバートンまで送り届けるくらい、何でもない。準備ができたらすぐに出発だ」

アナベルは状況をあれこれ考えてみた。ロード・ジャレットも一緒にバートンに帰ったほうが、対応しやすいのは確かだ。突然、何の前触れもなく彼が醸造所に現われたら、どうしようもない。ただ、ロンドンに留まってもらうのが最善ではある。

「恐れながら、ジャレットさまが、私や義理の姉や甥と一緒に乗合馬車のひどい揺れに我慢なさっているところを想像しにくいのです」

「同感だ。だから侯爵家の専用馬車を使う」

「え、まさか、そんなことまで――」

「侯爵家の馬車を使用するのは、僕の長兄である侯爵だけだし、現在、兄は新妻と一緒に国外に旅行中だ。最低二ヶ月は戻って来ない」ハイ・ボロー街に入る角を曲がるところで、彼がちらっと横目でアナベルを見た。「君たちも、バートンまでの馬車賃を節約できる」

アナベルは赤面した。認めるのは悔しいが、節約できれば大変助かる。彼女もシシーも、ロンドンの宿代がこれほど高いとは想像していなかったのだ。帰りの旅費はできるだけ切り詰めねばならず、ロンドンに来るときに使ったように宿場で体を休める費用も、もうなかった。

休憩することなく丸一日半乗合馬車に揺られる旅程は、かなり厳しいだろうと覚悟していた。シシーだけでなく、すぐに機嫌の悪くなる十二歳の少年を連れていればなおさらだ。侯爵家の馬車を使わせてもらえば、途中で一泊する余裕ができる。ロード・ジャレットのために余分の宿泊費を払うことにはなっても。

彼女は誇りを捨てることにした。「ご親切に、ありがとうございます。途中の宿代は、私たちが出します」

「つまらないことを言うな。一緒に行くと言い出したのは僕なんだから、費用はすべて僕が負担する。君の兄上と一緒に仕事をするわけだから、君の家族についてもよく知りたい。一緒に旅行するのは、仲よくなれるいい機会だ」

ああ、どうしよう。「どういう意味でしょう?」

「契約について、細かいところをしっかり合意しておかねばならない。レイク・エールは、輸出手続きを僕たちにまかせるつもりなのか、それとも醸造所から直接出荷するのか。樽《たる》についてはどうするのか、バートン近郊に必要なだけの数量を納入できる業者があり、その業者とレイク・エールはこれまでも取引があるのか。あるいは、樽の手配もプラムツリー・ビールに依頼したいのか。こういった共同事業の場合、考えなければならないことがたくさんある。それらをすべて、明確にしておかねばならない」

アナベルは目を丸くしてロード・ジャレットを見つめた。彼の経営能力の高さに、改めて感心した。短期的に経営をまかされただけの人にしては、いろいろなことによく考えが及ぶものだ。ただ、そういう人物は危険でもある。

「兄は本来の体調ではないのですよ、お忘れなさいませんように。ですから、ジャレットさまが求められる取り決めについて、すべては解決できないかもしれません」

彼が不審の眼差しを向けてくる。アナベルはうしろめたくて視線をそらした。ヒューは、確かに本来の体調ではない。ある意味においては。

「君の兄上の病気だが、実際、どれぐらい重いんだ？」荷物を積んだ台車を避けながら、彼がたずねた。

どう答えればいいのだろう？　重病だと言えば、レイク・エールが倒産する危険を考えて、支援を拒否されるだろうし、とはいえ、ロード・ジャレットがバートンにいるあいだ、一度も面会できない状態にあると信じてもらう程度には、病状が悪いことにしておく必要はある。

曖昧《あいまい》に言葉を濁すことにした。「お医者さまがおっしゃるには、すぐに回復すると。ただ、会社のことであれこれ思い悩んでいては治らないらしいのです。それでも会社に関しては、醸造所長と私とで、ジャレットさまがお知りになりたいことなら、何でもお答えできますわ」

「君はレイク・エールの事業全般について仕事をしているんだね。最初、君はただエールの醸造をするだけで、経営にはかかわっていないのだと思っていたのだが」

「兄が仕事を続けられなくなったので、私がやるしかなかったのです」

「うちのばばさまも、そうやって仕事を始めたんだ。じじさまが病気になり、会社を何とかしようと働き出した。じじさまは病床から、ばばさまにあれこれ指示を出した」ロード・ジャレットの口調がやさしくなる。「やがて、じじさまが亡くなった。周囲の人たちは会社を売るための手続きを調えて、ばばさまと僕の母に売却の提案を持ちかけた。だが、ばばさまは自分が会社を経営すると言って、譲らなかった。その頃までには、ばばさまは自分ひとりで経営するだけの能力を身につけていたんだ」

「プラムツリー夫人は、本当に勇敢な女性ですわ」

「頭がいかれている、と言う者もいたけどね。たいていの男たちは、いかれていると言ったな」

「推測ですけど、そう言ったのは競合相手ではありませんか？」

ロード・ジャレットが明るく笑った。「ああ、そのとおりだ」

その口ぶりから、祖母の偉大さを認めざるを得ない、という彼の感情が伝わってくる。孫たち全員に、期限をつけて結婚を強いるやり方には反発しているようだが――その気持ちは、アナベルも理解できる――それでも彼は祖母を深く敬愛しているのだ。

「侯爵家のごきょうだいは全員、プラムツリー夫人に育てられたのですよね、例の……つまり……」

彼の顔が強ばった。「君も噂《うわさ》を耳にしているわけか」

ああ、しまった。こんな話題を持ち出さなければよかった。これではまるで……噂好きのつまらない女性みたいだ。先代ストーンヴィル侯爵夫妻の死については、いくとおりかの噂がある。ひとつは、侯爵夫人が侵入者と間違えて夫を撃ってしまい、その事実を知って自殺した、というもの。別のものは、彼の兄である現侯爵が父を殺そうとしたところを、止めに入った母に銃弾が当たってしまい、その後父を殺した、というもの。どちらの話も、完全に真実とは思えない。

真相はどうだったのだろう？　しかし、まさか直接たずねるわけにもいかない。それに、今二人のあいだに漂う重い沈黙が、ロード・ジャレットはこの話をしたくないのだ、という事実を物語っている。余計なことをたずねたと、アナベルが謝ろうと思ったときに、彼が口を開いた。

「僕が十三歳のとき、ばばさまが僕の保護者になった。しかし、ばばさまが僕たちを育てた、というのは、ちょっと違う気がする」語る彼の声が冷たく、他人ごとのようだった。「ばばさまはプラムツリー・ビールの仕事で忙しくて、それどころじゃなかったんだ。だから、僕たちは勝手に育った、という感じだったな」

「それで納得しましたわ。ごきょうだい全員が、こんなに――」

「奔放な理由が？」

ああ、また失敗。言ってはいけない話を持ち出してしまった。「独立心旺盛《おうせい》でいらっしゃるのが」

ロード・ジャレットが苛立ったような笑い声を上げた。「うまい言い方だな」そして、アナベルのほうをじっと見る。「それで君の場合は？ 独立心旺盛になったことへの言いわけは何だ？ 母上を幼い頃に亡くしたからか？ 父上の真似《まね》をして、自分も醸造に手を染めてみると言い出したのかい？」

「いいえ。実は母の実家が、代々エール造りを行なっていました。エールワイフとして女性が醸造に責任を持ち、造り方や配合など、すべてが母から娘へと受け継がれてきたのです。ですから、私も母と同じ道を歩んだというところでしょうね。母と同じになるには、まだまだ道は遠いのですけれど」

「では、君がエール造りを始めて何年になるんだ？」

「父が亡くなる前からですので、かれこれ七年近くになりますわね」

「嘘《うそ》だろ？　七年前だなんて、まだほんの子どもだったはずだ」

「母が亡くなってすぐ、私は醸造を始めました。二十二歳のときです」

ロード・ジャレットが驚いてアナベルを見つめる。「それじゃ、君は――」

「ええ、もうすぐ三十歳になりますの。もうすっかりお婆《ばあ》さんですわね」

「ふん。君は腹立たしいことこの上ないし、君ほどずけずけとものを言う女性にもお目にかかったことはないが、年寄りだなんて、とんでもない」

アナベルの口元が緩んだ。笑みを隠しながら、ばかばかしい、と自分に言い聞かせても、彼の言葉がうれしかった。バートンではみんなが自分のことを行き遅れの女性として扱う。けれど、彼はそう思っていないのだ。

しばらく二人は、無言で歩いた。通りが混雑していたので、特に会話する必要もなかった。ハイ・ボロー街は、宿や酒場が多いことで有名で、夜遅くなっても人の行き来が激しい。宿まで送ってもらって、よかった。彼の大きな体が隣にあるだけで、安心感を覚える。

ロンドンとバートンの違いについて、認めるのは癪《しゃく》だが、彼の言葉が正しかったのがわかる。認めたことを口にする気は絶対にないけれど、バートンでは、行きたい場所に気がねなく行けるのだ。レイク家が町では名門であるせいもあり、男性の召使いを連れなくても街を歩けた。いかがわしい場所に入り込まないよう気をつけてさえいれば、どこにでも行ける。

しかし、ここでは……そもそも、ロンドンにはいかがわしい地区というのが多すぎる。辻馬車に乗れば、おそらく何の問題もなかったのだろうが、馬車でさえ、金目のものを狙《ねら》う強盗に襲われる可能性もある。

二人はやがて、プラムツリー・ビールの前に差しかかった。夜勤の従業員がいるだけで、建物はしんとしている。そして『あぶみ亭』が見えてきた。この宿を選んだのはプラムツリー・ビールから近いため、そして何より安かったからだが、別の場所にすればよかったとアナベルは思った。一階には酒場があり、かなり騒々しい。これでは夜も眠れそうにない。

ロード・ジャレットが扉を開き、中へとアナベルの背中を押す。「部屋の前まで送って行こう。こういう場所を女性がひとりで歩くのは危ない」

「感謝申し上げますわ、ジャレットさま」礼を述べながら、アナベルは狭い階段を上がり始めた。

「僕が賭けに勝っていたら、今夜二人がどういう関係になっていたかを考えると」彼が低い声で言った。「そういう他人行儀なもの言いはやめてもらいたいね」

アナベルは頬《ほお》が熱くなるのを感じた。またこの話だ。そうなっていた場合を想像する。宿の人たちは全員、自分の部屋で寝ているか、酒場にいるのだから、今は彼と二人きりなのも同然だ。その事実を意識してしまう。

そもそも、彼はどうして、賭けの対象としてあんなことを言い出したのだろう。申し出を拒否したかっただけなのか、それともアナベルと関係を持ちたかったのか。関係を望んでいたのなら、どうしてわざと負けたのだろう。

これから一日半、馬車の中で隣り合って過ごさなければならないのだから、彼が本当に紳士なのか、それともやはり女たらしなのかを知っておくべきだ。「その話題が出たついでなのですが、ジャレットさま――」

「ジャレットだ」

「ジャレット」背筋を興奮が駆け下りる。こうやって洗礼名を呼び捨てにするのは、何だか親密な感じがする。「聞きたいことがあって……」困った。どういうふうに質問すればいいのだろう。

「何だ？」

上の階に着くと、人影すらなかった。彼が一緒に来てくれてよかったと、改めてアナベルは思った。シシーとジョーディと一緒に泊まっている部屋は、廊下の突き当たりにあり、そのあたりには明かりもないのだ。階下で騒いでいる酔っぱらいが上がって来て、その男と二人きりという事態が起きていたかもしれない。

部屋の前で、二人は足を止めた。アナベルは勇気を出して、まっすぐに彼の目を見た。「私に勝ちを譲ってくださったの？」

「なぜ僕がそんなことをしなければならない？」

「あなたはあくたれ《ヘリオン》ぶっているけれど、本当はそうじゃない。あなたは紳士ですもの」

「それほど立派な紳士というわけではない」

アナベルは声をひそめた。「でも、紳士だからこそ、賭けの戦利品として女性をベッドに連れ込むことは、嫌だったのでしょう？」

「それなら最初から、賭けの対象として、そういうことを要求しなければいいではないか」

「私を怖がらせようとしただけなのでしょ？　でも私は逃げ出さなかった。困ったあなたは、ベッドを無理強いしなくて済む方法を考えた」

彼が太い眉《まゆ》をぎゅっと近づける。「ただ、君に支払いを要求しなければいいだけのことだ」彼の声に、はっきりと苛立ちがにじみ始めている。

「それも考えましたの。でも、そうすれば私はあなたに恩義を感じなければならないでしょ。私が、恩を着せられるのなんてまっぴらだと思うのを恐れたのではないかしら。勝ちを譲るほうが、紳士的な行為だわ」

「勝ちを譲ったのではない」彼が吐き捨てるように言った。

「それでも……つまりね、あなたが負けた理由が、まったく理解できないの。あなたのやり方をずっと見ていたから。わかっていたはずよ、あのとき私の手札がハートの――」

「はっきりと認めてくれ、そういうことだな？」彼が前に出るので、アナベルは徐々にあとずさりする格好になった。やがて壁まで追い詰められ、もう逃げ場がなくなった。彼がアナベルの両肩をがっしりとつかみ、体を近づけて威嚇的につぶやく。「君は正々堂々と勝負して、勝利をおさめた。これでいいか？」

「違うわ。そういうことじゃなくて、あなたほどホイストのじょうずな人が、あのとき――」

彼の唇が、アナベルの口を覆った。突然のことに彼女は驚いたが、彼の唇は温かくて、さっきまで飲んでいたエールのホップの香が少し感じられて、そして、本当にやわらかだった。触れ合っているのは唇だけなのに、長いあいだ抑えていた、その先に起きることへの期待がいっきにふくれ上がる。

空《から》っぽの胃で、エールをがぶ飲みするようなもの――一瞬のうちに熱が渦を巻いてお腹《なか》全体に広がっていく感じ。その熱はやがて頭から手足の指まで刺激していく。ウールと石鹸《せっけん》と男性そのものの匂《にお》いに、酔いしれてしまう。男性とこれほど接近したのは久しぶりだった。男性はこんなにいい匂いがするのだということを忘れていた。

さらに、うっとりするこの感触。彼の唇が押しつけられるままに、アナベルの唇も形を変える。くすぐったい。自分が何をしているかを意識する暇もなく、彼女は口を開いていた。彼は驚いたように、体を強ばらせたが、すぐに舌を差し入れてきた。舌を奥のほうへと入れながら、体もぴったりとくっつける。アナベルは彼の体が硬くなるのを感じた。彼の体のすべて、自分の乳房に押しつけられる筋肉の盛り上がり方から、脚のあいだで大きくなっていくものまで。

彼の興奮のしるしにひるむことなく、アナベルはもっとしっかりキスを受けようと彼の首に腕を巻きつけ、つま先立った。彼の手はアナベルの腰をつかみ、胴体を引き寄せる。何度もキスしながら、腿《もも》でアナベルの体をはさむようにして体を押しつける。

時間が止まった。アナベルはほとんど知りもしない男性に体をゆだね、当然のように彼が唇を奪うままにさせている。腰をつかむ彼の指に力が入り、親指がお腹の上を撫《な》でていく。互いの唇が絡み合い、激情が弾け、良識が吹き飛ばされる。こみ上げる動物的な欲求が、体の奥を焦がし、うずき、さらなる欲求を生む。ああ、だめ。強い欲望で恍惚《こうこつ》とするのは、本当に久しぶりだ。

そのとき物音がした。近くの部屋で、何かが落ちたようだ。アナベルははっと唇を離し、一歩退いて、周囲を警戒した。そのまま二人とも、荒く息をしながら、互いを見つめ合っていた。

いったい何を考えていたのだろう？　彼にキスを許しただけでなく、自分からもキスを返してしまうとは。

ルパートと体の関係を持ったのは一度だけだったが、それに近いことは何度か体験した。二人とも若く、軽率で、深く考えることもなかった。あのときルパートが教えてくれた快感は、忘れられないものだった。それから十三年間、アナベルは慎ましやかなレディとしてまともな暮らしを送ってきたのに、ジャレットがそんな年月を打ち壊してしまった。そして彼女はただ、されるがままになっていた。

何と愚かな。男性に隙《すき》を見せたら、アナベルのような女性はいいように利用されるだけ。考えればわかることなのに。しかも相手は奔放な生活で有名な男性なのだ。侯爵家に生まれた男性は、田舎育ちの貧しい行き遅れの女とは結婚しない。ただベッドをともにするだけ。

彼が体を近づけてきた。「言っただろ、アナベル。僕はたいして紳士ではないんだ」かすれた声で、名前を直接呼ばれたことに、アナベルはどきっとした。「勝ちを譲ったわけではない。ハートの9を出したのは、他のことに気を取られていて、10がまだ出ていなかったことに気づかなかったからだ。それから、負けを支払わないまま許すつもりも、まったくなかった」

薄暗がりの中で、彼の瞳がぎらぎらと輝く。危険な眼差しがアナベルの唇へ注がれた。「君がこんなことを言い出したのは、僕は根が善良な男で、かわいくほほえみかけるだけで思いどおりに操れると考えたからなのか？　それなら、そんな考えは捨てるんだな。万一、これからもそう考えるのであれば、僕との勝負で自分の体を賭けるようなまねは二度とするな。兄上の醸造所を救うためでもな。次は必ず僕が勝つ。そのときは、負けをきちんと支払ってもらうからな」

恥ずかしいのか、興奮しているのか、どちらのせいかはわからないが、アナベルは頬が熱くなるのを感じた。「ご心配なく、ジャレットさま」弱さを見せてはだめ。弱みにつけ込まれるだけよ、彼女は自分にそう言い聞かせた。「今後、あなたと勝負することはありませんから。あなたにしてもらいたいことは、もうちゃんと達成できたんですもの」

彼が鋭い視線でアナベルを見た。冷たい笑みを浮かべている。「言葉には気をつけろ。僕にしてもらいたいことを達成できたと考えた者は、これまでもたくさんいた。しかしそのうち、まったく逆の事態に陥ってしまったことを知るんだ。僕の思いどおりに動かされていたんだ、とね。君の今度の相手は、立派なおとなだ。君の兄上のように、簡単に操ることはできないぞ」

アナベルにその意味をしっかり理解させるかのように、ジャレットがそこで言葉を切った。それから、体を起こした。彼の顔にほの見えていた興奮も、収まってきている。「明日の朝、ばばさまに話をしなければならない。だが、昼過ぎには終わるだろう。バートンへの出発はそのすぐあとだ」そこで帽子を少し上げて、挨拶《あいさつ》をする。「では明日……アナベル」

どう返答していいか、まったく言葉が浮かんでこず、彼女はただ、背を向けてゆったりとした足取りで去って行く彼を見ていた。

彼が階段を下り、その姿が見えなくなると、アナベルは崩れるように壁にもたれかかった。脚ががくがくして、手も震えていた。

何て傲慢《ごうまん》な男なの。立派なおとな、ですって？　ふん。自信満々で、独善的。一人前の醸造家と認めてもらおうと、長年男性への対応に苦労してきた。それでも、これほど頭にくる男に会ったことはなかった。

それにあの言葉――負けをきちんと支払ってもらう……また勝負を挑むほど、私だってばかじゃない。そもそも、ベッドを温める、なんていうとんでもないことを言い出したのも彼のほうだ。アナベルではない。レイク・エールを救うにはもうそうするしかなかったから、勝負に応じただけなのに。それが彼にはわからないのだろうか？　アナベルがまた罠《わな》にかかってしまうと、彼は本気で思っているのだろうか？

もちろん、思っているのだ。女はみんな、彼がちょっと誘いかけるだけでついてくるとでも思っているのだ。そうやってお気に入りの売春婦をはべらせているのだろう。いや、彼は売春婦など相手にするのだろうか？　それとも愛妾《あいしょう》をどこかに囲い、気の向いたときに訪ねて欲望を吐き出すのだろうか。そう思うと、なぜか気になる。気になる理由は……そう、多くの女性が彼に利用されているのが、不愉快なだけ……あの目的で。

彼が女性の肉体にしか興味を持たない男性であるのは確かだ。そうやって自らの欲望を満足させているのだ。そして、女性は進んで彼に体を投げ出す。女性が彼の餌食《えじき》になる理由も理解できる。彼は非常にキスがうまい。その先のことについての彼のすぐれた技巧も簡単に想像できる。

久しく忘れていた光景が、アナベルの脳裏によみがえる。絡み合う体、相手を愛撫《あいぶ》する手、やがて最高の快感へとのぼり詰めていく――

ああ、もう。あの男のせいだ。そういった衝動、期待、欲求のすべてを、アナベルは長年抑えつけてきた。ところが、軽率な一度のキスだけで、あのことばかり考えてしまう。二度と彼にああいうまねを許してはいけない。

体の熱を持て余し、どうにか欲望を振り落として、アナベルは外套のポケットを探って、鍵《かぎ》を取り出した。扉を開けて、室内に足を踏み入れる。

彼女の若さゆえの情熱の結晶が、暖炉のそばの簡易ベッドで眠っていた。ジョーディは火のほうに顔を向け、毛布を蹴《け》り落としている。毛布は床にあり、夜着のズボンがめくれ上がって、細いすねが見えた。

アナベルは、胸が締めつけられる気がした。椅子《いす》で眠っているシシーを起こさないよう、そっとジョーディに近づき、毛布をかける。ジョーディは何か寝言をつぶやき、毛布を首まで引っ張った。

涙がこみ上げる。〝叔母さん〟が毎晩、おやすみを言うために自分の部屋に来るのはなぜだろうと、この子が思うことはあるのだろうか？　〝叔母さん〟が自分の将来をこれほど気にかける理由を考えることは？　アナベルが自分をどう思っているか、気にしたことはあるのだろうか？　それよりも、この子にとっては〝母さん〟がいちばんで、深い愛情の対象はシシーなのだろうか？

そう考えると辛くてたまらない。ときどきジョーディを見ていると、遠くの山の頂上にあるおとぎの城を見ている気分になる。自分の息子なのに、自分の息子ではない。母親と名乗れる日は来るのだろうか？　真実を告げれば、この子はいっそう自分から離れていくだけなのか？

濃い茶色の髪がひと房、ジョーディの頬にかかっていた。その髪をかき上げたい衝動と、アナベルは懸命に闘った。この子を起こしたくない。寝ている我が子は、こんなにもいとしい。

「戻ったのね」静かな声がした。

顔を上げると、シシーが目を覚ましたところだった。「ええ」

「プラムツリー夫人と、話はできたの？」

「それはできなかったんだけど、ジャレットさまを説得してレイク・エールを助けてもらう約束は取り付けたわ」

シシーがほほえむ。「やったわね！　さすがだわ」ジョーディの穏やかな寝息が途切れ、深く息を吸って寝返りを打ったので、シシーはささやくような声に落とした。

「あなたならできると思ってた」

「でも、条件があるの」ロード・ジャレットがバートンまで同行することになったいきさつを、手短に告げる。

「まあ、大変。ヒューの……いつもの……ああいうところをご覧になったら、どうすればいいの？」

「だから、お見せしないようにしなければ。あなたが気を配ってね。頼りにしているから」

「ええ、わかったわ」

「それからジョーディよ。要らぬことを口走らないように言って聞かせないと。ただ、何を言い出すかは見当もつかないけど。ヒューがどういう問題を抱えているか、この子はきちんと理解できていないだろうから。とにかく、ヒューは病気だということにしておくんだって、ジョーディにも言っておかないとね」

「朝になったら、私から話すわ。心配しないで。ヒューにしろジョーディにしろ、この計画の邪魔はさせないわ。これが最後の希望なんだもの」シシーがまた、椅子にもたれた。「それで、何があったのか、詳しく話してちょうだい。ジャレットさまは、どうして考えを変えられたの？」

やれやれ。シシーは噂話なら何でも聞きたがる。普通ならどんなことでも喜んで義姉に話すアナベルだが、今夜はすべての詳細を打ち明けるわけにはいかない。

若気の過ちで、一度家族に迷惑をかけた身だ。もう二度と家名を辱しめるようなまねはしないし、シシーにもそう信じてもらいたい。

6

ジャレットは足音も高く、ハイ・ボロー街を歩いていた。怒りがふつふつとわき起こり今にも沸騰してこぼれそうだ。気持ちを鎮めようとしてもだめだった。アナベル・レイクのせいだ。彼女が、あなたにしてもらいたいことは、もうちゃんと達成できたんです、と澄ました顔で言ったときには、つい自分が彼女にしてもらいたいと思っていることを実行に移してしまうところだった。

しかし、彼女への欲望をさらけ出してしまったからこそ、彼女はああいうことを言い出したのだ。我ながら頭がどうかしたに違いない。まず、賭《か》けの戦利品として、彼女の純潔を求めた。そしてついさっきは、薄暗い宿の廊下で、人に見られては困る行動に出てしまった。誰がいつ通りかかるかもしれないのに。彼女の義理の姉が、扉から出て来ていたかもしれないのに。

下半身の要求に基づいて行動してしまった。これではまるで、都会に出て来たばかりの少年と同じだ。あのアナベルという女性は、ジャレットの自己抑制力を破壊する方法を知りすぎている。

　確かに、彼女は美人だ。ただ、きれいな女性ならいくらでもいる。ところが、男性でいっぱいの酒場に入って来るほど根性のある女性は、まずいないだろう。おそらく、ばばさまと妹たちだけ、それも自分の一族が経営する酒場だからだ。それにホイストでジャレットに勝負を挑む女性も、負けたら体で払え、と脅しをかけてもひるまない女性もいない。

　わざと負けたのだろう、と言われたときには、本当に腹が立った。これまでのいきさつを考えれば、あの娘にも少しは勉強になっただろう、と期待していたのに、彼女はもう少しで一生を台無しにするところだったという事実に気づいてもいない。勝ちを譲った、とジャレットを責めたのだ。

　ああ、あの娘と一緒にいると、頭がおかしくなりそうだ。どうしようもなく。彼女は無節操な男の欲望を自分があおり立てたことに気づかず、それがどれほど危険かを知りもしないのだ。あの年齢で、よくもあそこまで純真でいられたものだ。もうすぐ三十歳？　そんな歳だとは思わなかった。春に咲く花のように、可憐《かれん》でみずみずしくて――もうすっかりお婆《ばあ》さんですわね――とんでもない。

　バートンの男たちは何をしていたのだろう？　彼女を花嫁にしようと思う男がひとりもいなかったのか？　どうにも納得できない。ただ、彼女のほうで結婚したくなかったのなら、話は別だが。

私が結婚しないのは、結婚に何の魅力も感じないからです。

なるほど、それには同感だ。ジャレット自身、結婚して何の得があるとも思っていなかった。つまり、二人には共通点があるわけだ。

しかし、彼女とベッドをともにすることには、大きな魅力を感じる。あの体を組み伏せ、実用本位のドレスをはぎ取り、一見しただけではわからなかった豊かな乳房を堪能《たんのう》し、きれいにくびれたウエストから下に――

だめだ！　彼女は兄が所有する醸造所を救うことに必死になっていて、そのために純潔を失う危険まで冒した。成功を夢みてすべてを賭けるのは、愚かな行為だ。やがて失意に苦しむのに決まっているのだから、彼女はその現実を学ぶ必要がある。ジャレット自身がいい例だ。遊びに会社のことを持ち込むまいと決心していたのに、その決心を曲げてしまった。自分には会社について何の権利もないのに、事業計画を賭けの対象にした。その計画で、会社は倒産の危機に瀕《ひん》するかもしれない。

ただ、これも元はと言えばばばさまの策略に巻き込まれたせいだ。ばばさまが相続に条件をつけなければ、プラムツリー・ビールにかかわることもなかったし、短期的にせよ会社の経営を引き受けたのも、これで弟や妹の面倒をみてやれると思ったからだ。本来なら、誰も必要とせず、誰からも必要とされず、あちこちで賭けごとをして暮らしていたはずなのに。

そして、その暮らしにますます嫌悪感を覚えていく。

はて、どうしてそんなふうに考えたのだろう? 嫌悪感など抱いていない。賭けごとに明け暮れる生活には、何の不自由もない。

あなたのように頭のいい男性が、その頭脳を賭けごとの場だけにしかつかわないのはもったいない。

ちくしょう、そうつぶやきながら、ジャレットはさっきの酒場に入った。ばばさまには、何もわかっていないんだ。法廷弁護士になれと言ったぐらいなんだから。弁護士なんて、ぞっとする。

「これは、これは、よくお戻りで」ゲイブがにやにやしながら声をかけてきた。

店内の興奮は消え、人の数も少なくなっていた。ピンターは座ったまま酒を飲み、ゲイブは酒場の女給を膝《ひざ》に載せている。ジャイルズはカード札を切っていた。

ジャイルズはジャレットの姿を認めるとすぐに、椅子《いす》を引いてくれた。「さて、彼女はもういなくなった。だから本当は何を賭けていたのか、話してくれよ。君が勝ったら何を得るはずだったんだ?」

怒りをぶちまけそうになるのを、ジャレットはかろうじてこらえた。「だから、言っただろ。彼女の母親の形見の指輪だ」

「へえ、指輪、ねえ」

「僕を嘘《うそ》つき呼ばわりするつもりか、ジャイルズ?」

親友が、きょとんとした顔を見せた。「まさか、そうじゃないさ。ただ、奇妙に感じただけで。君は――」

「君が何を感じるかは自由だ。しかし、それを口にするのは許さない。二度とそのことを他の人間に伝えるな」

「どうしたんだよ、兄貴。何でそんなに機嫌が悪い? 誰かにケツでも蹴《け》られたのか?」ゲイブの言葉に、膝の女性がくすくす笑った。

「おまえもだ、ゲイブ。これについては、これ以上ひと言でも口にしたら承知しない。わかったな?」

次に視線を向けられたピンターは、両手を挙げてみせた。「私に警告は無用だ。女性に関する噂《うわさ》が、私の口から広まることはない」

「こんなやつのことなど、気にするなよ、ピンター」ジャイルズがそっけなく言った。「負けたから、八つ当たりしているだけさ。しかも女性を相手にな」

負けることになった原因を思い出したジャレットは、ジャイルズに詰め寄った。

「そう、その話だ。ミネルバに結婚相手が見つかったかどうか、質問したのはなぜだ?」

ジャイルズの顔に、さっと警戒の色が広がる。「質問した覚えはないがね」

「いや、確かにたずねていた」ゲイブが口をはさんだ。「女性のきょうだい二人は相手を選んだのか、そう言ったぞ」

「話の流れで、たずねておかないと失礼になると思っただけだ」ジャイルズが何でもないように肩をすくめる。しかし頰《ほお》の筋肉が引きつれて、言葉が嘘だと告げていた。

ジャレットはジャイルズに近づき、威嚇するように見下ろした。「うちの妹たちに近づくな」

ジャイルズが立ち上がり、ジャレットを正面からにらんだ。ジャイルズの瞳《ひとみ》で、何か暗い影がゆらめく。「機嫌が悪いからって、人に当たるなよな」ゲイブのほうに顔を向ける。「来いよ、ゲイブ。僕のクラブに行こう。まともな会話のできる相手が必要だ」

ゲイブが女給に何かを耳打ちし、女給はふくれっ面をして彼の膝から下りた。するとゲイブは、ジャレットとジャイルズを交互に見ながら、立ち上がった。「では、年寄りに案内してもらうとするか」

二人の姿が消えるとすぐ、ジャレットはプラムツリー・ビールの最高級のポーターを自分とピンターのために注文し、椅子に腰を下ろした。たいした原因もないのに、くだらない喧嘩《けんか》をしたものだ。自分が悪かった。仮にジャイルズがミネルバを狙《ねら》っているとしても、ジャレットがどうこう言う問題ではない。本人にまかせるべきだ。それにミネルバは、愚か者と派手な女遊びをする男に対し、容赦しない。ジャイルズに言い寄られてもはねつけられる女性がいるとしたら、それはミネルバだけだろう。

気になるのは、ジャイルズがジャレットの警告には聞く耳を持たなかったこと。いつもの彼なら、笑い飛ばすか、はい、はい、近づかないよ、と受け流すかなのに。そして、ミネルバとのあいだには、何もない、とも言わなかった。考えると心配になる。

「それで、明日はバートンまで行くのか？」さりげなくピンターが会話の口火を切った。

目の前のことに集中しなければ。「ああ、レイク・エール醸造所がどういう会社か、見ておきたい」

「あのお嬢さんは、君が行くと聞いて、驚いていたみたいだが」

「そうなんだ」驚いていただけではなく、狼狽《ろうばい》した様子だった。ジャレットをバートンに来させないように、説得を試みさえした。何か隠しごとがあるのだ。彼女は事情のすべてを語ったわけではない。

ジャレットは、ぐっとエールをあおった。どんな事情があるにせよ、この目で確かめてやる。賭けだったことはさておき、この会社のことを隅から隅まで調べ上げる。この事業をしくじれば、失うものが多すぎる。

しかし、ピンターの探偵としての能力を必要としているのは、レイク・エールに対する調査ではない。「君に仕事を依頼したいんだ」

「どういう仕事だ？」

両親の死に関する兄のオリバーの話が、自分の記憶とは異なっていることを、ジャレットはピンターに話した。母は、兄と口論の末、怒りにまかせて父を追いかけて家を飛び出し、父を殺した、というのが兄の覚えている当日の状況で、このことはすっかりピンターに話した、と兄から聞かされていた。ただ、何が原因で兄と母が口論になったのかは話していないらしいので、これはジャレットも言わなかった。

自分の記憶を話し終えたところで、ジャレットは言った。「だから、当時厩舎《きゅうしゃ》で働いていた者を捜し出してほしいんだ」

「全員が、ハルステッド館を去ったのか？」

「ああ。僕たちは、あの……事件のあと、ばばさまに引き取られて、ロンドンに移った」あれが殺人だったとは、どうしても認められない。兄が何と言おうと、母が殺す意思を持って父を撃ったとは思えないのだ。「ばばさまは領地の屋敷をすっかり引き払って、召使いにも暇を出したから」

「しかし、ストーンヴィル卿《きょう》が成年に達したとき、侯爵家のアクトンにある屋敷でほとんどの者をまた雇ったと聞いたが」

「厩舎の者は戻らなかった。すでに他の屋敷で職を見つけていたからだ。今では、英国のいたるところに散らばっているだろう」

ピンターはしばらく思案していた。「そうでもないと思う。召使いは、なじみのある場所に居つくものだ。そう遠くまで捜しに行く必要もないだろう」

「明日にでも、領地まで出向いてくれないか？　侯爵家の家令から、雇っていた人間の名簿が手に入れられる。すべて記録に残してあるんだ」

ピンターが不意に上体を起こした。「屋敷にいるのは、召使いだけか？」

ジャレットは笑みをこぼしそうになった。ピンターの質問の意図はわかっている。

「ああ。妹たちは、ばばさまのタウンハウスにいるよ。ばばさまが寝込んだので、看病しに来ているんだ。ゲイブと僕は、ロンドンの住まいにいる」そこでにやりとする。「だから、セリアの辛らつな言葉にやり込められる心配はない」

ピンターの灰色の瞳は何の感情も見せない。「レディ・セリアには、自由に意見を述べる権利がある」

まじめで、曲がったことなどいっさいしない探偵から、何らかの反応を引き出そうとして、ジャレットはさらにたずねた。「それが君に関する意見であってもかい？　君だって『くだらない決まりにばかり凝り固まっている』と言われたくはないだろう？」

するとピンターの頬の下あたりが、少しだけ波打つのが見えた。注意していないと、見逃してしまうぐらいわずかに。「レディ・セリアには、どんなことに関してであろうが、自由に意見を述べる権利がある」かえって言葉が内心とは裏腹なのは明らかだ。「それで、報告書はバートンに送ればいいのかな？　あちらでの滞在は長くなりそうなのか？」

気の毒にな、そう思ってジャレットは、話題を変えようとするピンターの意図に従った。「どうかな、あまり向こうで長居はしたくないんだ。だが、念のためにレイク・エール宛《あて》に、写しを送ってくれ。向こうで受け取れなければ、こちらに帰ってから読む」

「了解した」ピンターが立ち上がりかけた。

「あと、もうひとつ」オリバーの告白以来、日に日に大きくなる疑いがあった。そちらにもかたをつけておきたい。気がかりがなくなれば、それでいい。「君の都合がつくのなら、まだ頼みたいことがあるんだ」

ピンターがまた腰を下ろす。「支払ってもらえるのなら、都合はいくらでもつく」

ピンターはロンドンでも特に評判の高い探偵で、好きなときに好きな依頼だけに応じる。自分で事務所を構えられるほどの探偵は、彼の他にはそう何人もいない。警察の仕事で給料をもらいながら、私的な調査をも引き受けることができ、しかも彼に調査を依頼したい者は非常に多いので、金には不自由しないのだ。

「それならよかった。実は、気になっていることが……」


孫息子とのつまらない取引に応じてしまったことを、ヘティ・プラムツリーは悔やんでいた。ジャレットのせいで、年末までには寿命が十年は縮まっていることだろう。バートンのちっぽけな醸造所との共同事業？　実際に検討してみることさえ信じられない。ハーパー氏を呼んで相談までしたとは。悪いことが起こりそうだ。

ベッドの横で背筋を伸ばして座るクロフト氏から、朝の報告を聞き終えたばかりのヘティは、書記をにらみつけた。「インド市場への進出、確かにそう言ったの？　もしかして、西インド諸島の聞き間違いではないかしら？」

「西インド諸島が話題にのぼる理由がありません。インドと西インド諸島は、まったく離れた場所にあるんですよ。この二つをジャレットさまが混同されるとは思えません。イートン校は地理の教育にはあまり熱心ではありませんが、世界の情勢を知っていれば間違えるはずはないのです。たとえ若さまが——」

「クロフトさん！」この書記から何かを聞き出そうとすると、大きな絨毯《じゅうたん》を一本の糸に巻き取ろうとしている気分になるときがある。

「あ、失礼いたしました。また要らぬことを話しておりましたのですね？　とにかく、インド市場の話だったのは間違いありません。と申しますのも、奥さまが、あの地域への輸出は絶対に考えない、とおっしゃっていたのを、かすかに覚えておりましたもので。若さまも、その女性に同じようなことを伝えておられました。奥さまと同じ判断をなさったようです」

　ああ、なるほど。ジャレットにも少しは良識があったわけだ。東インド会社との商売では、何が起こるかわからない。ホジソン・ビールがいい例だ。価格を上げたあと、あの会社がどうなったことか。

「その醸造家の女性のことを、もう少し教えてちょうだい」レイクという女性が美人であることは、すでに察しがついていた。その女性の話になるたび、クロフト氏が顔を赤らめるのだ。美人の前に出ると、彼は気の毒なぐらいおどおどしてしまう。女性を止められなかったのもおそらくそのためだろう。

「どういったことをお知りになりたいのですか？」

　突然激しく咳《せ》き込んでしまい、クロフト氏が不安そうに身構えた。ああ、いまいましい咳《せき》だこと。いつ治まってくれるのだろう。「何歳ぐらいの人？」

　ああいう取引はしたが、ジャレットの結婚をあきらめたわけではないのだ。ただひ孫の顔が見たい。そのためには相手の女性が若いにこしたことはない。

「若い方でした。たぶん」

やれやれ。クロフト氏に探らせれば貴重な情報を得られる場合も多い。しかし、人の年齢を推測することは、まるでできない。「その女性は、無理やり事務室に押し入った、と言ったわね？　まともな家のお嬢さんだった？」

「それは確かです。育ちのよさそうな女性だなと思っていたのです。ところが急に私を押しのけて」

「それなのにジャレットは、その女性を追い出さなかった、そうなのね？」

「はい。若さまはその女性が持ってきたエールを試飲なさって、その後しばらく話をしておられました。そのあと、女性の提案について、今夜じゅうにプラムツリー夫人と話をしておく、と約束なさったのです」

クロフト氏の、鍵穴《かぎあな》から盗み聞きする能力に感謝しなければ。「ところがジャレットは、カークウッド子爵家のろくでなしの次男と出かけ、酒を飲んで賭けごとをしたわけね」また咳の発作が起き、そのせいで余計に腹が立った。「いつかお仕置きをしてやるわ」

「若さまに、ですか？」

「ジャイルズ・マスターズによ」

「そのときは、僕があいつを押さえておいてやるよ」

戸口で声が聞こえ、ヘティは顔を上げ、ジャレットの姿に驚いた。あら、大変。いつもはこんな朝早くに来ることなどないのに。いえ、午前中に顔を見ることすらない。どれぐらい話を聞かれたのだろう？

ジャレットはクロフト氏のほうを見て、しばらく考え込んだ。「クロフト君、プラムツリー・ビールで今後も働きたいのなら、ばばさまとの早朝会議は、これで終わりにしてもらおう。あれこれ嗅《か》ぎ回られるのは好きじゃない」

クロフト氏は、はっと立ち上がった。「若さま……私はけっして――」

「大丈夫よ、クロフトさん」ヘティは助け船を出した。「もう帰っていいわ」

クロフト氏は、今にも殴られるのではと恐れているのか、ジャレットに警戒の眼差しを向けたまま、じりじりと扉へあとずさりした。そして戸口までたどり着くと、脱《だっ》兎《と》のごとく走り去った。

クロフト氏が座っていた椅子に、ジャレットが腰を下ろした。長い脚を投げ出し、お腹《なか》の上で手を組む。「僕を信用していないんだね、ばばさま。僕に会社をまかせきることができないんだ」

ヘティは強情な目つきで孫息子を見た。「私があなたの立場なら、信用した？」

「信用はしなかっただろうな」ジャレットの表情が険しくなった。「でも、あのしみったれた書記が、今度同じことをした場合は、必ず暇を出す――」

「だめよ。クロフトさんには母親と五人の妹がいて、一家はあの人の稼ぎに頼っている。それから、プラムツリー・ビールに関して、あの人が知らないことはない」

ジャレットが座り直した。「ならいいさ、僕が自分に暇を出すから。約束したはずだ、ばばさまはいっさい、僕の決定には口をはさまない。この条件を守れないのなら、これ以上取引を続ける意味はないね」

「ああ、もう。わかったわよ。ここにはもう来るなと、クロフトさんに伝えるから」

愚痴っぽく言ったあと咳が出たので、ヘティはハンカチで口元を押さえた。「あなたが約束どおり、きちんと何があったのかを報告してくれるのなら、私だってこういう手段を取らなくてもよかったんだから」

「きちんと報告しているじゃないか」

「それなら、このレイク・エールの女性の話を、クロフトさんの口から聞いたのはどうしてなのかしらね」また咳の発作に襲われる。

「大丈夫か？　ライト先生の話では、興奮すると体に悪いらしいよ」ジャレットが事務的なたずね方をしたので、ヘティはすこし悲しくなった。しかし傷ついた気持ちで顔を上げると、孫息子の顔にちらっと心配そうな色がよぎった。

「ライトなんて医者は、地獄に落ちればいいわ」

「医者の言うことを聞かないと、先に地獄に行くことになるぞ」今ではジャレットの声にも不安がにじむ。

ヘティは鋭い視線を投げかけた。「私は地獄に落ちる運命だ、そう言いたいわけ？」

ジャレットはあきらめたような笑みを浮かべた。「まあね」ヘティがにらみつけると、笑みが消えた。「僕はただ、ばばさまも健康には気をつけるべきだと言っているだけだ。そのためには、クロフトが逐一報告してくる些細《ささい》なできごとに気をもんでいてはいけない。それじゃあ、いつまで経っても病気は治らないぞ」

よくもまあぬけぬけと。ここまで何もかも自分でやってきたヘティにとって、孫のやることに口を差しはさまないでいるのがどんなに辛いことかなんて、ジャレットにはわかりっこないのだ。「それで、こんなに早く、あなたは何をしに来たの？　昨夜はカードで賭けをしてたんでしょ？　あのふとどきな友だちと」

ジャレットの表情が、またわずかに曇る。「どうやらクロフトの報告は、詳細にわたっていたようだな」

「当然よ。そのために、たっぷり支払ったんだから」ヘティはまた鋭い目つきでジャレットを見た。「それで？　鶏が鳴くのを聞いて起き出したのは、何のため？」

「これからバートンに出かける」

即座にヘティは身構えた。「どうして？」

ジャレットが、何でもない、と肩をすくめる。「レイク・エールの持ち主と話をするんだ。先方のオクトーバー・ビールをうちが販売する件について」

「東インド会社に？」

「他にも売り先はあるだろうが、ああ」

なるほど、レイク一族の美人のお嬢さんに説得されたわけだ。ジャレットは彼女の提案を考えてみることにしたらしい。興味深い話だ。さて、このあと、どういう手を打とうか。

ジャレットが欲望に負けて会社を倒産させるような事態は避けたい。ただ、プラムツリー・ビールの窮状は目を覆いたくなるほどで、この状況を打開するだけの気力は、とても自分には残っていない。

ジャレットならできる。実は年が明けても、ジャレットから経営者の座を自分に戻すことなど考えてもいない。この孫息子が、しっかりと経営にかかわり、会社への愛着を持つ姿を見たい。それには魚釣りの要領を使う。引っかけるには、ときおり釣り糸を揺すってみなければ。

問題は、これほど厳しい状況にあるとき、少し揺すったら会社が持ちこたえられないのではないかということ。

いや、どちらにせよ、結果は同じだ。プラムツリー・ビールは、ジャレットを必要としている。彼のような知性の持ち主を経営者に迎えなければ、存続すら危うい。今ここでヘティが余計なことを言えば、ジャレットはもう二度と会社に寄りつかなくなるだろう。会社の将来を考えれば、ここは危険を覚悟で、ジャレットにすべてをまかせるしかない。

さらに、この女性の醸造家というのが鍵《かぎ》になる。この娘が、彼の興味の向かう先を賭けごとからビール造りへと変えてくれるかもしれない。ジャレットは、女性とはごくうわべだけの付き合いしかしたことがない。以前のオリバーと似たようなものだ。この娘によって、それも変わる可能性がある。何せ、ジャレットがバートン行きを決めるほどには、彼の心に訴えかけることができたのだから。

ビール製造は、ジャレットの生まれながらの才能だ。昔、それを無視してイートン校に行かせたことが、かえすがえすも悔やまれる。本人も学校に行くことを嫌がっていたのに。だからあれ以降、ジャレットはずっと仕返ししているつもりなのだ。それならそれでもいい。いつまでも仕返ししている、と思わせておこう。

いつも常に、ばばさまの手のひらで転がされていることを、この子はわかっていないのだ。孫たちの中で、ジャレットがいちばん疑り深いにもかかわらず。

「プラムツリー・ビールのインド市場進出には反対です」ヘティは自分の勘に従って、そう告げることにした。

ジャレットは険しい表情になり、椅子で背筋を伸ばした。「ばばさまに反対する権限はない」

そう、その意気よ。「でもね、ジャレット――」

「これで会社の売り上げは飛躍的に増える」

「会社を潰《つぶ》してしまう危険もあるわ。インドにかかわったことでホジソンは倒産寸前になっているのよ」

ジャレットが軽くうなずいた。この話をもう知っているのだ。「しかし、バートンのオールソップは莫大《ばくだい》な利益を上げている。僕たちだって、利益を上げられるはずだ」

「インド市場に参入するのを、私が許さない、と言ったらどうするの？」

ジャレットがときおり見せる、頑固そうな表情が浮かぶ。「では、僕は会社の経営から手を引く」立ち上がって扉へ向かう。

「待って！」よく言ったわ、ジャレット。それでいいの。お見事よ。彼はいずれ、ビール製造業界全体を背負って立つ人物になるだろう。こんな孫息子を法廷弁護士にさせようと考えていたとは、あの頃は頭がどうかしていたに違いない。

さて、ここからが難しいところだ――簡単にあきらめすぎる、と思われることなく、手を引かねばならない。「あなたのいないあいだ、会社はどうなるの？　私にどうしろと？」

戸口で立ち止まったジャレットは、警戒するようにヘティを見た。「ハーパーとクロフトにまかせておけば、数日はどうとでもなる。細かく指示を与えておくし、そんなに長く留守にするつもりもない」

ヘティは難しい顔をしてみせた。「笑顔でいってらっしゃい、とは送り出さないわよ」

「それならちょうどよかった。温かな見送りなど必要ないからな」ジャレットが腕組みをする。「ここに来たのは許可を得るためでも、僕の決定を認めてもらうためでもない。事情を伝えるだけだ。来た目的は果たしたから、これで帰るよ。いいな？」

まったく、生意気な子だわ。ヘティはできるだけぎこちなく見えるように、うなずいた。

「よし」そう言ったあと、ジャレットはまたベッドに戻ってヘティの額にキスした。これにはヘティも驚いた。「ライト先生の言うことを、ちゃんと聞くんだ。いいな？頼むから、少しは自分の体に気をつけてくれ」

そしてジャレットは立ち去った。

階下で扉の閉まる音がするまで待ち、ヘティはいちばん目端の利く召使いを呼んだ。「ジャレットを尾行してちょうだい。気づかれないように、じゅうぶん注意するのよ。そのうち、どこかの宿へ入るはずなの。そこにレイクという苗字《みょうじ》のお嬢さんが宿泊していて、あの子はその女性と一緒に旅に出ることになっている。二人が宿を出たあとで、その女性のことを宿の主人にたずねるの。何でもいいから、できるだけたくさんの情報を聞き出し、私に報告してちょうだい」

召使いはうなずくと、命令どおり急いで屋敷をあとにした。

ヘティはどさりとベッドに体を横たえ、ほほえんだ。何だか、いい一日になりそうだわ。

7

翌朝、宿の待合では、シシーが緊張しきって歩き回っていた。

「私の格好、おかしくない？」シシーはいっちょうらの紫のドレスを着て、特別なときにしかつけないアメジストのブローチで襟元を飾っていた。頰《ほお》が紅潮し、目がきらきら輝いている。

「きれいよ、いつもどおり」アナベルはそう答えた。

「なのにあなたは、洗濯女みたいだわ」義姉が顔をしかめる。「その汚らしい茶色の服を着るなんて、信じられないわ。いいこと、私たち侯爵家の方と一緒に馬車に乗るのよ」

「途中、何度か宿場に立ち寄る予定だし、雨が降りそうだもの。たまたまジャレットさまが貴族だからって、こんな日にいちばんいい教会用のドレスを着るのなんて嫌よ」さらに廊下でキスされて、ぼうっとしてしまったという理由で、あるいはその際に快感を覚え、欲望をかき立てられたからと言って……

だめ！　あのときのことは忘れなければ。今日は彼に、レイク・エールがなぜ現在のように困窮するようになったのか、その理由をあれこれ質問されるだろう。その心構えをしておかなければ。彼がにこっとしてえくぼを見せるたびにうっとりしていたのでは、頭がきちんと回転しない。

シシーはため息を吐いて、時計を見た。「何か悪いことでも起きたのでなければいいんだけど。ずいぶん遅いと思わない？」ジャレットからは、十時半に行くと知らせが来ていたのに、もう十一時前だ。

「支度に時間がかかっているのよ、きっと」アナベルはそっけなく言った。「貴族って、みんなそうなのよ」

「馬車が見えたよ！」三十分以上ずっと窓辺で外を見ていたジョーディが叫んだ。

アナベルはどきっと胸が高鳴るのを感じたが、気持ちを抑えた。「侯爵家の馬車ではないかもしれないわよ」

「扉に紋章があるし、すごく立派な馬車なんだ」ジョーディが期待に胸をふくらませる。「僕があの馬車から降りるところを、早くトビー・モワーに見せてやりたいよ。あいつ、悔しがるだろうな。あんなしみったれたやつには侯爵家の馬車に乗る機会なんて、絶対ないんだから」

アナベルが心の準備を整える暇もなく、ジャレットが待合に入って来た。自信がみなぎり、尊大で、ぴったりと体に合うように誂《あつら》えた上質のウールの濃紺の上着から、ぴかぴかに磨き上げられた長靴まで、いかにも貴族といった雰囲気だ。こんな姿を見たら、どんな女性でも膝《ひざ》から力が抜けていくような感覚になるのだろう。

しかし、自分は違う。アナベルの膝にはちゃんと力が入り、震えてもいない。

アナベルが立ち上がると、彼の視線が彼女をとらえた。「やあ」昨夜と同じ、官能的な声。「遅れてすまなかった。馬に少々問題があってね」

「謝罪していただくにはおよびませんわ」アナベルは手を差し出しながら言った。「ご親切に、バートンまでお送りくださるのですもの」

ジャレットはさっとアナベルの手を取り、気さくな様子で彼女の全身を見た。この視線を浴びると、ぞくっと興奮する。彼の瞳《ひとみ》に暗くて秘密めいた感情がよぎる。そのあと彼は礼儀正しい笑顔になった。

やっぱりだめ。膝ががくがくする。

シシーが咳払《せきばら》いしたので、アナベルはびくっとした。「ジャレットさま、義理の姉を紹介いたしますわ。シシリア・レイクです。シシー、こちらがロード・ジャレット・シャープよ」

礼儀にのっとったカーツィと会釈のあと、二人は通常の挨拶《あいさつ》を交わした。そこにジョーディが急いでやって来た。

シシーはジョーディの腕に手を置いた。「こちらは私の息子、ジョーディですの」

「ジョージ・レイクです」ジョーディは子どもっぽい愛称を否定し、いっぱしのおとなのように、握手の手を差し出す。「拝謁をたまわり、光栄に存じます。馬車でお送りいただけると聞き、大変ありがたく思っています。ご不便をおかけするのではないことを願っております」

ジョーディがおとなびた挨拶をするのを見て、アナベルの胸がいっぱいになる。この子は朝からずっと、この挨拶を練習してきたのだろう。

「不便など、とんでもない」見下す様子は微塵《みじん》も見せず、ジャレットが言葉を返す。「君のご家族の役に立てるとあって、僕もうれしく思う」

おとなの男性として扱われたことで、ジョーディは得意満面だった。それを見て、アナベルはジャレットに抱きついて感謝したくなった。ジョーディが虚勢を張りたがるのも、傷つきやすいからだ。旅の初めから機嫌が悪くなられると、先が思いやられる。

「では、行こうか？」彼がアナベルに腕を差し出す。するとジョーディも真似《まね》をしてシシーに腕を出した。

アナベルはどきどきする気持ちを抑えながら、ジャレットの腕に手を置いた。昨夜もこうやって一緒に歩いたのに、あのときは胸が高鳴ったりはしなかった。ただ、そのあとでキスされたのだ。今では、隣にいる彼の体からも緊張が伝わり、それを意識してしまう。彼の筋肉に力が入り……コロンの香だろうか、ローズマリーの匂《にお》いが漂う。

「今日もきれいだね、アナベルさん」ジャレットがそう言うと、シシーが不満そうに鼻を鳴らした。

彼が不思議そうな表情を向けてきたので、アナベルは説明した。「義理の姉は、侯爵家の馬車に乗せていただくのだから、もっとおめかししろとうるさかったのです」

ジャレットの瞳の輝きが、この話を面白がっていると伝えてくる。「君はもちろん、貴族だからと特別のことをするべきではないと考え、その忠告を無視したわけだ」

「雨になりそうですもの」アナベルは弁解がましく言った。

彼は返事の代わりに、横柄に眉《まゆ》を上げただけだった。

馬車の前で、ジャレットに手を貸してもらって乗り込んだのだが、その際、シシーの表情がちらりと見えて、うめき声を上げたくなった。アナベルとジャレットが手を触れ合うことに何のためらいも見せなかったことを、怪しんでいる様子なのだ。気をつけねば。ジャレットにはもっと慎ましやかな態度で接しよう。

ジョーディは乗る前にジャレットの前で足を止めた。「僕、御者台に乗ってはいけませんか？」

「絶対、だめ！」シシーとアナベルが、客車から声を合わせて叫んだ。

ジャレットは困った顔で二人を見る。「僕はちっとも構わないんだが」

「危険すぎます」シシーが言う。

「事故でもあったら、どうするの」アナベルも義姉に同調した。「御者台なんて、子どもの座るところではないのよ。さ、ジョーディ、中に入って。御者台みたいな高いところに、あなたが座ってはいけないの」

子ども扱いされたことにぶつぶつ文句を言いながら、ジョーディは客車に乗り込み、女性たちとは反対側にどさっと腰を下ろした。ジャレットが乗り込み、御者に出発するように命じてからも、ジョーディは腕組みをしたままむくれていた。

しかし、ロンドンの景色を目にして、ジョーディはじっとしていられなくなったようで、窓の外の積み荷が載せられるはしけの光景に目を奪われ始めた。そのあと、馬車が速度を落とさず角を曲がり、その際にも滑らかに走り続けたので、目を丸くした。

「これは、セダン型馬車ですよね、ジャレットさま？」

「ああ、そうだ。よく知っているね」

「だから車軸受けが二つあって、車軸を変える歯車までついているんですよね？」

「僕にはさっぱりわからないな」ジャレットが鷹揚《おうよう》に答える。

「ジョーディは馬車が好きなんです」アナベルが説明した。

「歯車がついているはずなんだ」ジョーディは夢中だ。「だからあんなに急に曲がっても大丈夫なんだよ」座席でぴょんぴょん跳ね始める。「それにばねもしっかりしている。すごく高かったでしょ、この馬車?」

「ジョーディ!」シシーが叱《しか》った。「そんな質問は、失礼よ」

「実はいくらだったのか、僕は知らないんだ。これは兄の馬車なので」

ジャレットの答に、ジョーディは少しがっかりしたらしい。「ああ、そうですよね。侯爵でいらっしゃるのは、ジャレットさまの兄上なんだ」そこで上目遣いにジャレットを見る。「それでなんですね、ジャレットさまは貴族みたいに見えない」

ジャレットは驚いた表情になった。「貴族はどんなふうに見えるものなのかな?」

「虫眼鏡を懐《ふところ》に入れ、立派な杖《つえ》を持っているんです」

「なるほど」ジャレットは懸命に笑いをこらえている。「そういうのは、他の馬車に忘れてきたかな」

ジョーディの顔がまた明るくなる。「他にも馬車をお持ちなのですか? どんな種類です? 二頭立て二輪馬車《カリクル》? いや、二頭立て四輪馬車《フェートン》だ。そう、絶対フェートンだ。貴族はみんな、自分で運転するためにフェートンを持っているんだから」

「実は、一頭立て二輪馬車《カブリオレ》なんだ」

「カブリオレ」ジョーディは憧《あこが》れに満ちた声でつぶやく。「そういう種類の馬車があると、聞いたことはあります。でも実際に見たことがないんです。カブリオレはレース用なのですか？」

「いや、レースは弟にまかせているよ。君も聞いたことがあるだろう――ロード・ガブリエル・シャープの名前は」

ジョーディの顔が、歓喜に輝く。「『死の天使』はあなたの弟なのですか？」

「そんな話、どこから聞いたの？」アナベルは鋭い口調で言った。

「母上からだよ。母上がいつも読んでいるゴシップ欄《らん》に書いてあった」

シシーは真っ赤になっている。「お許しくださいませ、ジャレットさま。うちの息子は、よく考えもせずに思いついたことを口走ってしまうところがございまして」

ジャレットは屈託なく笑い、アナベルのほうをそれとなく見た。「一族に流れる血がそうさせるのだろうな」アナベルににらまれると、彼は言い添えた。「別に構わないさ。自分の弟が、巷《ちまた》でどういうあだ名をつけられているかは知っている」

全員が静かになった。

しばらくしてから、シシーが口を開いた。「レイク・エールへの支援を決定してくださって、本当にありがとうございます」

ジャレットの顔に、皮肉っぽい表情が浮かぶ。「双方が、この決定を後悔することにならなければいいんだがね。この業界については、僕はまだ聞きかじっただけだし、知らないことだらけだ。まあ、あんな賭《か》けをしなければ、僕だって――」

ジャレットは、うっと言葉に詰まった。

「ご心配なく」シシーが言った。「アナベルが一対一のホイストで、あなたを負かしたことは、すっかり聞きました。何もかも打ち明けてもらいましたから」

「何もかも?」ジャレットが不安そうにアナベルを見る。「僕が勝ったら、何をもらうことになっていたかも?」

「ええ、ちゃんと聞きましたとも」シシーは固く握りしめたアナベルの手をやさしく覆った。「でも、かなり覚悟が要ったと思いますわ。お母さまの形見は、アナベルにとってはとても大切なものなのです。ホイストの勝負で賭けの対象にするような品ではありません」

ジャレットの瞳が、きらりと光る。何かをたくらんでいるのだ。アナベルはどきどきしながら、その場で動けなくなった。まさか、本当のことを言い出しはしないだろう……ああ、どうしよう。まさか本気で……

「そうだね、だが、それほど大切なものだからこそ、僕も勝負に応じることにしたんだ。君のご主人の醸造所と共同事業を始めるには、僕だって覚悟が必要だ。だから勝負を受けて立とうと思えるほど大切なものを、相手にも賭けてもらわないとね」そこで、彼がアナベルにウィンクした。よくもまあ、ぬけぬけと。「アナベルさんが賭けたものは……じゅうぶん僕をその気にさせるものだった」

　アナベルは彼をにらみつけた。人をからかって喜んでいるんだわ。アナベルの社会的体面は、彼のひと言でつぶされてしまう。それをわかって、楽しんでいるのだ。ただ、このことに関しては、アナベルにも非はある。あんなばかげた賭けに応じてしまったのだから。

「この指輪は幸運を呼ぶと、いつもアナベルは申しておりますの」シシーが話を続ける。

「そうなのか？」彼の口元に浮かぶ笑みが、アナベルの神経を逆撫《さかな》でする。

「ただ、私はそうは思いません。だって、これが幸運の指輪なら、ルパートがあんな――」シシーがはっと言葉を切り、ちらっとアナベルを見た。「ごめんなさい。ずいぶん昔のことだけど、あなたがまだ悲しんでいるのはわかっていたのに」

　義姉の言葉で、ジャレットの薄ら笑いが消えたのがせめてもの幸いだ。ただ、じっと二人の様子をうかがう彼の視線が、気にかかる。

「ルパートというのは？」ジャレットがたずねた。

「アナベルの婚約者です」ジョーディが話に入ってきた。「僕の両親が結婚してすぐの頃、その人は戦死したんです。戦争で、大きな功績を挙げたんだよね、母上？」

「そうよ、ジョーディ。立派で勇敢な男性だったの」シシーの声がやさしい。「でもあなたの叔母さまにとっては、辛い思い出なの。だから、この話はやめましょうね」

「そんなことなくてよ」アナベルは無理に落ち着いた声を出し、ジャレットに向けて説明した。「もう昔の話ですもの。私はまだ十六歳だったし、婚約期間も短かったのです。二人はまだ若すぎるから、私が十八歳になるまで、結婚は待て、と父に言われました。ところが私が十七歳になったとき、ルパートのお兄さまがフランスで戦死し、復讐心《ふくしゅうしん》に駆り立てられたルパートは、深く考えずに陸軍に志願したのです。そして英国を出てすぐ、ヴィットリアの戦いで亡くなりました」

若さゆえの恋だった。だから悲しみはもう消えていたのだが、昨夜のキスのあとジャレットにこの話をするのは妙な気分だった。個人的な内容なのに、淡々と事実を告げている自分にもとまどいを覚えた。

ジャレットが自分の話を聞いて何かを感じるはずもないのだが。彼にとってアナベルは、やりたくもないことに無理やり巻き込んだ面倒な女性でしかない。自分が辛い思いをしたからといって、彼が何の感想を持つはずもない。

それでも、アナベルの心の中を探るように、彼はじっとこちらを見ている。

「それから、一度も結婚しなかったわけか」特別な感情をこめずに彼が言った。「その男のことを、深く愛していたんだね」

「ええ」初恋の男性に対する少女の気持ちはいつだって変わらない。純粋に、他のことなど考えずに情熱をぶつける。

ただ、結婚するには早すぎると言った父の気持ちもわかるようになってきた。二人はいつも一緒で、若さゆえの欲望で何も見えなくなっていたが、アナベルとルパートには、共通点がなかった。彼女は読書好きでカードを楽しむ。ルパートは狩りに出かけ、バートンの町で競馬に賭けるのを好んだ。体の関係を持っていなかったら、今頃どうなっていたのだろう？　彼が死んだあと、別に愛する人ができていたかもしれない。もっと共通の趣味を持つ人が。

ただ、今となっては同じこと。過去は変えられないのだ。

アナベルは、無理に明るい笑みを作った。「何にしても、昔のことですわ」ジャレットをまっすぐに見る。「それで、うちの醸造所について、質問があるとおっしゃっていましたわね？　ちょうどいい機会ですわ、何でもおたずねになって」

彼が探るようにアナベルの様子をうかがい、小さくうなずいた。「ああ、そうだな」

この話題は、レイク・エールが抱える問題を悟られる危険をはらんではいたが、ルパートの話を続けるのは辛かった。もう二度とこの話はしたくない。自分の秘密は、できるだけジャレットに知られないでいたほうがいい。

エール造りに関するアナベルとの話に、ジャレットはすっかり引き込まれていた。

想像した以上に、彼女の知識は豊富だった。モルト用の大麦の質にこれほどこだわる者がいるとは思っていなかったし、樽《たる》の製造者が価格を上げようとしていることも知らなかった。

さらに重要なのは、レイク・エールを救うための彼女の計画を詳しく聞けば聞くほど、よく練られた案だと感心させられ、さらに本当に成功しそうに思えてきたことだ。ばばさまのところを出たあと、ジャレットは、賭けで知り合いになった東インド会社の貨物船の船長と話をした。その男は、アナベルの話はすべて事実だと認め、オールソップのペール・エールを一度売っただけで、どれほど大きな儲《もう》けになったかを自慢した。

この計画には、危険なところなどないように思えてくる。残る問題は、所有者であるアナベルの兄の病状で、これについては、気がかりだ。

アナベル自身がこの計画を実行しているのであれば——そう考えると残念だ。兄が会社の所有者である以上、アナベルが取引をすることはできない。こういった場合、女性には何の権限もない。ばばさまが事業を続けられたのは、所有者が夫で、会社をばばさまに遺したからだ。それでも、きちんと相手にしてもらうまで、ばばさまはずいぶん苦労した。

アナベルも苦労をいとわない女性だが、決定権を持つのはヒュー・レイクだけだ。

アナベルが語ってくれたところから判断すると、今もなおこの兄がすべてを決めているらしい。アナベルは醸造の責任者であると同時に、日々の仕事の監督をしているようだが、会社としての決定を下す権限は持っていない。

そういう状況には、どうもしっくりこないものを感じる。さらに、アナベルには何か隠していることがある、という感覚を拭《ぬぐ》いきれない。質問が特定の分野におよぶと答をはぐらかし、ある種の懸念を示すと話をそらす。どう答えるべきか自信がないだけなのか、あるいは、真実を話したくないのか？

またジョージという少年の行動にも妙なところがある。レイク・エールの話をし始めると、少年はいっさい口を閉ざすようになった。何もしゃべるなと言い聞かされているようにさえ思える。それから、シシー・レイクだ。夫の話になると、決まってしどろもどろになる。アナベルがそつなく答えるので、よけいに不審だ。

亡くなった婚約者の話のときとは、正反対だった。

ちらっと彼女のほうを見る。エール造りの話をしているときの彼女は、生き生きとしている。流行遅れのドレスは泥みたいな色で粗野な生地だが、それでもきらきらした瞳の輝きと紅潮した頰が美しい。彼女と結婚したがった男がいたのも、納得できる。結局、バートンの男たちも、そう頭がいかれていたわけではなかったのだ。

ルパートという男を深く愛していたのかとたずねたら、否定しなかった。本当に愛していたのだろう。だからこそ、その男の死後も、他の男には見向きもしなかったのだ。さぞかし、立派で男らしくて、若くてハンサムで、おまけに勇気もあるやつだったに違いない。戦死した英雄だと？　ふん、いかにも女性が夢中になりそうな種類の男だ。

そこでジャレットは、ふと考えた。それに比べると自分の人生があまりにも無為無益に感じられる。無駄な人生――いや、兵士になる気はまったくないが。

そもそも、彼女が無駄にした人生はどうなるのだ？　男をまったく寄せつけず、結婚しないのは、恋人を十七歳で失ったから？　ロマンティックではあるが、愚かだ。ところが彼女はロマンティックなことに浮かされる愚か者には見えない。

彼女は溌剌《はつらつ》として、魅力的な女性だ。官能的で、男性のキスに正しい情熱をもって応じてくれる女性。少女趣味のめそめそした感じは、彼女には似合わない。彼女は、今この瞬間をせいいっぱい生きている。生きたいという強い欲望に突き動かされて、毎日を、毎秒を過ごす。それなのになぜ、兄の子どもの面倒をみることと父が創った醸造所にその生命力を注ぐのだろう？　教区牧師だとか、金持ちの商人だとか、ふさわしい相手ならいくらでもいる。そういう男は、彼女が食卓を仕切り、ベッドで情熱を分かち合うことを望むはず。

ただ、最後の部分が、どうも気に入らない。理由ははっきりわからないが。彼女のことなど、まだほとんど知らないし、彼女が他の男と結婚しようが、どうだっていいはずなのに。

けれど、気になった。

「アナベル、話の邪魔をして申しわけないけど」レイク夫人が口を開いた。「もうすぐダンスポートに着くわ。ジャレットさまは、ここらで休憩したいと思われているのではないかしら」

アナベルが笑った。「あなたが、ただ『大熊亭《おおくま》』に立ち寄りたいだけでしょ、クランレイ夫人に会うために」アナベルが目くばせしてきた。「宿の女将《おかみ》とシシーは幼なじみなのです。クランレイ夫人は歩くゴシップ辞典みたいな人で、シシーはありとあらゆる情報をここで仕入れるの」

レイク夫人が昂然《こうぜん》と顎《あご》を上げた。「世の中で何が起きているのか、きちんと知っておきたいだけよ。何も悪いことじゃないわ。それにジャレットさまにお許しいただけるのなら、ここらで腹ごしらえをしておくのもいいでしょ」

「わかった。その宿場で休憩しよう」ジャレットはじっとしているのを苦痛に感じ始めていた。少年も同じらしい。「僕も何か腹に入れておきたいから」

アナベルは、あきれた、という顔をしてみせたが、ジャレットは御者に、次の宿場で停まるよう命じた。レイク夫人は大喜びで、少年にもほっとした雰囲気がうかがえる。

『大熊亭』に到着すると、ジャレットは女性二人が降りるのに手を貸した。レイク夫人は急いでジョージを宿のほうへと連れて行き、あとにはジャレットとアナベルが残された。アナベルはわざと歩を緩め、先を行く二人と距離を取ってから、低い声で言った。「何を賭けたか、言わないでいてくださってありがとう」

「つまり、君の義理の姉上は、何を賭けたかを知ったら許してくれないということだな」

「シシーにとって衝撃的な内容であることは、間違いありませんわ」

「僕にとっても、確かに衝撃だったよ」周囲に気を遣いながら、ジャレットは告げた。衝撃であると同時に、彼女への興味がふくれ上がった。そして、物陰に連れ込んでまた濃密なキスをしたくなった。

おかしい――またこんなことを考えてしまった。体の欲求が判断力を鈍らせている。

二人から離れたところで、レイク夫人を出迎えに女性が宿から急いで出て来ている。

「まあ、また会えるなんて、うれしいわ。ロンドン行きの目的は達成されたのね?」

あれがクランレイ夫人に違いない。典型的な宿場の女将――赤ら顔で太っていて、ゴシップなら何でも飛びつく女性だ。

「思った以上の成果だったの」レイク夫人もうれしそうに応じる。「シャープ家のご子息が侯爵家の馬車でバートンまで送ってくださるのよ。そのほうが楽だろうとおっしゃって」

「侯爵家のご子息？」クランレイ夫人がジャレットのほうに目踏みをするような眼差しを向ける。「プラムツリー夫人に援助を求めるはずではなかったの？」

「残念ながら、奥さまご本人は来ていただけないの。でも孫であるジャレットさまが、支援しようと言ってくださったの。ロード・ジャレット・シャープ、クランレイ夫人をご紹介してもよろしゅうございますか？　こちらの宿は、クランレイ夫人とご主人で経営していますの」

ジャレットの名前を耳にすると、クランレイ夫人の表情がさっと変わった。堅苦しいカーツィをして挨拶の言葉を伝えるのだが、ジャレットのことを悪魔の手下だとでも思っているような態度だ。いや、悪魔そのものがやって来たとでも考えているのか。思ったより、自分の評判はひどい形で広がっているらしい。

クランレイ夫人は挨拶を終えるとすぐに、幼なじみの手を取り、一緒にアナベルも宿のほうへと引っ張って行かれた。「ちょっとこっちに来て。話しておかなきゃならないことがあるの」

「ジャレットさまと一緒にいるのよ、ジョーディ」レイク夫人が少年に命じる。

まいったな、とジャレットは思った。遠足で生徒に目を光らせる教師みたいな役までさせられるわけか。

「それに、必ず用を足しておくのよ」アナベルが言い添える。

「アナベル叔母さん！」少年は顔を真っ赤にして抗議した。

女性たちが宿の女将に連れられてその場を去ると、少年がジャレットに言った。

「あの二人、いつまでも僕をおしめの取れない赤ちゃんみたいに扱うんです。まったく癪《しゃく》に障るったら」

こういう口のきき方こそが、子ども扱いされる原因なのだと、ジャレットは教えてやりたくなった。「残念だがね、あの二人にとっては、君はいつまでも赤ちゃんみたいなものなんだ。君が何歳になろうが、その気持ちは変わらない」

そんなふうに考えたこともなかったらしく、ジョージは目を丸くした。「ジャレットさまの母上も、あなたを赤ちゃん扱いされるのですか？」

「いや」急に胸が締めつけられる気がして、ジャレットはうまく声を出せなくなった。「僕がまだ君より幼い頃に、僕の母は亡くなった」

「あ、ああ、そうでしたね」ジョージはポケットに手を突っ込んだ。「辛いですよね、そういうの。母上やアナベル叔母さんが死ぬのなんて、僕は嫌だな。ただときどき、僕のことをそっとしといてほしいと思うときはあるけど。特に、トビー・モワーがそばにいるときなんか」

「トビー・モワーって、誰なんだい？」

「僕の宿敵です。十七歳なんで、僕より体がおっきくて、いつも僕の家の裏側で自分の手下と一緒に僕を待っているんです。出て来る僕をいじめようとして」

「なるほど、僕も学校時代、ジョン・プラットという敵がいたよ。いつも僕の持ちものを取り上げるんだ」

「同じです。僕もクリスマスに父上からもらった時計を取り上げられかけたんです。でも、僕のほうが走るのは速かったから」少年が堰《せき》を切ったように話し出す。「そいつ、僕の名前をからかうんだ。ジョージー・ポージー、プディングはいかが、って言って。あるとき、母さんが僕のほっぺにキスするところを見られてね、僕のことを〝ママの愛玩犬《あいがんけん》〟って呼んだんだよ。他の子が見ているときに、どうしてキスなんかするんだろうな、僕の母さんは」

「女性というのは、そういうことには無頓着《むとんじゃく》だからな。僕も昔、友だちがいっぱいいるところで、母が僕の髪をくしゃくしゃっと撫でたので、身がすくんだことがあった。しかし、母が亡くなってみると……」

またああやって母に頭を撫でてもらえるのなら、腕の一本をでも差し出すところだ、と言ってしまいそうになった。レイク夫人とアナベルがあれこれと少年の世話を焼くところを見ていると、わけもなく羨《うらや》ましくなった。こういった些細《ささい》な愛情表現がいかに大切か、さらに、それを受けられる日はすぐに終わるのだという事実を、この少年にはとうてい理解してもらえないだろう。いとも簡単に奪われ——

だめだ、感傷にふけってばかりではないか。他人と深くかかわるとこういうことになる。憧れても手に入らないものを、欲しいと思ってしまうのだ。

ジャレットはジョージの肩を叩《たた》いた。「そういう話はもういい。さ、女性たちは他人の噂《うわさ》話で忙しいみたいだから、僕たちは席を取っておこう」

中途半端な時間帯だったので、宿は空いていて、苦もなく座席を確保できた。女性たちが好きそうなものをジョージに教えてもらい、注文を済ませると、ジャレットは少年と二人きりになったこの機会をうまく利用することにした。「ところで、君の父上が病気になって、どれぐらいになるんだ?」

少年の顔から表情が消える。「僕は……その……しばらくになります。結構、長いこと」

結構、長いこと? アナベルから聞いた病状とは違う感じだ。

「つまり、重病なんだね」少年の言いたいことを代弁する。

「いえ……つまり……ええ」弱々しい笑みが返ってくる。「はっきりとは、わかりません」

妙な話だ。「醸造所にはまったく顔を出さないのか?」

「ときどきは行くんだけど」ジョージが答をはぐらかす。「その……父さんの……体調がさほど悪くないときは」

「君のお父さんが行けないときには、叔母さんが行く、そういうことだね？　君も叔母さんと一緒に醸造所に行くのかい？」

「いいえ」少年が怒った顔になった。

学校に追いやられた日の記憶は、今もジャレットの心に新しい。家族のために役に立つことをしたかったのに。「どうして行かないんだ？」

「みんなが危ないと言うので」

かわいそうに、この子は、母と叔母にありとあらゆることを危険だという理由で禁じられている。「自分には危ないのに、女性が行っても危なくないのはおかしい、君はそう思うんだろ？」

「そ、そうは言ってません」

しかし、ジョージの震える下唇が、図星だったことを物語る。自分がこの少年の立場なら、ジャレット自身そう思うはずだ。十二歳の少年というのは、女性のほうが自分より何でもできるとは思えないものなのだ。たとえそれが事実であっても。

「父さんは、醸造所は女性の来るべき場所ではないと言っています」ジョージが思いきって言葉を発した。

「なるほど」アナベルがむきになるのも、これで納得できる。ただ、兄が何と言おうが、彼女は醸造所に出かけるのだ。ヒュー・レイクは、自分が病気なので仕方なくそれを許しているのだろうか？　それとも、アナベルが醸造所に行くのは、他に理由があるからだろうか？

自分の目で確かめなければ、本当のところはわからない、という感覚がまたわいてくる。「君自身はどう思うんだ？　醸造所は女性のいるべき場所ではないと思うか？」

ジョージは、ぽかんとジャレットを見た。どうやら誰もこの少年の意見など聞こうともしなかったらしい。「僕にはよくわかりません。だって、僕自身が醸造所に入ることを禁じられているんだもの。アナベル叔母さんは醸造所にいるのが好きみたいだし、母さんは、叔母さんの仕事ぶりは立派だと言っています」

「君のお父さんはどう言っている？　叔母さんの仕事ぶりを褒めているかい？」

背後から、アナベルが質問に答えた。「さっさと結婚相手を見つけて、仕事は醸造所の責任者にまかせるべきだ、兄はそう言っていますわ。でも、そんなことを聞き出すために、甥《おい》を追い詰める必要はないでしょう？」

ジャレットは自分をにらみつける彼女の視線をしっかりと受け止めて、挑戦的な顔をしてみせた。どうやら、この目で確かめるまでもなさそうだ。彼女は秘密を隠している。問題は、それが何か、ということだ。その秘密は、今回の共同事業とどういう関係があるのだろう。
どちらにせよ、ジャレットはその秘密を突き止めるつもりでいた。

8

クランレイ夫人にくだらない話を聞かされて、アナベルはすでに機嫌を悪くしていた。そんなときにジャレットがジョーディを質問しているのを知り、いっそう不愉快になった。かわいそうなジョーディ。レイク・エールが倒産しそうになっている本当の原因を知られたら、ジャレットから支援を受けられる可能性はない。

ただ、彼の表情から判断すると、原因を知られたようには思えない。またアナベルに対して怒っているようにも見えない。最初からずっと伝わってくる、警戒感のようなものがうかがえるだけだ。

大丈夫。それに今はもっと緊急の問題に対処しなければならない。

「悪い知らせがあります」低い声でジャレットに伝える。「私たちがホイストで勝負したときに、あの酒場に居合わせた人が、今朝この宿場を利用したらしいのです。その人が、ワートン出身のリバーという若い娘が、昨夜侯爵家の次男と酒場で賭《か》けをしたと、クランレイ夫人に話したようで」

ジャレットが皮肉っぽく笑みを浮かべる。「リバーという若い娘？　君の友人のクランレイ夫人は、誰のことかわからなかったのか？」

「幸運にも、ええ。それから、あの人は私の友人ではありませんから。話を伝えた男は……あなたがかなりみだらな条件で、そのリバーという女性に勝負を持ちかけたと。それでクランレイ夫人は、私たちがあなたと一緒に旅をすることをひどく心配しているのです」口調が苦々しくなる。「あなたは評判の女たらしで、純朴な女の子をたぶらかしてばかりいるのだと、クランレイ夫人は言うのです。だからあなたを先に行かせて、私たちは乗合の定期便が来るのを待つべきだって」

彼の顔が石のように無表情になった。だが青い瞳《ひとみ》がぎらぎらと光り、そこから怒りが伝わってくる。アナベルは彼が気の毒になった。こんなふうに噂《うわさ》されるのには、辟易《へきえき》していることだろう。

ただもし、〝ワートン出身のリバー〟という女性が〝バートン出身のレイク〟だったとわかれば、傷つくのはアナベル自身なのだ。つまらない噂ばっかりしているんじゃないわよ、とクランレイ夫人に思いのたけをぶつけたい気はしたが、そうすれば彼女の注意を引き、真相を悟られてしまう。

ジャレットの賭けに応じたつけが、こうやって回ってきたのだ。酒場には大勢の男性がいた。ジャレットのような遊び人が、女性との賭けに勝った場合何を求めるか、みだらな想像をする者がいても不思議はない。女性がかかわる話になると、男性は常にもっともみだらなことがあったと決めつける。それぐらいわかっておくべきだった。おまけに今回はその想像が外れていたわけでもないのだ。

ジャレットの背後の扉が開いた。ああ。「シシーが来るわ。ね、今すぐここを出ましょう。このままでは、あの俗物の女将《おかみ》が大騒ぎし始めると思うんです。あんな人のくだらない話に我慢する必要はないわ」

ジャレットは反論の余地なし、という目つきをして、椅子《いす》にもたれかかり、胸の前で腕を組んだ。「僕なら、噂されるのには慣れている。それに注文を済ませたあとだ」笑顔を見せるが、無理に作った笑みだった。「言いたければ言わせておけ。豚のローストを食べ終わるまで、僕はここを動かないぞ」

そのとき心配そうな顔でシシーが近づいてきた。「ジャレットさま、私の友人なら、何も言いませんわ。あなたが私たちにどれほど親切にしてくださっているか、そんな噂は嘘《うそ》だと、私からきちんと説明しました」ジャレットの向かいにジョーディと並んで座る。「クランレイ夫人だって、ばかではありませんもの――私が説明しましたので、ジャレットさまが立派な方だとわかってもらえたはずです」

そうは思えないけど、とアナベルは心の中でつぶやいた。

シシーは不安そうな様子のまま、ナプキンを広げる。「ただ、〝リバーという若い女性〟が本当は誰のことだかわかっていないから、あの人もこの話を真に受けただけだと思うのよ。こんなひどい話を作り上げるなんて、信じられないわ。この話をした男性が誰かは知らないけど、撃ち殺してやりたい。あなたがジャレットさまと、そんないかがわしい——」

「シシー!」アナベルはちらっとジョーディに視線をやった。

シシーが顔を赤らめる。「あ、ええ」

「いかがわしい、ってどういう意味?」予想どおりジョーディが言い出した。

「あなたには関係ないことよ、ジョーディ。さ、座りなさい、アナベル。クランレイ夫人だって、私たちに無礼なまねはしないはずだから」

シシーにそう言われると仕方ない。アナベルはあきらめて、ジャレットの横に座った。シシーは人のいいところだけを見ようとする傾向がある。たいしていいところのない人に対しても。

「いかがわしい、か」ジョーディはまだ考えている。「イカが、鷲《わし》になるってこと?何でそれが賭けになるの?」

「あなたが頭を悩ませる問題じゃないわ。家に帰ったら、辞書で調べればいいでしょ」

アナベルの言葉に、ジョーディが抗議する。「でも、僕は今知りたいんだ! 絶対に、イカが空を飛ぶってことと関係しているはずだ」

「〝性的な欲望にまつわる〟っていう意味だ」ジャレットが口をはさんだ。アナベルが彼に非難の目をむけると、彼はさらに言った。「ジョージも子どもじゃない。家族の誰かが侮辱されたら、その事実を知らせてやるべきだ」

ジョーディがすっと背筋を伸ばした。「そうだよ。子どもじゃないから、その男に決闘を挑むこともできる」

「ばかなことを言わないで」シシーが諭《さと》す。「その男性はとっくにここを出発して、今頃どこか遠いところにいるはずよ」

「それに、十二歳の子に決闘を申し込まれたって、本気にはしてくれないわ」アナベルは冷たく言った。ジャレットに眉《まゆ》を上げてみせる。「あなたがおかしなことを言うからよ」

「ジョージは男性として、君たちレディを守ろうとしているんだ」ジャレットが反論する。「だから、彼もおとなの男性としてものごとを考えるべきだ。君たちがいつまでも子ども扱いしていたのでは、ジョージもおとなにはなれないぞ」

アナベルは不機嫌な顔を見せたが、シシーは引きつった顔でジャレットにほほえみかけた。「うちのジョージのことに、そこまで心配りしてくださって、ありがとうございます。おやさしいのですね、ジャレットさまは。アナベル、そう思わない？」

私はそう簡単に騙《だま》されないわよ、とアナベルは思った。「ええ、やさしい方だわ、本当に」

「やさしいわけではない。ただ、自分が十二歳のときのことを思い出しただけだ」

ジャレットにそう言われて、アナベルはふと思った。十二歳の頃の彼は、どんな少年だったのだろう？　今と同じように、何ごとにも無関心だったのだろうか？　もっとまじめだった？　十三歳のときに祖母に引き取られたと言っていたが、そのあと性格が変わったのだろうか？　両親がむごい死に方をしたのだ、何の影響もなかったはずはない。

それとも、彼に惹《ひ》かれているから、虚像を作り上げているだけなのか。気をつけないと。耳にするのもおぞましい噂にも、一片の真実はあるものだ。

ちょうどそのとき、注文した料理が運ばれてきた。クランレイ夫人の姿はどこにもないので、アナベルはほっとした。シシーとアナベルに、ジャレットがどれほどひどい男かを告げるだけで満足したのだろう。

メイドはまず、エールをテーブルに置いた。匂《にお》いを嗅《か》いだだけで、ひどいものだとわかる。質の悪いエールしか造れない醸造所から買っているのだろう。いかにもあの女将らしい。アナベルはひと口すすって、顔をしかめた。その質のひどさに気を取られているうちに、シシーが運ばれた皿のひとつを厨房《ちゆうぼう》に戻すようメイドに命じていた。

「でも女将さんから、こちらは必ず侯爵家の方にお出しするようにと言われたのです」メイドはそう言って譲らず、シシーの手を払いのけて皿をジャレットの前に置いた。

シシーはさっとその皿を取って自分の前に置いた。「ジャレットさまには、こちらを召し上がっていただくわ」メイドがなおも反論しかけると、シシーは料理を食べ始めた。メイドは肩をすくめて、残りの皿を配り始めた。

「みんな同じ料理なのに」ジョーディが言った。「母さんは豚肉が好きだって、僕がジャレットさまに伝えたんだ」

「ええ、大好きよ」もうひと口、今度は大きく頬張《ほおば》ったが、シシーは顔をしかめた。

それを見て、ジャレットが不審に思ったようだ。シシーの前から皿を取り上げ、自分の前に置いてじっと見ている。「こんなものを食べてはいけない」

そこで初めて、アナベルも肉をじっくり見た。色が薄く、腐った臭《にお》いが吐き気をもよおす。他の客が食べている料理を見ると、まともな肉のようだ。

「あの噂好きの女、あなたに腐った肉を出したんだわ！」アナベルは驚いて大きな声を出した。「どうしてこんなことを？　私から文句を言ってくるわ」

立ち上がりかけたアナベルを、ジャレットが引き戻した。「シシーさんに食べさせるつもりではなかったんだ。これは僕用のだ」

「な、何かの間違いだったのですわ」シシーが弱々しくつぶやく。

「間違いを犯したのは、ここで食事をすると言い張った僕だ」ジャレットは立ち上がり、そばにあったゴミ箱に中身を棄てた。そしてシシーのそばに近寄り、腕を差し出した。「さあ、行こう。食事はこの次の宿場でとればいい」

シシーはそれ以上抵抗もせず、ジャレットに促されるまま席を立ったので、アナベルはほっとした。

「どれぐらい食べたの?」戸口に向かう途中、アナベルは義姉にたずねた。

「たいして食べてはいないわ」

シシーの言葉を、ジャレットがぴしゃりとさえぎる。「無理することはなかったのに。シシーさん、申しわけない。君が何をするつもりなのか、僕にも最初わからなかったんだ」厳しい表情で前を向く。「君の友人が、僕のよこしまなたくらみから君を助け出すために、ここまで思いきった手段を使うとも」

「あの人も、けっしてそんなつもりでは――」

「もうやめて! 二度とあんな女のことをかばいだてしないでちょうだい」アナベルは怒りに燃えていた。「あなたのことを責めているんじゃないのよ、シシー。友だち面《づら》しているあの女の首を、絞め上げてやりたいだけ」

戸口にはクランレイ夫人が立っていた。憎々しげな視線を投げかけられて、ジャレットは体を強ばらせた。シシーから腕を放し、アナベルに耳打ちする。「先に馬車へ乗っていてくれ。僕もすぐに行くから」

「料理は楽しんでいただけました？」シシーとジョーディを扉の外に出すとき、アナベルの耳にクランレイ夫人の声が届いた。よくもぬけぬけとそんなことが言えたものだ。

「今度誰かに毒を盛るときは」背後でジャレットの声が聞こえる。「毒入りのものを食べさせるつもりだと、きちんとメイドに伝えるんだな。そうすれば、間違った相手がそれを食べることもないだろう。僕が気づく前に、君が僕のために用意した肉を、レイク夫人が口にした」

振り向くと、女将の顔から血の気が抜けていた。

ジャレットの顔は正義感から来る怒りに燃えており、それがアナベルの心を温かくした。「友人を助けるつもりだったんだろうが、つまらないことをしたものだな。僕から悪い影響を受けないようにと君が愚かな策を練った結果、君の友人は命を落とすかもしれないんだ。万一のことがあれば、僕は必ず君を殺人罪で訴えてやるからな。わかったな？」

「いいえ、あの……私は何も……」

アナベルは急いでシシーを馬車に乗せた。今のところシシーは大丈夫そうに見えるが、心配には違いない。友人がひどいことをしたのに自分を犠牲にしてまでかばうのは、いかにもシシーのやりそうなことだ。ただ、それは間違っている。

前からクランレイ夫人のことは好きではなかったアナベルだが、これではっきりと大嫌いになった。こんなばかなことをする人がいるなんて。ただの噂を耳にしただけなのに。まったくどうかしてる。シシーにもわからせないと。

ジャレットにはわかっていたのだ。ただ陰口を叩《たた》かれることには慣れているのか、冷静に対処していた。実際、ひどいことをあれこれ言われるのだろう。バートンに住むアナベルでさえ噂を知っているぐらいなのだから、国じゅうで彼にまつわる話がささやかれているはずだ。

ただ、今回の噂の原因は、アナベルだ。やがてジャレットが馬車に乗り込み、一行は次の宿場町を目指して出発したのだが、アナベルは自分のせいだと思って心が晴れないままだった。やめろと言われても食べ続けたのはシシーの意思だが、アナベルは自分の責任を感じずにはいられなかった。あんなばかげた賭けをしなければ、こういうことは起こらなかったのだから。

それでも、賭けをしなければ、ジャレットを説得することはできなかったし、こうやって一緒にバートンに向かうこともなかった。ただ、何を賭けたかが世間に知れた場合、どういう事態になるかを予想しておきさえすれば……。

夕方になり、一行はダベントリの町はずれにある宿で馬車を停めた。ここはジャレットが以前に人から勧められたことがあるそうで、彼は二部屋を用意するように宿の主人に命じた。自分用の部屋とともに、シシー、アナベル、ジョーディのための部屋を頼んでいる彼を見ているのは、何だか変な感じだった。自分の家族のために、男性が何かを手配してくれることなどなかったからだ。ヒューはその義務を放棄したのも同然だし、ルパートにはそんな役割を果たす機会もなかった。

最近では、ほとんどすべての責任がアナベルの肩にかかっている。誰か他の人にその重荷を預けることができれば、こんなにもほっとするものなのだと、アナベルは実感した。ただ、ジャレットに無理やりこんなことをさせている、彼は元々来たくもなかったのに、と思うと……。

全員で受付を通りすぎ、ジャレットが自分の部屋に向かうとき、アナベルは胸にこみ上げるものを感じた。「シシー、ジョーディと先に部屋に行っててくれない？　私はジャレットさまに少し話しておくことがあるの」

シシーは怪訝《けげん》そうな視線を投げてきたが、ジョーディを連れて廊下の奥へと向かった。

アナベルは廊下の反対側へと急いだ。「ジャレットさま！」ちょうど彼が自分の部屋の鍵《かぎ》を開けたときだった。

戸口で動きを止めて、ジャレットがたずねる。「何だ?」

「謝っておきたいのです」

彼が不思議そうな顔をする。「何を謝るって言うんだ?」

「まず、私のせいで、またあなたが噂の的《まと》になってしまったことに対して。正直なところ、あの賭けは、ロンドンだけの噂で終わると思っていたのです。それに、賭けの対象について憶測されるとは……つまりあなたが……私と、その……」

他の客が横を通過し、二人に好奇の目を向けたので、アナベルは言葉を濁した。その客の姿が見えなくなるとすぐ、アナベルは彼を引っ張って部屋に入った。少しだけ隙間《すきま》を開けて扉を閉め、いくらかでも人目を避けられるようにする。

「あの賭けに応じた私がいけなかったのです」単刀直入に告げる。

ジャレットが笑顔になり、えくぼが見えた。「言い出したのは僕だぞ。とにかく、もう済んだ話だ。今さら後悔してもどうにもならないさ」

「でもクランレイ夫人があんなことをしたのは、私が悪い――」

「おかしなことを言うなよ。君には何の責任もない。シシーさんも同じだ。クランレイ夫人は斧《おの》を振り上げて待っていたんだよ。噂話を口実に、その斧を僕に向かって振り下ろした。僕としては、君の家族を巻き込んだことが悔やまれる。今はもう、シシーさんの体に別条がないことを祈るのみだ。あの女将《おかみ》はまったく、くだらないことをしたもんだ」

「同感です。あなたが気づいてくれたからよかったものの、あのままシシーが腐った肉を食べ続けていたらと思うと、ぞっとします。止めてくれてありがとう、心からお礼を申し上げます」

アナベルが戸口へ戻ろうとすると、彼の鷹揚《おうよう》な口調が聞こえた。「君、何か忘れてやしないか？」

アナベルが振り返る。「失礼、何とおっしゃったの？」

彼はにやりと不遜《ふそん》な笑みを浮かべながら、アナベルに近づいて来た。「礼を言うべきことが、まだあるだろ？」

「たとえば？」

「君たちが僕の噂にいそしんでいるあいだ、君の甥《おい》の相手をしてやった」

確かに。「ええ、それにもお礼申し上げます」アナベルは涼しい顔で応じた。

瞳を燃え上がらせながら、彼がさらに近づく。近すぎる。「それから、君たちをバートンまで侯爵家の馬車で送り届けるという事実もある」

アナベルの脈が速くなる。「それについては、本当に感謝すべき相手はあなたのお兄さまでしょ」

「うむ、だが使えるように手配したのは、僕だ」彼がアナベルの腰に手を回し、体を引き寄せる。「だから、君の感謝の気持ちを伝える最善の方法を考えた」

「寛大なお心を賛美する詩でも書けばいいのかしら?」どきどきして膝《ひざ》が震えるが、アナベルはからかうように言った。

ジャレットは、ふっと笑ってから、顔を下げて耳元に唇を寄せた。「外れだ」その官能的な声に、アナベルの全身を興奮が駆け抜ける。

喉《のど》が詰まって声がうまく出ない。「あなたのために、特別なエールを醸造するとか」

「僕が考えたのは、もっと……個人的なものだ」

そして彼が唇を重ねた。

9

アナベルから冷たく慇懃《いんぎん》にあしらわれることに、ジャレットは嫌気がさしてきていた。これでは会社で商談をしているのと変わらない。今日、彼女が生き生きしているところを見たのは、醸造所に関する話をしたときだけだった。情愛をこめた言葉やほほえみは、すべて甥《おい》と義理の姉に向けられていた。

昨夜のことなど何もなかったかのように振る舞う彼女の態度が、癪《しやく》に障って仕方がなかった。昨夜の彼女は、事業の話などまったく関係ない様子だったことを、思い出させたくてたまらなかった。キスされたとき、彼女はこの腕の中でとろけたのだと、覚えておいてほしかった。

あのときと同じように、今の彼女の体もとろけそうだ。アナベルが、自分の上着をつかんで体を押しつけてくるのが、うれしくてたまらない。ジャレットの舌がシルクのような彼女の口をむさぼるがままにさせてくれる。喉《のど》の奥から低いうなり声を出して、彼はアナベルを抱き上げ、ぴったりと体をくっつけた。彼女の興奮した甘い匂《にお》いに、うっとりする。彼女独特の匂いだ。甘ったるい花の香や香水はまったく感じない、ただみずみずしくて興奮をあおられる匂い。オレンジとはちみつ……男ががぶりとかぶりつきたくなるような芳香。

実際に、かぶりつきたくなった。彼女の下顎《あご》に歯を立て、彼女ならではのうっとりするような匂いに包まれる。歯を首筋に沿って動かし、耳たぶをそっと噛《か》んでみる。すると彼女が、ああっと大きくあえぎ、彼の上着をつかむ手に力が入った。

「これでもう、お礼はじゅうぶんのはず……いろいろ、ありがとう」アナベルがそっとつぶやく。

「今度は僕が、君に感謝の気持ちを伝える番だ」ジャレットは唇を首筋に這《は》わせる。

「こんなに……たっぷりお礼を言っていただくようなこと、私はしていないわ」

「僕にキスしてくれている」そして心臓を高鳴らせ、下半身をこんなにも硬くさせてくれる。

「キスをしてもらった……お礼のキス……」彼女の息を頬《ほお》に熱く感じる。「そんなの、危険だわ。こういうことをしていたのでは、最終的にはどうなるの？」

最終的にどうしたいか、ジャレットの気持ちは決まっている。彼女をベッドに横たえ、白い太腿《ふともも》を広げさせ自分を迎えてもらうこと。彼女が快感を得ようと、強く腰を突き出し、互いに快感を高め合う。

とにかく今は、手で彼女の乳房を感じるだけで満足しよう。

しかし、アナベルの体が凍りついた。「そんな方向には行ってはだめよ」ジャレットの手首をつかみ、脇《わき》へとよける。

彼はううっと声を漏らしながら、また彼女の唇を奪った。今度はもっと荒々しく。言葉とは裏腹に、彼女が大胆な行動に出たくてうずうずしているのを感じ取ったのだ。彼女はためらいややさしさを求めているのではない。その推測は正しかったらしく、彼女の手から力が抜け、やがてまたジャレットの手のひらは乳房へと案内された。

ああ、だめだ。彼女は自分と同じぐらい燃え上がっている。そう思うと、ジャレットの炎はいっそう大きく舞い上がる。家族のいるところでは冷たい態度を取るが、今の彼女は温かくて、すっかりその気になっている。頭がどうにかなってしまいそうだ。

乳房をもみしだいていると、手のひらでも感じ取れるほどに頂がかわいらしく硬く尖《とが》ってきた。何枚もの布地の上からでも、はっきりと彼女の興奮が伝わってくる。彼女がもらす低いあえぎ声に、ジャレットの体がうずき、いつの間にか少し開いた扉の横の壁に彼女を押しつけていた。彼女の脚のあいだに自分のものをこすりつけ――

「ジャレットさま？　アナベル叔母さん、そこにいるの？」二人からほんのすぐ近く、扉の向こうから声が聞こえた。

ジャレットがアナベルから体を離すのとほとんど同時に、ジョージが扉の隙間《すきま》から顔を出し、二人を見た。

アナベルは顔を赤くして、非難するような眼差しでさっとジャレットを見た。ああ、もう。ジャレットは帽子で、できるだけ興奮のしるしを目立たないように隠した。

「ここで何しているの？」ジョージの口調が鋭い。

アナベルは無理に笑みを浮かべて言った。「私はジャレットさまと……話し合っていたの、あなたのお母さまをどうしようかって」

ジョージがぎゅっと唇を結ぶ。「母さんの具合が悪いんだ。すぐに来て」

「まあ。ええ、すぐに」アナベルは頭に手をやり、どうしようもなく乱れた髪を撫《な》でつけようとした。そしてジャレットを押しのけるようにして扉を開ける。立ち去ろうとして、後ろを振り返る。「ジョーディ、あなたは来ないの？」

少年は暗い瞳《ひとみ》でジャレットを見据えたままだ。「先に行ってて」

何なんだ、これは？　こんな子どもにお仕置きでもされるってことか？　まさか、あり得ない。アナベルとのことは、二人だけの問題だ。子どもにあれこれ言われる筋合いはない。

ジョージは扉を閉め、正面からジャレットを見た。「できれば、ジャレットさま、僕の叔母に対して、あなたがどのような意図を持って接しておられるのかを聞いておきたい」

どのような意図を持って？　それを聞いて、興奮もいっきに収まった。

ジャレットは椅子《いす》に帽子をほうり投げた。「君が何を見て、それをどう思ったかは知らないが、なあ――」

「男性が女性にキスするところぐらい、僕にもわかります」ジョージを怒らせてしまったようだ。

ジャレットとしては笑い飛ばしたいところだが、少年があまりにも真剣に見える。

「ほう、そうなのか？」ジョージの言葉を疑うように言い返し、にらみつける。「こういう分野にかけて、君にはたいした経験があるんだろうな」

ジョージは顔を赤らめたが、それでも引き下がろうとはしない。「経験があるからわかったのではありません――僕は見たままを言っただけです。それに、ジャレットさまは女性に関していろいろと評判のある方です」

「噂《うわさ》は僕も耳にした」ジャレットは少年をねめつける。「しかし、君の叔母さんは、人に噂されるような女性ではない。まさか君だって、彼女が僕にキスを許したとは思わないよな？」

「許した？　まさか。でも、あなたのほうから、彼女に……その……」

「僕が彼女にキスを無理強いした、そう言いたいのかね？」

ジョージの体が強ばる。「何を見たかぐらい、僕にだってわかります」

「子どもに何がわかるって言うんだ?」ジャレットはぴしゃりと言い返した。「僕と君の叔母さんのあいだで何があったかは、二人だけの問題だ。君がとやかく口をはさむべきではない」

「そろそろ僕も、おとなの男性としてものごとを考えるべきだ、そう言ったのはジャレットさまですよ」ジョージが肩をいからせる。「だから、おとなの男性として当然のことをしているんです。もしここに僕の父がいれば、同じことを言っているはずです。ジャレットさまが、いいかげんな気持ちで——」

「いいかげんでなければ、どうなんだ?」

何とまあ、どうしてこんなことを口走ってしまったのだろう?

ジョージがジャレットを見る瞳に、期待が浮かんだ。「ええ、そのときは、話は違います」

ジャレットが返事をしないので、少年は警戒するような目つきになった。「もう一度聞きます。ジャレットさまは叔母さんのことを真剣に想っているのですか?」

ジャレットは追い詰められた気分で、考えた。青二才とさえ言えないような子どもに、どうしてこんなことを話さなければならないんだ? キスしたいから、しただけ。いつものことなんだ、ちくしょう! この子どもが言ったとおり、彼女にキスを無理強いした。

「僕と君の叔母さんとのあいだには、いろいろ解決しなければならない問題がある。だから、この話は口外しないでもらえるとありがたい」

この少年が、いきなりアナベルに、ジャレットさまは叔母さんに求婚するつもりらしいよ、と言い出すのだけは止めなければ。

ジョージがうなずいた。

「よし」ジャレットは扉のほうを示した。「さあ、君の母上の容体を見に行こう」

「はい」廊下に出ようとしたところで、ジョージが見上げた。「あの、僕の叔母さんと結婚したら、ジャレットさまは僕の叔父さんになるんですよね」

ああ。「そういうことになるかな」

神様、お許しください。十二歳の男の子に真っ赤な嘘《うそ》をついたら、地獄でも特別辛い場所に行かなくてはならないのでしょうか？　さらに、その子の処女の叔母に欲望を抱き続けたら？　しかも、嘘も欲望も、やめる気がない場合は？

レイク家の三人用の部屋へ向かうと、廊下まで激しく嘔吐《おうと》する音が聞こえた。ジョージが真っ青な顔をして、小走りに急ぐ。少年が扉を大きく開けた瞬間、アナベルが中から戸口へ飛び出し、自分も廊下に立って急いで扉を閉めた。しかし、一瞬ジャレットにも、レイク夫人が便器の上に体を倒しているのが見えた。

ジャレットの中で、激しい憤りがわいた。ちくしょう。今度あのクランレイという女に会ったら、ただではおかないぞ。この償いは必ずしてもらう。

「シシーさんの容体は？」ジャレットはアナベルにたずねた。

「あまり思わしくはなくて」

「僕たちが手伝えることはないか？」

「こちらの宿の主人に頼んで、お医者さまを――」

「ただちに手配する」

ジョージの青白い顔に、恐怖の色が広がる。「母さんに会わせて」

「今は、無理よ」アナベルが少年の頭を撫で、髪が乱れる。そのしぐさの情愛の強さに、見ていたジャレットは胸が詰まるような思いだった。「シシーは、私以外の人にはそばにいてもらいたくないの。悪いお肉を全部吐き出したら、気分はよくなるはずよ」

しかし彼女の表情から、予断を許さない状態であることが伝わってくる。

「おい、こうしよう」ジャレットはジョージに語りかけた。「二人で一緒に、医者を呼びに行く手はずを整えよう。そのあと、夕食を頼むんだ」アナベルをちらっと見る。

「君も何か食べるか？」

彼女は首を振った。「今は何も。私のことはいいから、二人で宿の主人と話をしてきて」

宿の主人は、すぐに医者を連れて来るように召使いに命じた。さらに、食事代金は要らないから、と言って夕食も用意してくれた。ジャレットとジョージは、無言で食べた。

最後に黒スグリのパイが運ばれてくると、ジョージの表情がみるみる歪《ゆが》んだ。今にも泣き出しそうだ。「黒スグリのパイ、母さんの好物なんだ」

「それなら、これが食べられるように、早く病気を治してもらわないとな」

ジョージはふと顔を上げて、ジャレットを見つめた。「僕たちにできること、何かないんですか？」そして険しい顔になる。「さっきの宿に戻って、クランレイ夫人を罰してもらうよう、警察に訴えよう」

その気持ちなら、ジャレットには痛いほど理解できた。「だが、僕たちがいないあいだに、君のお母さんに何かしてあげなければいけないことが起きたらどうするんだ？　君のお母さんを呼んできてほしいと、叔母さんが言い出すかもしれないぞ。何か用事があるときに備えて、ここでじっとしていないと」

「そうだね」ジョージがうなだれて、パイの皿を見る。「でも、アナベル叔母さんが父さんを呼んできて、って言うことはないよ。もし呼びに行ったとしても、父さんは来ないんだ」

「なぜだい？　旅行もできないほど、君のお父さんの病気は重いのか？」

ジョージは、はっとして怒りの視線をジャレットに向けた。「父さんのことなんて、話したくない！　母さんの体の具合が悪くなったことで、もう僕の頭はいっぱいなんだ。どうしよう、も、もし、母さんが死んだら。でも父さんは……」

突然少年が、わっと泣き出したので、ジャレットはびっくりした。「おい、おい。君のお母さんが死ぬはずがないだろ」他にどうしていいかわからなくて、ジャレットはジョージの骨ばった肩をぎゅっと抱き寄せた。「すぐに元気になるさ。今はただ、体を休める必要があるだけだ。そのあと、元どおり、元気になるよ」

ジョージは、うん、うん、とうなずくだけだった。ジョージが母のことで不安になり、泣き出した気持ちは、ジャレットにもよくわかる。ただ、父の病気の話が出たとたん、あんなに動揺した理由がわからない。アナベルの話では、重病ではないということだったが。

ジャレットは、はっとした。これがアナベルの隠している秘密なのだろうか？　彼女の兄が死にかけているとすれば、彼女が委任状を持って来なかったのもうなずけるし、このヒューという男の話題になるたびに、三人とも慌てた様子になるのも納得できる。

しかし、秘密にしておく必要がどこにあるのだろう？　間もなく売りに出されるかもしれない醸造所との共同事業は、嫌だと言われるのを恐れているのか？　あるいは、経営はすっかり傾いていて、レイク・エールそのものをジャレットが買い取るのではないかと心配しているのか？

ふん、とんだ笑い話だ。プラムツリー・ビールによる買収を心配する必要だけは、まったくない。現在、プラムツリー・ビールには流動資産がほとんどなく、別の会社を買う資金を用意できるはずがないのだ。

しかし、どこかに売却され、新しい持ち主が今回の計画に賛成してくれなければ、プラムツリー・ビールは何をすることもできない。こうなると、契約は非常に複雑になる。

ジャレットは、やっと涙を拭《ふ》き終わったばかりのジョージを見た。この子にもう少し口を割らせてみるべきか。

「カードでもして遊ばないか？　叔母さんとお医者さんが、お母さんはどんな具合か教えてくれるまで、いい時間つぶしになるぞ」

「わ、わかった。それから、ジャレットさまの弟のこと、教えてくれる？　ほら、馬車レースをする人」

「ああ、もちろんだ」

涙でぐしゃぐしゃになったジョージの顔に、ぱっと笑みが広がった。その瞬間ジャレットは、両親が死んでからの、あの悪夢のような一週間を思い出した。見ず知らずの人からの、ほんのちょっとした親切に、毎日を耐えていく元気をもらった気がしたあの日々。

だめ、だめだ。この子をこれ以上苦しめることなど、とてもできない。あまりに残酷だ。ジョージは今、父も母も両方が死んでしまうのではないかと恐怖でいっぱいなのだ。この世に自分ひとりが残されるのではないかと不安で、動揺している。わからないことは、この騒動が終わってから、アナベルに直接たずねればいいだけだ。

五時間後、アナベルが二人の様子を見にやって来た。ジャレットがちゃんとジョージの面倒をみているのを知って、喜んでいるようだった。二人が遊んでいるのがポープ・ジョーンだと知って、アナベルはうっすらと笑みを浮かべた（ポープ・ジョーンではチップの置き場所に『婚姻』、『浮気』などの名前がついている）。しかし、彼女の姿を見て、ジャレットはまた心配になり出した。青白い頬に髪が乱れ落ち、心配のせいか瞳に生気がない。

「アナベル叔母さん！」ジョージは叫んで飛び上がるように椅子から下りた。「母さんの具合はどう？」

「今は眠っているわ」ぼんやりした視線を、ちらっとジャレットに投げかける。

ジョージの質問に答えていない。みんなそのことに気づいていた。ジャレットは立ち上がって、アナベルのために椅子を引いた。「さあ、座って。ひどい姿だぞ」

言ったとたん、あまりに失礼な言葉だったと気づき、ジャレットは、ああ、どうしよう、と思った。この状況に苛々《いらいら》していたせいだ。こんな無礼なことをレディに向かって言うとは。

アナベルは眉《まゆ》を上げた。「ずいぶんな褒めようですこと。そんなふうに言われると、うっとりしてしまいそう」

「悪かった。そういうつもりで言ったわけじゃないんだ。でも、とにかく君も食べないと。座って、何か作ってもらうから」

「今は結構です。まだシシーの熱が高いので。もう少ししてから、シシーが大丈夫だと確認したら、私も何か食べます」

「いや、今食べるんだ」ジャレットはきっぱり言うと、アナベルを押すようにして椅子に座らせた。「君まで具合が悪くなったら、困るのはシシーさんだぞ」

アナベルは渋々ながらジャレットに従った。しかし鳩《はと》と豆の料理が運ばれてきても、フォークで突いているだけだった。「実は、ジャレットさまにお願いしたいことがあるのです」

もういいかげん、〝ジャレットさま〟と呼ぶのはやめてもらえないかな、と彼は思った。この期《ご》に及んで、よそよそしい口調もばかげている。ほんの数時間前に、彼の手は彼女の乳房を覆っていたのだ。「必要なことがあるなら、何でも言ってくれ」

か？」

「今夜、ジョーディをジャレットさまのお部屋で寝かせていただけないでしょうか？」

　ほんの一瞬、ジャレットの心に迷いが浮かんだが、ここで断るのはあまりに非道だ。

「ああ、もちろん」作り笑いで答えた。

「でも、アナベル叔母さん、僕は叔母さんと母さんの部屋で寝たいよ！」ジョージが駄々をこねた。

「ジャレットさまのお部屋のほうが、あなたもぐっすり眠れるわ」そしてためらいがちに言い添えた。「あなたのお母さまもね」

　実際、そのとおりだろう。ジャレットがよく眠れない夜を過ごさなければならないのは間違いないが、この状況では文句も言えない。「いいだろ、ジョージ？　それがおとなの男ってもんだ。おとなの男は、母親と同じ部屋で寝たりはしないぞ、そうだろ？」

　少年は言葉に詰まり、そのあと胸を張った。「はい、そうですね」

「僕たちのことは心配するな」アナベルを安心させる。「一緒にいると、いい話し相手にもなる。二人でビールを浴びるほど飲み、ポンツーン（ブラックジャックのようなカード・ゲーム）でばくち三昧《ざんまい》して、酒場の女給のひとりや二人、たらし込むことにしよう」

　アナベルの口から笑い声が上がった。「冗談のつもりで言っているのでしょうけど」まじめな表情に戻そうと、苦労している。

「でも、君を笑わせることができた。だろ？」

「あまりに疲れすぎていて、どんなことでも笑ってしまうだけですわ」そう言いながらも、アナベルは好ましそうにジャレットを見た。すると、彼の体の奥で何かがざわめいた。

「できるだけ、睡眠をとるように」やさしく声をかけたが、心の中は薄い夜着だけを身にまとう裸足《はだし》の彼女はどれほど色っぽく見えるだろうということばかり考えていた。

「僕たちなら大丈夫だから」

「この子の面倒をみてくださって、ありがとう」アナベルが立ち上がる。「そろそろ戻ったほうがよさそう。二時間おきにのませるようにって、お医者さまから薬をいただいているもので」

アナベルは階段に向かったが、ふと振り向いて申しわけなさそうな顔をした。「それから、警告しておきますけど、ジョーディは寝相がすごく悪いの。きっと蹴飛《けと》ばされるわ」

「では、僕も蹴り返そう」ジャレットが言うと、ジョージがおののいた顔で息をのんだ。ジャレットは笑って少年に声をかけた。「冗談だよ。何とかなるさ」

ただ、長い夜になることは間違いない。

10

　その後の丸一昼夜のアナベルの記憶は、曖昧《あいまい》なものだった。ただ便器を空け、シシーの額をスポンジで冷やす作業を繰り返すだけで一日が終わった。宿での二日目の夜、彼女はベッド脇《わき》の椅子《いす》でいつの間にかうつらうつらしていた。眠って三時間ばかり経った頃、突然窓が開けられる音でびくっと目が覚めた。シシーがベッドから起き出したのだ。

「何しているの？」窓辺にいる義姉のもとに駆け寄る。

「この部屋、暑くて息ができないわ。空気を入れ替えないと」シシーが言った。

　アナベルはシシーの額に触れてみた。全身に安堵《あんど》が広がる。「熱が引いてきているわ。悪寒《おかん》が治まったのね！」

「でも、体がまだじっとりして、ぞくぞくする」シシーはベッドに戻り、顎《あご》のすぐ下まで上掛けをかぶった。そのあと、ベッドの上を、ぽん、ぽんと叩《たた》く。「ここに来て。あなたも体を休めないと」そして、はっと顔を上げた。「ジョーディはジャレットさまの部屋なの？」

「ええ、あの方には申しわけないことをしたわ。さっき見に行くと、かなりまいっていらっしゃる感じだった」

それなのに、ジャレットはあのあともう一度アナベルに食事をさせてくれた。シシーの容体を知らせに行くと、ただひたすら、心配でたまらない様子を見せるだけだった。さらには召使いに命じて、食事の時間にはお茶と軽い食べ物をこの部屋まで運ばせてくれた。

「ジョーディが、ヒューのことで何か口を滑らせてしまうかもしれないのに。気にならなかったの？　うちが本当はどういう状態なのか、あの方に不審に思われるかもしれないわ」

ため息を吐《つ》いて、アナベルはベッドに上がった。「それはもちろん気になったけど、そうするしかなかったから。あの二人、ずっと一緒にいるのよ。ジョーディがしゃべってはいけないことを口走るとしたら、もうとっくに何か起きているわ」アナベルは寝転んで天井を見た。「それに、ジャレットの言うとおりなのかもしれない。ジョーディはもうおとなになりかけていて、少々の秘密を打ち明けてもいいのね、きっと」

「今、ジャレット、って言った？」シシーが意味ありげに言う。

アナベルは頬《ほお》が熱くなるのを感じた。「私たち……つまり、彼が……お互い、堅苦しい口のきき方はやめようって言ったの。こういう状況なんだから」

「あら、そうだったの」シシーは面白がっている口ぶりだ。

「だからって、深い意味はないのよ」シシーが鼻を鳴らすので、アナベルは言い足した。「本気で言ってるんだから。私たちのこと、変に勘ぐったりしないでよね」

「どうして？　あなただってとっくに、結婚してもおかしくない年齢を過ぎたのよ」

「あなたまで、ヒュー兄さまみたいなことを言うのね。私が結婚したくない理由ぐらい、わかっているでしょ」

「それはそうだけど――ただね、運命の相手なら、あなたに息子がいても気にはしないはずだわ。あなたを妻に迎えるにはジョーディも一緒に引き取らなければならないとすれば、運命が選んだ男性はその条件を受け入れる」

「ジョーディがいなくなったら、あなた、さびしくない？」

「もちろん、さびしいわ。でも、あの子にとっては、あなたも母親同然の存在だもの。それに、よそに行っても好きなときにうちに遊びに来ればいいじゃない。私の頭の中では、あの子の母親は常にあなたよ」

「でも、あの子の頭の中では、母親はあなたなのよ、シシー」アナベルは重い息を吐いた。「でも、こんなことを話しても意味はないわね。その〝運命が選んだ男性〟というのが、見つかっていないもの。ジャレットさまは、そういう人じゃない。侯爵家の子息なのよ。たかだか醸造家の娘で、おまけに私生児を産んだ女なんて……そもそも、あの人は結婚には向いていないわ」

女性を誘惑するのに向いているだけ。アナベルの中のみだらな部分が、キスの先の行為も彼はじょうずなのか、確かめてみたいと願ってしまう。あれほどキスがうまいのだから。

彼に胸を愛撫《あいぶ》されてから、体がほてりそわそわしてばかりだ。アナベルの頭の中にあるのは、六フィートの男性の興奮した体を押しつけられる感覚の心地よさだけ。その男性が自分に欲望を抱き、愛撫してくる。それに応じるように、アナベルの体も彼を求める。背中を反らせて自分の体を差し出し、今すぐここで、壁にもたれたまま奪ってと――

ああ。頭がどうかしてしまったのだ。どうしてこんなことばかり考えてしまうのだろう。ルパートの死後、誰に対しても何も感じなかったのに。あの快感をまた味わいたくて仕方ない。男性に親密に触れられることをこんなにも切望していた。その事実に、今になってやっと気づいた。

しかし、二人が何をしていたか、もう少しで人に見られるところだった。あの瞬間を思い出すと、身が縮み上がる。二人が何をしていたのか、ジョーディに知られてしまっただろうか？　あのあと、ジャレットとジョーディが何を話したのか、知りたくてたまらない。ジャレットにたずねる機会がなかったが、少し時間ができればすぐに聞き出すつもりだ。

　彼が危険な男性であるのは、紛れもない事実だ。彼本来の性質が、アナベルの中で閉じ込められていた奔放さを引き出した。

　ただ野性の衝動に身をゆだねてはいけない。男性ならそれもいいだろう――欲しいものを手に入れ、ズボンの前を閉じ、それで終わりだ。女性はそうはいかない。そのあとにさまざまな不安が待ち受けているのは、他ならぬアナベルが身にしみて知っている。

「ジャレットさまが結婚向きじゃないって、どうしてわかるの？」シシーがたずねた。

「だって、私と一夜をともにすることを賭《か》けの対象にする人だから。見られるたびに、肌が燃え上がるような気にさせられるから。まともな男性がかき立てることのできなかった欲望を私に抱かせるから。

「プラムツリー夫人が、孫全員に財産相続の条件を申し渡したの。結婚しなければ、来年からは生活費も自分たちで工面しなさいって。ところが、弟のガブリエルさまの話では、ジャレットは年内いっぱいプラムツリー・ビールの経営を行なうことと引き換えに、結婚する義務を免除されたそうよ。その取引に応じたということは、つまり結婚は絶対にしたくないと考えている証拠でしょ」

シシーが、あきれた、という顔をした。「男ってものは誰でも、結婚なんかしたくないと思うものよ」

「ルパートは違ったわよ」ただ正直なところ、確信があるわけではない。

「ルパートは子どもだったからよ。おとなの男じゃないわ」シシーがやさしい口調になる。「男の子って、軽はずみなことをしがちだから」

確かに。だからこそ、ルパートは志願して戦争に行ってしまったのだ。あとに残した婚約者を守る者が誰もいないまま。

ジャレットは衝動的に行動したりはしない。ただ、あのときは別。壁にアナベルを押しつけてキスし、愛撫し……

ああ、だめ。どうしてあのことばかり考えてしまうのだろう？「理由はともあれ、ジャレットは結婚には興味がないの。この点は間違いないわ」

「あなたは気づいていないかもしれないけど、独身主義の人って子どもの面倒をみるのを嫌がるのよ。でもあの方はジョーディの世話をしてくれているわ。あなたを助けるためによ」

「あなたを助けるために」

シシーが笑った。「あの方の視線が追いかけているのは私じゃないわ。あなたがいつまでもルパートを深く愛し続けているという話が出たときに、にらみつけられたのも私じゃない。あの方が軽い冗談でたわむれるのも私とは違うわ」

「何もわかっていないのね」そう言いながらも、アナベルはどきどきしていた。シシーは知らないだけなのだ。「あの人は女たらしで、そういう男性は、ペティコートさえはいていれば相手構わずたわむれるものだし、それに、ジョーディの面倒をみておけば、早く旅を再開できるとでも考えているんでしょうよ。賭けの支払いをさっさと済ませたいと思っているだけだわ」

自分にそう言い聞かせ続けるのだ。そうすれば、いずれそうだと思えるはず。

「ま、好きなように言えばいいわ」シシーのまぶたが重くなる。「ただね、機会があるのなら、ちゃんとつかんでおくのよ。今のうちなんだから、これからあなたも歳を取っていくだけだわ」

「思い出させてくれて、ありがとう」

「誰かが言わないとね」寝言のようにつぶやくと、シシーは眠りに落ちた。

アナベルも眠るべきだった。明日、どうなるかはわからないのだ。しかしジャレットのキスを思い出して、眠るどころではない。考えてみれば、ばかばかしい。世間知らずの女の子みたいに、ロマンティックな夢を描いている。何の意味もないのに。彼との関係で、何かいいことなど起きるはずがない。彼のような女たらしに期待してしまうのは、愚かな女のすることだ。

そこまで考えたところで、アナベルも結局眠ってしまった。

翌朝、シシーは確実に快方に向かっていると医師からも言われた。ただ、馬車の旅は少なくともあと一日待ったほうがいいとのことだった。揺られると吐き気がするだろうと。

さらに旅程が遅れることを、ジャレットはもちろん歓迎はしなかったが、まだ同じ場所に足止めされたままだと知って、強い嫌悪感をあらわにしたのはジョーディだった。シシーを部屋に残して、全員で朝食をとりに行く途中、ジョーディはどすどすと音を立てて、先に階段を下りた。「また一日ここにいるなんて、信じられないよ。退屈で死んでしまう」

「退屈で死んだ人は、誰もいないわよ、ジョーディ」アナベルは少年の機嫌をうかがいながら告げた。

「カードで遊ぼう」ジャレットもジョーディに声をかける。

ジョーディはポケットに手を突っ込み、どんどんと先を進む。「カードなんて、もう飽きたよ」

「ジョーディ」アナベルはぴしりと言った。「失礼なことを言うものではないわ。ジャレットさまが親切におっしゃっているのに。あなたの相手をしてくださるのよ。こういう状況を喜んでいる人は誰もいないわ。でも、我慢しないと」

「ごめんなさい」まだ不満そうに、ジョーディがつぶやいた。「馬に乗りに行ったらだめ？　少しだけなら外に出てもいいでしょ？」

ちょうど宿の主人が階段の下で三人を出迎えた。「この二日間、皆さまこちらで快適にお過ごしいただけましたでしょうか？」

「ああ、満足している」ジャレットが返事する。「ひとつ聞きたいのだが、このあたりにどこか見物できるような場所はないかな。この若い紳士が喜びそうな場所だ、たとえば馬を走らせるとか射撃とか。血が飛び散り、大騒ぎになるみたいな、興奮できるものがあるといいんだが」

宿の主人が軽い笑い声を立てる。「まあ、ちょうど今日は市《いち》が立つ日ですから、肉市場にいらっしゃれば、肉を切り分ける際に、ずいぶん血が飛び散るところを見られはするでしょうが」

アナベルが、おお嫌だ、という顔をしたのでジャレットは笑った。「市の日なら、他にも多くの店が出るんだろうね」

「はい、それはもう。屋台が並び、ありとあらゆるものが売られます。それから、こしばらく見世物にワニを連れて来ている男がおりますよ」

ジョーディが強い好奇心を示した。「ワニって何？」

「アメリカにいる、不思議な生きものだ。そうだな、大きくて恐ろしいトカゲみたいな感じかな」ジャレットが恐ろしげな低い声を出す。「危険な動物なんだ。そんな危ないものを見てはいけないと思うよ」

「いや、ぜひ見ておくべきだよ！　アナベル叔母さん、ワニを見に行ってもいい？　お願い」

「ええ、いいわよ」興味をかき立てられたジョーディがこのまま、そのワニという生きものを見ないまま静かにしていてくれるとは思えない。それなら、一緒に見に行くのも悪くない。

三人は朝食を終えるとすぐに、町の中心街へ向かった。毎週ここで市が立つそうで、かなり大規模なものだった——凝った織りのレースや飾り紐《ひも》の市場、鞭《むち》や良質の革製品専門の市場、いかにも農家のおかみさんといった女性が家禽《かきん》を売る肉市場、などなどに分かれている。

ジョーディはすべての店の前で足を止めた。ただし、アナベルとジャレットを二人きりにしないよう、気をつけている。その様子をアナベルは不審に思った。ジョーディが、未婚女性を男性と二人にしてはいけない、と考えているのは間違いない。

一方、ジャレットのほうからは、あまり話しかけてこないが、何度か、彼の鋭い視線が自分に注がれているのを感じる。そのため、アナベルは非常に不安になった。昨日、この二人はいったい何を話し合ったのだろう？

かなりあちこちを歩いてから、やっとワニを見世物にしている男のところにたどり着いた。ジャレットが説明してくれたとおりだった。ワニというのはドラゴンのような生きもので、全長が八フィートばかり、鼻先を縄で縛り上げてあるのだが、それでも尖《とが》った牙《きば》が恐ろしげに見える。

腰から伸ばした鎖でワニをつないでいる男は、片ほうが義足の元兵士で、ニューオーリンズの戦いに出征したときに、この珍しい生きものに出会い、飼うことにしたらしい。「その当時は、ちっこい体でね。母親を大砲で吹き飛ばされたんです。かわいそうに思って連れて帰りました。それから十年、ずっとこいつと一緒です」

男は身を乗り出してにやりと笑い、ジョーディに声をかけた。

「こいつを撫《な》でてみないかい？　たったの一シリングだよ」

「だめ！　その子に近づかせないでいてくれたら、私から一シリングあげるわ」アナベルが男に言った。

「こいつは何もしませんよ」男が訴える。「ここに来る前に、じゅうぶん餌《えさ》をやりましたから。だから何かに嚙《か》みつくことはないんです。それに、口をしっかり縛ってあります」

「ねえ、撫でちゃだめ？　アナベル叔母さん」ジョーディが懇願する。「お願いだから」

「こういうのでどうだろう」ジャレットが男に一シリングを渡しながら、ジョーディに言った。「まず、僕が撫でてみる。君の叔母さんは、危険かどうかを確認したあと、君もやっていいかどうかを判断する」

ジャレットがしゃがんで、その生きものの頭に触れた。生きものはただ目を閉じ、また開いただけだった。ジョーディがアナベルの顔を見る。「僕も撫でていいでしょ？　ね、ね？」

「まあ、そうね」確かに鼻先を縛り上げてあるので、そのワニという動物がジョーディに危害を加えるようには見えない。

すぐに周囲に人垣ができた。ジョーディは多くの人々からの注目を最大限に活用し、いかに自分が勇敢かを証明してみせた。ワニの頭におそるおそる触れ、ジャレットがさらに男の手に一シリング渡すと、今度はもっと大胆に撫でた。

アナベルは、はっとした。たった三日間で、ジョーディとジャレットはすっかり男同士の絆《きずな》みたいなものを作り上げている。〝父親〟であるはずのヒューが、鬱《うつ》状態で酒に逃げ、まったく頼りにならなくなっただけでも問題なのに、今や魅力にあふれる遊び人が、知らぬ間にジョーディの心をつかみ取ろうとしている。ジャレットがロンドンに帰ったあと、この子はどうなるのだろう？

ジャレットがいたずらっぽい表情でアナベルを見て、また男に一シリング渡した。

「これならレディがさわっても大丈夫だな」

彼女は険しい表情になった。「あなた気は確か？　そんなおぞましい生きものに私がさわるとでも思っているの？」

「いいじゃないか。君の冒険心はどこに消えたんだ？」ジャレットが挑発する。

その言葉に、アナベルは体を硬くした。まさに同じ内容の言葉を昔ルパートに向かって彼女は口にした。戦争に私も連れて行って、と言ったときのことだった。

ジョーディが、鼻で笑う。「アナベル叔母さんはやらないよ。女の子って、こういうことを怖がるんだから」

「ばかばかしい」アナベルは怒りに燃えて言うと、ワニの背中に手を伸ばした。

驚いたのは、その表面が仔牛革《こうし》のような感触だったことだ。ワニを撫でるアナベルを、ジョーディがびっくりした顔で眺める。何だかうれしくなって、アナベルはジョーディににんまりと笑いかけた。

するとそのとき、ワニがゆっくりと顔を後ろに向けたので、アナベルとジョーディは、きゃっと叫んで後ろに下がった。

「こいつ、お嬢さんのことが気に入ったみたいです」元兵士の男が笑いながら言う。

「普通は、どこをさわられてもまったく無関心なんですが」

周囲から、自分も撫でてみたい、と声が次々に上がり、アナベルたちは先へ進んだ。

もっと刺激的なことを求めて、ジョーディが走り出すと、ジャレットが低い声でたずねた。「君はいつもああいうことをするのか？」

「どういうこと？」

彼の手がアナベルの手を包む。温かくて頼もしい感触だった。「男が君に挑戦すると、必ず受けて立つ」

「ジョーディに弱虫呼ばわりされて、引き下がるわけにはいかないでしょ？」

「ああ、確かに」ジャレットは笑いながら、なおもアナベルをからかう。「十二歳の男の子の言うことにむきになって、何が証明できるんだ？」

アナベルは体を強ばらせた。「こっちだってちゃんとわかっているってことを示すのよ。ときどきは挑戦を受けて立たなければ、あの子は自分がいちばん偉いんだと勘違いするわ。偉そうなことばかり言い出して、癪《しゃく》に障って仕方なくなる。考えると、あなたはまさにそういう人ね」

「僕が偉そうにしたか？　僕がいつ、癪に障って仕方なくなった？」

「プラムツリー・ビールの事務所では、そうだったわ。それからあの酒場で、私が賭けに応じる前の態度。白状しなさいよ、もし私が賭けに応じていなければ、あなたは私を宿に送り届け、女はおとなしくしていろとお説教して、バートンに帰らせる気でいたでしょ？」

ジャレットが考え込む。「そうしておけばよかった」

「そうしていたら、私の望みは叶《かな》わなかったわ」

「しかし、君が社会的体面を危うくする危険もなかった」

「女だってね、自分の望みを叶えるために危険を承知で勝負しなければならないときもあるの」ジョーディのほうを見ると、鞍《くら》を売っている商人のところで品物に夢中になっている。アナベルは声をひそめて言った。「危険という話のついでに聞くけど、昨日二人でいるところを見つかったあと、あの子に何を言われたの？」

「たいした内容ではない」彼の口調があまりにさりげなさすぎて、実際は重要な内容だったとわかった。

「あの子が何も言わなかったってことはない――」

「あ、ほら、樽《たる》が見えるぞ。エールを売ってるんだ。ジョージ、こっちだ」呼ばれたジョーディはすぐに二人のところに駆け戻った。「あの女性はエールワイフなのかな？　自分のところで醸造したのか聞いてみよう」

まったく、癪に障る。ただこれで、ジャレットとジョーディが何かを話したということはわかった。「他の醸造所のエールを飲んで、何になるのよ」

「そうやって味を研究するのさ。それからあの女性に聞けば、この近辺ではどんなエールが売れるのかがわかる。将来のために、役立つ情報だ」

そう言われるともっともなので、アナベルもエールを売る屋台に向かうジャレットのあとをついて行った。

話をしてみると、その女性はエールワイフとして自分で醸造し、このダベントリの町だけでなく、スタフォードシャー近郊のあちこちの市でエールを売っているのだとわかった。この地方での商習慣について、ジャレットが細かな質問をしている横で、この業界について〝聞きかじっただけ〟の人にしては、ずいぶん販売に関するさまざまな知識があるのだなと、アナベルは感心した。どうやればもっとうまく販売できるかに関しては、アナベルはほとんど知らないのだ。そして落ち着かない気分になった。これほどの知識のある人がレイク・エールについて徹底的に調べ、今回の計画はうまくいかないと判断したら、どうすればいいのだろう？

さらに彼の判断が正しかったら？

ジョーディがお金をねだり、ジャレットとエールワイフとの会話に耳を傾けていたアナベルは、深く考えずに硬貨を渡した。しかし、しばらくしてジョーディがそばにいなくなったのに気づき、慌てて周囲を見回した。離れたところでジョーディがちょうど、指ぬきのような短い金属の筒を三つ台に置いた男に硬貨を渡すところが見える。男が指ぬきのひとつの下に豆を置き、三つの指ぬきの位置を変える。

「あの子、何をしているのかしら？」

アナベルのつぶやきに、ジャレットが彼女の視線の先を見て、険しい顔になった。ぽかんとする彼女を置いて、ジャレットが大股《おおまた》で男の前の台に近づいて行く。男の周囲には人垣ができ始めていた。ジャレットが突然台に足を引っかけ、台の上の指ぬきなどをすっかりひっくり返してしまったので、アナベルはひどく驚いた。

慌ててアナベルもそこに駆けつけようとしたとき、ジャレットの声が聞こえた。

「ああ、失礼。僕としたことが、とんだ粗相をしたな」

台の前の男がジャレットをにらみつけ、気をつけろ、と怒鳴った。ジョーディもかがんで、台を元に戻そうとしている。

「僕、勝つところだったんだよ、ロード・ジャレット!」不満そうなジョーディの声が聞こえた。

ジャレットが貴族であるのが男にもわかったらしい。男は急にそわそわし出した。

「ああ、そうか。それは残念だった」ジャレットが言う。「せっかくの機会だったのにな」そして男に氷のような視線を向ける。「この子に金を返してやってくれないか？　君だって、このまま賭けを続ける気はないはずだ」

男は顔面蒼白《そうはく》になり、ジョーディに硬貨を返した。

ジョーディが男に言う。「もう一度初めからやってくれれば、また賭け――」

「それはだめだ」ジャレットがジョーディの腕をつかむ。「君の叔母さんが、もう帰ると言っているんだ。そうだな、アナベル？」

奇妙な成り行きに当惑して、アナベルは言葉に詰まった。「え、ええ。そうよ。もう帰りましょう」

不平を漏らし続けるジョーディを人の群れから引き離し、ジャレットは速足で通路を進んで行く。アナベルは小走りにそのあとを追うはめになった。

「放してよ！」ジョーディが叫ぶ。「勝てるはずだったんだ」

「指ぬき賭博《とばく》で勝てはしないよ。あれは、人から金を巻き上げるための、いわば詐欺なんだ」

もがいていたジョーディがおとなしくなり、アナベルも足を止めた。「ひどいわ！それなら、他の人たちにも教えてあげないと」

「それはやめたほうがいい」ジャレットがアナベルを止める。

「どうして？」

「あれは有名ないかさま賭博の一種で、あんなのをするやからは、詐欺だと見破る者がいないか、近くで仲間に警戒させているんだ。詐欺だと言う者が出てくれば、背中からナイフを突き立てる。この市の主催者に、こういう詐欺に注意するようにと伝えるのがいちばんだよ」

「あれ、本当にいかさまだったの？」ジョーディがなおも恨めしそうに聞く。

「間違いない。ロンドンの街頭ではしょっちゅう見かけるよ。豆が隠された指ぬきをどれだけしっかり見ていても、思ったところから豆は出てこない。男が手のひらに豆を隠し、自分の都合のいい場所に落とすんだ」

ジョーディが目を丸くしてジャレットを見た。「昨夜みたいに？　カードでやってみせてくれたでしょ？」

ジャレットが低い声で罵《ののし》り言葉をつぶやく。「まさにあれと同じだ。さて、婦人洋品を扱っている店はどこだろうな？　君のお母さんに、何か買って帰ろう」

「ちょっと待って。そのカードでやってみせたこと、って何なの？」

「ジャレットさまが教えてくれたんだ。札を隠して場のいちばん下にこっそり入れる方法、それから――」

「この子にいかさま賭博の方法を教えたわけ？」アナベルは大きな声を上げた。

「覚えておけば、いかさまをされたときに気がつくようにと思って」

「いかさまをするような相手と、この子がどこでカードをするのかしら。教えてもらいたいものね」

ジャレットが肩をすくめる。「いかさまをするやつなんて、どこにでもいる。ジョージがどこでどういう相手と勝負するか、予測のしようもない。さっきの指ぬき賭博がいい例だ。心構えをさせておいて、何が悪い」

ジャレットがジョーディに心構えをさせる——そう思うと、アナベルの中で怒りが燃え上がった。腹を立てる理由がないことはわかっていたが、どうしようもない。この十二年、我が子が世の中の醜い部分にさらされることがないように、アナベルは懸命に努力してきた。ところが息子は、あろうことかジャレットに忠告を求めるのだ。

「いかさまをする方法の数々を教えたんでしょうね」三人は市場の出口に近づいて来ていた。「きっとこの子は、夜な夜な賭博にふけり、あなたと同じような人間になるんだわ」

「教えてくれたら、どうなのさ?」もう英雄になったジャレットを弁護しようと、ジョーディが声を上げた。「そんなこと、誰も教えてくれなかったじゃないか。叔母さんも母さんも、僕を子ども扱いばっかりして。僕だっていろんなことができるんだぞ。賭けの楽しさだって知りたいし、やってみたいと思うかもしれない」

「まいったな」ジャレットがつぶやく。

「ほら見なさいよ!」アナベルはジャレットを責め立てた。「あなたのせいで、こんな子どもが賭博は楽しいものだって——」

「ちょうどいいところに来たようね」背後に声が聞こえた。

振り返ると、シシーがいた。体調はずっとよくなったらしく、三人のところに駆け寄って来る。

「ここで何しているの？」アナベルの問いかけに、シシーが肩をすくめた。「あの部屋でおとなしくじっとしていると、退屈になったの。それで、私も市を楽しもうと思って。気分はすっかりよくなったわ」そこでアナベル、そしてジャレットを見る。「でも、気分がいいのは私だけみたいね。あなたたちが言い争っている声が、三つ向こうの店のあたりでも聞こえたわ」

「アナベル叔母さんが、ジャレットさまにひどいことを言うんだよ」ジョーディが母親に訴える。

シシーは笑いをこらえた顔で言った。「まあ、まあ。それでは叔母さんのことをお仕置きしないとね」

まったくもう。「十二歳の子にいかさまを教えるのが正しいと、ジャレットが言い張るのよ」

「私たちを助けようと思ってしてくださっただけのことでしょう」シシーの瞳《ひとみ》がきらきら輝く。不穏だ。

「ええ、ええ。ジョーディに悪知恵を吹き込み、自分と同じような遊び人にしてくだされば、ずいぶん助けになるわよね」アナベルは皮肉で返した。

「やめてよ！」ジョーディが叫んだ。「意地悪ばかり言ってると、アナベル叔母さんと結婚してくれなくなっちゃうぞ。ジャレットさまはそのつもりなのに！」

11

しまった、と叫びそうになるのをこらえるだけで、ジャレットは精一杯だった。ただ考えてみれば、ジョージがここまで口を閉ざしていられたことのほうが奇跡なのだ。十二歳の男の子は、そう長いあいだ秘密を守れるものではない。

レイク夫人は、縁結びをしようと張りきっている既婚婦人が、ちょうどいい縁談ができそうだ、と気づいたときに必ず見せる表情を浮かべている。

アナベルはぼう然として突っ立っている。

そこでジョージは何とか弁解しようと、さらに事態を悪くした。「ごめんなさい。や、約束してたのに、僕、口を滑らせちゃった」

アナベルが疑惑の眼差しを向けてくる。

ああ、ちくしょう！

「お茶を売っているところがないかなと思っていたのよ、ジョーディ」レイク夫人はさりげなく言うと、少年の肩に手を置いた。「案内してくれる？」

「で、でも、僕がちゃんと説明を――」
「あなたの説明は、じゅうぶん聞きました。さ、行きましょ」レイク夫人がアナベル
に意味ありげな視線を投げかける。「あまり遠くまで行かないでね、アナベル。嵐《あらし》が
来そうだから」
嵐になりそうなのは空模様だけの話ではない。レイク夫人が息子を連れてささっと
その場を去ると、アナベルは頑固そうに胸を張ってその場に立ちつくしジャレットを
見た。「今のはどういうこと？　ジョージは何を言ってたの？」
女性に追いつめられるという事態に直面し、ジャレットはこういう場合に自分の父
がいつも選んでいた手段をまねることにした。逃げるのだ。
「どういうことって、どういうことかな？　意味がわからない」ジャレットは逃げ場
を求めてあてもなく通路を歩き出した。
アナベルはドレスをつかんで裾《すそ》をたくし上げ、急ぎ足で追いかけてくる。「答えて
ちょうだい！　あなたが私と結婚したがっている、なんてこと、どうしてジョーディ
は考えたの？」
「君があの子に聞けばいいじゃないか」妙なものだが、彼女に嘘《うそ》をつくのが嫌で、そ
う言い返した。
「私はあなたに聞いてるの！　あなた、あの子に何か言ったんでしょ？　二人でいる

ところを見られたあとで」

ああ、くそ、くそ。おまけに、空が急に暗くなり始めた。

父がもうひとつ得意だった方法を使うことにしよう――こちらから攻撃するのだ。

ジャレットは足を止め、冷たい視線で彼女を見つめた。「僕の質問に答えてくれるのなら、僕も答える。君の兄上は、瀕死《ひんし》の重病なのか？」

この攻撃は効果的だった。アナベルは真っ青になり、ジャレットを追い越して通路を先に進んで行く。なるほど、今度は彼女が逃げるという手段を選んだわけか。そうはさせないぞ。

ジャレットはほんの数歩で彼女に並びかけた。「どうなんだ？」返答を求める。

「兄が死にかけているだなんて、いったいどこからそんなことを思いついたのかしら」緊張した声でアナベルが言った。

「ジョージは、母親の病気ですっかり気が動転していた。あまりの動揺ぶりに、叔母さんに頼んでお父さんをここに呼んでもらおうか、と僕がたずねたところ、叔母さんが父を呼びにやるはずはない、という言葉が返ってきた。さらに、もし呼ばれたとしても、お父さんは来ないとあの子は言ったんだ」

アナベルはぼう然としていた。「あの子ったら、そんなことを言うなんて。いいえ、もちろんヒューは来ていたはずよ」

「僕の印象では」ジャレットはなおも言った。「あの子の父親は病気が重くてここまで来られない、という感じだった。そこで考えたんだ。君の兄上は瀕死の――」

「兄は瀕死の重病ではないわ！　もういいでしょ？　ここしばらく、問題を抱えているだけなの。この話はもうしたはずよ。兄はすぐに元気になり、仕事に戻れる」

アナベルの口調は、本当らしく聞こえたが、もっとしっかりした証拠が欲しい。

「それならなぜ、ジョージがあんなことを言い出したんだ？」

「私にはさっぱりわからないわ。あの子だって、事情はわかっているはずだもの」そこで彼女は眉《まゆ》をひそめる。「ただ、あの年頃の少年は、何ごとも大げさに騒ぎすぎる傾向があるのよ」

確かに、それは本当だ。ジャレットも、自分がその年頃だった当時どうだったかはわかっている。「君とシシーさんが構いすぎるから、あの子も大げさに騒ぐんだよ。あの年齢になって、あまり過保護にするのはよくないぞ。自分がこの世の中心だと勘違いしてしまい、自分にかかわることなら、何だって一大事だと考えるんだ」

「ばかばかしい！　私たちは過保護なんかじゃないわ。構ってやらなすぎるぐらいよ」

「本気で言っているのか？」二人は歩き続け、あたりはさびしい田舎道になっていた。そこここに古くて灰色になった木材の納屋や農作業小屋が見えるだけだ。「あの年齢ならイートン校でも入学を許される。それなのに、指ぬき賭博《とばく》のことさえ知らなかったんだぞ」

「あんないかさまのこと、この私だって知らなかったわよ。指ぬき賭博なんて聞いたこともなかった」アナベルの口調が苦々しくなる。「バートンの町には、いかさま賭博をする人だのペテン師だのがいるわけではないから。ロンドンにはそういう人が大勢いるみたいだけど」

「あの子は、もうとっくに学校に行ってもいい年頃だぞ。世間がどういうところかを学ぶべきだ」

「それは私も同感よ。ただ、私……うちにはあの子を学校にやるだけの余裕がないの、悔しいけど。今は、醸造所がこういう状態だから」

「それならせめて、家庭教師ぐらい雇ったらどうなんだ？　そしてあの子にも息抜きのできる場所を作ってやるんだ。君とシシーさんのせいで、あの子、窒息しそうだぞ」

「ふん、奔放に育った男性が、よく言うわね。面倒をみてくれる人がいなかったからって、おとなになってもまだ学生みたいに好き勝手しているくせに」

ジャレットは道路の真ん中で、ぱたりと止まった。彼女は僕のことを、学生みたいだと思っているのか？

「ごめんなさい」彼女が慌てて弁解する。「言いすぎたわ」

ジャレットはアナベルをにらみつけた。「君の甥《おい》の子守りをしたいと、僕が頼んだわけじゃないぞ。君が面倒をみてくれと言ったんだ。僕のやり方が気に入らないのなら、それでもいい。僕だって他にやることはいっぱいある」

アナベルの顔に激しい狼狽《ろうばい》の色が浮かぶ。「結構よ。今後いっさい、あの子をあなたに押しつけるようなまねはしません」

彼女の態度に自分のほうもおろおろしているのが情けなくて、その気持ちを吹き飛ばそうと、ジャレットはどんどん歩き続けた。

アナベルがあとをついて来る。「ここがどこか、わかっているの?」

「わかるわけ、ないだろ。それがどうかしたか?」

実はどうかするのだ、という事実を自然が教えようとしているのか、大粒の雨がぽたっと上着に落ちた。弱り目に祟《たた》り目だ。

「ねえ、そろそろ町のほうに戻ったほうがいいんじゃないの?」おそるおそるアナベルがたずねる。

その間にも、雨はいっそう激しくなってきた。「もう手遅れだよ」そうつぶやいたジャレットは、納屋があるのを見つけた。アナベルを抱きかかえるようにして、その中へ飛び込む。薄暗い内部には、馬と清潔な干し草の匂《にお》いが満ちていた。「このあたりには人はいなさそうだな。みんな市《いち》に出かけたんだろう」

「よかったこと」アナベルが強ばった口調で言った。「さあ、質問に答えてもらうわ。もうごまかされないわよ。私たちが結婚するとジョーディは考えている。あなた、いったい何をあの子に言ったの？」

くそ。質問をそらしたところで、長時間彼女が忘れているはずがないのだ。愚かだった。「ジョーディは君が思っているほど子どもじゃない。いろんなことを理解しているんだ」

「あら、私がそれに気づいてないとでも思っていたの？　それで。あの子は何を理解したっていうの？」

「君と僕がキスしていたと推測できるぐらいの理解力はある」

アナベルが青ざめた。「まあ、大変」

「それでたずねられた。君に対する僕の気持ちは、真剣なのか、と。何とか答えるしかないだろ」どうにか事実を伝えた。

「嘘なんかつかなければよかったのよ」ふんぞり返るようにしてアナベルが言った。自分は道徳的に正しいことをしていると思うときに、彼女がいつも見せる態度だ。

ジャレットの堪忍袋の緒《お》が切れた。「真実を話せばよかったのか？」彼女に詰め寄る。「君の叔母さんに対する僕の気持ちは、ひたすらみだらなものだ、と？　僕にそう言ってもらいたかったのか？」

アナベルはうまく言葉が出せないらしい。「それは……いえ……だめよ。そういうことを伝えるのはよくないと思う」

ジャレットはさらに彼女に近づいた。「では、本来の僕の計画では、君とはすでにベッドをともにしていたはずだった、とでも言うべきだったのか？」

アナベルの頬が、ぽっと赤く染まっていく。「いいえ、まさかそんなことを言ってほしいはずが――」

「君に触れたくて、自分を抑えられないと言ってもよかったんだぞ」彼女の腰に腕を巻きつけると、頬の赤みがいっそう濃くなる。「こういう言い方もあったんだぞ、君が意識を失うまでめちゃめちゃに体を奪うことばかり考えている。あるいは、押し倒した君の体の感触を想像して夜も眠れない。そういうことを告げれば、嘘を嫌う君の誠実さを満足させることができたのか？」

「そういう内容は、けっして――」

そのとき納屋の外で人声がして、しどろもどろだったアナベルも、言いわけをやめた。

「しまった。とんだ災難だな――見慣れない者がこのあたりをうろついているのに気づいた地元の人間が、馬泥棒が現われたと考えたんだ」屋根裏に通じる梯子《はしご》があった。

「こっちに来るんだ」低い声で言うと彼女を梯子まで引っ張って行き、すぐに屋根裏へと押し上げた。

彼女が身軽で助かった。屋根裏に二人がたどり着いた瞬間に、扉が開く音が聞こえたのだ。麦わらに隠れるように指示して、彼女の唇に指を立てる。

入って来た男たちは、馬の売買について話をしていたが、ジャレットはその内容には注意を払わなかった。半分覆いかぶさる形になったアナベルの体を強く意識していた。薄明かりで見えるのは、ほてった彼女の顔の輝きと、金色の麦わらに彼女の濃い色の髪がこぼれ落ちるところ。冷たい雨でびしょ濡《ぬ》れになったせいで、薄い生地でできている彼女のドレスはほとんど透けて見え、硬く尖《とが》った胸の頂が布地を押し上げているのまでわかった。

急に、ジョージやビール会社や、あるいは彼女の隠している秘密など、何もかもがどうでもよくなった。今大切なのは、彼女が自分を見上げていること。その瞳《ひとみ》の温かさ、彼女も自分を意識しているということ。ジャレットは激しい欲求に良識を失っていった。

どうにもこらえきれなくなり、彼はアナベルの唇の形を指でなぞった。どくどくと血が煮えたぎる。彼女は地方でよく見かける素朴な乙女そのものだ。干し草に押し倒され、さあ奪ってと誘いかける。納屋にこうしているのが、本当によく似合う。その強烈な誘惑に抗しきれるはずがない。馬と土の匂いが甘い彼女の匂いと混じる。彼はなぞっていた指を唇に替えた。すると彼女が口を開き、自分を迎えてくれる。うれしくなったジャレットの首に、アナベルは腕を巻きつけた。

その瞬間、ジャレットはアナベルのことしか考えられなくなった。階下からは話し声が聞こえてくるが、彼女の口をむさぼるのに忙しくて、男たちのことなどどうでもよくなった。

ああ、キスしただけでこんなにいい気持ちになれる。彼女からはためらいも、乙女らしい恥じらいも感じられない。彼女はすべてを男に差し出してくれた——心も魂も、すっかりすべてを与えようとしてくれている。処女がこんなに大胆に何もかもさらけ出してくれるとは思っていなかった。彼女の欲望がはっきりと伝わってくる。ジャレット自身が抱くのと同じぐらい激しい欲求を感じて、さらに彼女をあおろうと彼は愛《あい》撫《ぶ》し始めた。まともに考えることが、いや、呼吸さえも困難だ。彼女の体の魅力に包まれ、その動きのすべてが彼を魔法にかけ、濃い霧の中を進んでいる気がする。

静かにしていなければならない状況を利用して、ジャレットは唇を喉元《のどもと》のやわらかな皮膚へと下ろしていった。細い紐《ひも》が緩み、乳房のこんもりとした上部が見えそうになっている。彼は視線を上げ、彼女の瞳を見つめたまま紐を引っ張り、雨に濡れたドレスのはだけた布地を押し下げた。コルセットの胸当て部分を外すと、胸を覆うのはシュミーズだけだ。

アナベルの呼吸が荒くなったが、それでも抵抗はしなかった――シュミーズ越しにふくらみにキスしても、止めようとはしない。頂に唇を這《は》わせると、低いあえぎ声が彼女の口から漏れた。

それでも彼女の手はしっかりとジャレットの体をつかんだまま。それに気づくと、もうジャレットを抑えているものはなくなった。口で片方の乳房に快感を与えながら、もう一方を手でいたぶる。アナベルの全身に力が入り、手がジャレットを引き寄せてさらに体を押しつけてくる。彼女の体が、もっと欲しいと訴えている。ジャレットもさらなるものを求めていた。もっとすばらしいものを彼女に与えたかった。

シュミーズの紐を引っ張るジャレットを、アナベルがじっと見ている。その瞳が欲望に妖《あや》しくかげり、ジャレットの下半身をまた刺激する。シュミーズの前を開けると、裸身が現われた。ジャレットはどきっとして動きを止めた。

ああ、何てきれいなんだ。思ったとおり、乳房は豊かで、大きめのバラ色の頂が、早く舐《な》めて、ここに触れて、と懇願している。ジャレットは体を倒し、片方を口に含み、そのあともう一方に口を移動しながら、まだ湿ったままのところに指で触れた。やさしい音が彼女の口から漏れる。あえいでいるような、甘えているような声。

これほど官能をくすぐられたのはジャレットにとって生まれて初めてだった。彼女の腿《もも》に当たる自分のものが石のように硬くなっている。「ああ、アナベル……」乳房に向かって、彼はそうつぶやいていた。

そのとき階下の会話が途絶え、一瞬、自分の声が聞こえたのかとジャレットは焦った。しかしすぐに扉が開き、また閉まる音がした。男たちが去ったのだ。

アナベルが不安そうな面持ちでジャレットの体を押す。「さあ……引っ張って……起こしてちょうだい」そう言いながらも、乱れた服装を直そうとはしない。

「絶対に嫌だ」かすれた声で応じる。

彼女の目が大きく見開かれた。「どうして?」

ジャレットは苦しそうな声で笑った。「どうしてだと思う?」体を押し離そうと自分の胸に置かれた彼女の手を気にも留めず、ジャレットはまた体を倒して彼女の胸の頂を口に含み、強く吸い上げた。

「こういうことを……しては……いけない……」そう言いながらも、彼女の手は彼の肩へと移動し、しっかりと彼につかまる。

「君に触れたい」ジャレットは体をずらして、ドレスの裾を少しずつめくっていった。

「さわらせてくれ」

全身をぶるっと震わせたあと、アナベルは目をそっと閉じて言った。「ええ……お願い」

抵抗し続けなければ危険なことぐらい、アナベルにもわかっていた。そうでないと、手に負えない事態になってしまう。十三年前に体験したのだから、わかっている。あのときとの違いは、そのあと子どもができた場合、相手の男性にひどく心を傷つけられること。ジャレットは女性と関係を持ち、すぐにその女性のことなど忘れてしまうような男性だから。

ここまでは、どうにか彼の魅力に屈服しないように頑張ってきた。しかし、体の関係を持てばもうだめだ。アナベルは男性と関係を持つだけで、すぐにその相手を忘れられるような女性ではない。

問題は、男性にこうやって愛撫されるのが、本当に久しぶりだということ。さらに、彼が性的興奮をじりじりとあおっていく。反応しないでいるのは難しい。それに彼の言葉がうれしかった。アナベルに対してどれほど強い欲望を抱いているか、その激しさで夜も眠れないのだと。婚約中のルパートでさえ、そんなことは言ってくれなかった。そして、そういうことを言ってほしくてたまらなかったのだと、今初めて気がついた。

考えてみれば、二人がここにいることを知っている者はいない。彼がこんなことをしていると、誰に知られることもない。だったらいっそ、大胆になってみてもいいのではないだろうか。

耳元でジャレットがささやく。「君を結婚できない体にはしないから。約束する」

その言葉に、アナベルはびっくりした。もう結婚できない体なのに……

ああ、そうだった。彼は、アナベルが処女だと思っているのだ。それに正直なところ、今の彼女はまた処女になった気分だった。男性と親密にかかわるとどんな気分になるかを、忘れかけていた女性、と言うべきか。ぼんやりと彼女はつぶやいた。「ええ、いいわ」

「君が歓びのきわみに達するところを見たいだけなんだ」そう言うと、彼は下穿《したば》きの中へと手を入れ、アナベルの脚のあいだを覆った。

はっとして、アナベルは目を開いた。「今、何て?」

どうしようもないぐらい整った彼の顔に、むき出しの欲望が浮かび、アナベルの欲望をさらにかき立てる。「この三日、夜ベッドに入ると、君の体を奪うことばかり考えていた。君がどんな顔で絶頂を迎えるのかを想像して、眠れなかった。想像どおりなのか、確かめたい」アナベルが体を強ばらせると、彼が言い足した。「ああ、わかっている……君の体を奪うことはできない。だが、快楽を与えることはできる」

いちばん大切な場所を撫でられ、アナベルは、吐息にも似た声を上げた。ただただ、気持ちよかった。ジャレットは満足げににんまり笑うと、鼻先を彼女の耳にこすりつける。「僕の手で歓びに弾ける姿を見せてくれ」

特別の親密さをこめてそう言われると、怖いぐらいの興奮がアナベルの中でふくれ上がった。「それならたぶん……いいわ」言葉の最後は、特に敏感な部分を彼の指に刺激され、悲鳴になっていた。

「いいわ?」彼がうれしそうに笑う。「これも約束だ。いいわ、なんてものじゃないからな。もっとずっといいはずだ」瞳をぎらつかせ、彼がアナベルの脚のほうへと体をずらした。

「何をする気?」わけがわからなくなって、アナベルはそっとたずねた。

「君を味わってみたい」

「どこを?」

答える代わりに、ジャレットはさっきまで指で撫でていたところを舐め始めた。

「あああっ……」なんてすてきなの。男性がこんなとんでもないことをするなんて。

そして、こんなに気持ちがいいなんて。

ジャレットはアナベルの脚を開いて両腿を押さえ、敏感な場所をいたぶる。歓びの声が驚きとともにアナベルの口から漏れた。こんなにも……強烈なものなの? ルパートとのとき、こんな強烈な快感を味わったことはなかった。

ジャレットは、世間知らずの少年ではないからだ。都会育ちで遊び慣れた彼は、女性の官能に火をつけるすべを知っている。だから彼に身をゆだね、この瞬間を楽しもう。こんな機会は、もうないかもしれない。次はいつ、自由奔放に欲望を燃え上がらせることができるのだろう。

彼の舌が体の中に入ってくる。体の内側で舌が円を描くと、アナベルの欲望がさらにふくらむ。体がうずく。欲望がふくらむ感覚は忘れてはいないが、こんなに強く感じたことはない。自分が何をしているか、ほとんど認識すらしないまま、彼女はジャレットの頭をつかみ、もっと、もっと強く、と体を押しつけていた。

ふっと彼が笑うのが聞こえた。「気に入ったんだ、そうだね?」

赤面しながら、アナベルはどうにかうなずいた。

「では、これは?」特に敏感な部分を吸い上げられて、彼女は頭が爆発しそうになった。「今のは、気に入ったかい?」

「わ、わかって……るでしょ……気に入ったことぐらい」全身が快感で弾けそうになり、それだけ言うのがやっとだった。強烈な熱い感覚に包まれ、彼の口を脚のあいだに感じながら、アナベルは身もだえした。

「ちょっと確かめたかっただけさ」そのあと、彼の攻撃が激しさを増した。唇、舌、歯のすべて使って、アナベルをいたぶることに夢中になっている。

ああ、だめ。助けて。自分の体はどうなってしまったのだろう? ルパートのときは、こんなではなかった。あのときは、何となく興奮して、気持ちよくて、彼との距離を近く感じ、互いに快感を楽しんだ。

今の自分は、紛れもなく色欲におぼれた女性の姿。ジャレットのおかげで、高いところから跳び下りたいような、空に向かって上っていくような、服ごと、皮膚を破って中から爆発するような感じなのだ。

「ジャレット……お願い」うわごとのようにつぶやき、アナベルは湿った彼の頭をしっかりとつかんで、脚のあいだに引き寄せた。

「好きなだけ手に入れるんだ、アナベル。君のものなんだ。もうそこに手が届くはずだ」

不思議な言葉だったが、アナベルにはその意味が正確に理解できた。快感がどんどんと大きくなっていくのがわかる。光り輝いて、手を伸ばせば届きそうだ。彼の舌が動くたびに、近づいてくる……もう少しで……ほら、そこに……もっと……その先に……

これだ！

快感が音を立てて響き、アナベルの体を吹き飛ばしていく。甲高い叫び声が喉の奥から漏れる。ああ、すごい。こんなにまぶしくて……奇跡のような……これまで体験したことのない感覚だった。全身が張りつめた欲望を吐き出して震えるあいだ、アナベルは彼の頭を強くつかんでいた。シルクのような豊かな黒髪が、彼女の指に絡みつく。

また呼吸ができるようになるまでに、しばらく時間がかかった。そして狂乱状態が鎮まっていく。もう大丈夫だと目を開けると、ジャレットが自分を見つめていた。頬が熱くなるのがわかった。

彼はいつもの遊び人の笑みを見せている。この笑顔だと、えくぼが二つともくっきりわかるのだ。「歓びの絶頂にいる君は、本当にきれいだった。バラ色に輝いて」彼が太腿の内側に、そっと唇を寄せる。「ここも」体を上のほうにずらし、裸の乳房に口づけする。「ここも」喉にキスする。「それからここも」

「あなたはどうなの？」みだらな反応をしっかり見られてしまったことが恥ずかしくて、アナベルはそうつぶやいた。「あなたが歓びの絶頂を迎えたとき、どんなふうに見えるのかしら？」

彼がはっとして少し体を離し、驚いたように自分を見つめたので、アナベルは口を滑らせたことを知った。ああ、失敗だ。処女は不安でいっぱいだから、男性の歓びなどには気が回らないものなのだ。さらに、自分の貞操を守りながら、男性が欲望を解き放つことができるのも知らないだろう。

自分が過去に男性経験があると、ジャレットに知られてはならないのに。そんなことを知られたら、すぐさま体を奪われてしまう。そうなればいずれ、また私生児を産むことになる。彼が自制心を保っているのは、アナベルが処女だと信じているからだ。

「あ、あの、私――」

「いい考えがある」彼の瞳が鮮やかな碧《あお》に輝き、その手がアナベルの手をつかんで、自分のズボンへと導いた。「自分で確かめたらどうだ？」

12

ジャレットは息を凝らした。アナベルが自分の手を振り払うだろうと覚悟していた。男性の快楽について好奇心を抱く娘はいるかもしれない。しかし、実際にそれをするとなると話は別だ。

ただ、そもそも彼女に快楽を与えると言い出したとき、拒否されるものだとばかり思っていた。さらに彼女があれほど強烈な反応を見せてくれたのもまったく予想外だった。あの姿に、何か秘密めいた、甘美な感覚が心の中にわき起こった。これまで感じたことのない憧《あこが》れのような――この女性を完全に自分のものにしたい気持ち、ただ体だけでなく、思考も心もさらには魂までも。

そんな憧憬《しょうけい》を抱いたことに怖気《おじけ》づいて、ジャレットは感情を閉め出し、彼女にみだらな行為をさせることに集中した。

「君の手に導かれて、快感の絶頂を楽しんでみたい。ぜひ」

彼女の瞳からは何も読み取れなくなった。「そのような行為は慎むべきだわ」

ワニのときにどうしたかを思い出して、ジャレットは肩をすくめて言った。「まあ、君ができないと言うのなら……」

「できるに決まってるでしょ！」断固とした口調でアナベルが言った。「そんなに難しい《ハードな》わけでもあるまいし」

ジャレットは笑った。「いや、じゅうぶん硬いぞ《ハードだ》」

ズボンの前のふくらみに彼女の手を当てると、彼女の顔が真っ赤になった。「まあ、すごい」

その言葉が、直接硬くなったものを刺激し、さらに大きくなる。「これをこのままにしておく気か？」彼女の手をさらに強く押しつける。

「それではあまりにも……無作法ね」彼女の手が、ゆっくりと先のほうへと彼のものを撫《な》でていく。だめだ、もう爆発してしまう。

「無作法か」苦しい声を出す。「そのとおりだ」彼女の指先が先端部をこすると、ジャレットはうめきながら息を吐いた。「ズボンから出したっていいんだぞ」

アナベルの口元に、いたずらをするときのような笑みが浮かぶ。彼女の手がぴんと張った布地を、そうっと撫でていく。「いいの？」

「いいから、さわってくれ」これ以上挑発されては、我慢できそうにない。ふと、彼女にはどのぐらいのところまでの経験があるのだろうとジャレットは思った。おそらくは、ルパートという男と唇を重ねたことがあるぐらいに違いない。

気の毒な青年だ。こういう場面だけを思い出に戦争に行き、結局は望みを果たすことなく死んでいったのだ。

「頼む、アナベル……」声がうまく出せない。

「いいわ」

ジャレットの耳で心臓の音がうるさかった。彼女が控えめに『いいわ』と言うたびに、頭が変になっていきそうだった。

アナベルがズボンの前のボタンを外し、下穿《したば》きのボタンに手をかける。勢いよく自分のものが跳び出し、ジャレットは、ほうっと息を吐いた。アナベルはまたいたずらっぽくほほえみ、硬くなったものに指を巻きつけた。

彼女が手を動かすにつれ、ジャレットはゆっくりと狂乱の渦に落ちていった。彼女がこういうことをすると、不思議にいかがわしい行為ではないように見える。純朴な顔をした若い娘が、普通の乙女なら絶対にしないことをしているという事実が、どうしようもなくジャレットを興奮させた。気をつけないと、あっという間に果ててしまいそうだ。そんなことはごく少年の頃をのぞけば、体験していなかった。ただ、アナベルのせいで、我慢するのが非常に難しい。

彼女が男を歓ばせる方法をどうやって学んだのかは、考えないでおこう。まあ、婚約者だったとかいう、くだらない男から教わったのだろう。しかし彼女が他の男にもこうやっていたのだと想像すると、不愉快でならない。ばかばかしいのだが、不快で顔をしかめてしまった。

すぐにアナベルは手を離した。「痛かったの？」

「まさか、とんでもない」そうか、さほどの経験があるわけではないようだ。だから、どうすればいいか不安なのだ。

だめだ。どうしてくだらないことばかり考えてしまうのだろう。アナベルがどこかの愚かな兵士と何をしようが、どうだっていいではないか。

ジャレットは彼女の手を元の場所に戻した。「男ってものは、君が思うより頑丈にできているんだ」言ってから、ふと思った。何にせよ体のほうは。しかし、心のほうはどうなんだろう。

「ここも？」アナベルはまだ不安げだ。

「そこもだ」ジャレットは彼女の手に指を回し、もっと強く握るように促した。「そうだ、それでいい」

天国にいる気分だった。もう、長くはもたない。

アナベルは愛撫《あいぶ》に集中するかのように身を乗り出した。ジャレットは彼女の豊かな髪に口づけした。マホガニー材を思わせる赤みの混じった濃い褐色の頭に自分の顔を近づけると、はちみつとオレンジの香で嗅覚《きゅうかく》が満たされ、納屋の臭《にお》いが消えていく。うっとりする甘い匂《にお》い、彼女の乳房と同じように官能的だ。その乳房には、手を触れずにはいられない。それから、彼女のこめかみには口づけせずにはいられない。

これまで他の女性に、こんなに夢中になったことがあっただろうか？

ジャレットの体が解放に向けて疾走し始めた。そこに到達することのほか、何も考えられなくなった。怒濤《どとう》のように血液が全身をめぐり、気が遠のきかけ、彼はアナベルの手を払いのけて麦わらの中にすべてを放った。

その勢いの激しさに、体が震える。ああ、こんなに強烈な絶頂を感じたのは初めてだ。今すぐにでも、もう一度放ちたい……彼女の中に。しかし、それはできない。

ジャレットはどさっと麦わらに寝転がり、アナベルを抱き寄せた。しばらくして思考回路がつながってくると、現実というものを考え始めた。彼女とここまでの行為をするべきではなかった。もちろんお互いに行為はじゅうぶん楽しんだが、アナベルのような女性がこういう行為を許すのは、真剣に結婚を考える相手だけのはず。自分は彼女に求婚しているわけではなく――絶対に違う。だから、結婚を考えていると、彼女に思われてはいけない。

確かにアナベルのことは好きだ。彼女の家族に対する忠誠心には頭が下がる。挑戦されても逃げないし……絶頂を迎える姿を奔放なまでにさらけ出すところもすばらしい。それに、カードの相手として見事な腕前を見せてくれる。

　それでも、絶対に結婚はしない。せっかく、ばばさまの計略から逃れることができたのだ。経営に行き詰まったエール会社の醸造を担当する娘なら、それこそばばさまが理想とする花嫁だ。彼女と結婚すれば、物理的にも精神的にもばばさまにいいようにされてしまう。

　ジャレットの体と魂、すべてを奪っていくのはアナベルだ。そしてそのうち何かが起きて、ジャレットは彼女を失う。その際に彼女に対して何らかの想いを抱いていると、喪失感は耐えがたいものになるだろう。だから、今すぐ行動を起こすのだ。彼女の感情を傷つけることなく、結婚するつもりはないとはっきり伝えておかなければ。

　しばらくしてから、アナベルのほうから口を開いた。「少なくとも疑問は解けたわね」

「何の疑問だ？」

「あなたが快感の絶頂に達するとき、どんな顔をするか」

　からかうような調子が彼女の言葉ににじんでいた。ジャレットは彼女のほうを向いた。「それで？　僕はどんな顔をしていた？」

　アナベルがにやりと笑う。「典型的な、欲しいものを手に入れたときの男性の顔よ。自己に満足して独善的、異国の王さま――スルタンみたい」

ジャレットは眉《まゆ》を上げた。「スルタン?」

「ベッドでは男はみんなスルタンみたいに振る舞うのよ」

その言葉に、彼は妙に引っかかるものを感じた。「つまり君は、ベッドで多くの男を見てきたというわけか?」

恥ずかしくなったのだろう、アナベルが視線をそらす。「そうじゃないわ。私はただ……そういう話を読んだ覚えがあるの」

なるほど。「君は、かなりきわどい本を読むんだな」

彼女の頬が赤らむ。「婚期を逃した女性にも、そういう方面への好奇心はあるのよ」

ジャレットは横向きになり、指で彼女の胸の頂の周囲をなぞった。いろいろ質問したいことはあるが、もう少しあとでもいい。「好きなだけ君の好奇心を満足させればいい」

ところが唇を胸に近づけようとすると、彼女が体を離した。「好奇心はじゅうぶん満足させてもらったわ」

「僕に関して知らないことはまだまだあるぞ」彼が見ている前で、アナベルは身づくろいを始めた。雨はやむ気配がなく、完全には治まっていない彼の動悸《どうき》に呼応するかのように大きな音で屋根を打つ。

「そういうことも、これからは言わないでもらいたいの」ジャレットの様子をうかがいながら、アナベルが言った。「それから……キスするのもやめて」

ジャレットは彼女の髪から麦わらを取り除き、彼女の肩をくすぐった。「やめたくない、と言ったらどうする？」まったく、まずやめなければならないのは、下半身で語ることだ。

「とにかく、やめてちょうだい」彼女の意思は固い。「またジョーディに見つかるような危険は避けなければ。あなたが私と結婚したがっていると思われてしまったのよ。そんな考えを捨てさせないと。あなたと私のあいだには何もないと説明するのに、言葉とは異なる行動は取れないわ。私たちがキスしていたとシシーに話してしまっていたら問題だけど、そうでないなら説得できるはずよ。でもまたキスしているところを見つかれば、今度はきっと母親にも言うわ。そうすればシシーはヒューに話し、兄は――」

「結婚しろと僕に迫る」

「私たち、二人によ。私、人に無理強いされるのは嫌なの。あなたと私が結婚することなんて金輪際ない、万が一にも絶対にあり得ないのに、期待されるのも困るわ」

そこまで強く結婚を否定されて、ジャレットは不愉快になった。「ずいぶん断定的な言い方をするじゃないか。そんなに自信があるのか？」

アナベルがちらりとうさんくさそうな視線を投げてくる。「あなただってわかってるでしょ、私と結婚する気が自分にはないことぐらい」

ついさっき、まったく同じことを心の中で思ってはいたが、そういう問題ではない。当然のことのように彼女の口から聞かされるのが気になるのだ。「まあ、それはそうだが――」

「それに、私だって、あなたと結婚する気なんてまったくないわよ」

ジャレットは上体を起こし、彼女をにらみつけた。「それはいったい、どうしてだ？」

「あら、あなたを悪く言うつもりではないのよ。ただ、良識のある女性なら、あなたみたいな男性を夫にしたいとは思わないわ」

「ずいぶんな言いようだな」すっかり不機嫌になり、ジャレットは腰を上げて下穿きとズボンのボタンを留めた。「それで、〝良識ある女性〟とやらはどういう男を夫に持ちたいと思うんだ？」皮肉交じりに言葉を返す。

彼女は、少し考えていた。「そうね、まず、自分の義務を果たそうと努力する人でないと。ロンドンの町のいたるところに出没しては賭博《とばく》に明け暮れ、建設的なことに時間を使わない無責任なろくでなしはだめだわ。おばあさまのプラムツリー・ビールでの仕事を手伝うのも、結婚の義務を避けるためだけが目的――」

「友人がそう君に話していたのは、僕も聞いた」鋭く彼女の言葉をさえぎった。アナベルにそう思われることが、どうしてこんなに苛立《いらだ》たしいのか理由がわからなかった。彼女の言ったことは、すべて事実なのだから。

ただ、彼女にそう言われたくはない。それはジャレットのせりふのはず。彼女のほうは、どうにかジャレットに結婚を申し込ませようとあれこれ策をめぐらすのが、本来の姿だ。彼女と体の関係を持つ、あと少しのところまで行ったのだから。何と言っても、自分は侯爵家の生まれだ。

まあ確かに、自分は次男で侯爵家そのものもスキャンダルまみれだ。しかし、彼女がそういうことを気にするとは思えない。彼女の家は、たかだか醸造所を経営しているだけ、しかもバートンみたいな地方都市で。おまけに彼女は婚期を逸した女性だ。結婚しそびれた女性というものは、夫をつかまえようと必死になるものではないのか？

「あなた、自分のお友だちが嘘《うそ》つきだとでも言いたいの？」彼女の顔に当惑の色が浮かぶ。

「そうではないが、あいつらが言わなかったこともあるんだ。いくつか、非常に重要な点をな」ズボンにシャツの裾《すそ》を入れる。「たとえば、僕はいずれプラムツリー・ビールを相続する。ばばさまは、あの会社を僕に遺すんだ」まったくもう、いばりくさった男みたいな言いぐさだ。「〝良識ある女性〟も、それを知れば満足するはずだ」

アナベルがびっくりした顔でジャレットを見た。「でもあなたが会社の経営をするのは、ほんのしばらくのあいだだけだ、前にそう言って――」

「当面は、そういうことになる。年末まで僕が責任者になる約束はした。その後、祖母が戻る。祖母はそのまま死ぬまで経営を続け、その間僕は……」

「酔っぱらって、賭《か》けごとと女あさりに明け暮れるわけね」彼女の言葉に皮肉が戻る。「そういう夫を持つのって、女性にとってはさぞかしすてきでしょうね」

ジャレットはつい不満顔になった。いつの間に話題が変わったんだ？　社会的に完全に認められている自分の暮らしぶりを糾弾されるいわれはないはず。「教えておいてやろう。そういう生活に憧れる女性なら何百といるぞ」

彼女の瞳が、面白がるようにきらりと光った。「ええ、そうでしょうとも。だからあなたも、そういう女性を選んで結婚すればいいのよ。いえ、結婚する気になったら、の話だけど」

アナベルはジャレットの腕を、ぽんと叩《たた》いて立ち上がろうとした。何だか、姉が弟に取る態度のようだった。ジャレットはまた彼女を引き留めた。わき起こる怒りにまかせて、激しく濃密なキスをする。彼女の体から力が抜けていくのを確認してから、彼は唇を離した。「おそらく〝良識ある女性〟なら、〝無責任なろくでなし〟と結婚することにも利点はあるとわかるだろうさ」

彼女の親指が、ジャレットの唇を撫でる。「おそらくは。ただそんな利点なんて、いつ借金取りが来るのかと心配して暮らすことを思えば、消えてしまうわ。夫が賭けごとでこしらえた借金のせいで、家具までもって行かれるかもしれないとびくびくするなんてまっぴらよ」

「言っとくが、僕は賭けで借金を作るような男じゃないぞ」悔し紛れにジャレットは言った。「勝った金で生活しているんだから」

「勝てれば、ね」

それには言い返す言葉がなかった。事実なのだから。

アナベルは急に後悔するような顔になり、彼の腕をすり抜け、離れたところで体についた麦わらを払い始めた。「ごめんなさい、ジャレット。あなたを侮辱するつもりではなかったの。こういう話になったのは、あなた自身が結婚する気なんてまったくないことを、はっきりさせておきたかったからなの。あなたと結婚したがる女性なら、たくさんいるはずよ」

ジャレットも立ち上がった。「だが、君は違う」

彼女が首をかしげる。「そんなこと、どうだっていいでしょ？　まさか、結婚を申し込む気なの？」ジャレットは顔をそむけた。「やはりね。そうだと思ったわ」

梯子《はしご》へ向かう彼女の腕を、ジャレットはまたつかんだ。「だが、別に――」

「干し草の中で楽しんでもいいじゃないか、そう言いたいの？」彼女の顔が悲しそうにかげった。「だめよ。あなたが少しばかり楽しみたいだけの理由で、自分の家族が後ろ指をさされるような目に遭うかもしれないのよ。そんなこと、私にはできない」

彼女が梯子を降りていくあいだ、ジャレットは身動きもできずその場に立っていた。彼女の言うとおりだ。自分が彼女に求めていることを、端的に言い換えればそうなのだ。ほんのいっときの快楽のために、多大な危険を覚悟しなければならないわけで、そういう覚悟はジャレット自身もしたくない。

自分が快楽を得て、その後どういう影響があるのか、これまで考えたこともなかった。考える必要もなかったのだ。責任を取ってくれと言うような相手とのかかわりをいっさい断っていたから。

アナベルは自分のそういうところに気づいたのだろうか。彼女が平穏に暮らしていくことに、ジャレットが何の関心も払わないと悟られてしまったのだとすると、何だか腹立たしい。抜き差しならない状況に追い込まれるのは嫌だが、それよりも人に心の内を読まれるほうがもっと不愉快だ。

自分が心や魂を何かに奪われることがないのは、頭がいいからだと自負してきた。そうしていれば、何を失ったところで痛みを覚えずに済む。しかし自分が頭がいいと思っていたことを、アナベルは意図的な利己主義だと見なし、他人の感情を無視していると考える。

そう気づいて、はっとした――気づいてうれしかったとは言えなかった。ああ、ちくしょう、アナベルめ！

＊　＊　＊

その日の夕食では、全員が緊張していた。だが、アナベルの気持ちは誰よりも張り詰めたものだった。あの納屋で、ジャレットの腕の中から離れるのは難しかった。心の一部が、燃え上がる情事に罪の意識を感じることなく身をゆだねる機会だ、と訴え、その機会を逃すのだと思うと、去ることには強い意志が必要となった。

しかし理性は、こういうことを続けるのは、正気の沙汰《さた》ではない、と告げていた。人に知られる危険はさておいても、もっと恐ろしい可能性がある。身ごもってしまうかもしれないのだ。この分野においては、アナベルには運がないらしいから。

部屋の向こうを見ると、ジャレットが他の宿泊客とカードで遊んでいた。急に息が苦しくなる。何より危険なのは、アナベルの彼への想いが大きくなりすぎることだ。彼がいずれロンドンに帰るとき、アナベルの心の一部も奪い取られてしまうかもしれない。そんな危険は冒せない。

「あの人と結婚する気がないのなら」隣で不服そうな声がする。「あの人のこと、そんなふうに見ちゃいけないんだよ」

アナベルはさっとジョーディに視線を向けた。椅子《いす》で眠っているものだとばかり思っていたのに。戻ってから彼女は、ジャレットと話し合った結果、お互いふさわしい相手ではないと判断した、そうジャレットに説明した。だから、二人がキスしていたことは、誰にも言わないように、と。ジョーディは、言わない、という約束はしてくれたものの、説明にはおおいに不満があるようだった。

「どういうふうに見ていたかしら？」

「ジャレットさまがお菓子で、今すぐかぶりつきたい、みたいに」

ジョーディはふてくされた顔で、だらしなく椅子の背にもたれている。最近、この表情をすることが特に多くなってきた。しかし、ふてくされてみせても、その中身は傷ついた少年なのだ。

「あの方と結婚しないって言ったから、あなた、私に腹を立てているのね？」

「僕には関係ないよ」不満げな声が返ってくる。「ただ、そういうのはよくないと思うだけで……ほら、あのことだって……そういう目つきであの人を見て、キスを許しちゃうなんてさ。それなら結婚を考えるべきだよ」

「事情はもう説明したでしょ」

「はい、はい。衝動的にああなっただけ、僕たちを助けてくれたお礼をしていた、そういうことでしょ?」ジョーディが、天井を見上げる。「あの人も同じことを僕に言ったよ。ただ、そのあと、叔母さんと結婚するつもりだって言ったけど」

そこが問題なのだ。ジャレットの首を絞めてやりたい。「あなた、ジャレットさまのことが好きなのね」

ジョーディが何気なさそうに肩をすくめる。「ま、悪い人じゃないさ」

「あなたの気持ちを理解してくれるおとなの男性がそばにいるのがうれしいのね? 気にかけてもらえるのが、だってあなたのお父さんは……」

「酔いつぶれて、何の役にも立たないから」ジョーディが吐き捨てるように言った。

アナベルはあ然とした。「知ってたの?」

「あたりまえだろ。父さんが夜遅く、書斎でお酒を飲んでるところを見てるもの。そうすると、次の日は仕事に行かないんだ。だからアナベル叔母さんが代わりに行く。そう考えれば、すぐにわかるよ。父さんたら、近頃じゃウィスキーを飲んでばかりなんだから」

「しーっ」アナベルはそっとジャレットの様子をうかがった。「ジャレットさまに知られてはいけないのよ」

「どうしていけないんだよ? ほんとのことじゃないか」アナベルの不安が伝わった

のか、ジョーディが言い足した。「心配しないで、僕なら何もしゃべらないから。ここに着いた最初の晩、ジャレットさまは僕から聞き出そうとしたんだ。でも、僕は頑として口を割らなかった」ジョーディが険しい顔をする。「話をそらすために、僕、わざと涙を見せたんだよ、女の子みたいに。でも、そのおかげで嘘をつかずに済んだ」ジョーディの非難の眼差しに、アナベルの良心が痛んだ。

「ほんのちょっとした嘘だもの。そうする他に、仕方ないでしょ」ジョーディに自分の行動を弁解しているという事実が、信じられない。「本当のことが知れたら、助けてもらえなくなるわ」

ジョーディがうなだれた。「わかってるよ」

「それから、特に大切なのは――」

「わかってる、ってば。僕、赤ちゃんじゃないんだよ」

胸にこみ上げるものがあった。アナベルにとって、ジョーディはいつまでも大切な赤ちゃんなのだ。

男たちの笑い声に顔を上げると、ジャレットがウィスキーの入った大きなタンブラー・グラスを飲み干すところだった。この一時間で三杯目だ。考えてみれば、ジャレットはほとんどの時間お酒を飲んでいる。兄と一緒。つまり頼りにならない男性だ。結婚する意思もない。自分にはこんな男性は向いていない。

今後もずっと。納屋でのことで、それがよりはっきりした。彼がアナベルに与えようとしたものは、肉体的な快楽だけ。自分が何かを失ってまで、与えてくれるものはない。さらに言えば、彼には失うような何かがあるとも思えない。

もう考えるのが嫌になり、アナベルは立ち上がった。「行きましょ、ジョーディ。もう寝ないと。明日は早く出発するって、ジャレットさまが言ってたわ。お昼までにはバートンに到着したいんですって」

階段に差しかかったところで、ジョーディが言った。「バートンに着いたあと、父さんのこと、どうやって秘密にしておくつもり?」

ヒューがこの一年ほど、ほとんど仕事もしていないことは、町の人なら誰でも知っているが、うまい具合にその理由までは知られていない。「まあ、うまい理由を何か考えるわ」

「それなら、早いとこ考えておいたほうがいいよ。明日の夜は醸造組合の食事会が開かれるんだよ。父さんが必ず出席するのはわかってるでしょ」

ああ、そうだった。年に一度の組合の夕食会のことをすっかり忘れていた。アナベルとヒューはいつもそろって出席する。今年、兄が出席すれば酔っぱらってみんなに醜態をさらしてしまうことだろう。あるいは自分が出かけた留守に、兄がジャレットと顔を合わせてしまえば……

だめだ。二人が顔を合わせれば、何もかもが台無しになる。

13

夜明け前に、ひどい頭痛で目覚めたジャレットは、喉《のど》がからからなのに気づいた。どうしようもない自己嫌悪がわき上がってくる。

昨夜だけで、二十ポンドも負けてしまった。部屋の反対側にいた誘惑の源の姿が消え、これで集中できるぞと思ったあとも負け続けた。以前はカードをしているとき、他のことに気が散ったりはしなかった。当然、女性のことで集中できないなど、ありえなかった。その女性に対してどれほど欲望を抱いたとしても。いったい何が前とは違うのだ？　異なる理由は？

おまけに、アナベルの言葉を忘れたくて、夜通し酒を飲んでしまった。賭《か》けごとで借金を作って、取り立て屋に追われる話だ。どうしてあの話が気になる？

結婚を避けてきた理由も、まさにそこにある。自分の生き方を女性にとやかく言われたくないのだ。女性が大切に思うものに煩わされる必要などない。そんなものを気にしたくない。

しかし、実際には気になった。ああ、どうすればいいのだろう？　あの娘は、いったい自分に何をしたのだ？

まあ、いい。今さら眠っても仕方がない。彼女のせいで、睡眠さえも奪われた。早く起きれば、早く出発できる。そうすれば早くこの旅を終わらせ、彼女ともレイク・エールとも、そして面倒なレイク一族全員とも縁を切れる。バートンに着いたらすぐに、彼女の兄と話をしよう。レイク・エールの中を案内してもらい、そのあとロンドンに帰る。うまくすれば、明日の朝には戻れるはずだ。早くプラムツリー・ビールに戻らなければ。きちんと仕事をして、会社の問題を解決するのだ。

朝食は慌ただしいものとなった。ジョージ少年が、出発が早すぎると大きな声で文句を言い続けたからだ。

「ジョージ」しばらく我慢したあと、ジャレットはトーストをどうにかコーヒーでむかつく胃に流し込み、少年を注意した。「できれば、もう少し静かにしてもらえないかな」

アナベルが、バターとジャムを塗ったクランペット（イングリッシュ・マフィン）越しに、こちらを見る。「昨夜は遅くまでお楽しみでしたのね」

「まあな」ちくしょう、自分の人格を決めつける権利など、彼女にはないはずだ。

「わかっておりましてよ、ジャレットさま」レイク夫人のやさしい言葉がありがたい。

「上流階級の紳士は、たっぷり遊ばれるものですもの」

「本当にそうね」アナベルがつぶやく。

嫌味な女だ。

レイク夫人は会話を明るい方向に持っていこうと努力した。「子どもたちに会えると思うと、うれしくて。みんな、私の母のところに預けてきましたの。ですから心配することなどないのはわかっているのですけれど、子どもの面倒を他の人にまかせて、落ち着いていられる親などおりませんから」

そう言われても、父を殺したあげくに四人の子どもを残して自らも命を断った母を持つジャレットとしては、何も言うことがない。彼の母は、自分の子どもが他の人に育てられるしかないとわかっていたはずなのに。「何人子どもがいるんだ?」

「男の子がひとり、女の子が二人、それにジョーディです」レイク夫人が視線を落として、スコーンを見つめた。

四人も子どもがいるのか。なるほど、兄が長患いではないと言ったアナベルの言葉も本当だったわけだ。病状が深刻ではないから、彼女も結婚を考えずに済むのだろう。四人の子どもを抱えた義理の姉が寡婦となれば、アナベルもどんな結婚話であろうと、飛びつかざるを得ない。相手がジャレットのように〝ロンドンの町のいたるところに出没しては賭博《とばく》に明け暮れ、建設的なことに時間を使わない無責任なろくでなし〟であっても。

ふん。「ご主人にも早く会いたいだろう」アナベルの鋭い言葉にやり込められてばかりだということを忘れたくて、ジャレットは会話を続けた。「どんな男性も、看病をしてもらうのは妻がいちばんだろうしね」

レイク夫人がさっと視線を上げたので、ジャレットは驚いた。しかしすぐに彼女が笑顔を向けてきたので、今の鋭い視線は目の錯覚だったのだろうと思った。「ええ、本当に。主人が無事だと確認できるまで、落ち着かない気分ですの」

レイク夫人が夫の身を気遣う言葉を口にしたのはこれが初めてだった。つまりアナベルが言ったとおり、ヒュー・レイクは重病ではないのかもしれない。

御者が荷物を馬車に積み終えると、全員が宿の前に集まった。するとジョージがジャレットに向かって訴えた。「僕、上に乗りたいんだけど、ジャレットさま、だめですか?」

「ジョーディ」レイク夫人がたしなめる。「その話はもう終わったはずよ。危険すぎるわ」

アナベルは考え込んだ。「でも、この子の好きなようにさせてやってもいいかもしれないわ」昨日の会話を思い出しているに違いない。「ジョーディはこの数日、とてもいい子にしていたんだもの、これぐらいのご褒美はあげてもいいんじゃないかしら」

「本当に大丈夫だと、ジャレットさまは思われますか?」レイク夫人がたずねる。

「ああ、思う」

「それなら、いいでしょう。乗りなさい」

ジョージが大喜びで御者台に飛び乗るのを見ながら、レイク夫人は念を押す。「いいこと、御者の邪魔にならないようにするのよ。あちこちに触れないようにして、席にきちんと座っていなさい」

「はい、母さん」ジョージの顔が期待に輝いている。

ジャレットはまた不思議に思った。どうしてレイク夫人は、この少年のこととなると常にアナベルの意見に従うのだろう? むろん、レイク夫人は我の強い人物ではないので、それが理由なのだろうとは思う。

ただ、叔母にしてはこの少年のことにアナベルが関与しすぎる気がしてならない。彼女には自分の子どもが必要なのだ。我が子の世話を焼いていれば、兄の子どもが何をするかにうるさく口をはさむ暇もなくなるだろう。

アナベルは少年に構いすぎる。だから少年は息苦しさを感じるのだ。しかし、それ以外の点では理想的だ。彼女自身に子どもができれば、さぞかしいい母親になるだろう。彼女が赤ん坊を膝《ひざ》に載せ、やさしく子守唄《こもりうた》を口ずさむ姿が目に浮かぶ。ジャレットの母もよくそうしてくれた。

ずっと忘れていた記憶が、突然よみがえる――子ども部屋で、母がセリアとゲイブとミネルバに『木馬に乗ってバンベリー・クロスへ』に合わせた踊りを教えているところだ。そのときのジャレットは、自分はそんなくだらない遊びをするような子どもじゃない、と思っていた。すっかりおとなになった気分で、はしゃぐきょうだいをばかにして笑った。

自分は何と愚かだったのだろう。その一ヶ月後、母が亡くなった。あの日自分が口にした小ばかにするような言葉のすべてを取り消したかった。そう思うと、いまだに辛い。

ふむ。考えてみれば、このことからも他の人間を信じる男は愚かだと証明される。父は母を信頼していた――誰もが母を信じていた。だから、あのあと、みんなの人生の歯車が狂ってしまった。ジャレットはばばさまを信じ、その結果がこのありさま。悲嘆以外の何も得られなかった。

誰も信頼してはいけない。信じられるのは自分だけだ。

馬車が宿をあとにしたのは、午前八時を少し過ぎた頃だった。場をもたせるために会話を続けるのはレイク夫人で、ときおりロンドンの社交界についての質問をジャレットにも向ける。上流社会で何が起きているのかをこれほど知りたがる女性は初めてだった。彼女の質問にほとんど答えることができないのが残念だ。

アナベルはずっと黙ったままで、飽きもせずに移りゆく窓の景色を見ている。外は早春の草原にオークやブナの木が点在するだけなのに。しかし、バートンに入る前に最後に馬を替えるためにタムワースという宿場に着いたとき、彼女からジャレットに話しかけてきた。

「バートンに着いたら、まずは『クジャク亭』に行くように御者にお命じになってはいかがでしょう？　あそこなら快適にお過ごしになれますわ。それに女将《おかみ》の料理の腕は確かです。もちろんレイク・エールが滞在費をお支払いいたします」

彼女の笑顔の奥に緊張を感じて、ジャレットははっとした。「その必要はない」ジャレットが貴族だから自分たちの家に泊まるのを嫌がるだろうと考えたのかもしれない。しかし、それではレイク家に経済的な負担をかけてしまう。「僕なら、君たちの家に泊めてくれればいい。ほんのしばらく滞在するだけなんだから、小さな部屋でじゅうぶんだ。余分の部屋ぐらいはあるだろう？」

「あら、そういうわけにはいきません」アナベルが反論した。「家族に病人が出ると、家の中がどうなるか、ご存じでしょう？　家全体の秩序もなくなりますし、宿にお泊りいただいたほうが、ずっと気持ちよく過ごせるはずですわ」

また疑問がわいてくる。「レイク・エール社は、現在財政的に厳しい状況にあるという話だったが」

アナベルが青い顔をすると、レイク夫人がすかさず助け船を出した。「ええ、でも『クジャク亭』とは取り決めがありますの。エールを納める代わりに、レイク・エールのお客さまは無料で『クジャク亭』に宿泊できますから」

「ずいぶん一方的な取り決めだな。レイク・エールに宿泊が必要な客が来ることなんて、どれぐらいあるんだ？　その宿で出すエールのすべてをレイク・エールがただで提供しているのではないだろうね？」

「ええ、もちろん違います」今度はアナベルだ。「つまり、もしその宿を利用する必要があれば、部屋代や食費などは納入するエールで支払う、という意味ですの」

「それでも、君たちに負担を強いることには違いない」ジャレットも引き下がらなかった。「そのエールを売れば、売り上げになるんだから」

自宅に泊めたがらない人に向かって、どうしてもその家に宿泊したいと言うのは、一般的には失礼にあたる。しかしこれまでの話で、レイク家というのは純朴な地方の旧家という印象を持っており、そういう家は夕食の席にもうひとり加わったところで気にしないものだ。あくまでも宿に泊まってくれと主張するのは、どうも妙だ。

「たいしたことではありませんから」アナベルが断固とした口調で言った。「他の場所に滞在していただくのが、みんなのためです」彼女の瞳《ひとみ》がきらりと光り、絶対に譲れない、と主張する。

　そこでジャレットも、アナベルが自宅に彼を泊めたくない理由に気がついた。また誘惑されるのを恐れているのだ。義理の姉も同じ心配をしているのだろう。

「わかった」仕方ない。「それでは『クジャク亭』に泊まろう。しかし、宿賃は僕が払う。たかだか一泊のことだからな」

「一泊しかなさらないのですか？」レイク夫人の失望がはっきりと伝わってきた。

一方アナベルは、ほっとしているようだ。するとジャレットの心にさらなる疑問が浮かんだ。アナベルはジャレットを早々に厄介払いしたいと考えている。しかし、その理由は？　昨日の納屋でのことのせいか、それとも、他に事情があるのか？

「ジャレットさまはお忙しいのよ、シシー」アナベルが義姉に言った。「プラムツリー・ビールの経営もおありだし、長く引き留めてはお仕事の邪魔になるわ」

「確かにそうね」レイク夫人が親切そうな笑顔を向けてきた。「でも、ひと晩ぐらい夕食をご一緒いただけませんかしら。今夜は醸造組合の夕食会がありますの。この会合だけは、女性も出席を許されますのよ。いつも、出される食事はおいしいし、踊りを楽しみ――」

「私たち、今年は出席しないのよ」アナベルがレイク夫人の言葉をさえぎった。「忘れたの？」

「出席するわよ、だってヒューが——」そこでレイク夫人の顔が青ざめた。「そうだったわね。すみません、ジャレットさま、今年は出席しませんわ」

「ですから、ジャレットさまも出席を許されません。醸造組合の会員と、その家族が一緒に行く必要がありますので」

ジャレットは彼女を見つめていた。どうしてまたよそよそしい言葉遣いに戻ってしまったのだろう。緊張しているときだけ敬語になる傾向があるようなので、何かを隠しているのだ。それが何かを突き止めなければ。アナベルは明らかに、ジャレットを醸造組合の夕食会に来させないようにしている。だからその会合に出席すれば、何かわかるかもしれない。

「それなら心配は要らない。僕の祖母は、バース社ともオールソップ社とも付き合いが長いから」この二つはバートンのもっとも有名なエール製造会社だ。「英国醸造組合連合の会長の孫息子が出席したいと言えば、こちらの組合長に頼んで招待状を僕のために手に入れてくれるさ。誰が組合長をしているのかは知らないが、喜んで招待してくれるだろう。まあ、業界慣行とでも言うのかな」

これを聞いて、アナベルはひどく慌てた。顔全体に狼狽《ろうばい》の色が広がっていく。

ジャレットはレイク夫人にほほえみかけた。「当然、僕が君たち二人をエスコートさせてもらおう。君のご主人が出席できない代わりにね」

「ご親切に、どうも」そうつぶやくレイク夫人も、慌てふためいた様子だ。「よかったわね、アナベル」

「ヒューの病状がどうかを確かめなければ」アナベルが言った。「どうするかは、あとでお知らせしますわ、ジャレットさま」

「宿に落ち着いたあと、すぐに君の兄上との話し合いに、そちらへ出向く。そのときにでも教えてくれ」

即座にアナベルが言った。「いいえ、それはいけません――」

「契約に際して、決めておかなければならない条項がいろいろあるんだから」ジャレットは当然のことを言った。「いずれにせよ、最終的な契約書は君の兄上がサインするんだよ」

「ウォルタースという醸造所長がおりますから、この者と契約についてお話しくださいませ。ウォルタースさんが書類を兄に見せ、サインをさせますから」アナベルの声からもはっきりと動揺がうかがえる。「それ以上兄を煩わせる必要はありません」

「僕が交渉する相手は、決定権を持つ会社の経営者だけだ」ジャレットはきっぱりと言いきった。「君の兄上が瀕死《ひんし》の重病なのであれば、話は別だが。とにかく僕は、ヒュー・レイク氏と話がしたい。ほんの短時間でも構わない」

アナベルがふうっと息を吐いた。「わかりました」

「そのあと、醸造所の内部を見学したい」

「ええ、手配させましょう」気のない言葉が返ってくる。

「よし」ジャレットはまた座席にもたれた。「お互い意見が一致して、よかったよ」

これでようやく、レイク一族が隠し続ける秘密がわかる。


『クジャク亭』でジャレットは降りると、御者にこのままアナベルとシシーをレイク家まで送り届けるように命じてから、宿に入った。馬車が宿を離れると、アナベルは身動きの取れないような絶望感に包まれるのを感じた。もう間もなく、ジャレットが家にやって来る。どうすればいいのだろう？

「組合の夕食会のこと、口を滑らせてごめんなさい」シシーが低い声でつぶやいた。「事態を悪くするつもりではなかったのよ」

「もう、何を考えていたのよ？」

シシーがため息を吐《つ》く。「私が考えていたのは、あなたとジャレットさまが一緒に踊れる機会だわ、ということよ。そうすればあの方も――」

「カドリールのやさしい調べに何もかも忘れ、私と結婚しようと思うとか？」アナベルは苦々しく笑った。「そんな奇跡は起きないわよ、あの人、結婚に興味がないんだから。とにかく、あの人が出席して、ヒューがその場に居合わせたら、もう何もかもおしまいだわ」

「そんなことにはならないわよ。私からヒューに言って聞かせるから。今夜だけは酒を口にしないようにって」

「兄さまなら、出席するのもだめよ！　ヒューが病気だって、町じゅうに説明したのよ。だからジャレットさまに会うことだけではなくて、町の人にもヒューの姿を見せるわけにはいかないの。私たちが、ヒューの病が長引いていて、なんて言っておいて、突然本人が現われたら怪しまれるわ」

「でもヒューに出席をやめさせることはできないわ。毎年必ず、この夕食会には出席しているもの。ヒューだって心のどこかでは、人前ではちゃんとした姿を見せておかなければいけないと思っているのよ」

「ええ」アナベルは不安でたまらなかった。「何にせよ、そんなこともどうでもいいわ。ジャレットさまがこのあと家に来てヒューと顔を合わせたら、それでもう終わりよ。私たちがロンドンに行った理由もきちんと説明していなかったから、なぜジャレットさまが来たのか、ヒューには見当もつかないでしょ。どういう反応を見せるのか、予測がつかないし、もしジャレットさまが現われたときに、ヒューが――」

悪夢だ。ジャレットは意志が強く、また抜け目のない男性でもあるのが恨めしい。最初に思ったより、ずっと経営能力もある。さらに、アナベルの心を正確に読み取る。

「もし、今日の午後をどうにか乗り切ったとしても、今夜はとんでもない事態になるわ」

「いいえ、大丈夫よ」シシーがやさしくアナベルの手を叩《たた》いた。「夕食会では、ヒューのことは私が何とかする。今夜ぐらいは、夫をお酒に近づけないようにしてみせるから。あなたにはジャレットさまの対応をまかせるわ。あの方と踊って、少しばかり男女の駆け引きみたいな会話を楽しめばいいの。そうすればジャレットさまも、ヒューのことは忘れてくれるかもしれない」

「私にそれほど男性を惹《ひ》きつける魅力があるとでも言うの？　それに、まずは今日の午後を何とかしないと」

自宅に到着すると、侯爵家の御者が荷物を下ろすのを手伝ってくれた。ありがたいことに、御者が召使いに部屋へ運ぶよう指示しているあいだ、ヒューは姿を現わさなかった。家に入ると、いつもながら、ああ、自分にも帰る自宅があれば、という強烈な思いがこみ上げる。ここではどうしても、居候という気分になるのだ。

もちろん、兄夫婦のことは大好きだし、子どもたちもかわいい。しかし、ここにあるのは兄の家庭、この家はこれからもヒューとシシーのものなのだ。薄いピンクとラベンダー色の壁紙は、アナベルの好みからは退屈な色合いだ。鮮やかな赤と金色の壁紙に囲まれていたい。アナベルの心の中でいつもくすぶっている情熱を表わすような、強い色の取り合わせ。もし自分が家のことを決められるのなら、艶出《つやだ》しをしたマホガニー材のテーブルを置きたい。そして豪華な金襴《きんらん》のカーテン。飾り房をつけて。房をつけるのが、大好きなのだ。

そして家の中は、すえた蜜蠟《みつろう》や古くなったワインの臭《にお》いがしないように。できることなら。

召使いに外套《がいとう》を手渡しているところに、執事が現われ、旦那《だんな》さまは就寝中でいらっしゃいます、と伝えられた。ほんの一瞬だが、アナベルは大声でわめき散らしたい衝動に駆られた。就寝中、というのはここの召使いが用いる言葉で、気絶したまま、という意味だ。まだ昼間だというのに！　おそらくヒューは、昨夜ずっと飲み続けていたのだろう。

そのとき、この状況をうまく利用する名案がアナベルの頭に浮かんだ。「シシー」ジョーディが自分の部屋へと階段を走って上り、執事が姿を消すとすぐ、アナベルは義姉に声をかけた。「いい案を思いついたの。ジャレットさまがヒュー兄さまと話をするのを、明日の朝まで待ってもらうのよ」

「そんなことで、問題は解決するの？」

「ほら、ジャレットさまは醸造所の中を見学したいっておっしゃってたでしょ。その部分は今日の午後に終わらせるの。醸造所にはきちんとした設備が整い、働いている人たちもまじめで、造っているエールも質の高いものだとわかってもらえるわ。そのあとウォルタースさんと話してもらう。醸造所の責任者としてウォルタースさんはすぐれた人で、知識も豊富だと証明できるから、ジャレットさまは感心するはずよ。それに、ウォルタースさんなら、ヒューのことは絶対に口外しない」

「それでも――」

「ジャレットさまが醸造所を見学しているあいだに、私とあなたとでヒューを説得するの。この計画を受け入れてくれって。いずれ、計画に賛成してもらう必要はあったわけだし。今日の午後、ジャレットさまをヒューと会わせないようにしておけば、説得する時間もできるわ。ヒューの神経を逆撫《さかな》でしないように、うまく話を持っていけるはずよ。今夜の夕食会では、兄さまを仕事の話と……お酒に近づけないようにしておくの」アナベルはあれこれと考えながら、玄関ホールを歩き回った。どういうふうにすればいいか、詳細を練る。「兄さまは酔いつぶれていないかぎり、朝ならそれほど鬱《うつ》状態にはならないわ。朝までお酒を飲まさずにいられれば、兄さまだって自分の役割を果たしてくれるはずよ。そしてジャレットさまはロンドンに帰り、私たちは新しい事業を始められる。ね、いい案だと思わない？」

「大事なことをひとつ忘れているわ――ジャレットさまが午後、ヒューに会いたがったらどうするの？　会うまでは帰らない、みたいな雰囲気だったわ」

「パクストン先生は、まだうちの召使い頭《がしら》に想いを寄せているのかしら?」

「私の知る限りでは、ええ」

アナベルの口元に笑みが浮かんだ。「それなら大丈夫。午後のことは、私にまかせて」

14

一時間後ジャレットが到着した。ヒューはまだベッドで正体もなく眠ったままだった。ああ、助かった。嫌がるパクストン医師をどうにか説得し、ジャレットが到着したときには、兄の部屋の前で医師が立って番をすることに同意させた。

軽くうなずきかけると、医師は咳払《せきばら》いした。「しばらくは目を覚まさないよう、眠り薬を与えておきました。ヒューさまも、夕方には元気になっておられるでしょう」

「何の騒ぎだ？」ジャレットが近づいて来る。

「まあ、いらしたのね」アナベルは医師とジャレットを紹介してから、不安な表情をしてみせた。実際不安ではあった。「申しわけありませんが、兄の体調がおもわしくなくて。あなたが夕食会に来ると聞いて、自分もどうしても行くと言い出したのです。パクストン先生からは、無理だと止められたのに。ただ、午後いっぱい体を休めれば、夕方には元気も出るそうなのです」

「それでは話し合いはどうなる？」ジャレットの声の調子から、アナベルの言葉を疑っていると伝わってくる。

アナベルは扉を開け、いびきをかいて寝ているヒューの姿を見せた。直前にパクストン医師から消毒薬をもらって、シシーと一緒に部屋にまき散らし、病室らしい臭《にお》いにしておいた。今はただ、ジャレットがこの部屋を見終わるまで、兄が目覚めないようにと祈るのみだ。

「見てのとおり、兄は現在、仕事の話をできる状態ではありません。けれど明日の朝には体調もよくなっているはずです。それに、先に醸造所を見ておいたほうが、確認事項が頭の中でまとまるのではありませんかしら？」

ジャレットが少し考えてから言った。「まあ、そうだな」

「ヒューさまは疲れやすくなっていますので、無理をさせてはいけません」パクストン医師も言う。「仕事の交渉をしたあとで、組合の夕食会に出席するのでは体に負担がかかりすぎます」

「ありがとう、パクストン先生」アナベルは医師に感謝の笑みを向けた。「いつも、お世話をかけるわね」

「恐れ入ります、アナベルさま」

アナベルはジャレットの腕を取って、階下へと案内した。「あなたの計画どおりにいかなくて、申しわけありません。でも兄がどうしても今夜の夕食会に出席したいと言い張るものですから。あなたに妻と妹をエスコートさせて、自分が行かないのは無礼だと感じたようです。あなたをおもてなしするのが自分の務めだと兄は考えていますので」

玄関ホールに出ても、アナベルは説明を続けた。「醸造所には私がお連れしますわ。あちらではウォルタース所長が中を案内します。そのあと、夕食会に一緒に出席しましょう——招待状は手に入れられましたわよね？」

ジャレットは、召使いからアナベルの外套《がいとう》を受け取り、着せてくれた。「バース君は親切でね。ああ、僕が出席してもいいと言ってくれた」

当然そうでしょうね、むしゃくしゃした気分で、アナベルは心の中でつぶやいた。バース氏は、高位の貴族が出席してくれると聞いて、飛び上がらんばかりに喜んだことだろう。

家をあとにすると、ジャレットが暗い眼差しでアナベルをにらみつけた。「警告しておくがな、アナベル。ヒュー・レイク氏に会うまで、僕はこの町を離れないから」

「ええ、承知しておりますとも。兄もあなたと会いたがっていますのよ」アナベルは落ち着いて対応した。何にせよシシーと二人で事業計画を説明したら、兄がプラムツリー・ビールの代表者と会いたがるのはわかりきっている。

しばらく二人は黙って歩き続けた。やがてジャレットが口を開いた。「教えてもらいたいんだが、僕にしつこく宿を勧めたのは、同じ屋根の下で僕と夜を過ごしたくないからか？　僕がまた……君にキスするとでも思ったか？」

アナベルははっと息をのんだ。こんな質問を予想してはいなかった。彼がそんなふうに考えたのは不思議だが、このまま勘違いさせておけば都合はいい。だから、否定してはいけない。

ところが、自分の口から言葉が勝手に飛び出していた。「正直なところ、そんなことはまるで考えていませんでしたわ。ただ、そう言われれば確かに――」

「心配は無用だ。君の気持ちははっきりとわかった。女性に何かを無理強いするようなまねは男らしくないと、僕は考えているから」

「あなたが無理強いをするような男性だと思ったことはないわ」

「賭《か》けをしたときでも？」

「あれは無理強いではないでしょう？　私が拒否すると言えば、やめられましたもの」

「君に断られると、僕は思っていた」

ふっと笑みがこぼれてしまう。「ええ、わかっています」

二人のあいだで空気が張り詰める。アナベルは前回二人だけになったときのことを思い出し、痛いほどの緊張を感じた。あのとき彼は、その存在さえも知らなかった情熱のきわみへと自分を導いてくれた。アナベルの体を奪うことしか考えられなかったと告げたときの彼は、顔に激しい欲望を浮かべ……

ああ、だめ。彼が近くに来るたびに、こんな身の上でさえなければ、と思ってしまう。けれど、現実を考えなければ。そこにはジョーディがいるのだ。

胸が詰まる。そうだ、常にジョーディのことを考えなければならない。

「アナベル、僕は――」

「着きましたわ」アナベルは明るく、ジャレットの言葉をさえぎった。彼が何を言うつもりだったにせよ、それは嘘《うそ》なのだ。アナベルをベッドに連れ込む際の罪悪感を拭《ぬぐ》うために口にするだけのまやかしにすぎない。

ジャレットが向けてきた視線が謎《なぞ》めいていた。そのあと彼は前を見て言った。「そのようだな」

アナベルは急いで醸造所の中に入った。ホップとモルトの匂《にお》いが勢いよく彼女を出迎えた。甘くなじみのある芳香に包まれていくうちに、ぴりぴりしていた神経が和らぐ。醸造所に来るといつも気持ちが落ち着く。炉で炎が弾ける音、銅釜《どうがま》で麦汁がぐつぐつと煮え立つ音、そして香辛料の香。これらすべてが、アナベルの心を鎮めてくれる。ここに来ると、我が家という感覚になる。

ここでは、自分らしくしていられる。

ウォルタース氏は建物の裏側にある事務室にいた。ガラス窓からアナベルの姿を認めた醸造所長は、事務所を出て来て笑顔でアナベルを迎えた。彼女はジャレットを紹介し、彼がここに来た目的を説明した。ウォルタース氏は最初からこの事業計画に賛成してくれていたので、当初の彼女の筋書きとは若干異なった展開になっても、すんなりと話を合わせてくれた。

「では、私はこれで」アナベルは二人に言った。「あとは、あなたたちにおまかせするわ」

「おい、君はどこに行くんだ?」ジャレットが呼び止めようとする。

「シシーは預けていた子どもたちを、実家のお母さまのところに迎えに行くから、そのあいだ、誰かが兄のそばについている必要があるの。でも、夕食会のときにまたお会いできるわ」

アナベルは笑顔でそう言うと、ジャレットには反論の暇を与えず、醸造所をあとにした。通りに出てから、歩く速度を上げる。ヒューを説得するために残された時間は、ほんのわずかしかない。

家に戻ると、大きな声が聞こえた。ああ。ヒューが目覚めたのだ。

兄はシシーと書斎で言い争っている最中だった。兄を完全に説得するまで、子どもたちはシシーの実家に預けておくことにして助かった。ヒューは手がつけられないほどの状態になっている。ローブをはおっただけの格好で、部屋の中を行ったり来たりして、大きな身振りで何かを訴えている。薄くなり始めた頭髪が、たんぽぽの綿毛みたいにあちこちに跳ね上がっている。顎《あご》は丸一日剃《そ》っていないひげで黒くなり、だらしない肉体労働者のような姿だ。アナベルが知る大好きなもの静かで学者然とした兄とはまったく異なる。

アナベルが部屋に入るなり、ヒューは彼女に向かって言った。「これはおまえが言い出したのか？　僕に黙ってロンドンまで行き、プラムツリー・ビールと話をしたとは、まったく信じられない。ロンドンに行くのは、ジョーディにいい学校を見つけるためだと言っていた――」

「ジョーディをいい学校に入れることなんて、できないでしょ」アナベルは言い返した。「わからないの？　今、うちがどういう状況に陥っているか」

ヒューの青白い顔が引きつった。そして兄はどさっと机の後ろの椅子《いす》に腰を下ろし、両手に顔を埋めた。「わかってるよ、わかってるんだ、アニー」アナベルのことを、子どものようにアニーと呼ぶのは、亡き父と兄だけだった。「醸造所の売り上げが落ちている。僕は家族の期待を裏切った」

「そういうことを言っているんじゃないわ」兄と話すと、いつも最後はこうやって終わる。兄が家族の面倒もみられない自分の無能ぶりを嘆き、今後は変わってみせるから、と約束するのだ。その約束が守られた試しはない。「この状況を何とかしなければならない、そういう話をしているのよ」

ヒューは顔を上げ、アナベルを見つめた。途方に暮れた幼い少年のように見えた。

「だからおまえが僕の代わりに何とかしようとしたわけか。いつもそうなんだ」

「他にどうすればよかったの？」アナベルはやさしく言った。「何とかできる手段が見つかった、だからその手段を実行してみただけよ」兄の瞳《ひとみ》に浮かぶ絶望の色を見て、彼女は兄に近寄り、手を重ねた。「ねえ、この計画は、兄さまが何ヶ月も前から話していたじゃない？『インド市場に少しでも参入できれば、それで僕たちは救われる』って。これは元々兄さまが考えた計画なのよ」

「愚かな計画だ」

「いいえ、すぐれた事業計画だわ。あとは、実行に向けて一歩踏み出すだけだったの」

「ろくでもない貴族の御曹司《おんぞうし》と悪魔の契約を結んで――」

「あの方は、ろくでもない貴族の御曹司なんかじゃない」アナベルはきっぱりと言いきった。「それに悪魔の契約でもないわ」兄はホイストの賭けのいきさつまで知っているのだろうか？　アナベルはちらっとシシーを見たが、義姉がそっと首を横に振った。ああ、よかった。「ジャレット・シャープさまは、進んで手を貸すと言ってくださったの。東インド会社の船長たちと話してみるって。業界のことをとてもよくご存じで、経営手腕も確かよ」

「ふん、僕が聞いた話とは違うな」

「あら、間違った噂《うわさ》を聞いただけよ。プラムツリー夫人はジャレットさまをじゅうぶん信頼しているからこそ、自分の築き上げた会社の経営を孫息子にまかせたのよ」アナベルは兄の手を握りしめた。「私は兄さまをじゅうぶん信頼しているわ。兄さまならできる、ただ――」慌てて言葉を引っ込めようとしたが、手遅れだった。

ヒューの瞳が暗くかげる。「言えよ、思ったことを口にすればいい。ただ僕が、父上みたいだったら、そういうことだろ？」

「何ですって？　違うわ！　私が言いかけたのは、そういうことじゃないの」兄をこんなふうに思わせてしまった父を恨むしかない。

「そう言いかけていたのさ、わかってるよ」アナベルの手を振りほどき、ヒューは部屋を歩き始めた。「父上にとっては、僕が悩みの種だった。僕がそのことに気づいていなかったとでも思うのか？　おまえがどう感じているかもわかってるんだ、おまえとウォルタースの気持ちだ。僕にはバースやオールソップみたいなやつらと張り合えるだけの度胸がないから、会社を救えないんだって、二人とも思っているんだ。当然、東インド会社の船長たちとは渡り合えっこないだろうって」

アナベルはぼう然と兄を見つめた。アナベルがそんなふうに感じていると、兄に思われていたことが信じられなかった。確かに父に対して、兄がひねくれた感情を抱くのは無理もないところがある。しかし、妹にまで？ 「誓って言うわ、どうしてそんなふうに思うのか、私には見当も――」

「弁解する必要はないさ」ヒューは暗い顔でまた机に向かった。そこにはウィスキーのデカンタが置いてある。「おまえが僕を見るたびに、その瞳が訴えている。おまえが嫌がっていることぐらい、ちゃんとわかるさ。僕が偉大なアロイシアス・レイクみたいな男でなくて――」

「嫌なのは」戸口で甲高い声がした。「みんな一緒だよ、父さん」

振り向くとジョーディがいた。純粋な失望感だけが少年の顔に浮かんでいる。

「父さんがお酒を飲むのが嫌なんだ」ジョーディの視線が、デカンタをつかんだヒューの手を鋭くとらえる。「いつだって、お酒が問題なんだ」

ああ、だめ。よりにもよって、どうして今、ジョーディはヒューに立ち向かおうとしているのだろう？

少年らしい細い腕を胸の前で組み、ジョーディはヒューをにらみつけた。「僕は父さんのために、嘘をつかなきゃならなかったんだよ。父さんが病気だからロンドンまで来られなかったって、母さんとアナベルはジャレットさまに説明せざるを得なかったんだ。二人が嘘をついたから、僕まで嘘つきになってしまった」

ヒューは顔を強ばらせ、凍りついた。アナベルとシシーはこれまで何度もヒューに飲酒をやめさせようとしたのだが、そのたびに彼はひどく落ち込み酒に逃げて、事態はいっそう悪くなるので、二人とももうやめさせるのをあきらめていた。

ヒューはジョーディを無視して、裏切られたという視線を妻のシシーに向けた。

「ろくでなしの貴族に、僕が病気だと説明したのか？」

ジョーディは無視されたことなど意に介さず、ヒューを責めた。「母さんとアナベル叔母さんに腹を立てるのはやめてよ。他に説明のしようがないだろ？　父さんは飲んだくれてます、なんて言えるはずがない」ジョーディの顔が怒りで真っ赤になる。

「父さんはもう、何もかもどうだっていいんだ、大切なのは……今、手にしているそのいまいましいウィスキーだけなんだ、そう言えばよかったの？」

今度はヒューも、ジョーディのほうを向いた。まじまじと。そして、ヒューの顔から血の気が引いていった。「おい、この二人はおまえにそんなことを言ったのか？　おまえの父さんは、飲んだくれだ、なんて」

「何も言われてないよ。でも僕にはちゃんと目がついてるんだよ。毎晩父さんがどうなるか、この目で見てきた。みんな見てるんだ」ジョーディは悲しそうな顔をして息を吸った。「以前の父さんは、僕たち子どもといろんなことをしてくれた。カードで、あ、遊んだり、散歩に連れて行ってくれたり……今はそんなこと、全然しないじゃないか。お、お酒ばっかり飲んで」

ヒューはデカンタを置いた。「ジョーディ、こっちに来なさい」

ジョーディは、ごくっと唾《つば》を飲んで、机に近づいた。「はい」

「だからおまえは、母さんと叔母さんの嘘に付き合ったのか？」

ジョーディが意固地になっているのが、顔の表情からもわかる。「そうするしかなかったんだ。醸造所が困った状態になってるのは、この僕にだってわかる。何とかしなきゃって、アナベル叔母さんが言ったから」

「それで、そのジャレットさまとやらが手を貸してくれると、おまえは思うのか？」

ヒューの言葉に少し皮肉が混じる。

「いい人そうに見えるよ。旅行中は、すごく親切にしてくれたんだ。母さんが病気になると、お医者さんを呼んでくれて、その支払いもしてくれた」

「病気？」ヒューは不安げな視線を妻に向けた。

「ちょっと消化不良を起こしただけよ」シシーが穏やかな声で告げる。「一日、二日、休んでいたら治ったわ」

「丸一日もか！」ヒューの顔がはっきりと心配そうになった。

「でもアナベルがよく面倒をみてくれて。ジャレットさまにも、本当によくしていただいたのよ」

「なるほどな」ヒューが不快そうにつぶやく。「ちょうどうまい具合に、居合わせたわけか」

「兄さまがいなかったからよ」兄が怒りを募らせていくのがわかり、どうにかしなければと考えたアナベルは口をはさんだ。「ジャレットさまはその場にいたから、紳士として当然のことをしてくれただけよ」

「そうだろうよ」ヒューが不満そうにつぶやいた。「シシーの面倒をみるのは、僕の役目なのに」

「私も、あなたに面倒をみてもらいたかった」シシーの静かな声が響いた。

ぽつんと告げられた言葉が、ヒューの心を動かした。薄くなった髪の毛をかき上げ、そのあと考え込んだ表情でジョーディを見る。「その貴族の御曹司だが、本当にうちを助けてくれると思うか、ジョーディ?」

「助けてほしいと頼むだけなら、失うものなんてないんじゃないの?」

「そうか」ヒューは今度は、アナベルのほうを向いた。「バートンまでその貴族は来たわけだ。この際だからできることをしよう。それで具体的には、僕は何をすればいいんだ?」

ヒューが話を聞く気になったことにほっとして、アナベルは説明を始めた。「今夜のところは、まず会ってくれるだけでいいわ。ジャレットさまのことが気に入らなければ、事業計画自体をあきらめる」ただし、そういう事態にはならないよう、アナベルは全力を尽くすつもりだった。「兄さまも、この機会に賭けてみようという気になったら、明日の朝、事業計画の詳細を話し合ってちょうだい。東インド会社の船長にエールを売るにはどうすればいいか、きちんと打ち合わせるの」

兄が不安な様子なので、アナベルは急いで付け加えた。「でも、今夜のところは、会うだけでいいのよ」

シシーとアナベルは息を凝らしてヒューの言葉を待った。しばらくしてから、ヒューは口を開いた。「いいだろう」

二人は、ほうっと息を吐いた。結局、この計画はうまくいくのかもしれない。

「だが、病気だったふりなんてしないからな、わかったか?」アナベルとシシーが慌てると、ヒューはさらに言った。「おまえたちがしたことを非難するつもりはない。しかし、僕自身は、嘘をつきたくないんだ。向こうが何を思おうが、勝手にすればいい」

シシーが夫に近づく。「それから、今夜は一滴もお酒を飲まないわね?」

シシーには珍しく、絶対に譲れないという強い意志がその言葉から感じられた。ヒューの心にも届いたのだろう、約束を守るつもりのようだ。ヒューは妻の心を探るように顔を見つめ、やさしさをこめて言った。「君の頼みだからね、できるだけ努力する」

15

バートンの公会堂の堂々たる広間で、ジャレットはビール会社の幹部やエール醸造家たちに囲まれていた。静かに、少しだけワインを口にしながら、会話の流れについていこうとするのだが、他のことで気が散っていて、話が耳に入ってこない。ジャレットはバース夫妻に連れられて二十分ほど前に到着したのだが、アナベルの姿はまだ見当たらない。昼過ぎに体《てい》よく追い払われたことを考えると、彼女は来ないのかとも思った。

確かに、醸造所を先に見ておいてよかったとは思った。すばらしい会社だと思った。プラムツリー・ビールではあたりまえだと思っていた新しい設備がレイク・エールにはないものの、その見事な運営ぶりには感服した。さらにウォルタース氏は、醸造所長として考え得る最高の人材だ。製造頻度、生産量などを、書類も見ずにすらすらと答えてくれた。

しかし、レイク・エールの経済状況が悪いのもはっきりとわかった。使用されているホップは最高品質のものではないし、すりつぶした麦芽を入れておく樽《たる》は鉄の鋳型で、古いためにあちこちにひびが入り、ブリキ板で補修がしてあった。それよりも心配なのは、ヒュー・レイクの話題になるとウォルタースが言葉を濁すことだった。そこでジャレットはまた、病気だというアナベルの説明以上に、何か秘密があるのではないかと思うようになった。ヒュー・レイクがしょっちゅう医師から静養を命じられ、眠り薬の力を借りなければならないのだとすれば、この事業がうまくいくはずはない。

時間が経つにつれ、ジャレットの胸にのしかかる重みが増していった。ここまで来た自分が愚かだったのか？　人にもてあそばれるのが、ジャレットは大嫌いだ。もしアナベルとその兄が、ここに来ないのなら……

「ところで、我が美しき町には、どういったご用でいらしたのですか？」紳士のひとりがジャレットにたずねた。「競合する会社がどういうことをしているか、探ろうとなさっているのでしょうか？」

だめだ、会話に集中しないと。ここに来る前に、レイク・エールとの共同事業への投資の意向を、人に知られてもいいかどうかを考えた。しかし、商売においては、手持ちの札をできるだけ人に見せないようにするのが鉄則だ。カードでの勝負と同じなのだ。残念ながら、自分の意向を知られないようにするには、聞きたいことも質問できない。あれこれ聞くと、不審に思われるだろう。

「実は、友人を訪ねて来たんだ」こう説明する他はない。「君たちも知っているだろう、レイク一族だ」

その場にいた男たちが目を見合わせた。レイク・エールという会社についての彼らの意見を聞こうとしたとき、扉が開く音がして、全員が戸口のほうを振り返った。

噂《うわさ》をすれば、だ。

アナベルが嘘《うそ》をついたわけではないことにほっとしたが、そんな安心感よりも、まず彼の注意を引いたものがあった。青白い顔をした自分と同年配の痩《や》せた男、あれがヒュー・レイクに違いない。いや、彼の目を奪ったのは、この男ではない。その男の腕に手を置いたはっとするほど美しい女性だった。

アナベルだ。ただし、今夜の彼女はこれまで見たこともないような姿だった。

たっぷりと量があるつややかな濃い赤褐色の髪を、凝ったねじり方をして頭のてっぺんにまとめ上げ、繊細な顔立ちがさらに際立って美しく見える。今夜の彼女は、いたずら好きの妖精《ようせい》ではなく、おとぎ話の女王のようだ。きらきら輝く宝石とシルクのドレスを身に着け、襟元から誘いかけるように豊かな胸がのぞく。

彼女をひと目見た瞬間、ジャレットの血が騒ぎ始めた。他の女性のドレスよりも、彼女のものは襟が大きく開いている。二年ほど前の流行だ。あの当時はロンドンじゅうの女性たちのイブニングドレスから胸がこぼれ落ちそうになっていた。アナベルのドレスはどれも数年前に作ったもののようだが、今夜のドレスはジャレットの動悸《どうき》を速くさせる。彼女の胸のふくらみが、かなりあらわになっているからだ。他の男性たちの視線も、同じように彼女の胸に釘《くぎ》づけだ。それに気がつくと、何だか不愉快になった。

「失礼」ジャレットはそう断って、レイク家の人たちに向かって歩き出した。

ジャレットはアナベルから目を離せなかった。その様子が、どうやら他の人たちの注意を引いたらしい。何とか視線をそらすと、アナベルの兄がジャレットをにらみつけていた。ああ、くそ。

近づいたところで、レイク夫人が紹介を始めた。どうもぴりぴりしているようだ。彼女が緊張するのもわかる。レイク氏が射抜くような眼差しでジャレットを見ていたのだ。彼が言葉を発するより先に、ジャレットはそっと耳打ちした。「気をつけてもらいたい。僕がここに来た理由は友人――つまり、君とこちらの美しい細君を訪問するためだと、他の会社の連中には言っておいたから。競合相手にいろいろ探りを入れられるのは、君も嫌だろう?」

ヒュー・レイクの陰気な顔が、ほんのこころもち和らいだ。「お気遣いをどうも。感謝する」召使いがワインのグラスを持って近づいて来た。レイクはちらっと妻のほうを見てから、断った。思っていたより、レイクは元気そうだ。昼に医師から聞いた話で心配していたのだが。病気というのも、一時的なものなのだろう。

ジャレットのほうに向き直ったヒュー・レイクの顔がまた厳しくなる。「礼を言わなければならないと聞いた。バートンまで家族を無事に送り届けてくれてありがとう」

帰りの道中のことを、この男はどこまで聞かされているのだろう？　ジャレットはそう思って、慎重に言葉を選んだ。「僕はただ、兄の馬車を借り、それを自分のために使っただけなんだ。どのみち、レイク・エールを見させてもらわなければならなかったんだから、君の家族も一緒に乗れば快適に旅ができると思った」

「心遣いをいただいた上に」レイクが緊張を解かないまま告げる。「途中で迷惑をおかけしたとか。妻の体調が悪くなって」

「ああ、ダベントリでね。しかし、君の妹が実に適切な看病をした。僕はほとんど、何もしていないよ。ずっと君の息子の面倒をみていた」ジャレットはほほえんだ。「実を言うと、あの子が僕の面倒をみてくれたのかな――互いの相手をして、問題を起こさないようにしていたよ。ジョージがそばにいると、通常の独身男性の時間の潰《つぶ》し方を実践するのは無理だ。夜通しギャンブルにふけったり、酒場の女給を膝《ひざ》に載せて遊ぶには、あの子はまだ少し若すぎると思ったんだ」

ふざけたことを言ったために、アナベルから叱責《しっせき》の眼差しをくらってしまったが、彼女の兄は、渋々ながらも笑ってくれた。「まあ、ジョーディは違う意見を持つと思うが」

「ああ。あの子は早くおとなになりたいんだが、体がその期待どおりには成長してくれていないようだ」

レイクがさらにいくぶん緊張を緩めた。「まさにそのとおり。あの子は非常に強い意志を持っている。それは認めざるを得ないな」

他の醸造家たちが会話に加わろうと近づいて来た。レイクとジャレットがどういう関係なのかを知りたくて仕方ないのだ。うまい具合に、食事の用意が整ったという案内があり、質問攻めに遭うことは避けられた。

残念ながら、ジャレットの席はテーブルの端で、レイク家の人たちからはいちばん離れた場所だった。アナベルは兄と、どこかのくだらない男のあいだに座った。その男は彼女の胸元ばかりのぞき込んでいる。それから三十分ばかり、ジャレットは会話に耳を傾けて業界の情報を仕入れつつ、アナベルの隣に座った男を牡蠣《かき》用のフォークで串刺《くしざ》しにしてやろうかと考え続けた。慰めはアナベルもこの男に不快感を持ったらしいことで、彼女は男の舐《な》めるような視線から胸を隠そうと、肩掛けを胸の前に垂らした。

そこでやっと、ジャレットもゆったりと食事を楽しめるようになった。ただ、彼女が他の男の注目を浴びるだけで、どうしてこうも苛々《いらいら》してしまうのかはわからなかった。自分の身は自分で守れる、とはっきり彼女に宣言されたのに。

その上、ジャレットに対しても、きちんと線を引いてここからは入るな、と明確に告げた。彼女を独占する権利は、ジャレットにはいっさいない。そんな権利を欲しいとも思わなかった。

以前は。彼女がおとぎ話の女王のようないでたちで現われるまでは。今は、あのシルクをはぎ取りたくて、うずうずする。少しずつ彼女の体があらわになっていくところが頭に浮かぶ。

いかん、いかん。彼女をそういう目で見てはいけないのだ。

ジャレットは周囲の会話に集中した。最初に気づいたのは、事業活動により生活を営んでいる者たちが集まる夕食会は、貴族の夕食会とははっきり異なることだった。事業家たちは食事中、実際に意味のある話をする。つまり事業についての話題で盛り上がる。父はこういう話題は下品だと言っていた。

ジャレットなら、活気にあふれた、と形容する。男たちのやりとりには生気がみなぎっている。彼もときおり出席する貴族の催しでは感じられない雰囲気だ。さらにここでは、誰もが他の男の裏をかいてやろうとしている。競合会社の情報をさりげなく、できるだけたくさん仕入れようと探りを入れる。ピケの勝負をしている感覚だった。

それも非常にうまい相手と。ピケをするときと同様、いちばん推理力のある者が勝つ。この勝負にもぜひ勝ちたいと、ジャレットは思った。

ダンスの時間になり、テーブルを離れなければならないのが、とても残念だった。しかし、ダンス用の部屋に移動すると、男性たちは飲みもの用のテーブルをいくつかくっつけて、麦芽蒸し器の最新の特許について話し始めたので、ジャレットはうれしくなった。

ヒュー・レイクもその話に加わった。ジャレットが観察したところ、レイクにはきちんと自分の意見があり、この業界についての知識も豊富であることがわかった。ただ、他の紳士たちのような熱心さに欠けるきらいはある。

レイク夫人がやって来て、夫を踊りに誘った。ジャレットの隣にいたオールソップが言った。「アナベル・レイクは、今夜すごくきれいですな」

ジャレットが鋭い視線を隣に向けると、オールソップはアナベルを近くの知り合い以上の興味を持って見ているところだった。なじみのない感覚がジャレットの中でふくれ上がった。彼女はおまえのものではない、そう言いたくなって、慌てた。さらにオールソップが彼女の全身をじろじろと見ると、殺してやりたいほどの怒りが、ジャレットの体を駆け抜けた。

この男には妻がいるのだ。そんな目でアナベルを見てはいけない。彼女にそういう眼差しを送っていい男など、誰ひとりいないのだ。オールソップを非難する言葉を抑えるには、かなりの努力が必要だったが、どうにか当たり障りのないことを言えた。「ああいう女性が結婚していないのが、不思議だな」

オールソップがグラスのパンチを飲み干す。「結婚の申し込みがなかったわけじゃないんですよ。私の聞いたところでは、あの娘のほうから、何度も縁談を断ったそうです」

オールソップの話に、ジャレットはまた考え込んだ。なるほど、アナベルが夫に求める理想は高すぎて、誰もその条件に合致しないようだ。自分だけではなかったのだ。自尊心としてはそれを聞いて満足したのだが、また新たな疑問が浮かんだ。見るからに官能的で、さらに子どもと深い愛情で接することができる女性が、それほどまでに結婚を避ける理由は何なのだろう?

「きっと、兄上の面倒をみなければならないので、実家にいるのだろう」試しにそう言ってみた。

「まあ、それはそうですな。確かにあの男は面倒をみてやらにゃならんでしょうとも」

その口調のあざけるような響きに、ジャレットは引っかかるものを感じた。「兄上の病気は、誰かがそばにいなければならないものなのか?」

オールソップが笑う。「病気？　近頃じゃ、そういう呼び方をするんですかい？」

ジャレットははっとしたが、できるだけ平静をよそおってたずねた。「いや、そうは呼ばないだろうね」それだけ言って、オールソップがさらに話してくれるのを待った。今のはどういう意味か、と問い詰めれば、オールソップは口を閉ざすだろう。

「貴族の方々とは違いますからね。私たちみたいに働かなきゃならない者は、始終酔っぱらっているわけにはいきません。もちろん、たまに、ちびちびやるぐらいは、何の問題もありませんよ。しかし、ボトルを空けるまで飲んだくれて、仕事もしなくなる場合は、見過ごせませんから」

ジャレットは、みぞおちに鉛の球をくらったような気分だった。アナベルがずっと隠してきた秘密は、これだったのか？

だが、オールソップの会社はレイク・エールの競争相手だ。ジャレットがここに来た理由を察知して、嘘をついている可能性もある。「あの男とは知り合いだから、こちらに招かれたんだがね。それほど問題が深刻だとは思っていなかった」動揺を隠して話を続ける。「彼の妻と妹の話では、レイクは病気で、そのため最近では仕事ができないこともある、とのことだったんだが」

「女性たちが本当のことをあなたに言うはずはないでしょう。一族の恥を、あの二人は隠そうと必死なんですよ」オールソップが鼻を鳴らす。「しかし、こんな小さな町で隠し通せるとでも思ってるんですかね。人の口に戸は立てられませんよ。召使いだって噂するし。あの姿を見て、レイクが病気だと思いますか？」

ダンスフロアのほうを示すオールソップの視線を追うと、レイクが踊っていた。ほんの数時間前まで薬で眠らされていた男にしては、ずいぶん軽やかにステップを踏んでいる。

しかし、あの男は昼間ずっと寝ていたのだ。昼日なかからベッドに入っているのなら、病人に違いない。

ただし、昨夜飲み明かした男も、昼間は寝ているだろう。

ちくしょう！　これでやっと、いろいろなことが腑《ふ》に落ちた。ジョージが父の病気について語りたがらなかった理由。レイク・エールを見るためにバートンに行くとジャレットが言ったときの、アナベルの身構えた様子。不安そうにしていたレイク夫人。何かあることはわかっていた。それが今、はっきりわかった。ヒュー・レイクは病気ではなかったのだ。

よく考えれば推測できたはずなのに。ここはロンドンとは違う。地方の男たちは病気を理由に、同胞を見捨てるようなまねはしない。金が足りない場合は融通し合い、その家族を支え、病気がよくなるようにと気遣う。

しかし、酔っぱらいにはそういった気遣いは示されない。しかもここの醸造家たちは狭い世界で生きる保守的な人々だ。ヒュー・レイクは、弱い男、頼りない家長と見られ、実際にそのとおりなのだ。レイクの家族は気の毒がられ、悪くすれば村八分にされる。

ジャレットの胸に怒りが広がった。深刻な病気なら、対処はできる。問題ではあるが、対応可能だ。しかし、酒におぼれる男となると、さまざまな危険をはらむ。ヒュー・レイクは同郷の醸造家仲間からも信頼を失っている。レイクは弱くてあてにできないと思われている。それなのに、東インド会社の船長たちに、レイク・エールが注文どおりのペール・エールを生産できると信じてもらわねばならない。どうやって説得できるというのだろう。

ヒュー・レイクが瀕死《ひんし》の状態であれば、アナベルを責任者とすることで東インド会社を説得できた。ジョージに跡を継がせ、アナベルが後見人になればいいのだ。ところが、酒におぼれる男を相手にするとなると、先の見込みが立たず、信頼関係も築けない。そういう男と共同事業をする者も、将来の見込みがなく、信用できないと見なされる。あるいは単純に愚かか。

どちらにせよ、レイク・エールとの共同事業の先には破滅しかない。プラムツリー・ビールはそれでなくても厳しい状況にある。廃業寸前だったエール会社と組んだことで、プラムツリーもいっきに倒産の危機に直面するだろう。自分は何と愚かだったのだろう。業績不振をすばやく取り戻せるというアナベルの話に乗ってしまい、危険な事業への参加を決めてしまうとは。

違う。彼女とベッドをともにしたいという誘惑に負けたのだ。その結果、プラムツリー・ビールは危機に瀕する事態になった。挑戦しがいのある賭《か》けを見過ごすことができなかったから。そして彼女と体の関係を持ちたかったから。

ちくしょう、今でもまだアナベルを求めている。「ヒュー・ジャレット・レイクが仕事をしなくなって、どれぐらいになる？」苦々しい思いを隠しながら、ジャレットはたずねた。

「一年以上にはなりますね。聞いた話では、関税引き上げによってロシア市場での売れ行きが落ちた頃から、あの男の飲酒が始まったようです。損失が重なって、あの男は重圧に耐えきれなくなったんです。いや、これは私の推測ですがね。それ以来、アナベル・レイクとあの会社の醸造所長二人の努力だけがレイク・エールを支えているんです。まあ父親の創った会社ですからね、あの娘は会社存続のためなら何だってするんでしょうが、所詮《しょせん》女ですからね。彼女は――」

「――会社を所有しているわけではないし、まともに経営できるはずもない、そうおっしゃりたいのかしら？」緊張した女性の声が背後で聞こえた。

振り向くと、アナベルがそこにいた。顔面蒼白《そうはく》で、美しい面立ちのいたるところに慚愧《ざんき》の念がにじみ出ている。ジャレットを見る瞳《ひとみ》には、罪悪感が浮かんでいた。

そのため、オールソップの言ったことがすべて真実であることをジャレットは悟った。

ジャレットの全身に冷たい怒りが広がり、心を凍りつかせた。彼女に嘘をつかれていた。真実を話せば、ジャレットが共同事業には興味を持たないと知りながら。病気の兄の話で同情を誘い、それを利用した。ひょっとしたら、あのキスさえも嘘だったのだろうか。ジャレットを計画に巻き込むには、そうすれば有利だと考えたのかもしれない。彼女が立てた計画に。

父親の創った会社ですからね、あの娘は会社存続のためなら何だってするんでしょう。

その策に、まんまと引っかかったのだ。恋に目がくらんで、何も見えなくなった愚か者みたいに。いつになったら、懲りるということを覚えるのだろう？　誰かに情が移ると、必ず痛い目に遭う。そして喪失感を味わう。信頼できると思っていたアナベルはどこにもいない。この喪失感は、これまででいちばんこたえる。

「アナベルさん」悪夢のような一瞬の沈黙のあと、オールソップが口を開いた。「失礼しました。ここにいらっしゃるとは思わなかったもので」

「そのようですわね」アナベルが辛そうに言葉を返した。

こういう事情であるにもかかわらず、アナベルの打ちひしがれた表情が気になって仕方ない。いや、だめだ。ジャレットはそんな気持ちをすぐに心から追い払った。この女性は、計算高い嘘つきなのだ。今後二度とかかわりたくない。

しかしジャレットが背を向けて歩き始めると、アナベルが追いかけて来て彼の腕に手を置いた。「ジャレットさまをワルツにお誘いしようと思っていたところですの」

オールソップに向けて言いながら、指の跡がつくぐらいジャレットの手を強くつかむ。「先ほど、ワルツはジャレットさまのために取っておくように言われましたので」

大胆な行動だった。また彼女がいかに機転が利くかを物語る対処の仕方だった。ジャレットは彼女にダンスを申し込んではいなかったのだ。絶対に。ワルツを踊れば、彼女を抱き上げて気が遠くなるまで体を奪いたいという衝動が強くなるだけだから。

嘘ばかり言うな、とその場で言ってやろうかと、ジャレットは思った。しかし、すぐに、育ちのよさが邪魔をした。計算高い嘘つきでも、レディの誘いを断るわけにはいかない。おまけに彼女のやさしさに満ちた瞳が、自分に向かって懇願していては。

この瞳も嘘なんだ、ジャレットはそう自分に言い聞かせた。共同事業を始めるにあたって彼が危険を覚悟したのも、アナベルは知っていた。だからわざと真実を隠した。それなのに、ジャレットを無責任だと言い放ったのだ。賭けごとばかりしていると、非難した。よくもまあ、ぬけぬけと。

いいだろう。ダンスには応じる。彼女ともレイク・エールとも、かかわりとしてはそれで終わりだと、はっきり伝えよう。賭けの勝ち負けなど、問題ではない。こういう条件を受け入れた覚えはないのだ。

二人は周囲に人がいることを考え、ダンスフロアへ無言で進んだ。中央まで来て音楽が始まり、ジャレットの腕がアナベルの腰に回されてから、やっと彼女が口を開いた。

「今となっては、本当のところを聞きたいんでしょうね？」

「斬新《ざんしん》な思いつきだね」彼は冷たく言った。「ああ、包み隠さず真実を話し合おう。君が真実という言葉の意味を理解しているかは不明だが」

「ジャレット、そんなに怒らないで」

「君は最初から僕を騙《だま》す気で――」

「違うわ！　騙す気なんてない――今でも信じているのよ、ペール・エール事業を始めればレイク・エールは持ち直すって。でも、支援してもらえないんじゃないかと怖かったのよ、もし知られれば――」

「君の兄が無能だと？　ヒュー・レイクは毎日飲んだくれて、自分が所有する会社を倒産寸前に追い込んだことを？」ジャレットは氷のような視線をアナベルに向けた。

部屋じゅうの人たちが、二人のあいだで何が起きているのだろうと注目しているのには気づいたが、まったくどうでもいいと思った。「怖がって当然だ、知っていれば絶対に支援など考えなかった」

急に体の向きを変えたので、アナベルがつまずきそうになり、ジャレットは、音楽に合わせて動くんだ、と自分を叱《しか》りつけた。憤りのせいでうかつなことをしてはいけない。しかし、気持ちを抑えるのには、相当の努力が必要だった。そのことにも驚く。自分は感情にまかせて無茶をする人間ではないと、常にジャレットは自負してきたのだ。

また冷静に話せるようになるのを待ってから、彼は低い声で告げた。「プラムツリー・ビールの経営は僕の両肩にかかっているんだ。必要に迫られてもいないのに無謀な計画を始めるわけにはいかないし、君の兄がレイク・エールを引きずり込んだ泥沼に、プラムツリー・ビールを落とすこともできない。病気の兄の話で同情を買い、こんなところまで連れて来て、君の途方もない計画に誘い込めるとでも思ったのか？どうかしてるよ」

「誘い込む？」アナベルが鋭い視線を浴びせてくる。「あの賭けをしようと言い出したのはあなたよ。勝負をしてあなたが負けた。賭けの負けを払わないつもりなのね」

ジャレットの怒りが頂点に達した。「君も知ってのとおり、賭けるものの条件が違ってたんだ。その場合、勝ち負けにかかわらず賭けは流れる」

二人はそれからしばらく無言で踊り続けた。ジャレットは機械的に体を動かすだけ、アナベルはジャレットの背後に視線を向けたままだった。ダンスフロアをステップを踏みながら動き回る二人は、さながらぜんまい仕掛けの人形のようだった。

するとアナベルがふと視線を上げ、ジャレットの目を見据えた。「もう一度勝負しましょう――今度は、いっさい隠しごとはしないから」

彼女の瞳に鋼鉄の意志が輝き、本気なのだなとわかった。即座にジャレットの脈が速くなり、前回のときと同じように賭けに勝った場合の誘惑に体が反応する。

自分の体が意思を裏切ることに腹が立ち、ジャレットは、うるさい、と怒鳴るつもりで口を開いた。ところが出てきた言葉はまるで違うものとなった。「それはどういう意味だ?」

彼女の言葉が何を意味するのかぐらい、わかっていた。彼女の挑戦を考慮しているとさえ思われたくないのに、どうしてこんなことを言ってしまったのだろう?

しかし、いろいろな事情がわかった今になってもなお、ジャレットはアナベルとベッドをともにしたかった。いや、彼女の体を奪う権利ぐらいはあるはずだ。彼女の嘘に操られ、こんなことに巻き込まれたのだから。ひどい事態になったが、せめて何か得るものがあれば。

「前回とまったく同じものを賭けるの」アナベルが言った。「私が勝てば、あなたはレイク・エールを支援して東インド会社と交渉する。あなたが勝てば、私は……」周囲をはばかるように、見回す。

ジャレットは体を近づけて耳打ちした。「一夜を僕のベッドで過ごす、言えよ」

彼女はほんの少しだけ顔を横に向け、ささやいた。「私はあなたのベッドで一夜をともにする。前のときと同じよ」

彼は体を離し、彼女を眺めた。彼女は頬《ほお》を赤くしていたが、強情そうに顎《あご》を突き上げていた。彼女がレイク・エールのために、どれほど多くのものを犠牲にするつもりかを知り、また怒りがこみ上げる。

だが、ばばさまも同じことをしたはずだ。アナベルもばばさまも、自分の家族を守ろうとしているだけ。

そんな考えが浮かび、抱きたくもない共感が生まれた。くそ、違う。アナベルが犠牲にしようとしているのは、自分の人生すべてなのだ。将来の約束もなく、ジャレットのようなろくでなしに純潔を奪われれば、彼女の未来はもうない。そうだ、きっと何か裏がある……

「見事な計略だな。勝つにせよ負けるにせよ、君の望みどおりになるんだから。君が勝てば僕はレイク・エールを支援する。僕が勝てば、純潔を奪われたと兄に泣きつくんだろう。そうなれば僕は君と結婚せざるを得ない。結局、僕は今後一生、君の兄の会社を支援することになる」

アナベルがあ然とした顔を向けた。「よくもそんなひどいことが言えるわね。そんなことはけっして――」

「ないのか？　君の言葉を信用していい理由があれば、教えてもらいたいね」

彼女がうなだれ、ジャレットの襟元を見つめた。頬がさらに赤くなっている。「理由は、もうすでに奪われてなくなったものを、もう一度奪うことはできないからよ」

あまりに小さな声だったので、聞き間違えたのかとジャレットは思った。「何だと？」

「何度も言わせないでちょうだい」低く静かな声だった。「私には婚約者がいたこと、話したでしょ？　私たちは若くて、衝動的で、愛し合っていた。どういうことか、あとはわかるはずよ」彼女がまた視線を上げる。「私がどうしてこれまで結婚しなかったと思うの？　男性が求めるのは、処女の花嫁なのよ」

彼女の様子を探ると、彼女が真実を語っているということはすぐにわかった。考えてみれば、親密な行為に関しても彼女がしり込みするようなところはなかったし、さまざまな知識もあった。処女であれば知りようもないことまで。

「なるほど」ジャレットは納得しようとした。「さらなる嘘が暴かれたわけか」

アナベルの瞳で炎が燃え上がる。「このことについて、嘘は言っていないわ。あなたがたずねなかったのよ。単純に……思いたいように思っただけでしょ」

悔しいが事実だ。アナベルは自分が処女だとは一度も言っていなかった。それに嘘をついたとしても、彼女を責めることはできない。誰彼かまわず打ち明けるような内容ではない。

「君の兄も、このことを知っているのか？」

「ええ」

「どうしてそんな――」

「これ以上、この件について言うことはないわ」彼女の頬の赤みは胸のあたりまで広がっていた。かなり露出した胸へと。賭けに応じれば、この胸に好きなだけ触れられるかもしれない、ふとジャレットはその可能性に気づいた。ただし、賭けに勝たねばならないが。

だめだ、また応じることを考えてしまうとは。そもそも、ばかばかしい挑戦を受けたから、こういう事態になったのに。

ただ……

彼女は嘘をついた。その償いをしてもらうには、いい機会だ。ジャレットを騙してこんなことに巻き込む計画を立てた責任を取ってもらおう。さらに、今度はそれほどの覚悟は必要ない。じゅうぶんに勝算のある賭けをすればいいのだから。

「どうなの？　勝負に応じるの？」彼女がささやく。

「いくつか、条件がある」

アナベルが目を見開いた。

「今度の勝負は、ピケで決める」

「どうして？」

「わかるだろ、ピケの勝敗は運のよしあしでは決まらない。能力のある者が勝つんだ」さらに、ジャレットが最も得意とするカード・ゲームだ。彼は、ばかにしたような目でアナベルを見た。「ピケのやり方を知らないんじゃないだろうな？」

「知ってるわ」彼女の声が震えていた。

よし。そろそろ、こちらが優位に立つ番だ。

彼女の腰に回した腕に力を入れる。今度こそ、絶対に何があっても負けない。今回は気をそらすようなものもなければ、ジャイルズやゲイブの言葉で札の行方を追うのを忘れることもない。

「ゲームは一度きり、勝者の総取りだ。君の立てた計略に乗っかって、ここまでずいぶん時間を無駄にしたからな」

彼女が昂然《こうぜん》と顔を上げた。「いいわ」

また、この言葉だ――彼女に『いいわ』と言われると、他のことを考えて血が煮えたぎってしまう。「条件をどちらも受け入れるわけだな？」

アナベルがうなずく。

ジャレットは、どう返答しようか考えながら、もう一度ダンスフロアを回った。賭けの申し出をにべもなく断ってもいい。今夜この町をあとにし、二度とレイク・エールとはかかわりを持たないようにする。しかし、勝てば、自分を騙してきた代償を彼女に支払ってもらえるわけだ。その代償が彼は欲しかった。ああ、ものすごく欲しい。欲しいだけではなく、支払ってもらって当然だ。キスや愛撫《あいぶ》のときも、あれが彼女個人にとっては何の意味もないことだったとは。ジャレットとの結婚など考えられないと、彼女ははっきり言っていた。それなのに、情事を続けることは拒否した。拒否する理由もないのに。処女でないのなら、体の関係を続けてもよかったはずだ。つまり彼女は、ジャレットの目の前に餌《えさ》をぶら下げ、餌以外のことは考えられない状態にしておこうとたくらんだわけだ。彼女に夢中になったジャレットは、嘘など些細《ささい》な問題だと思うようになると踏んでいたのだろう。そうなっていた可能性を考えると、また怒りがこみ上げてくる。

「あなたの答を聞く前に、ひとつだけお願いしたいことがあるの」

「君は何かを頼める立場にはない」

「ルパートとのとき……彼は……望まぬ結果にならないような方法を取ったの。あなたが賭けに勝った場合、同じような方法を取ってほしい」

「それなら聞き入れられる」

アナベルが息をのむ。「つまり、勝負に応じてくれるのね?」

彼は言葉をためらったが、これは確実に勝てる賭けだ。確実に勝てる機会を逃したことはこれまでなかった。

「ああ」曲が終わろうとしていた。このあと二人きりで話す機会はもうないだろう。「場所と時間を決めてくれ」

「醸造所の事務室で、午前一時に。夜は操業を止めるようになったから、会社には誰もいなくなるの。私は鍵《かぎ》を持っているし」音楽が聞こえなくなり、二人はそれぞれに退いて挨拶《あいさつ》した。アナベルはカーツィを、ジャレットは頭を下げる。「中で待っているから」

ジャレットが彼女の腕を取り、フロアをあとにする際、彼女が小さくつぶやいた。「醸造所に来る際は、人目につかないようにしてもらえるとありがたいのだけれど」

「心配は要らない。僕の口からは誰にも伝えない」

「ありがとう。それならこのあたりで後ろ指を差されることはないわ」

彼女の口調に、ジャレットの良心が咎《とが》めた。いや、深く考えないようにしよう。自分に関係があるのは、彼女がベッドをともにする機会を持ち出してきたことだけ。その機会を逃す気はない。

レイク家の馬車が家路につくと、アナベルはぼんやり窓の外を眺めた。どうにか最大の危機は食い止めた。しかし、いつまで持ちこたえられるのだろう。ピケは得意だが、ジャレットを打ち負かすほどの腕があるのか。負ければ……

どきどきするのを感じて、思いを打ち消す。彼に影響されてはいけない。あんな厳しい言葉を浴びせられ、怒りの表情を向けられたのに。ただ怒りの奥に欲望がくすぶっていた。その欲望がアナベル自身の欲望と呼応し、体の表面にまで出てきそうだ。

ああ。認めるのよ、本当はあの人とベッドをともにしたいくせに。

そう、彼と体を重ねたい。そんなふうに思うのは、どう考えてもおかしい。自分のためにならない癖をやめる方法を、そのうち習わなければ。悪い癖とは、たとえば、暗い眼差しだけで女性をとろけさせる方法を知っている特定のあくたれ《ヘリオン》に夢中になってしまうとか。

　出会ってから初めて、夜会用に正装した彼を見たのがいけなかった。あんなにすてきな姿を見たとたん、胸の奥のほうで何かが躍り出すのがわかった。これみよがしの派手なチョッキに髪をポマードで撫《な》でつけた醸造会社を経営する男性たちと並ぶと、彼の姿は際立って見えた。上品にしつらえられた黒の燕尾服《えんびふく》、無駄な飾りのない白いサテンのチョッキ、雪のように白い麻のシャツ、すべてが、彼は由緒正しい貴族の生まれで、洗練された教育を受け、バートンのような地方都市の無作法な醸造家たちと親しく交わるような人物ではないと訴えていた。

それなのに彼は、言葉でも態度でも、ただの一度も周囲の人を見下したりはしなかった。地位の違いに気づいてさえいないようなそぶりだった。親しげに醸造家たちと交わり、洗練された物腰と上品な服装だけが違いを物語っていた。会話の断片はアナベルの耳にも入ったが、排他的な醸造会社の経営者たちと堂々と渡り合っていた。ヒューにはけっしてできないこと。あるいは、アナベル自身にも。

「ジャレットさまは、なかなかの好人物のように思えた」向かい側の席から兄が声をかけてきた。「思っていたより、ビール業界について詳しかった。エールについても、よく知っているようだ。ただ、明日の朝、話をするのを楽しみにしていると言うと、妙な顔で僕を見つめていた。明日の朝でいいんだろ、話をするのは？」

「ええ」もし私がピケの勝負に勝ったらね。

アナベルは兄のために作り笑いをした。兄は約束どおり、パンチしか口にしなかった。パンチはアルコールとは言わないが、ブランデーが少しは入っていたような気もする。

「ジャレットさまは、おまえに大変興味を持っていたようだぞ、アニー」兄が話題を変えた。「ルパートのことを教えてくれと言われた。どういう男だったか知りたいと」

そう聞いて、アナベルは驚いたが、すぐにジャレットの意図は、本当に処女ではないのかを確認しておきたかっただけだと気づいた。

恥ずかしくて顔が熱くなった。結婚させるためだけに、彼をベッドに誘う罠《わな》だなんて、何とひどい女だと思われたものだろう。信じられない。しかし、考えてみれば、ロンドンで彼の周りにはそういうことをたくらむ女性が常にいっぱいいるのだろう。彼はどういう言葉を遣ったのか思い出すと、**教えておいてやろう。そういう生活に憧《あこが》れる女性なら何百といるぞ、**正確にはそう言っていた。そんな女性を責める気にはなれない。彼の妻になれるのなら……

ばかばかしい！　仮に彼がアナベルと結婚したいにせよ、アナベルのほうは彼との家庭を築きたいとは思わない。実際は彼にもアナベルを妻にする気はない。アナベルが嘘をついていたと知った今となっては、特に。

二人で踊っているときの、彼の瞳に浮かぶ怒りの強さを思い出し、アナベルは身震いした。侮蔑《ぶべつ》的な眼差しで、乱暴な言葉を投げつけられた。今夜の逢瀬《おうせ》の決め方も、まったく感情を差しはさまず、無慈悲なものだった。彼が勝ったら、どんな扱いを受けるかと思うと怖い。ベッドで怒りをぶつけてこられたら、耐えられるかどうか不安だ。

「率直なところ」兄が話し続ける。「その後の事情を考えると、ルパートのことをどう話せばいいかわからなかったんだ。それで結局、ルパートは戦争の英雄だとだけ言っておいた。これは事実だからな」

戦争の英雄。かつて、アナベルはその言葉が大嫌いだった。ルパートが英雄になるために何を犠牲にしたかを考えずにはいられず、腹が立った。ところが今では、生きる機会を失ってまで英雄になっても何の意味もないのだと理解でき、ただ悲しみを感じるだけになった。

「ジャレットさまはアナベルに好意をお持ちなのよ」シシーが意味ありげな視線を送ってきた。

苦々しい笑いが喉《のど》に引っかかる。これを好意と言うのだろうか。やさしい感情などはなくなっても、ありがたいことに、アナベルの体にだけは強い欲望を感じているのだ。

「まあ、アニーとしては、よくやったほうだ」兄がぶっきらぼうに言う。落ち着きなくシャツの袖口《そでぐち》を引っ張っていたのだが、そのうち何か決意を固めたかのように胸を張った。「明日の朝の打ち合わせには、おまえも一緒に出席してもらいたい」

彼女はびっくりして兄を見た。会社にかかわる会議などへの同席を認めてくれたことはこれまでなかった。アナベルに日々の運営をまかせきるのは構わないのに、事業計画を決める場合には、神様に禁じられているとでも言いたいような態度をとるのが常だった。「どうして?」

ヒューが肩をすくめる。「ジャレットさまをここに連れて来たのはおまえだから、おまえが同席すれば……もっとうちとけた雰囲気になるのではないかと思ったんだ」

知らぬが花とはこのことだろう。今夜アナベルが勝てば、明日の朝、ジャレットはアナベルの顔も見たくないと思うだろう。負ければ、明朝、彼が姿を現わすことはない。

「ええ、構わないわ」明日のことは、明日になってから考えればいい。

当面考えなければならないのは、誰にも見つかることなく家を抜け出す方法だ。町の集会所を出たのはもう真夜中だった。あまり時間はない。

天の助けか、ヒューとシシーも早く休みたそうにしていた。アナベルがひどく疲れたのでもう寝る、ベッドで読む本を書斎に置いてきた、と言うと二人はすぐに腕を組んで寝室へ向かった。階段を上がる際、ヒューが妻の耳元に何かをささやき、シシーが、ふふふ、と笑うと、憧れにも似た強烈な感情がアナベルの心を突き刺した。

アナベルは大きく息を吐き、戸締まりは自分がするからと召使いを下がらせた。しばらく待って誰もいないことを確認し、自分の鍵を使って庭園に面した扉から抜け出した。

醸造所は自宅から歩いてすぐのところにある。近くには家がないのが幸いだった。

厩舎《きゅうしゃ》と樽を造る作業所があるが、夜には閉まっている。これなら誰にも見とがめられることなく、醸造所に入れそうだ。ただ、父が周囲をガス燈で明るくしておくようにと強く言い張っていたことだけが恨めしい。光に照らされた自分の姿が、誰からも丸見えのように思えてしまう。

醸造所の裏口近くの暗がりから、大きな人影がぬっと現われ、アナベルはどきっとして跳び上がりそうになったが、すぐにそれがジャレットだとわかった。

近づくと彼の瞳が見えた。すると鼓動がいっそう速くなった。これはアナベルが知っていたジャレットではない。市で彼女をからかい、唇で快楽を与えてくれた男性ではなく、あるいは夕食会で怒りをぶつけてきた彼でもない。

このジャレットは、冷たい石に目鼻を彫っただけのような顔をしている。別れてからここまでの時間で、彼は心の準備を整えたのだ。アナベルには騙されないぞ、と。復讐《ふくしゅう》に燃え、彼女からの償いを求めている。

ああ、どうしよう。勝たなければ、自分はどうなってしまうのだろう。こんなジャレットとベッドをともにしたくない。今夜は嫌、これからも絶対。

16

　この一時間、ジャレットはアナベルと会う準備を整えてきた。嘘《うそ》つきの強欲女だと会うんだからな、と思いつつ人目を避ける服装に着替えたのだが、心のどこかが、こしばらくの彼女はずいぶんやさしかったじゃないか、と訴えた。彼はその部分が心の全体に広がらないように壁を作っていった。彼女を称賛する気にさせられた数々の記憶を懸命に消し去ろうとしたのだ。辛抱強くレイク夫人やジョージに対応する態度、家族を大切にするところ……そしてあの納屋で感じた傷つきやすさ。あのときは、そう思ったのだ。

　そう、そこが重要だ。あのときの彼女は傷つきやすく見えた。しかし実際は違ったのだ。夕食会のあと、バートンへの道中でのできごとを思い返してみた。よくもまあ、見事に騙《だま》してくれたものだ。自分が嘘をつくだけでなく、義理の姉や甥《おい》にも嘘を強要したわけだ。ジャレットに対して、この計画ならうまくいくと信じ込ませる一方、裏では兄の飲酒癖のせいで危なっかしい側面があることを承知していた。午後に家に行ったときには、医者まで巻き込んで小芝居を打った。

ジャレットは、彼女を信じるようになってしまった。何より腹立たしいのは、彼女がジャレットのことを信頼の置けない遊び人だと言いきったことだ。信用できないのは彼女のほうなのに。それを考えれば考えるほど、彼の心は氷の鎧《よろい》で閉ざされていった。やがて、彼女のほほえみやごまかしにはもう騙されないぞと、自信が持てるようになった。

ところが目の前に彼女が現われ、疲れ果ててはかなげな様子で、毛織の外套《がいとう》にすっぽり全身を覆っているため、背の低い体がいっそう小さく見えた瞬間に、注意深く重ねた氷の鎧が溶けていきそうになるのをジャレットは感じた。

ああ、ちくしょう。どうしてこの女性にこれほど心を揺さぶられるんだ？　彼女の言動のすべては、彼女の一族のくだらないエール会社を守るためだったのだと、まだわからないのか？

「早かったのね」彼女は低い声で言うと、ジャレットの脇《わき》を通りすぎて扉に向かった。

「今夜の催しが待ちきれなくてね。一刻も早く始めたい」冷淡に応じる。「時間をたっぷり取って……勝利を楽しもうと思って」わざと彼女の全身を眺めて、どういう形で思い知らせてやるつもりかを伝える。

彼女の青白い頬《ほお》がピンクに染まることを期待していたのだが、逆に怒りをあおったらしく、彼女は瞳《ひとみ》に炎を燃え上がらせた。「もし勝った場合はね。あなたが勝つとはかぎらないわ」

彼女は尻尾《しっぽ》を巻いて逃げ出す女性ではない。それがまた、ジャレットの興奮を刺激する。

彼はアナベルのすぐ後ろに立った。鍵《かぎ》を持つ彼女の指がうまく動いていないのを見て、ささやかな満足感を覚えた。「自信はある」

手袋をした彼女の手から鍵を奪い、背後から腕を伸ばしてジャレットが錠を外した。彼女の全身の震えを感じて、良心が咎《とが》めた。小さく毒づいて、彼は鍵を彼女に渡し、後ろに退いた。

「前にもあなたに勝ったわ。だから、今度も私が勝つ可能性はある」

「はん、ロンドンの賭博場《とばくじょう》で僕が何と呼ばれているか知っているか?」

「うぬぼれ屋?」

笑い声が出そうになる。「『ピケの王子』だ。ピケでは、ほとんど一度も負けたことがない」

アナベルが扉を押す。「それでは、この勝負はずいぶん不公平ね。あなたは最初から有利なんだもの。紳士らしくないやり方だわ」

「ああ、まったくだ」罪悪感のかけらもなく、あっさり認めると、ジャレットはアナベルのあとから中へ入った。

彼女は扉をぴたりと閉めてから、近くの火打石でろうそくをともし、壁のろうそく立てに置いた。そのあと外套を脱いだのだが、その瞬間ジャレットは息をのんだ。彼女は夕食会のときのドレスのままだった。歯で引きちぎりたいと思っていたあのドレスだ。

不満そうな顔で、アナベルが正面を向いた。ジャレットは、彼女の体を壁に押しつけ、キスで冷たい表情を消し去りたくてたまらなくなったが、かろうじてこらえた。そんなまねをしたら、彼女に弱みをさらけ出すようなものだ。

「もう少しお互いの腕が釣り合うような勝負にしない？」彼女の表情が抵抗を訴える。「また一対一のホイストをしたくないのなら、ほら、お友だちのマスターズさまが言っていた、アイルランド風のホイストでもいいわ。通常のホイストとそう変わりはないでしょ？　やり方を教えてくれれば、私にもできるはずよ」

ジャレットは笑い転げた。皮肉な笑い声が響く。「ああ、もちろん君にもできるさ」何の前触れもなく、ジャレットは彼女の腰をつかまえて抱き寄せ、急速に硬くなる自分のものを押しつけた。「これが、アイルランド風ホイストだ」意味を強調するように、彼女の体に下半身をこすりつける。「つまり、J《ジャック》がA《エース》を奪うのさ」

これでアナベルが困った顔をするだろうと期待していたのだが、彼女はただ怪訝《けげん》そうにこちらを見るだけ。失敗だ。「どういうことかしら？　ああ、〝ジャック〟は男性の……その部分だとわかったわ。でも――」

「スペードのエースは、売春婦の陰部のことだ」直接的な表現を使う。「スペードは三角形で黒くて、女性の脚のあいだのところと似ているからな。だから、男性器が女性器を奪う行為を意味する」

アナベルはびっくりした表情で、ジャレットを押しのけた。「じゃあなぜ、それをアイルランド風って呼ぶの？」

ジャレットは肩をすくめた。「知るもんか。おそらくイングランドの人間は、下卑《げび》た行為はすべてアイルランド人のせいにするからじゃないのか。たとえば、〝アイルランドの根〟は男性器を意味するし、〝アイルランド流に歯が痛む〟と言えば、男性が勃起《ぼっき》することだ」

紳士は育ちのいい女性にこういう下品な内容はけっして話さないものだが、今夜のジャレットは紳士とはほど遠い状態にあった。無礼だと頬を引っぱたかれるぐらいの覚悟はあり、そういう反応を期待していた。喧嘩《けんか》したい気分だったのだ。

「まったく、男の人って幼稚なんだから」はきはきした声が返ってきた。「女性がいないとき、あなたたちってそうやって時間を潰《つぶ》しているわけ？　女性の大切な場所に下品な呼び名を考えて？」

こういうものの見方をするのはアナベルだけだな。また彼女への魅力を感じかけ、ジャレットは急いでみだらな視線を彼女のその部分に向けた。「女性の大事な場所にどうやって自分のものを入れるか考えているとき以外は」

彼女の頰がさっと赤らんだ。すぐに背を向けて石炭ストーブのほうへ歩き出す。

「ここを少し暖かくしないとね。帰ってから着替える暇がなかったの」

「そいつはよかった」アナベルが火をおこそうとかがみ込むのを見ながら、ジャレットはつぶやいた。「今夜はずっと、そのドレスを脱がすところばかり想像してたんだ。想像が現実になる瞬間が楽しみだ」

アナベルの背中が硬ばる。「ずいぶんな自信ね」

「いつだって自信はある」

傲慢《ごうまん》な態度を批判しようとしてか、彼女が顔だけ後ろに向けた。ちょうどジャレットがきれいに強調された彼女のヒップを眺めていたところを見つかってしまった。彼女が体を起こし、にらみつける。「私のこと、売春婦だと思ってるのね」

予期せぬ言葉に、ジャレットははっとした。「僕が？　何だってそんなふうに思うんだ」

「ルパートとの私の過去を知ったから」

「本当に愛した男と一度情熱を確かめ合ったぐらいでは、売春婦にはなれないぞ」

「じゃあ、どうして私にそんな態度を取るの？　あなた、これまでとは違うわ。下品な言葉で侮辱して、私を動揺させるようなことばかり言うもの」

嘘をつかれていたと知ったときに自分が感じたのと、同じような動揺を与えたかったから。魅力を感じた純朴な娘が、目的のために自分をもてあそんでいたとわかり、今でも腹が立つから。「アイルランド風ホイストの話を持ち出したのは、君のほうだぞ」

「そういうことじゃないわ。あなた、すごく冷淡で、腹を立ててる」

その言葉が彼の傷ついた心を大きく突き刺し、騙されたと怒る気持ちに火をつけた。このまま黙ってはいられない。「僕が悪いって言うのか？　嘘をついたのは君だぞ」

「ああでも言わなければ、あなたはここには来てくれなかったでしょ。他にどうしようもなかったのよ」

「だから、今もこうしているわけか」ジャレットは冷たく言った。

アナベルが体の前で腕を組む。「ええ」

「僕が怒っているのも、そこだ。僕が思っていた君は――」

「純朴な地方の娘？　貞操の堅い乙女？」アナベルが苦々しく言い返す。

「名誉を重んじる女性だ」

アナベルがジャレットをきりっとねめつける。「聞き捨てならないわ。私は実際に名誉を重んじるもの」

「自分の体を賭《か》けの対象にして、兄のエール会社を救おうとすることが、か？」

彼女の瞳が鋭く炎を放つ。「それを賭けの対象にしようと言い出したのはあなたよ、私じゃないわ」

「だが、君は受け入れた。さらに、今夜の勝負を言い出したのは君のほうだ」ジャレットが一歩彼女に近づく。「だから、どうしても考えてしまうんだ。僕たちが交わしたキスや愛撫《あいぶ》は、何もかも思いどおりに僕を動かすための手段にすぎなかったんだな、と」

アナベルは引きつった顔でびくっと後ろに下がった。「あなた、そんなふうに……まさか私が……どうかしてるわ！　私が本当にあなたに欲望を感じていたことぐらい、わかったはずよ。女性は感じているふりなんてできないわ」

抑えようとしても、顔がほくそえんでしまう。「実は、感じたふりをできるのは、女性だけなんだ」

彼女の顔に困惑の色が広がる。「どうやって？」

アナベルには、人並み外れた演技力があるのか、それとも、ルパートとかいう英雄との経験はあっても、寝室での営みにはほとんど無知なのか。どうも後者であるような気がしてきた。もしそうだとすれば……「君は本当に知らないのか？」

「私が知っているのは、これまで常にあなたのほうからキスしてきたという事実よ。あなたを思いどおりに動かそうとしていたのなら、私のやり方はずいぶんへただったことになるわ」

彼女の冷静な論理が、これまで何を言い返されても動じることのなかったジャレットの心の壁に大きなくさびを打ち込んだ。実際のところ、彼女のほうからジャレットに迫ってきたことはない。彼が迫ったのだ。それに体を使ってジャレットを操りたいのなら、彼女のほうからベッドに誘い込めば話は簡単だっただろう。痛がるそぶりをして、家畜の血でもベッドに落としておけば、彼女が処女でなかったとはわからなかった。罠《わな》にかかったジャレットは、結婚せざるを得なかった。

それなのに、納屋でのことがあってから、アナベルはジャレットを遠ざけるようになった。

「名誉については」今やアナベルは全身に怒りをみなぎらせている。「普通の人たちには許されない贅沢《ぜいたく》でしかないわ。あなたのようなお偉い貴族には、おわかりにならないでしょうね。賭博と飲酒に明け暮れ、自分が誰を傷つけているのかにも、まるで無頓着《むとんじゃく》な暮らしをロンドンで送っている方には」

「僕が誰を傷つけた?」ジャレットの中にも、また怒りがわき起こってきた。「君の兄上と違って、僕はたしなみの程度を心得ている」

「あら、そうなの？　それならなぜ、あなたはここにいるのかしら？」

その言葉が強烈な一打となって、彼のみぞおちを襲った。ここにいる理由？　アナベルのことを、本当に冷酷無情な策略家だと思っているのなら、どうして今もなお彼女とベッドをともにしたいと思うのだろう？

二人のあいだで起きたすべてが、彼女の策略によるものだと思いたくないからだ。認めたくはないが、あのすべてを大切に思っていたから。でも彼女にとっては、どうでもいいことなのだ。少なくとも本当のことを打ち明けなければ、と思うほどには大切ではなかった。

その事実が辛いのだ。

「一本とられたな、アナベル」ジャレットは静かに告げた。「僕が今ここにいるのは、君が欲しいからだ。君を求めるあまりに、僕の判断力が鈍った。そこで僕からもたずねたい。君はどうしてここにいる？」

彼女が大きく目を見開く。「あなたにレイク・エールを助けてもらいたいからよ」

「それが、そんなに大切なことなのか？　自分の体を売ってまで？」

「私は体を売っているわけじゃないわ」彼女の顔から血の色が消える。「賭けをするだけよ。その勝負に、勝ちたいと思っている」

「ほう、負ける可能性もあるんだがな」

「賭けには危険がつきものよ。覚悟はあるわ」

いっぱしの勝負師のような言いぐさだ。アナベルはあちこちからもっとろうそくを持ってきて、最初のろうそくの火を移した。大きな机に向かい、ろうそく立てに並べていく。そのあと、まぶしい光の後ろに腰を下ろした。机の前には椅子《いす》はひとつしかなく、窓を背にする格好になる。

ふむ。「ずいぶん考えたものだな、アナベル」ジャレットは椅子を引き、側面へと移動させた。「しかしあの窓の外は暗闇《くらやみ》で、あれを背にすると鏡を立てられたのも一緒だ。だから、椅子の配置を少々いじらせてもらうが、構わんだろうね」

アナベルは不思議そうな表情を浮かべ、窓を見た。「まあ、まったく気づかなかったわ」

「なるほどねえ」彼はポケットからトランプ札をひと組取り出し、席に着いた。

「私はいかさまなんてしないわ」ジャレットが眉《まゆ》を上げて、札を切り始めると、彼女が不満そうに言った。「それに、後ろの窓なんて、あなたの頑固な頭で隠れて何も見えやしない」

ジャレットは、思わず笑いそうになった。ああ、くそ。彼女に対して怒りを抱き続けるのは難しい。彼女がこうも……アナベルらしいことを言うと。さらに、彼女がジャレットの手札を盗み見しようとしていたとしても、非難はできない。目的を達成するには、そうするしかないと思っているのだろう。ジャレットとベッドをともにしないで済むためには。

そう考えると、また腹が立ってきたが、今回はアナベルに対する怒りではなかった。

「ひとつ教えてもらいたいんだが、君の肩に現在のような責任がのしかかるようになったのはいつ頃からなんだ？　レイク・エールを救うために自分も仕事をしなければと思うようになって、どれぐらいだ？」

アナベルがさっと視線を上げた。その目には警戒感が浮かんでいた。「どういう意味？」

「君の兄は、三年前にレイク・エールを相続した。それ以来ずっと、兄の職務怠慢を君の力で隠し続けてきたのか？　あるいは、それ以前から君は仕事をしていたのか？」

「実は……」彼女は言いよどんだが、すぐに背筋を伸ばして話し始めた。「実を言うと、三年前父が亡くなったとき、ヒューがレイク・エールを相続したわけじゃないの。父は独身の弟に会社を譲ったのよ。遺言では、会社の売り上げは、私たちきょうだいと叔父が半分ずつ得ることになっていたのだけど、所有者は叔父になっていたの」

ジャレットは札を切る手を止めた。イングランドにはそういう相続慣習はない。長子相続権は絶対的なものであり、遺産はもっとも年長の息子がそのまま相続する。そうしなかったということは、何か非常に大きな問題があったのだ。「いったいどうしてまた、君の父上はそんなことをしたんだ?」

「理由はいろいろあるの。ヒューと父は、性格がまったく違っていて――兄はもの静かで、穏やかにものごとに対処するの。二人はことごとく衝突していたわ。ヒューにはすぐれた経営手腕があるのよ。でも、自分の勘を信じないの。一方父は……強引なところのある人だった。大胆さが足りないって、いつもヒューを叱《しか》り飛ばしてた。だから、叔父がこの会社を経営し、私たちがその利益を得るほうが、みんなにとって幸せだと父は思ったんでしょうね」

ジャレットは札をアナベルの前に置いた。「ヒューもその意見に賛成していたのか?」

アナベルが札を見下ろす。「まさか。兄は裏切られたみたいに感じてた」

当然だろう。自分の父親が自分には家業をやっていける能力がないと考えていたと知れば、その男には手ひどくこたえるだろう。

あのときのジャレットと同じだ。プラムツリー・ビールをジャレットには経営させる気がばばさまにはないと知ったときの気持ちをジャレットは思い出した。

あのときの心の痛みは、いまだにジャレットを苦しめる。さらに今になっても、ばばさまは病気になるまではジャレットに会社をまかせようとは思わなかったのだ。

そこで、はっとした。ヒュー・レイクのような男に共感を覚えた自分に腹が立った。この男は飲んだくれだ。自分は違う。

そう、ジャレットはただ根無し草の賭博師だ。家業を継ぐには、そっちのほうがいいんだ。

苛立《いらだ》ちが募り、ジャレットは冗談めかした口調を作った。「まあ、現在は会社も君の兄のものになったようだが」

アナベルが札を切り、札を一枚取って見せてから、ジャレットに返した。「ええ、叔父は結婚しないまま亡くなったの。ヒューを相続人にしていたから、結局はヒューが所有することになったわ」

ジャレットも札を取った。彼のほうが数の小さな札だったので、どちらが親になるかはジャレットが決められる。先に相手に親をさせたほうが有利なので、彼はアナベルに親を譲った。「それ以来、ヒューは酒を飲むようになったのか？」

「いいえ。最初はうまくいっていたのよ。ところがロシア市場でエールが売れなくなり始めた」女性にはめったに見慣れない見事な手さばきで、彼女が札を配る。「ヒューは会社を何とかしようと努力して――結局うまくいかなくて、財政状態が厳しくなるにつれ、自分のせいだと思い込むようになっていった。そこからよ、飲酒が始まったのは」

こういった状況に陥ったとき、自分ならどうするのだろうと、ジャレットはつい考えてしまった。そして考えたこと自体に、また腹が立った。「僕の共感を得ようとして、こういう話をしているのか？　こう言えば、僕が君の兄上を気の毒に思うとでも？」そして、アナベルのこともかわいそうに感じるとでも？

「質問されたから、答えただけよ」自分の手札を手に取る。「それに、今回の件に関しては、ヒューには何の罪もないことをわかってもらいたかったの。私たちがロンドンに行ったのは、ジョーディの学校捜しのためだと思っていたのよ」

このちょっとした情報に、ジャレットは驚いた。「君の計画を、ヒューは何も知らなかったのか？」

「インド市場でエールを売ろうと言い出したのは兄よ。それで東インド会社の船長に会いに行ったのだけど、話し合いはうまくいかなかったの。それ以来、インド市場のことはまったく口にしなくなった。自分は失敗するんだと思い込んでしまったから。それでシシーと相談したの。プラムツリー・ビールのような大会社と共同で事業を始めるとなれば、兄にも成功する自信がわいてくるんじゃないかと」

「共同事業の相手に、ずいぶん大きな期待を抱いたものだな」

ジャレットの指摘に、アナベルは重い息を吐いた。「ええ。でも、何かしなければならなかったのよ」手札を持ったまま、しっかりとジャレットの目を見る。「私が言いたいのは、兄が病気だと私があなたに言うつもりだって、ヒュー本人は知らなかった、という点なの。最初に賭けをしたことも知らないし、当然、今こうやって賭けているることも知らない。知ったら、あなたのことなんてこの町から追い出すはずよ」そこで鋭い口調になる。「それから、あなたを無理やり教会に連れて行ったりはしないわ。あなたの推測は間違いよ。だから、この点に関しては心配しなくていいの」

「心配はしていない」ジャレットは威嚇的にアナベルを見下ろした。「僕がしたくないことを、僕に無理強いさせられる者はひとりもいない」

「はい、はい。それにはちゃんと気づいていたわよ」辛らつな口調が返ってくる。「あなたは自分の好きなように、好きなことをするんですものね。他の人の気持ちなんてお構いなしに。最初からそれぐらいはわかっていたわ」

彼女の言うことが正しいとはわかっても、実際に言われると胸にこたえる。「僕と知り合ってまだ、何日も経ってないくせに、僕のことなら何もかもわかったような口をきくなよ」ジャレットは自分の手札を取った。「君が知っているのは、ゴシップ欄《らん》が伝えることだけだろ」

「あら、誰のせいでそういうことになったのかしら?」アナベルが穏やかに言った。「あなたの口から、私に何か話してくれた? あなたがどういう人だかもさっぱりわからないのよ。本当の姿、なんて知るはずがないでしょう。あなたが何も言ってくれないのに、何も知らないくせに、と私を責めるのは間違っていない？」

ジャレットはうろたえた。彼女の言い分はもっともだ。これまでの人生、婚約者のこと、アナベルは多くを語ってくれたのに、ジャレットのほうは自分についてほとんど話していない。

けれど、誰かが自分について知ろうとするとき、その相手には共感を得ようという魂胆がある。それは、わかっている。ではなぜ、アナベルが兄についての悲しい話をしたあと、いつの間にかヒュー・レイクに対する同情がわいてしまったのだろう。おそらく彼女はまさにそういった効果を狙《ねら》っていたのに。

自分が愚かだからだ。ヒュー・レイクの気持ちが、自分には痛いほどわかるから。ジャレットも同じだったから。

いや、そんなことなど気にすまい。気にしてたまるか。アナベルの計画は、当初からばかげたものだった。全体像が見えた今、なおさら常軌を逸した提案だったことがわかる。

それでシシーと相談したの。プラムツリー・ビールのような大会社と共同で事業を始めるとなれば、兄にも成功する自信がわいてくるんじゃないかと。

ああ、くそ、ジャレットは小さくつぶやいた。ヒュー・レイクが自信を失っていたところで、それはジャレットの問題ではないのだ。

「手が悪かったの？」アナベルがたずねた。

「いや」ピケの手札など、ジャレットの目には入っていなかった。他にも気になることがあり、集中できなかったのだ。彼は手札を机に置いた。「君はどうして、兄上のことをここまで心配するんだ？　妹を犠牲にすることなど、彼は望んでいない、さっきそう言っていたよな？　なのにどうして、自分から犠牲になろうとする？」

アナベルは大きく息を吸い、視線を下げた。「私たちみんな、ヒューが頼りなのよ」

「君はどこかに嫁げばいいじゃないか。夕食会で聞いたぞ、君には何度か縁談があったのに、すべて君のほうから断ったと。結婚してレイク家を離れれば、こういう問題に煩わされることはない。そうすれば、ヒュー・レイクも仕方なく自分で自分の家族を守ろうとするだろう。どうしてもだめなら、君の婚家に引き取って面倒をみてもいい」

「私は、結婚できる体ではないのよ」

恥辱の思いが彼女の顔に浮かび、ジャレットは胸を締めつけられた。「まっとうな男なら、どういった状況でそうなったかを知れば何も問題にはしないさ。結婚を控えた男女なら、式を挙げる前につい……夢中になってしまうのは、珍しいことじゃない」彼女の顔がさらに赤くなり、手が震えるのが見えた。何かある。彼女はまだすべてを話したわけではないのだ。「違うんだな？　他にも事情があるんだ。兄のためにそこまでする本当の理由は何だ？」

「ヒューと父さまの仲が決定的にこじれたのは、私のせいだからよ！」彼女の顔が苦悩に歪《ゆが》む。「せめてこれぐらいの罪ほろぼしをしなきゃならないの。この話は、もういいでしょ？」

ジャレットはじっとアナベルを見た。「どうして君のせいなんだ？」

動揺しながらも、彼女は見事な手さばきで札を並べた。「当時ヒューとシシーが結婚したばかりで、私は新居を訪ねていたの。そのときなのよ、ルパートと私が……わかるでしょ。私がこっそり家に戻るところを、ヒューが見つけた。もう取り返しがつかないと悟ったヒューはすぐに、式を挙げさせようとルパートのところに駆けつけたのだけど、ルパートの部隊はもうフランスへ向けて出発したあとだった」消え入りそうに語る彼女の口調が痛々しかった。「父さまは激怒して、どうしてちゃんと目を光らせていなかったと兄をひどく責めた。あれですべてが変わってしまったの。それ以来、父の兄に対する態度はどうしようもなく厳しくなった」

「君たち二人とも、責められるいわれはないじゃないか」ジャレットはぴしりと言った。「ヒューが気をつけていたらそんなことにはならなかったと、君の父上は本当に思っていたのか？　僕には妹が二人いるんだが、妹がこっそりと男性に会うと決めたのなら、それを止める手だてはないね。部屋に閉じ込めて鍵でもかけるしかない」ふとジャイルズ・マスターズのことを思い出した。「本当に閉じ込めておきたくなることもあるよ。とにかく、君の父上には、ヒューを責める権利などない」

「ええ、わかっているわ。私を責めるべきだったのよ」

「違う！　何でわからないんだ？　責められるべきは、君の体を奪っておきながら、その結果どういう事態になるかを考えなかった男だ」

その結果、アナベルがどれほどの重荷を背負わされるようになったかに初めて思い至り、ジャレットはみぞおちを殴られた気分になった。彼女は尼僧のような暮らしを強いられている。家族の面倒をみながらも、自分の家庭を持てず自宅と呼べる家さえない。それらすべてが、男と過ごしたたった一夜に起因するのだ。

ジャレットは低い声で言った。「ルパートの罪を君がすべて背負う理由はないんだ。あるいは父上の罪を。さらには、兄上の罪も」

「違うわ」悲しそうな笑みを浮かべて、アナベルがつぶやいた。「私は自分で犯した罪を背負っているのよ」

「君には何の罪もない」彼はそう言い放った。

「以前は、違うことを言っていなかったかしら？」

ジャレットは言葉に詰まった。ああ、くそ。アナベルがレイク家の事情を明らかにしていくにつれ、彼女に対する印象が変わっていく。また彼の怒りの対象も移っていった。アナベル本人に対する怒りより、彼女のために腹を立てるようになってきたのだ。

また愚かな間違いをしでかしてしまうのか？　それとも、この話が真実で、彼女の行動は理解できるものだろうか？

アナベルはいったいどういう女性なのだろう？　知りたくなって、彼女を凝視した。しかし、アナベルのような女性を理解するのは、不可能だ。あちこちに矛盾を抱え――純真でありながら世慣れたところがあり、思ったことを何でも言うのに、隠しごとが多い。そんなすべてがジャレットを魅了する。

ちくしょう。

ジャレットに凝視されて落ち着かない気分になったのだろう、アナベルは机に並べた札を示して言った。「ピケを続けるの？　それともひと晩じゅう、私に質問をぶつける気？」

ジャレットは指先で札をとんとん叩《たた》いた。急にこんな賭けに応じなければよかったと思い始めた。こうなれば、わかったよ、レイク・エールを支援する、とでも言わないかぎり、この勝負を終わらせるしかない。そして支援する気はない。つまり、この勝負に勝たねばならないのだ。

ただ、平たく言えば、アナベルは頼りない兄のために自分の体を差し出しているわけだ。その事実を知った以上、彼女の体を奪う気にはどうしてもなれない。もう遅い。逃げ道はない。「続けよう」

何より、もう勝負は始まっているのだから。

集中するんだ、と彼は自分に言い聞かせた。ピケは複雑なゲームで、思考力が試される。おしゃべりは邪魔だ。アナベルもそのことに気づいたようで、二人は手を宣告するなどのゲームの進行に必要な言葉の他は無言でピケを続けた。

それでもジャレットは、良心の叫びを静めることはできなかった。

アナベルはこうしなければ生きていけないのだ。必要に迫られてこうやっているだけ。また、男の欲望のはけ口となり、その男は彼女のもとを去る。彼女をそんな目に遭わせていいのか？

そう思うと落ち着かない気分になったが、ジャレットは良心の声を頭から追い出して勝負に集中した。こんな賭けに応じたのがばかだった。しかし、かわいそうな話を聞いたからというだけの理由で、頼りない兄とこのいまいましい醸造所を救うため、プラムツリー・ビールの経営を危機にさらすわけにはいかない。

運はジャレットに味方した。すばらしい手だった。引いた札も、さらにいい。彼は満足しながらも厳しい表情で札を見た。今回、負けることはない。助かった。ジャレット最初にお互いの手役の枚数を宣言したときに、勝負はもうついていた。ジャレットのルピークで、彼女の0点に対して、彼には30点とルピークによる60点が加えられた。こうなればもう相手に打ち負かされることはないが、それでもアナベルは最後まで懸命に闘った。彼女の腕は相当なもので、その手なみにジャレットは感心さえした。しかし、ピケでジャレットに勝てる者はいない。

当然の結末だった。その後すべての回でジャレットは点数を重ね、カポによる40点が加えられた。彼が勝つたびに、アナベルの顔が青ざめていった。規定の回が終わり、ジャレットの圧倒的な勝利となった。当然だろう。アナベルは笑みを浮かべようとしたが、その瞳に絶望感が光った。

「あなたの勝ちだわ」無感動をよそおって、彼女が告げた。

「言っただろ、僕が勝つって」

「ええ、確かに」彼女は目を合わそうとはしない。トランプ札を集める手が震えている。その姿が迷子になった少女みたいに見えた。

そこでジャレットの口から出た言葉も、当然のものだった。「賭けの負けを支払ってもらう気はない。この件は、これで終わりだ」

ジャレットは妙に穏やかな気分だった。こうすることが正しいのだ。二人ともわかっている。「僕の望みはただ、君の兄上とのいまいましい契約から解放されることだけだったんだ。これでもう話は済んだ。だからもう、君が僕とベッドをともにする必要はない。家に帰るんだ」

17

アナベルは自分の耳が信じられず、ジャレットを見つめた。一時間前なら、この申し出に飛びついていただろう。幸運だった、自分の体を奪うことで怒りをぶつけようとする男性と、一夜を過ごさずに済んだと、ほっとしただろう。

しかし、今夜彼と話をしているうちに、いつしか何かが変わった。彼が変わったのだ。いろんな話をしたあとで、すっかり態度がやさしくなり……

「気を遣ってもらう必要はないの。賭《か》けに負けたんだから、借りは返すわ」借りを返す、という言葉に、彼が顔をしかめたので、アナベルはすぐに言い足した。「私なんて名誉を重んじる女性ではないと思っているのでしょうけど――」

「名誉とは関係ないんだ」彼の全身が強ばっていた。彼の表情が険しい。「借りなら返してもらわなくてもいい。僕はその権利を放棄する。僕が勝ったのだから、決めるのは僕だ」

「放棄してもらいたくないのよ！　この賭けを言い出したのは私よ。私を哀れに思ったから権利を放棄するだなんて、嫌よ」

「僕だって嫌だ。こんな愚かな約束の一部として、君が僕と体の関係を持つのは」ジャレットは立ち上がり、前に身を乗り出した。彼の瞳《ひとみ》で嵐《あらし》が吹き荒れていた。「僕が君をベッドに迎えるのは、君がそうしたいと決めたときだ。家族を、あるいは兄や、いまいましい醸造所を救うための無益な計画の一部としてではなく」

その瞬間、アナベルは理解した。彼の自尊心を傷つけてしまったのだ。キスや愛撫《あいぶ》は、自分を思いどおりに動かすための手段にすぎなかったんだな、という彼の言葉を思い出す。自分に向けられたひどい言葉だと思ったが、あのときに気づくべきだった。アナベルと結婚する気はないのだろうが、自分がただ目的のための手段として利用されたと思って怒っている。

理由はわからないが、なぜかアナベルは温かな気持ちになった。その程度ではあれ、彼はアナベルのことを想ってくれている。「計画の一部でなければ、どうなの?」

彼がぴたっと動きを止めた。ふと、言葉がうまく伝わっていないのではないかとアナベルは思った。すると、彼の頬《ほお》の筋肉が波打つのが見えた。いえ、はっきり伝わっている。

「計画の一部でないなら、他にどんな理由がある?」内心では激しい葛藤《かっとう》があるはずなのに、ジャレットは静かな声でたずねた。

アナベルの頬が熱くなる。「どうしても……どうしても言わなければならないかしら？」

彼は表情を変えなかったが、その瞳が欲望に燃え上がっていた。「ああ。悪いが、言ってもらおう」

この際逃げ出そうかと、アナベルは思った。逃げる機会を与えてもらったのだ。今ならここを立ち去れる。ところが、彼の欲望が、恐怖に凍ったアナベルの心に火をつけた。彼女自身の欲望が燃え上がる。ルパートのときは、こんなふうには感じなかった。だめ、これほどすてきで、傲慢《ごうまん》な貴族が官能の火花を散らせたからと言って、燃え上がってしまってはいけない。これまでの人生のほとんどを、そんな事態を避けることに費やしてきた。いずれその炎で焼きつくされてしまうのは、わかっているから。けれどアナベルの中ではもう手がつけられないほど炎が高く舞い上がっていた。逃げたところでこの炎は消せない。そもそも、約束を破ってはいけないのだ。

アナベルは、震える脚で机の向こう側に回った。「男性と最後に肌を触れ合ってから、もう十三年も経つのよ。それからずっと、またあの体験をしたいとは思ったことはなかった――自分にそう言い聞かせていたの。このままでじゅうぶん満足だ、男性からキスされたり触れられたりする必要はないと。でも、あなたが現われて……何もかもが……変わって……」

アナベルの声が震えた。ジャレットがアナベルの前まで来る。

「話を続けて」官能的な低い声でささやかれ、アナベルの膝《ひざ》から力が抜けていった。ほんのすぐそばにジャレットが立った。アナベルの頬を撫《な》で、指をゆっくりと首に下ろしていく。興奮をあおられ、アナベルの思考が動きを止める。

「だ、抱いて」しっかりと目を合わせて、アナベルは本心を告げた。彼の視線が熱い。

「私に触れて、私の体を――」

言い終わる前に、彼の唇が重ねられていた。指を大きく開いてアナベルの後頭部をつかみ、顔を固定してキスする。炎のキスが彼女を燃え上がらせていくが、同時にやさしさも感じ取れる。彼が古代の征服者のようにアナベルの唇を奪う。すべてを焼きつくし、あとに残るのは征服されたのだという感覚だけ。アナベルの口の隅々まで、彼がここは自分のものだと主張していく。

アナベルは彼の上着の襟をぎゅっとつかみ、体を近づけた。すると彼の口が激しくアナベルをむさぼり始め、やがて舌が出し入れされ、二人の体がもうすぐ始めるのと同じ動きをする。

唇をむさぼるいっぽう、彼は空いた手でアナベルのドレスの襟ぐりを下ろした。ドレスは袖《そで》が肩に引っかかる程度のデザインが流行した当時に作られたものだったので、彼は何の苦もなく乳房をむき出しにした。すぐに彼の指が胸をいたぶり始める。

快感が体を駆け抜けた衝撃で、アナベルは今二人がどこにいるのかを思い出した。醸造所に誰もいないことはわかっているが、窓のすぐ前に立っている。ジャレットに愛撫されているところを外から誰でものぞけるのだ。これでは安心できない。「待って」そうつぶやいて、彼女は体を離した。

「だめだ！」ジャレットが怒鳴る。「逃げる機会は与えた。機会を逸したのは、君のせいだ」

「逃げるなんて、誰が言ったの？」

彼の視線が炎で輝き、密度の濃い熱でアナベルを燃え上がらせる。彼女は期待に胸を高鳴らせ、ろうそく立てをつかむと、もう一方の手で彼の手を引いて部屋の奥の扉へと案内した。扉を開けて彼を中に引き入れると、彼がくすっと笑い声を漏らした。小さな寝台と書き物机がある部屋を見て驚いたのだろう。

「醸造所が夜間も操業しているときには」ストーブに火をおこしながら説明する。「ウォルタースさんがここを仮眠室として使っていたの。最近は使っていないけれど、清潔にしているわ。机の上よりは、ずっと快適なはずよ」

ろうそく立てを置きに机に向かうと、ジャレットがすぐ後ろをついて来た。背中からアナベルの腰に腕を回す。「醸造所で勝負したかったのは、こういうわけだったのか」彼がアナベルの髪に唇を寄せる。「どうやら、前もって準備を整えていたようだな」

首筋のやわらかな部分、ちょうど脈を感じるところにキスされて、アナベルの呼吸が荒くなった。脈は激しく乱れ打っている。「忘れたの……」あえいで、声がうまく出ない。「あなたが勝つとは思っていなかったのよ」

「いや、僕が勝つと思っていたはずだ」彼の手がそっと滑り、乳房を持ち上げる。アナベルの鼓動がさらに速くなった。「教えてくれ、アナベル・レイク。僕に勝ちを譲ったのか?」

「何ですって?」アナベルは体をねじって、彼のほうを向いた。激しく言い返す言葉が喉元《のどもと》まで出たのだが、そのとき彼の暗い瞳できらりと光るものが見えた。ああ、そうだった。ロンドンの酒場で、自分が同じことを言ったのだ。

アナベルは腕を袖から抜き、片眉《まゆ》を上げてみせた。「まあ、ジャレットさま、どうしてわたくしがそのようなまねをするのでしょうか?」

コルセットだけのアナベルを見て、彼の視線がさらに燃え上がる。「あくたれ《ヘリオン》とベッドをともにしたいのに、そう認めるのが嫌だったから」

「あなたはそんなにヘリオンなの?」これは真剣な質問だった。「本当は紳士なのに、そう認めるのが嫌なだけではないのかしら」

ジャレットがアナベルの体の向きを変えて、ドレスの紐《ひも》をほどいていく。「そんなふうに思う女性は、君が初めてだ」ドレスを完全に取り去って、床に落とす。

彼の唇がむき出しの肩の上を移動していき、アナベルの体にぞくっと興奮が走った。

「でも、あなたとベッドをともにするのは、初めての女性ではないわね」

コルセットを緩めようとしていた彼の指が止まる。「ああ」

「これまで、何人の女性がいたの？」彼にとって、これは特別の意味を持つのではないと肝に銘じておきたくて、アナベルはたずねた。特別だと勘違いして、あとで何の意味もなかったのだとわかったら、傷ついてしまうのはわかっていた。

「何百人か」コルセットを外し、横にほうり投げながら、ジャレットが自嘲《じちょう》ぎみに言った。「何千人か」

「そんなにたくさん？」彼の軽い調子に合わせた。

「ゴシップ欄《らん》に書かれているとおりなら、ロンドンの女性の半分は僕と関係を持っているらしい」彼の手がアナベルの脇《わき》を滑り下りてヒップをつかむ。そして低く聞こえないぐらいの声で付け加えた。「でも、君みたいにきれいな女性はいなかった」

「まあ、それこそ私が今まで耳にした中でも、いちばんの嘘《うそ》だわ」また彼の正面を向いて言う。

しかし、ほとんど何も身にまとわないアナベルの全身をむさぼるように眺める彼の瞳が暗く真剣で、アナベルは嘘ではありませんようにと祈ってしまった。ジャレットが静かに告げた。「僕はけっして女性に嘘をつかない」

心臓が喉から飛び出しそうにどきどきした。「絶対に？」

「嘘をつく必要なんてなかったからさ」彼の表情は真剣そのものだった。「僕が体の関係を持つのは、たいていが酒場の女給か、貞操観念のない上流社会のレディだ。こういう女性は、何かを期待したり、約束を求めたり、さらにはやさしい言葉も必要としない」彼の手の甲がアナベルの頬をそっと撫でる。「快楽を味わいたいだけなんだ。あるいは、金が欲しいか」

アナベルにはとても信じられなかった。「では、私はそのどちらなのかしら？　酒場の女給、それとも貞操観念のないレディ？」

「どちらでもない」彼が悲しそうな笑顔を向けた。「君みたいな女性は、他にいない。君は君だけなんだ」手を伸ばしてアナベルの髪に指を入れ、ピンを抜いた。「大地をつかさどる天女と言うか——ケレスとかデメトレみたいな豊穣《ほうじょう》の女神だな」

「二人とも多産の象徴でもあるわ。これから私たちが何をするかを考えれば、あまりいいたとえではないわね」

ジャレットが笑った。

「神話の女神にたとえられるなら、ミネルバがいいわ。頭がよくて美しい商売の神様だもの」

「悪いがそれはだめだ」アナベルの髪を肩に垂らして広げながら、ジャレットが言う。

アナベルはがっかりした。「ミネルバは処女だから？」

「違う。僕の妹がミネルバ神にちなんでその名を付けられたからだ」シュミーズの紐がほどかれていく。「僕の君に対する感情は、兄が妹に抱く気持ちとはまったく違うんだよ、いとしい君《ディアリング》」

ディアリング。特別のやさしさを持つ呼びかけに、アナベルの胸に熱いものがこみ上げてきた。この一日、いろんなことがあったのに、彼はまだ自分をこんなふうに呼んでくれる。

シュミーズを脱がそうとする彼の手を、アナベルが制した。「これはあとよ。次はあなたの番」

ジャレットの目がきらりと光る。彼は厚手の上着を脱ぎ、チョッキを取り、まとめて机にほうり投げた。クラバットとズボン吊《つ》りがすぐにその上に重ねられる。シャツも脱いだ彼の姿を見た瞬間、アナベルは息をのんだ。黒い胸毛のある裸身は、筋肉の線がくっきりと浮かんでいる。怠惰な貴族だと思っていたのに、この体はとてもそうは見えない。ほっそりとして無駄な肉がいっさいなく、ギリシャ神話からそのまま飛び出したような体。アポロ神でさえ、これほど鍛え上げた肉体を持ってはいないだろう。

「気に入ったかい？」ジャレットはぞんざいな口調で言うと、シャツを横に置いて、椅子《いす》に座りブーツを脱ぎ始めた。

「さあ、どうかしら」少しからかってみる。

彼の瞳がかげる。椅子にもたれて脚を広げると、アナベルに声をかけた。「からかう気だな？　さあ、おいで」

彼の体の中央で厚手のズボンを高く押し上げる興奮のしるしを目にして、アナベルの口の中がからからに渇いた。「あら、私は女神だったはずでしょ」冗談めかしてから、言われたとおり彼に近づいて行く。

「うん、だが何の女神かはまだ決めてなかった」アナベルがじゅうぶん近づいたところで、彼は身を乗り出して彼女を引き寄せ、腿《もも》のあいだに立たせた。「どうだろうな、やっぱり君にはヴィーナスがいちばん合うんじゃないかと思う」乳房に軽く触れる。

「美の女神だ」

愛の女神でもあるわ、とアナベルは心でつぶやいた。声に出す勇気まではない。彼のやさしさに、彼の情熱に、何だか涙がこみ上げてきていたのだ。怒っているときの彼より、もっと危険だ。

彼の頭を胸元に抱き寄せ、アナベルは神に祈った。今夜、差し出すのは体だけでありますように。彼は心など求めていない。だから、心を捧《ささ》げれば、踏み潰《つぶ》されてしまうだけ。

ジャレットは舌で胸の先を舐《な》めてから、歯で頂の部分を軽く引っ張った。アナベルのお腹《なか》の下のほうへと快感が駆け下りる。彼は自分がどれほどアナベルを感じさせることができるのかに気づいたのか、手をシュミーズの下へ滑らせて、下穿《したば》きの切れ目から指を入れた。すっかり濡《ぬ》れて彼を待ち焦がれている場所へ。

「すごい」乳房に頬を寄せながら、彼がつぶやく。「熱したシルクみたいだ。温かくなって僕に触れてもらいたがっている」

触れてもらいたがっているのは、彼も同様だった。アナベルが膝で彼の脚のあいだを撫でると、彼は低く、うっと声を上げた。彼がアナベルを引き寄せて自分の膝に抱え上げ、ズボンの分厚い布に押さえられた自分のものに、アナベルの大切な場所を擦りつけて窮屈だと訴える。彼が腰を揺すると、ズボンの滑らかな生地がやさしく彼女を刺激していく。

ジャレットはまた乳房へのキスに戻った。舌と歯で先端をいたぶっては、もう一方の乳房に移って強く吸い上げる。その間も腰を何度も突き上げ、アナベルの快感をさらに高めるので、彼女は体の内側からとろけて熱い液体になっていくような気がした。

いつの間にか、アナベルは体をのけぞらせ、上体を彼の腕に支えられるだけの格好になっていた。触れてほしくてたまらなかった脚のあいだの小さなボタンは、もう彼にもてあそばれるままになっている。彼の口と手の両方で責め上げられ、体の奥で強烈な快感が積み重なり、アナベルは大声で叫んでしまいそうだった。あえぐ声が荒くなり、もっと、もっと、と彼の手に体を押しつけていた。

「間違いなくヴィーナスだ」ジャレットが、アナベルを楽器のように奏でる。アポロが金色のたて琴をつま弾くように。

「ジャレット……」息が苦しい。「助けて」

「助けてやろう、僕のヴィーナス。女神にふさわしい場所は天国だ。天国を見せてあげる」彼の指が一本、そしてさらに一本、ぬめりを帯びたアナベルの体へ入ってくる。

「ああ、すごく締まる。もう我慢できそうにない。君の中に入りたくてたまらないんだ」

「我慢する必要はないわ」アナベルは手を伸ばして、急いでズボンの前を開けようとした。「もう待たないで」

ジャレットが荒く大きく息を吐き、アナベルを膝から下ろすと、立ち上がってズボン、下穿き、靴下を脱いだ。その姿を見て、アナベルは目を見はった。ほっそりした腰、きれいに浮き出る腱《けん》、薄い体毛で覆われた筋肉、そして鍛え上げられた腿のあいだに……

ああ、どうしよう。納屋のときは、薄暗かったこともあり彼のものは半分ぐらいしか見えていなかったのだ。今、すべてをはっきりと目にした。完全に勃起《ぼっき》し、黒い毛の中から屹立《きつりつ》した重々しく暗いその全体像が見える。

ルパートは細身で、彼のものは長かったのだが、親指と人さし指を回せるぐらいの太さしかなかった。ジャレットのはその倍以上はゆうに太く、見つめているあいだにもますます大きくなっていくように思える。

「君も下着を取れ」うなるような声で彼が命じる。「僕も君の全身を見たい」

アナベルは下穿きを脱いで横に置いたが、最後に体を隠すシュミーズを取り去ることを躊躇《ちゆうちよ》した。お腹に妊娠線が残ったのだが、ジャレットに気づかれるだろうか？　線を見て、それが何を意味するか、彼は察知するだろうか？

ただ、もう選択肢はない。シュミーズを脱ぐのを嫌がれば、彼はその理由を知りたがる。ろうそくの明かりだけなので、妊娠線は見えないかもしれない。

ためらっているうちに、ジャレットが近づきシュミーズを引っ張って脱がしてしまった。「君が恥ずかしがり屋だとは知らなかったよ、ディアリング」彼が自分を見る熱い視線が、はっきりと称賛に満ちている。アナベルは息を忘れた。「とにかく、恥ずかしがる必要はまったくない。君は想像以上にきれいだ」

ジャレットがアナベルの腰を引き寄せ、彼の興奮のしるしがアナベルの腹部に押しつけられる。そこで彼女は思い出した。これ以上先に進む前に、確かめておかなければばならないことがある。

「予防措置がある、そう言っていたわね？」おずおずと口にしてみた。

「ああ、そうだ」ジャレットは体を離し、机に置いた上着のポケットを探り始めた。

「何をしているの？」不思議に思って、アナベルはたずねた。

ジャレットはポケットから何かを取り出すと、それを明かりの下へ持っていく。

「予防措置を取るのさ」

絹みたいなものでできた細長い管が彼の指からぶら下がっているのを見て、アナベルはまったくわけがわからなくなった。「でも、違うわ……ルパートのやり方とは……いえ、あの……」

「ルパートのやり方とは」ジャレットは屹立した自分のものにその管をかぶせている。

「出す寸前に抜くんだろ？」

「ええ。それで防げるんだって……子どもはできないって、ルパートが言ったの」

「確実な方法とは言えないな」管の根元をしっかり結わえてから、彼はアナベルのほうに戻って来た。「そのときはうまくいったのかもしれないが、運がよかっただけだよ。うまくいかない場合も多い」

うまくいかない場合なら、アナベルは誰よりも知っている。ごくっと唾《つば》を飲んで、アナベルは実に奇妙な様子になった彼のものを顎《あご》で示した。「それは、うまくいくの？」

彼が軽くにやっとした。「これはカンドムというものなんだが、僕のこれまでの経験では、これを使えば常にうまくいった」彼が腕を伸ばして、アナベルを抱き寄せる。「僕にまかせてくれ。これならまず可能性はない。大丈夫だから」

そうであればいいのだが。多産の女神にたとえられたことで、アナベルは神経質になっていた。今夜さらに豊穣の恵みを授かるのだけは、勘弁してもらいたい。

ところが、彼にベッドへと促され、その間も唇を重ねているうちに、彼の妻として子どもを産むのはどんな感じなのだろうとアナベルは考えていた。シシーのすべてのお産でヒューがしたように、ジャレットもずっと妻の傍らに寄り添うのだろうか。それとも、苛々《いらいら》しながら廊下で待つのか。子どもの誕生を喜ぶのだろうか、あるいは妻が子どもの世話にかかりきりになり、その体を独占できなくなったと機嫌が悪くなるのか。ジャレットはきっとすばらしい父親になる――ジョーディに接する態度を見れば、それぐらいはすぐにわかる。

だめ、そんなことを考えては。アナベルは自分にそう言い聞かせた。女性たちに古くから伝わる話では、赤ん坊の夢は、妊娠の前兆なのだそうだ。それなら、子どもを授かることを考えながら、体の関係を持てばどうなることか。きっと困った事態になるだろう。

しかし、彼と一緒にベッドに倒れ込むと、いろんな考えに悩まされる心配は消えた。彼に足を開かされ、下半身を愛撫されながら、胸、肩、喉にキスを浴びせられる。

「僕のヴィーナスなら、ひと晩じゅうでも味わっていられる。君は、はちみつみたいな味がする」

そのささやきに満ちた真剣さに、アナベルは涙ぐみそうになった。処女ではないとわかっているのに、これほど丁寧な扱いをしてくれる男性がいるものだろうか？　このやさしさに、押しつぶされてしまいそうな気がする。

一方で、彼の体のほうはやさしさばかりではなかった。アナベルの腿に置かれた彼のものが硬く、熱く、彼女の心には不安が広がっていった。こんなものをすべて自分の体に収めることができるのだろうか？　ルパートのものは細かったが、それでも中に入れるのはずいぶん大変だった。あのとき感じた痛みは処女だったからだとは理解しているものの、ジャレットの……あんな大きなものだと、怪我でもしてしまうのではないだろうか？

どんなに痛くても、できるだけ我慢しようとアナベルは覚悟した。中に入れば、一瞬で終わる。それが何よりの救いだ。アナベルが好きなのは、今のこの時間、キス、愛撫――体が触れ合うこと。

ジャレットが愛撫とキスを続けてくれるのが、うれしかった。彼女も大胆になり、ジャレットの体を探り始める。胸毛をくすぐり、腿の筋肉が動くのを手で感じ取り、さらには硬いヒップにまで手を伸ばした。

彼の体に力が入ったので、アナベルはそっとたずねた。「私がさわるのは、嫌なの？」

「まさか、嫌なもんか。好きなだけさわってくれ。ただ、長くは続けられなくなるだろうけど」

「よかった」実際の行為を、さっさと終わらせたかった。痛みを覚悟して思い悩みたくない。そのあと、気持ちのいいことを楽しめばいい。「あなたが欲しいの、ジャレット。私ならもう準備ができてるわ」

その口調の何かが、彼に警戒心を起こさせたようだ。アナベルの不安を感じ取ったのか、彼は体を起こし、じっと見下ろす。「大丈夫か？」

アナベルは作り笑いを浮かべた。「ただ……ずいぶん昔のことだったから」

ジャレットが彼女の心を読み取ろうと見つめる。「君は若かった。そして相手の男も若かった。君たち二人とも、何をどうしていいのか、わかっていなかった。そうだね？」

アナベルはうなずいた。

「だから、痛かった」

「今度は痛くないってわかってるのよ」慌てて言いわけする。「怖くなんかないわ」

彼が苦笑いを見せた。「君は見るからに怖がっている。だがな、怖がることなんて何にもないんだ、ディアリング。僕を信じてくれ」彼が頭を倒し、アナベルの顎に鼻先をすりつけながら、腰を持ち上げ興奮したものの先端をアナベルの体の入り口へと押しつけた。「僕を信じて……」そっと、本当にゆっくりと滑り入れるあいだも、ずっとつぶやき続ける。「僕を信じて……」最後にもう一度言って、腰を突き出し、するりとアナベルの中へと入った。

「あっ、ああ」アナベルの全身に安堵感《あんどかん》が広がった。確かに慣れないもので体が満たされている感覚は予想外だったが、痛みはまったくない。そして生まれた親密感が、キス以上に体を熱くしていく。「これなら……ちっとも悪くないわ」

耳元で、ふっと彼が笑うのを感じる。「これからだよ、ヴィーナス」彼が腰を引き、そしてまた突き出す。アナベルの体の奥で、熱いものがたまっていき、その熱が脚へ広がる。

ジャレットは耳に唇を寄せたままささやいた。「約束しよう、夜が終わるまでに、君はもっとしてくれと僕に懇願する。きっとな」

「いつもながら、うぬぼれ屋さんだこと」彼の言葉が火花となって血管を駆け抜けていく。「でも、私は懇願なんてしない」

「するさ」強い自信を宣言すると、彼はまた腰を大きく突き下ろした。さらにもう一度。そしてまた同じことを繰り返す。そのたびに勢いが強くなり、激しさと突き下ろす速度が増す。片方の肘《ひじ》で体重を支え、空いた手を二人の体のあいだに入れて、アナベルの体に触れる。彼女の体の奥の熱が炎となって燃え上がる。

「脚を僕の体に巻きつけるんだ、ディアリング」

アナベルがその命令に従うと、彼がさらに深く突き入れてきた。野火のように全身に炎が広がり、体全体が火の玉になっていく。「ああ、だめ……」彼がつむぐ律動に合わせて、ジャレットの体が歌い出す。

「どうだ?」

「いいわ……ああ、すごく……ジャレット……助けて……」

耳に彼の熱い息を感じる。「君はすごく締まる。やさしく、熱く、僕を締め上げる。正気を失いそうだ……」

アナベルが失いかけているのは、心だった。彼に何かささやかれるたびに、少しずつ心が引きはがされていくのを感じる。こんなにやさしくしてくれる必要など何もないのに、アナベルを大切に扱ってくれる。そんなすべてに、彼女の心がうずき、体以上に彼を求めていた。

「アナベル、ああ、もう……」ジャレットが荒い息でつぶやく。「君を天国に連れて行かせてくれ」

「もう天国にいるわ」

彼が抑えたような笑い声を上げた。「まだだ。だが、ここからが天国なんだ」

そのあと、彼は体だけで語り始めた。激しく腰を打ちつけ、脚のあいだの敏感な場所を容赦なくいたぶり続ける。やがて体の奥でたまっていたうずきが暗い快感へと変わり、そのあと激しい欲望となって渦を巻き始めた。彼女は身もだえして彼を求め、彼の背中のあちこちに指を走らせた。体の中を快感が猛烈な速度で飛び回り、何も考えられなくなる。突然快感が自分の体を飛び出して、高く甘美に舞い上がった。そこが天国だった。

アナベルは喉がかれるまで叫び続けた。腰を打ちつけていたジャレットも、歓びの声を上げる。彼の体に力が入り、頭をのけぞらせる。その顔に満足感を浮かべ、自らの欲望のすべてを彼女の中に解き放った。

至高の歓び。アナベルは恐怖にとらわれた。ジャレットをしっかり抱き寄せて、歓喜の波に洗われていくあいだ、これは大変なことになったと彼女は思った。

女たらしに心を奪われてしまった。

18

ジャレットは横になったまま、満足感にひたりきっていた。こんなに夢中になったのは初めてだった。男女間のこういう行為が、強烈なやさしさに包まれるものだとは思ってもいなかった。ひどい言葉を投げつけたあとで、アナベルが完全にすべてを捧《ささ》げてくれたことが、まだ信じられない。彼女が体を利用して、ジャレットをたぶらかそうとしていたなどと、よくも考えたものだ。あのときは頭がおかしかったのだろう。あの行為に、彼女ほど純粋な歓びを示してくれた女性は初めてだ。

彼女を絶頂へと導くのは、ジャレットにとってこの上ない喜びだった。ベッドでこんな達成感を味わえるとも思っていなかった。さて、こうなった今、彼女をどうすればいいのだろう？　明日の朝、このまま立ち去れるのか？

そう思うと、何だか胸が苦しくなった。まいった。いつの間にか、辛らつなことばかり言う女性醸造家に夢中になってしまったのか？　正気の沙汰《さた》ではない。アナベルは本当に女神で、天から舞い降りてジャレットを魅了したのかもしれない。

「ジャレット……」低くつぶやきながら、アナベルの手がジャレットの胸板を押した。ジャレットの体が重かったに違いない。女性への気配りを忘れるとは、いつもの彼らしくない。できるだけそっと腰を引いて、申しわけなさそうにアナベルを見る。

「残念ながら、このベッドは二人用じゃないね」

「ええ」彼女が小さく身震いした。

そこでまた気づいた。二人とも全裸なのだ。「寒いんだね」ベッドの足元に折りたたんであった毛布を広げ、彼女の体にかける。「ちょっとはましか？」

「ええ、ありがとう」恥ずかしそうにアナベルが言った。

彼女が恥ずかしがり屋だというのも、初めてわかった。そのせいで、彼女がさらに魅力的に見える。「まだ重いかい？」体の半分は彼女にかぶさっており、脚は絡まったまま、彼女の片方の手はジャレットの体に押しつぶされた格好になっている。

「今は重くない」アナベルは体をずらして、ジャレットを正面から見られる形に横向けになった。その瞳《ひとみ》が濡《ぬ》れていて、ジャレットははっとした。

涙を拭《ぬぐ》って、たずねた。「痛かったのか？」

彼女が首を振る。「あまりにすばらしくて、私、こんなだと……夢にも思ってなかったわ……ま、前のときは、こんなじゃなかったから……」

彼女が恥ずかしそうに言葉を濁すと、ジャレットは慰めの言葉をかけた。「最初のときは、普通、違うものなんだよ。おまけに二人とも初めてだったんだろ？　気持ちいいと感じるのは難しい」

「それだけじゃないの。あなたとだと……いえ、あなたにとっては特別なことじゃなかったのはわかってるのよ、でも――」

「しーっ」ジャレットはそっと唇を重ねた。「本当にすばらしかった。君がすばらしかったんだ」

　ほっとしたように、彼女が少しほほえんだ。「すばらしかったと褒められるべきなのは、あなたのほうだと思うわ。何をどうしていいのか、私にはまるでわからなかったもの」

「じゅうぶんわかっていたさ」

　絶頂を迎えたときの彼女の顔は、しばらく忘れられないだろう。彼女をそこに導いたのが自分だという感覚は、なんとわくわくするものだろう。みんなに自慢して回りたいぐらいだ。

　そこで、気になっていた疑問をまた思い出した。彼女の兄が、ルパートを追いかけて、二人を結婚させようとした話だ。

　ジャレットは頭を起こして頬杖《ほおづえ》をついた。「ルパートのことを教えてくれ」

　アナベルがさっと視線を落としたが、苦悩が浮かぶのがちらっと見えた。「何を知りたいの?」

いきなり核心を突かないほうがいいと考え、ジャレットは答えやすい質問から始めた。「彼との出会いは?」

彼女がほっと安堵《あんど》の息を漏らす。「ルパートのお父さんが、昔、うちで醸造所長をしていたの。奥さまを亡くして、ルパートとお兄さんを男手だけで育てていたのだけれど、ルパートが十四歳のとき、そのお父さままで亡くなった。私は十一歳だったわ。うちの父が気の毒に思って、二人に醸造所の仕事を与えたの。二人はよく、うちで夕食を一緒にしたのよ」

「つまり、昔から彼のことはよく知っていたわけだ」

アナベルがうなずく。「私は十四歳になった頃、ルパートに恋心を抱き始めた。向こうは最初、知らん顔だったのよ。その翌年、ルパートは洋服屋の助手と付き合い始めて、私はものすごく嫉妬《しっと》したわ。ある日、彼がその女性に会いに行くのを知って、腹を立てた私は籠《かご》いっぱいの魚をルパートの頭に落としたの。お尻《しり》をぶってやる、と言って彼が追いかけてきて」彼女がほほえむ。「結局、ルパートは私をぶつどころか、最後にはキスしたのよ。洋服屋の助手とはそれっきりになったわ」

のどかな田舎町のほのぼのした初恋物語に、思いのほかジャレットは感動した。十五歳の頃のアナベルが目に浮かぶ。弾ける肌につぶらな瞳、数歳年上のすてきな男の子に恋する少女。そう考えると、彼女が恋心を抱いた男への激しい憎悪がわいてきた。ほんの短い期間の恋なのに。

アナベルが話を続ける。「私が十六歳になったとき、ルパートは私の父に結婚の許しを求めたわ。父は正式な婚約までは認めてくれたけど、私が若すぎるから結婚は先のことにしなさい、と言った。そのあと、ルパートのお兄さんが戦死して、あとは前に話したとおりよ」

「全部を話してくれたわけじゃないだろ。彼が戦争に赴く前の夜に、君は家を抜け出した、そこまではわかったが」彼女の頬を包むように撫《な》でる。「わからないのは、関係を持ったあと君たちがなぜ式を挙げなかったか、だ。正式な婚約をしていたのなら、結婚すればいいだけだ」

「そんな時間がなかったのよ」ほんの小さな声でアナベルがつぶやく。「ルパートは翌日に出発したんだから」

「だが、君の兄上は、それぐらいの時間はあると考えたわけだろ、ルパートを追いかけたぐらいだから。その夜のうちに特別結婚許可書をもらい、翌朝、彼が出発するまでに大急ぎで式を挙げればいいじゃないか」

アナベルは体の向きを変え、仰向けになる。「特別許可書には、親の同意が必要でしょ」

「君の父上も、喜んで同意してくれたはずだ。婚約を認めていたんだし、体の関係ができた以上、そうするしかない。なのにどうして――」

「ルパートは私と一緒にいたくなかったのよ、もういいでしょ？」

ジャレットは目を丸くして彼女を見た。「どういう意味だ？」

彼女がほうっと息を吐き、小さな体が震える。「私たち、そういうこと――愛し合うつもりじゃなかったの。夜、別れの挨拶《あいさつ》にルパートが家に来たの。みんなでお別れを言って、そのあと私たちがキスするために、ヒューは二人だけにしてくれた」

彼女の声に苦悩がにじむ。「でも私はすごく悲しくて、彼が行ってしまうと思うと、耐えられなかったの。それで私はちっちゃなかばんに荷物をまとめ、夜中に家を抜け出したわ。ルパートについて行くつもりだったのよ。お願いだから一緒に連れて行って、結婚して、戦地に二人で行き、私は部隊について行く人たちの中で暮らすって言った。彼は許してくれなかった」

「もちろんだ、許すはずがない」アナベルが戦地に行っていたかもしれないと思うだけで、ジャレットの胸が恐怖でいっぱいになった。「愛する女性をそんな危険な目に遭わせようと思う男なんかいないよ」

彼女はまた体の向きを変え、ジャレットを見上げた。「私はあなたが思うほど弱い女性じゃないわ。私にだってできたはずよ――夫のために洗濯したり料理を作ったりする女性は、戦地にたくさんいるわ。私もそのひとりになれたのよ」

「十六歳でそういうことをする女性はいないよ。しかも、良家の子女、裕福に育った醸造家の娘だ。戦地にいる女性は、もともと軍人のもとに生まれ、戦地を転々として育っている。将校の娘とか、兵士の妹とかで、そうでなければ、戦地にいるしか生きるすべのない気の毒な女性なんだ。厳しい生活だぞ、軍隊と行動をともにするってのは。君を戦地に連れて行かなかったルパートの気持ちはよくわかる。そもそも、将校でなければ、妻の帯同は許されないはずだ。志願兵が妻と一緒にいたいと申請しても、まあ普通は拒否されるね」

「でも、拒否されなかったかもしれないわ。私がそばにいれば、ルパートは死なずに済んだかもしれない。戦場で倒れたまま、あの人はどれぐらい放置されていたのかもわからないのよ。私が傷の手当をして、包帯を変えて、見守ってさえいれば――」

「それでも死んでいたかもしれないんだ」婚約者の死を自分のせいだと傷ついているアナベルの心情を思い、ジャレットは胸が締めつけられるように感じて、彼女の髪を撫でた。「ヴィットリアの戦いでは、五千人もの男が死んだ。壮絶な戦いだったんだ。君を連れて行かないと決めたルパートが正しい」

アナベルのきれいな瞳が悲しみに曇る。「それでも、出征前に私と結婚しておくべきだった、あなたはそう思っているのね？」

　こんな話題を持ち出したことを、ジャレットは後悔していた。もう少し事情があるのだろうとは思っていたが、おそらく彼女の父にかかわる話だとか、彼女自身の不安だろうと想像していた。このルパートという男が実はろくでなしだったのだ、とは思ってもいなかった。自分の短慮が恨めしい。

「ルパートは君と結婚するつもりだったんだよ、きっと」

「違うわ。関係を持ったあと、ルパートはすぐに結婚しよう、なんてまったく言わなかったもの。すぐに帰って来るから、とは言った。戦争が終わる頃には、私もおとなになっているから結婚できる、そうなれば教会で盛大な式を挙げようって言ったの。約束した」アナベルが涙でいっぱいの瞳を向けてくる。「彼、私を愛してるって言ったの。一緒になろうねって。それだけ言って何の心配もなくなると、飛び出して行ったわ、闘うために。結局彼は、私と本気で結婚する気なんてなかったのよ」

「それは違うと思うな」何だかおかしな話になってきたなと、ふとジャレットは思った。憎きアナベルの元婚約者の擁護を、自分がしなければならないとは。「ただ、戦争の脅威を感じると、男というものは女性とは異なる反応をするんだ。それにルパートは、兵士としての給料では君を養っていけないと不安だったのかもしれない。すぐに戻って来るつもりで、そのとき急いで結婚する必要はないと考えていた可能性もある。もっと言えば、結婚で君を縛ってはいけないと考えたのではないか？　彼が負傷したり、万一――」

「戦死した場合に？　それなら、私は寡婦として世間体を守ったまま暮らしていけたのよ。未婚のままだった私には、隠しておかないといけないことが……」アナベルはこぼれる涙を見られないよう、うつむいた。

ジャレットは彼女の濡れた頬を指で拭った。「僕が言おうとしたのは、障害が残った場合のことだ。生涯癒《い》えることのない傷を負って戦争から帰る者もいる。たとえば脳に損傷を受けたり、腕や脚を失ったり。君に迷惑をかけたくないと思ったのかもしれないよ」

アナベルが、ひくっと息を吸った。「そう言ってくれるのはうれしいけど、違うわ。あなただって本当のところはそうじゃないだろうなって、思っているんでしょ。ルパートはただ……目の前の冒険に興奮し、結婚という重荷を背負って出発したくなかっただけだろうって」

「もし君の言うとおりだったとすれば、ルパートってやつは愚かだよ。まったくの、救いがたい愚か者だ。男ならみんな、君が待ってくれている家に帰りたくてたまらないはずだよ」

「みんなじゃないわ」彼女がぽつんと言った。

ジャレットはぎくりとした。そう、みんなではない。ジャレット自身が彼女の待つ家に帰るつもりはないのに、いいかげんなことを言うべきではなかった。いや、待っていてほしいのだろうか？

彼が答を考えているうちに、アナベルが無理に明るい調子の声で言った。「とにかく、もう済んだことよ。ルパートが実際どういう気持ちだったにせよ、過去の話だわ。私は軽率な行動を取り、その結果、今はこういう生活をしている」彼女はどうにか笑みを作った。「そんなにひどい暮らしでもないのよ。甥《おい》や姪《めい》はかわいいし、好きなときに醸造所に来られるし」

「アナベル――」彼女がどれほどすばらしい女性かをどうにかして自覚してもらいたかった。何かを言わなければと開いたジャレットの口に、アナベルが指を立てた。

「今はできるだけ、この時間を大切にしたいの」彼女が体を丸めてジャレットにすり寄る。「それに、あなたについて教えてもらいたいことがひとつあるの。前から聞きたかったのよ。あなたはどうして賭博《とばく》で生計を立てるようになったの？　ビール製造業に関する知識や経営能力があり、この業界での仕事も楽しんでいるように見える。あなたを跡継ぎにできれば、プラムツリー夫人も大喜びでしょうに」

ジャレットは凍りついた。自分の人生に起きたあのことだけは、彼女に話したくない。魂の奥底に秘めたことを話せば、いずれ必ず心を打ち砕かれる。彼女はやさしさをこめた共感を口にし、自分の中で彼女への情が生まれる。あれよあれよという間に、祭壇の前で誓いの言葉を述べ、彼女に心を差し出してしまうだろう。

　アナベルが意図的に自分を傷つけることはないと信じている。彼女はそんなことをしない。ただ、自分を傷つけようとする人たちをずっと避け続けてきたジャレットにとって、いまさら態度を変えるのは難しい。それに、明日の朝には彼女のもとを去るのだ。

「僕は賭《か》けも得意なんだよ、知ってるだろ？」ジャレットはものうげな視線を投げかけ、話題をそらそうとした。「だからこうやって、君とベッドをともにできたわけだ」

　彼女は真剣な顔のまま、大きな瞳でジャレットを見ていた。「この話をしたくないのなら、はっきりそう言ってちょうだい」

　びくっとしたジャレットは、彼女のさっきの言葉を思い出した。**あなたの口から、私に何か話してくれた？　あなたがどういう人だかもさっぱりわからないのよ。本当の姿、なんて知るはずがないでしょう。あなたが何も言ってくれないのに、何も知らないくせに、と私を責めるのは間違っていない？**

「特に話すことなんてないんだ」そっけなく言った。「ばばさまは、僕に法廷弁護士になってもらいたかったんだ。侯爵家の次男として、ふさわしい職業だから。それで強引にイートン校に入学させられた。学校に入った僕は、自分は本よりも賭けごとのほうが好きなんだと知った。だから、君が言い続けていることは的を射ている。僕はろくでもない男なんだ。自分のことしか考えず、何か世間に役立つことをするよりはカード札を手にしているほうが楽しいんだ」

「違うわ」彼女の目がやさしかった。「わかっているのよ、私には。本来のあなたは――」

「君は何もわかっちゃいない！」ジャレットは思わず鋭い言葉を投げつけ、アナベルがびくっとしたのを見て、すぐに後悔した。ああ、しまった。「悪かった。ただ、僕がロンドンに向けて出発するまであと数時間しかない。君に自分の欠点をあげつらわれてその時間を過ごしたくないだけなんだ」女性らしい曲線を手でなぞる。「できれば、さっきの約束を実現させるような時間の過ごし方がいいな」

アナベルが少し眉《まゆ》をひそめる。「約束？　何だったかしら？」

「夜が終わるまでに、君はもっとしてくれと僕に懇願する」

彼女が反論しようと口を開いたが、ジャレットはキスで言葉をさえぎった。アナベルがあのことしか考えられなくなるように意図した、たっぷりと濃密なキスだった。やがて彼女の腕がジャレットの首に巻きつけられ、彼はこれでもう勝った、と思ったのだが、その頃には彼自身の血も熱く煮えたぎっていた。

美しい乳房にキスするために彼が唇を離すと、かすれた声でアナベルが言った。

「でも、私も言ったわよ。私はけっして懇願しないって」

「いや、必ず懇願するよ。ヴィーナス、きっとする」

あとは、実際に懇願させるだけだ。口を使って徹底的に彼女を追い詰め、絶頂まであとナイフの刃先ぐらいのところまで押し上げてから、待つ。早く奪って、入ってきてと、彼女が懇願すると、ジャレットはその願いを叶《かな》えてやるのがうれしくてたまらなかった。

二度目の歓喜のきわみを体験したあと、二人は手足を絡ませたままぐったりと横たわり、いつの間にかジャレットはうとうとし始めた。これまでは女性とベッドをともにしたあと、寝入ってしまうことなど絶対になかった。だが、彼女と一緒に横になっていると、本当に穏やかな気分だった。彼女の腕が自分の体に回り……

「ジャレット！」鋭い声が聞こえた。

「ん？」ぼんやりと目が覚めると、アナベルが立っているのが見えた。すでに下着と靴下を身に着けている。

「ドレスを着るのを手伝って。もうすぐ四時よ。人に見つかる前に、家に戻らないと」

「ああ、そうだな」眠気でぼんやりした頭を懸命に働かせ、ジャレットは体を起こした。「ちょっと待ってくれ」

いったいどれぐらい眠っていたのだろう？　数時間にはなるのだろうか、とにかく、全身にまるで力が入らない。

アナベルも同じようなけだるさを感じているはずなのだが、ジャレットに対して申しわけなさそうな視線を向けてくる。彼の胸がきゅっと苦しくなった。「出発前に宿で二時間ぐらいは眠れるでしょう?」アナベルはジャレットの衣服を集めている。「でも、一刻も早くロンドンに戻りたいんでしょうね。ああ、そうね、馬車の中で寝ればいいんだわ」

アナベルはジャレットに服を渡すと、部屋を片づけ始めた。ジャレットはただその様子を見ているだけだった。繊細で頼りなげで、体の線がはっきり見える下着だけだと、こんなにも小さい。

今日、出発するつもりだった。今後二度と、アナベルに会うことはない。レイク・エールの問題に煩わされることもなくなる。ばばさまのもとに帰って、ばばさまの言うとおりだった、と報告する。レイク・エールという会社のペール・エールは、プラムツリー・ビールが危険を冒してまで共同事業を行なうほどの値打ちはなかった、と。

それを考えると、何だか息が苦しくなってきた。「兄上にはどう説明するんだ? 明日の……いや、今日の打ち合わせのことを」

「本当のことを言うしかないでしょ」

「ええっ?」

くるりと振り向いたアナベルの頬が真っ赤になっていた。「あなたとのことは話さないわよ。ただ、醸造所を見たあと、あなたの気が変わったとだけ伝えておくわ。だからもうあなたはロンドンに帰ったと」彼女の顔に悲しそうな笑みが浮かぶ。「元々、私たちを支援するつもりなんて、あなたにはなかったんでしょ?」

誰にもあてにされていないのだ、と思うと、ジャレットは突然不愉快になった。それに、アナベルを失望させる男たちのひとりとして、自分の名前を連ねたくない。彼女の父、兄、婚約者——アナベルは男性に失望し続けてきたのだ。

それに、自分が支援しなければ、レイク・エールは今後どうなるのだろう? アナベルは兄を説得し、会社自体を売り払うことができるだろうか? 現在の市場の状況では、売ってもたいした額にはなるまい。いくらかまとまった金額を手にしたとしても、醸造所からの収入がなくなれば、レイク一族は落ちぶれていくだけだ。彼女の兄が酒ばかり飲んでいるのでは、なおさらだ。

アナベルなら、他の大きな会社からの支援を取りつけられるかもしれない。たとえば、あのオールソップみたいなやつの会社から。**父親の創った会社ですからね、あの娘は会社存続のためなら何だってするんでしょう**。オールソップの言葉を思い出し、ジャレットはぞっとした。アナベルが進んで、オールソップのような卑しい男に自分の体を差し出すとは考えられない。しかし、彼女のことだから、そうするしか方法はないと思い込むかもしれない。その可能性に思い至って、ジャレットは胸に鋭い痛みを感じた。

ベッドから下りると、消えそうになっていたストーブにカンドムを二つほうり投げ、灰になるところを確認する。愛する人たちを救うため、非難されるような行動を余儀なくされる女性は多い。アナベルがそういう女性になってしまうとしたら……

「今日はロンドンに戻らない」そんなことはできなかった。飲んだくれだろうが何だろうが、レイク・エールを救う鍵《かぎ》はアナベルの肩にかかる。そうなればジャレットがここを去れば、この男の対処はアナベルの肩にかかる。ジャレットは、ルパートと同じだ。むなしい言葉で意味のない約束をするだけの男。

ジャレットはベッドに戻ると下穿《したば》きをはいた。アナベルの視線を感じる。

「どうして？」当惑したアナベルの声が聞こえる。

彼はアナベルのコルセットを拾い上げ、彼女がそれをつけるのを手伝った。「もうしばらくここに留まり、君の立てた計画で何か手伝えることがあるかを考える。決まっているだろ？」

アナベルはぴたっと動きを止め、そのあと勢いよく振り向いた。「まさか……東インド会社の船長に、あなたから話をつけてくれるの？　うちのペール・エールをあなたのところから販売してもらえるの？」

彼女の瞳にきらめく希望に、ジャレットは圧倒された。「そうしてほしいんだろ?」「ええ!」満面にまぶしい笑みをたたえ、アナベルが抱きついてきた。「そうよ、そう、そのとおりよ!」弾むように言いながら、彼の顔じゅうにキスを浴びせる。「でも、どうして? 賭けにはあなたが勝った――」

「賭けなんて、くそくらえだ」ジャレットは咆《ほ》えるように言った。「君には助けが必要で、僕は君を助けたい。あと数日ならここに留まることもできるから、そのあいだに計画をうまく実行する策を練ろう」

「ああ、ジャレット」アナベルは感きわまった様子だった。「こんなにすばらしいことをしてくれるなんて」そして突然、何の前ぶれもなく彼女は泣き始めた。

純粋に男性ならではの狼狽《ろうばい》がジャレットの胸に広がる。「おい、おい」アナベルを抱き寄せ、やさしくつぶやく。「ディアリング、君は喜んでくれると思ってたんだが」

「喜んでるわ」アナベルの言葉に嗚咽《おえつ》が混じる。「私、幸せなときには泣くのよ」

「では悲しいときの君がどうなるか、知るのが怖いな」

「悲しいときも泣くわ」ぐすん、と鼻をすする。「たくさん、泣くの」

ああ、もうだめだ。自分を残して去った男、死んでしまった恋人を思って、アナベルはどれほど泣いたのだろう。兄の飲酒を知り、涙に暮れた日は何度あったのだろう。想像すると、みぞおちを殴られた気分になる。

「泣かないのは」アナベルは落ち着きを取り戻そうとした。「怒っているときだけよ。腹が立つときは、大声で怒鳴るの」

「それなら知ってるよ」彼女の涙を止めようと、ジャレットは別の話題を持ち出した。「僕は泣かないんだ。絶対に。泣くと、あとが大変だし」

アナベルが、まだ涙に濡れた目を上げた。「絶対に？」

「絶対だ」

「それって、辛いわ」彼女が自分の手の甲で涙を拭う。「泣くことができないなんて、私には想像がつかない。泣いたら、そのあとはすっきりするもの」ようやく涙混じりながらも、笑顔を見せる。「泣き顔はひどいけど」

「君はいつだって、僕には女神みたいに見えるよ」感傷的で陳腐なことを言ってしまったことに気づき、ジャレットはまた彼女に背中を向けさせて、コルセットの紐《ひも》を締めた。こうすれば、彼女の瞳に浮かぶ希望を見なくても済む。「で、ヒューとの打ち合わせは、どこでするんだ？」

「あなたが望む場所で」

「醸造所でやるしかないな。君とウォルタース君も同席してくれ」

「ええ」

「それから、レイク・エールの帳簿を見たい」

彼女がぴたっと動きを止める。「全部？」

「全部、帳簿のすべてだ。帳簿を見て、インド向けのエールを出荷するまでこの会社が持ちこたえられることを確認してからでないと、僕はいかなる契約書にもサインしない」

アナベルがため息を漏らす。「ヒューが同意するかどうか、わからないわ」

「同意するしかないな。でなきゃ、僕は支援しないんだから」

紐を締め終わると、アナベルは胸を張って言った。「それなら、必ず帳簿を見せることを兄に同意させます」

ふと、口元がほころんでしまう。あれだけ泣いていたのに、彼女は家族を守るためなら敢然と自ら困難に立ち向かう。「それから、仕入れ先を一覧にしてもらいたい。オールソップとバースの会社についての情報があれば、それも知りたい」

「わかったわ」

服を着るあいだ、ジャレットはあれこれと要求を伝えた。最大の目的は、簡単に契約を締結するつもりではないことを、彼女に理解させるためだった。この計画を成功させるためには、さまざまな困難を解決しなければならないのだ。

身なりが整ったところで、ジャレットは言った。「君を家まで送って行く」

「だめよ、絶対」断固とした口調が返ってきた。「二人で一緒にいるところを見られる危険があるもの。無理よ」

「だが、危ないよ」

アナベルが笑い飛ばす。「バートンの町なら、どこを歩いていても大丈夫。こんな時間でも、自分の家の中を歩いているのと変わらないわ」扉を示す。「あなたが先に出て。宿に入るときに、人に見られないようにしてね。あなたが出たらすぐ、私もここを出る」

気に入らないが、アナベルが譲るつもりはないのもわかった。「いいだろう」扉に向かったところで、ふと足を止めて振り返った。「次は、いつ会える？」

「あと数時間後に、打ち合わせの席で」

ジャレットは険しい顔をしてみせた。「そういう意味じゃない。わかっているくせに」

アナベルは顔を赤らめたが、まっすぐにジャレットを見据えた。「それが……条件なの？　あなたが私たちを助けてくれるのと引き換えに」

「違う！　ばかな、そういうつもりでたずねたんじゃない！」

ジャレットを見つめる彼女の視線が、彼の真意を推し量っているようだった。やがて、彼女はやさしい笑みを浮かべた。「それなら、あなたが会いたいときにいつでも」

ジャレットはどきどきしながら言った。「今夜はどうだ？　同じ時刻に、ここで」

アナベルの瞳がいたずらっぽく輝く。「ジャレットさまが、そのようにお望みでいらっしゃるのであれば」

「僕の望みは」ジャレットは彼女のところまで戻り、いきなり彼女を抱き寄せた。「いいかげん、君にそういう口のきき方をやめさせることだ」

彼女の唇を奪うと、彼女がすぐさま完全に思いのままになってくれることがうれしかった。彼女とのキスなら、飽きることがない。彼女のキスは麻薬のようで、ジャレットの感覚をしびれさせ、彼女とキスしないではいられなくなる。

しかし、すぐに彼女は体を離した。「今はもうこんなことをしている時間がないわ。今日は、しなければならないことがいっぱいあるんだから」

ジャレットは不満そうな視線を投げた。「アナベル・レイク、君は厳しい現場監督だな」

「実際を知ったら驚くわよ」そう言いながらも、彼女がそっと手を伸ばしてジャレットの髪をかき上げる。「ありがとう」

「こちらこそ」

そこでジャレットは醸造所をあとにした。身も心も軽く、白馬の王子さまになった気分だった。人助けをするというのは、気分のいいものだ。しかも、助ける相手はアナベルなのだ。

アナベルを抱く感覚に慣れっこになってしまいそうだ。気をつけないと、いつの間にか彼女の小さな手の中で泳がされることになってしまう。兄のオリバーがそうだ。オリバーは今、完全に妻のマリアの手の中にいる。

ふん、そんなことにはなるもんか。彼女にちょっとばかり親切にしてやっているだけ。いや、親切でさえないのかも——不安定要素をきちんと解決すれば、会社経営にとって非常に有望な事業なのだから。これでプラムツリー・ビールの業績はいっきに上向く。それだけのことだ。

宿に着く頃には、ジャレットは自分にそう思い込ませていた。

19

バートンの町を歩くアナベルの足取りは、羽根のように軽やかだった。踊り出したい気分だ。ばかみたいだと思いながらも、つい笑みがこぼれてしまう。ジャレットがしばらく留まり、レイク・エールを助けると言ってくれた。何らかの意味があるから、彼はそう決めたに違いない。

ジャレットはもしかして自分に好意を持ってくれたのかも。彼女の理性は、そんな考えはばかげている、と訴えるのだが、心はそう信じたがる。ひょっとしたら、そのうち……

だめ、だめ。希望を持ったら、あとで辛くなるだけ。ジャレットは、結婚だとか、愛情だとか、そういうことをひと言も口にしなかった。彼はただ、またああいうことをしたい、と言っただけ。

体が勝手に誘惑に応じようとしているのを感じ、アナベルは自分の好色ぶりを戒めた。しかし実のところ、我慢できそうにない。男女の睦《むつ》みごとがあれほどすてきだったとは、思ってもいなかった。きっとすばらしい体験なのだろうと予想してはいた。その前後の行為も好きだった。けれど、あのことそのものがまばゆいばかりの恍惚感《こうこつかん》に満ちたものだという事実は、ジャレットとの体験で初めて知った。

家に着くと扉の鍵《かぎ》を開け、誰にも見られていないかを確認するため、あたりを見回した。そしてそっと中に入り、靴を脱いで音を立てないように、自分の部屋へと急いだ。

「どこに行っていたんだ?」男性の声が響き渡る。

アナベルは、びくっと動きを止めた。動悸《どうき》が三倍の速さになる。また、同じことが。ああ、またヒューに見つかったのだ。

しかし彼女は居ずまいを正した。十七歳の少女だったのは、昔のこと。今の彼女は、兄の声にびくついたりはしない。無表情をとりつくろってから、彼女は振り返った。

ヒューは居間の椅子《いす》に、脚を投げ出して座っていた。グラスを手にしてはいなかったが、ずいぶん疲れきった様子だ。かなり長い時間、ここにこうして座っていたのだろう。ヒューは椅子から立ち上がると、厳しい表情でアナベルのほうへ歩いてきた。

「どこに行っていた?」同じ質問をする。

「醸造所よ」

そんな返答を予期していなかったらしく、ヒューは驚いた顔をした。「醸造所で、何をしていたんだ」

「今日の打ち合わせの準備をしておくべきだと思ったのよ。これまでに資料を用意しておく時間がなかったから、今夜のうちにそろえておこうと思って」夕食会の前の数時間、ウォルタース氏と一緒に資料をそろえ、必要になるかもしれない書類を机に並べておいて、よかった。もう一度この書類を確認していたと言えばいい。

でも、ああ、もう嘘《うそ》をつくのは嫌だ。兄に嘘をつくのも嫌。ジョーディに対して嘘をつくのも、ジョーディのことで嘘をつかねばならないのも、みんなうんざりする。何かをごまかしたり、人目につかないようこそこそするのにも、ほとほと嫌気が差してきた。もう、嘘はやめよう。いつまでもこんなことばかりしていられない。

「どうして？　私がどこに行ったと思ったの？」

ヒューはのっそりと手を上げ、髪を撫《な》でつけた。「悪かったよ、アニー。ふと思ったんだよ、もしかして、おまえはあの方と……」ぐったりと肩を落とす。「ばかなことを考えたものだ。そんなはずは、ないのにな」弱々しい笑みを向ける。「僕のことなど、気にしないでくれ。この一日、いろんなことがあったから。何だか寝られなくてね、おまえの部屋に行ってみた。ノックしても返事がないので、心配になったんだ」

アナベルは何も言わなかった。兄はかなり真相に近いところまで推察している。これ以上余計なことをせんさくされてはならない。本当のことを知れば、兄はきっとジャレットの喉首《のどくび》を絞め上げるはずだ。

「しかし、夜更けにひとりで醸造所に行ってはいけないよ。危ないから」

不審に思って、アナベルは兄を横目で見た。「この何年も、私は夜にひとりで醸造所に行ってたのよ。夜には誰もいないし」

ヒューが眉《まゆ》をひそめる。「もし誰かにあとをつけられてたらどうするんだ？　襲われるかもしれないんだよ」兄がアナベルに近づく。「アニー、最近、おまえの肩に重く責任がのしかかっていたのはわかっている。でも、もうそういうのはやめよう。僕がしっかりして、おまえにもシシーにも楽をさせたい。子どもたちのためにも立ち直らないとな。ジョーディにも知れていたとなれば……」兄は背筋を伸ばした。「僕がおまえたちの面倒をみて、もっとまともな暮らしをさせてやる、約束するから。だから、夜中にひとりで醸造所に行くのはやめてくれ。いいな？　おまえに万一のことでもあったら、僕は絶対に自分を許せない」

「ちょっと待って……」

「本気なんだ。だから、約束してくれ。夜中に町をうろつくのはやめるんだ。バートンでも、危険なんだよ。これからはもう、出歩かないな？」

アナベルの心に苛立《いらだ》ちが募った。何でまた今になって、ヒューは自分に家族があることを思い出すのだろう。

兄が夜中に家のあちこちを見張っていたのでは、ジャレットと会うことができない。ただ、兄はアナベルを引き取り、ジョーディに自分の苗字《みょうじ》を与えてくれた。兄とシシーに恥をかかせ、恩をあだで返すようなまねはできない。

仕方ない。「約束するわ」

「よし」ヒューはためらいがちな笑みを見せた。「よかった」腕をアナベルに差し出す。「さあ、おいで。ジャレットさまに会う前に、僕たちも少しは休んでおこう。交渉するんだから、あちらのいいようにはされたくないだろう？」

けたたましい笑い声を上げげそうになり、アナベルはすぐに口を固く閉じた。交渉そのものが、まったくなくなるところだったのに。ヒューは何も知らないのだ。また隠しごとが増えた。

その後自室に戻ると、今夜は会えないとジャレットに伝えなければいけないことが気にかかった。落ち着かない気分になる。会えないと知ったら、彼はすぐにロンドンに帰ってしまうのではないだろうか？

だめ、そんなふうに考えては。アナベルとの逢瀬《おうせ》は支援の条件ではないと、彼が言ったではないか。その言葉を信じよう。

震える息を吐くと、アナベルは天井の飾り彫りを見上げた。アナベルが彼に会いたいのだ。彼の重みを自分の体で受け止めたい。乳房に押しつけられた彼の胸から伝わる鼓動を感じたい。頬《ほお》を撫でる彼の手の感触を記憶しながら眠りに落ちたい。

翌朝は慌ただしかった。ジャレットと二人きりになれる機会はないかと考えはしたが、打ち合わせの準備で大わらわだった。十時に全員がレイク・エールの醸造所の事務室に集まったときには、アナベルは疲労困憊《こんぱい》の状態だった。

ジャレットも同じように疲れた様子だった。疲れて見えるのは、昨夜遅くまで賭《か》けごとをしていたからだという彼の言いわけを聞きながら、アナベルは自分の気持ちが顔に出てしまうのではないかと怖くて、彼のほうを見ることができなかった。

ここは二人で数時間前に抱き合っていた場所なのだと思うと不思議な気分になるとか、事務室の奥の扉がどこにつながっているかを考えると辛いとか。あの扉の小さな部屋で、二人は体を重ねたのだとわかっているのに。

「夕食会でアナベルさんに伝えておいたのだが」ジャレットが話し始める。「詳しい話をする前に、まずレイク・エールの帳簿を見せてもらいたい。そちらが提案するだけの量を生産する能力が、この醸造所にあるかを確かめたいんだ」

ヒューは驚いた顔でアナベルを見た。「アニー、帳簿を見せる話など、まったく聞いていないよ」

アナベルはびっくりしたふりをした。「あら、そうだった？　言ったつもりだったのだけど。ごめんなさい、昨夜の記憶が曖昧《あいまい》で。あまり寝ていないものだから」

「そうだろうね」ヒューはジャレットのほうにちらっと視線を投げた。ジャレットは警戒するような目つきで、二人を見ている。「僕の妹は、昨日こちらにきて、書類を準備していたんだよ。まったく愚かなことだが、夜遅くに、ひとりでね。危ないからやめろとは言っているのだが、妹は僕の言うことなど聞かないもので」

アナベルは無理に笑顔を見せた。「私が家に帰ると、兄が私を叱《しか》りつけようと待っていましたの。私の身をいつもひどく心配しますのよ」

ジャレットの瞳《ひとみ》からは、何を考えているのかはまるで読み取れない。「なるほどね」どちらの肩を持つとも言えない返事をする。

「うちの帳簿を見たいという件だが、どうなんだろうね」ヒューが話を戻す。「プラムツリー・ビールは、競合でもあるわけだし――」

「やがて一緒に事業を始める相手でもある。事業計画を具体化していくに際して、もっと情報を得なければ適切な判断を下せない」

そこでウォルタース氏がヒューに向かって言った。「ジャレットさまが帳簿をご覧になっても、何ら問題はないと思いますよ。プラムツリー・ビールの支援という願ってもない機会が与えられたのです。これを逃すわけにはいきませんし、当方には隠すことなど何もありませんから」

ヒューは口を固く結んだが、そのあと、ふっと息を吐いた。「そうだな。よし、いいだろう。帳簿を持って来させよう」アナベルに顔をしかめてみせる。「前もって話しておいてくれれば、僕が自分で持ってきたんだがね。家の金庫にしまってあるから、また家に戻らなきゃならないんだよ」

そう、それだ。「ウォルタースさんも連れて行けば？　運ぶのを手伝ってもらえばいいわ」

「男性の召使いのどちらかに頼むよ」

「男性の召使いなら、二人ともシシーの買いものを手伝いに市《いち》へ出かけたわ。しばらく家を留守にしていたから、買わなきゃならないものがたくさんあるのよ」そしてアナベルがシシーに買いものを勧めたから。ヒューが打ち合わせているあいだに出かければ、ちょうどいいでしょ、と。

ヒューは不審の眼差しをアナベルとジャレットに向けた。「アニー、おまえも一緒に来なさい」

「ばかなことを言わないで。ここにある資料だけで、先に説明を始めておくから。それに、私とジャレットさまが話し合いをするのに、付き添いが必要なわけでもあるまいし」アナベルは背後の窓を示した。「二十人以上の人たちがすぐ目の前で働いているのよ。大勢が常に目を光らせているわけだから」

ヒューはまだ迷っているようだったが、やがてアナベルの言い分ももっともだとあきらめたのか、かすかにうなずいた。「よし、わかった」と言って立ち上がる。「ウォルタース、一緒に来てくれ。帳簿を取りに行こう」

兄と醸造所長の姿が見えなくなるとすぐ、アナベルはジャレットと向き合うように机の前に座り、低い声で言った。「ほんの数分しかないわ」

「二人で話をする機会はないかと思ったよ」ジャレットの瞳が心配そうだった。「家に帰ったところを、兄上に見つけられたのか？」

「ええ。それで今後いっさい、夜にひとりで醸造所に来るなと約束させられた」

ジャレットは眉間《みけん》にしわを作って、椅子にもたれかかる。「なるほど」

「私だって、そう望んでいるのではないのよ。ヒューにはいろいろと欠点もあるけど、私は兄夫婦に本当によく面倒をみてもらっている。だから、あの二人の顔に泥を塗るわけにはいかない。私が……その……」

「僕に体を許したことで」

アナベルはうなずいた。「もしこれまでの事情を知れば、兄はあなたに決闘を申し込むわ。そうなったら、もう何もかもめちゃめちゃよ」

「つまり、僕たちはもう――」

「ええ。二人で会える方法がないの」もしジャレットが結婚を前提に付き合いたいと正式に申し出ないかぎりは。彼にはそんなつもりはない。たとえその気があったとしても、アナベルのほうが申し出を受けられない。ジョーディのことをどうしようもないのだから。「まあ、こうなるしかなかったのよ。あなたがロンドンに帰れば、私たちの関係は終わるんだから」

「終わらせる必要はない」

どきっとして、アナベルはジャレットを見つめた。「どういう意味？」

海のような色合いの彼の瞳が、アナベルの目をのぞく。「僕と一緒に、君もロンドンに出てくればいいんだ。プラムツリーで、君のすることを何か見つけられる」

アナベルの心が、どさっと沈んだ。「プラムツリー・ビールの職を申し出ているの、それともあなたのベッドでの仕事？」

彼の目から表情が消える。「君が望むのなら、両方だ」

「私を側妻として囲いたい、そういうこと？」

「違う、僕は……」ジャレットが視線をそらした。頬が引きつっている。「僕はただ、ここから離れる機会を君に与えてやろうとしているだけだ。君も自分の生活を始められるように。君は醸造家として一流だ――プラムツリーでも、その腕をいかせばいいじゃないか。そしてときどきは、君さえよければだが……」またアナベルのほうに視線を戻した彼の顔には、挑戦の気構えがみなぎっていた。「側妻として僕に頼る必要はない。だが、自立した女性として、体の関係を持つ相手がいてもいいんじゃないのか？」

失望感を顔に出さないように、アナベルは懸命に努力した。なるほど、ジャレットが言い出しそうなことだ。この男性がそれ以上のことを言ってくれることなど、結局はないのだろうか。「体の関係を持つ相手なんて、私は要らない。それから、ここを去るつもりもいっさいない。家族からもレイク・エールからも、離れたくないの」

ジャレットは身を乗り出しかけたが、ふと動きを止め窓の外を見た。「外からこの中はどれだけ見えるんだ？」

「どうして聞くの？」

「君に触れたいからに決まってるだろ！」

アナベルも彼に触れてもらいたかった。何と救いがたい愚か者なのだろう。「肩から下は見えないわ」

「よし」彼が机に手を載せ、アナベルの手をつかむ。「君はもっといい暮らしをすべきなんだ。君みたいに美しくて生き生きした女性が、気の毒な兄夫婦に縛られているなんて、おかしいよ。結婚には興味がないとしても、自分の思うように好きに生きればいいじゃないか」

「今でもじゅうぶん、好きなように生きているわ」

彼の瞳が暗くかげり、アナベルの体に火をつける。「本気で言ってるのか？　独り寝の夜には、君の体を温めた男の記憶だけを慰めにして、我が子でもない子どもの面倒をみることが、君の思うような生き方か？」

アナベルはまっすぐに彼の目を見返した。「誰の子どもならいいわけ？　あなたの子？」

その言葉に、ジャレットはぼう然とした。手を放してまた椅子の背にもたれる。その表情には怒りと不安が混じっていた。

「とにかく」アナベルは口調を和らげた。「うまくいきっこないのよ。私たちが求めるものは、異なっている。あなたは風のおもむくまま、気楽にどこにでも流され、私はひとつの場所に深く根を張りたい。あなたは川で、私は木よ。木は川の流れに従うことはできないし、川は木のある場所に留まることができない」

ジャレットが悪態をつく。「つまり、僕たちはこれで終わりってことだな？　君はそう望んでいるわけだ」彼のブーツが机の下でアナベルの靴に触れた。彼の脚が誘うようにアナベルの脚を撫でる。アナベルは体が熱くなるのを感じた。「今後、二人で抱き合う夜はない、天国を味わうこともないんだな」

「私がそう望んでいるのではないわ」ジャレットが自分の欲望を満たすことしか考えられないことに、アナベルは苛立った。「でも、自分のことを何も話さず、おばあさまがせっかく考えてくれた計画があってもその裏をかくことしか頭になく、その先には何の目的もない、そんな男性のために、何もかも投げ捨てろって言うの？　無理よ。あなたはその場かぎりの派手な遊びをしていれば、それで幸せだと思う人だもの」

「幸せなんて、はかないものだ。自分の姿をよく見ろよ。ルパートにすべてを捧《ささ》げたとき、君は幸せだと思ったんだろ？　実際は、そのことが君の一生をめちゃめちゃにした。僕たちにできるのは、目の前に楽しむ機会が現われたら、それを無駄にしないことだけなんだ。それ以上のことを望むのは、無駄な努力だよ」

「それは、〝川〟の言い分ね」アナベルは悲しそうなほほえみを投げた。「川はね、木のある場所に留まることができないだけじゃないの。木が川に浸り続けると、やがて根が腐り、枯れてしまう。私がロンドンに行けば、腐ってしまうわ。だからだめなのよ、ジャレット」

彼がどれだけひどく自分を傷つけたかを知られたくなくて、アナベルは打ち合わせ用の資料を手に立ち上がった。「ヒューはすぐに戻って来るわ。自分がいないあいだに、何も話し合われていなかったとわかれば、不審に思われる。だから、費用の見直しを始めましょう。ウォルタースさんに頼んで、用意しておいてもらったの」

彼が無言で不快感を伝えてきて、その重さが部屋にのしかかったが、アナベルは無視した。彼がいなくなっても、自分はやはりここで生きていかなければならないのだ。

ほんのつかの間の楽しみを彼が得たいからというだけの理由で、アナベルは自分の息子や家族を棄てるわけにはいかない。それなら彼はロンドンで売春宿にでも行けばいいのだ。

彼が別の女性を抱くのだと思うと、アナベルの胸に鋭い痛みが走った。しかし、こんな痛みもすぐに消える。彼がすぐにいなくなる人なのだから。彼の魅力に何もかもを忘れてしまうようなことだけは、絶対にしない。

20

いずれアナベルの決意も揺らぐに違いない、ジャレットはたかをくくっていた。その後毎日、彼女が自分と二人きりになる機会を作り、気が変わった、お互いに快楽をむさぼろう、だから今夜会いたいと伝えてくると期待した。毎夜宿に帰ると、彼女が部屋にやって来るのを心待ちにした。

アナベルは現われなかった。

論理的に考えれば、その理由はわかる。アナベルは品位ある婦人として周囲の尊敬を集めて生きている。ごく近隣には、兄のエール会社を懸命に支える彼女の努力を理解していない者もいるが、この地方では彼女は名家の令嬢であり社会的地位も高い。またヒュー・レイクは本来背負うべき家族への責任をじゅうぶんに果たしてはいないが、それでも家族の仲はよく、互いの愛情ははっきり見てとれる。

ジャレットは部外者だった。その感覚が気に入らなかった。そう思ったのは生まれて初めてだった。アナベルに事業を話し合うだけの相手として扱われるのが嫌だった。

あんなに親密なことをしたのに。

アナベルが意固地にならなければ、また親密なこともできるのに。確かに、ロンドンに連れて行くと言ったのは間違いだった。それは認める。彼女には身を落とす理由などいっさいないのに、屈辱的な立場になれと言ったのも同然だった。

しかし、ああ、どうしても彼女と体を重ねたい。もう一度、そのあともまた。できるだけ何度も。事態を悪くしているのが、彼女のほうもそう思っているという事実だ。ふとした瞬間に彼女の視線を感じ、その胸中がわかる。

アナベルは絶対にジャレットと二人きりになろうとしないので、あからさまに誘惑する機会がない。少し遠回しな誘い方をすると、ぴしゃりとはねつけられる。たとえば、書類を渡そうとする彼女の手を指で撫《な》でると、手渡ししてくれなくなるし、机の下で脚をこすりつけると、足先を踏まれる。

日が経つにつれ、彼女と会う機会も少なくなっていった。彼女はペール・エールの醸造に忙しく、ジャレットのほうはヒュー・レイクとウォルタースを相手に、契約条項の詰めに入っていたからだ。双方が納得できる文書にするための話し合いに、ジャレットは忙殺されていった。

助けとしては、夜にはアナベルと会えることだった。彼はレイク家での夕食に毎夜招かれた。最初はヒュー・レイクがジャレットの存在を歓迎していない様子で、ぎこちない雰囲気だったが、交渉を通じて互いをよく知り合うようになってからは、ヒューも緊張を緩め、ジャレットとレイクは賓客《ひんきゃく》としてもてなした。

夕食のあとはいつも、ジャレットとレイクは書斎で食後酒をたしなんだが、ジャレットの目を気にしてか、レイクは口を湿らす程度だった。そのためすぐに二人は女性たちのところに戻り、居間で読書やなぞなぞ遊びなどをした。アナベルを見ながら、触れることができないと思うと辛かった。

その夜は、辛さもひとしおだった。交渉における最大の問題を解決することができた。明日は、最終的に細部を確認するだけで、そのあとはここに留まる理由がなくなる。また、ロンドンでの仕事をないがしろにしていると非難する祖母からの手紙も届いていた。明後日までには、バートンを出なければならない。

しかし、ここを去りたくないのだ。

うーむ、だから特定の女性に惹《ひ》かれてはいけないのだ。こういう事態に陥ってしまう。はかない希望を抱き、手に入れられないものが欲しくなる。

今夜、ジャレットは徐々に自分の頭がおかしくなっていくのを感じていた。アナベルが肩を出したドレスを着ていたのでクリームのような肌が見え、愛撫《あいぶ》したときの感触が記憶によみがえったのだ。彼女が子どもたちの誰かのほうを向くたびに、ほっそりとした首が強調され、肩をつかんで喉元《のどもと》にキスしたくてたまらなくなった。そのあと唇を滑らせて耳元の脈を感じたい。大きく上下するその部分が、彼女は見かけほどは平静ではないことを告げているのだから。

しかし、今夜は欲望だけの問題ではなかった。今夜は子どもたちの世話をするメイドが休みだったため、居間はにぎやかだった。座ってジャレットと二人でトランプのルー遊びをするヒュー・レイクと、刺繍《ししゅう》を楽しむレイク夫人をよそに、部屋を駆け回る子どもたちの相手をするのはアナベルだった。

子どもたちはアナベル叔母さんの歌が大好きなようだが、それもそのはず、彼女の声は澄みきったやわらかなソプラノで、子どもたち向けの歌にぴったりだった。猿みたいに飛び跳ねたり、おかしな格好をしたりする振りつけのついた曲を、何度も歌ってくれと子どもたちはねだり、ジョーディさえも、僕はもうそんなくだらないことで喜ぶ歳じゃないよ、と言いつつ、幼い妹を腕に抱えて揺らしたり、弟を肩車して楽しんでいた。

平凡だが幸せそうな家族の様子が、ジャレットに昔を思い出させた。あの日すべてが崩れ去るまではこうだったのに、と思うと胸が詰まった。その光景から目をそらすことができず――子どもたちのはしゃぎぶりと辛抱強くその相手をするアナベルに、彼の目は釘《くぎ》づけになり、やがてトランプ札には注意が向かなくなった。強い欲望の対象である女性が、大勢の子どもたちの遊び相手を務めるところを見ているのは、不思議な気分だった。魅力を感じてはいけないとは思いながら、見入ってしまった。

数日前の彼女の言葉が思い出される。**誰の子どもならいいわけ？　あなたの子？**

そのときまで、ジャレットは自分が子どもを持つことなど考えてもいなかった。自分は次男で相続人をもうける義務はなく、遊んでくれる酒場の女給が大勢いるのだから妻は要らないし、当然、結婚する必要も感じなかった。口やかましく、賭《か》けごとに明け暮れる彼の生活を非難する女と結婚するのはもってのほかだ。

しかし、アナベルに自分の子どもを産んでもらうということに思い至り、ジャレットははっとした。ジャレットとアナベルのあいだにできた子どもはみんな、今目の前で大騒ぎを繰り広げている腕白な連中と同じようなことをするのだろう。きらきら瞳《ひとみ》を輝かせ、血色のいいほっぺで、わがもの顔に部屋を駆け回り、笑い声があたりを包む。違いは、その子どもたちの目が、髪が、あるいは鼻が、自分とそっくりであること。そして子どもたちは自分のことを、父さま、と呼ぶ。

ああ、ぞっとする。子どもたちが自分を頼りにして、尊敬の眼差しで教えを乞《こ》い、父さまならどんなことでもしてくれると期待する。だめだ、完全に頭がいかれたのだ。そんな期待に応えられるはずがない。

「もういいでしょ？」アナベルはどさりと椅子《いす》に腰を下ろし、胸に手を当てた。「もうこれ以上歌えないわ」

「アナベル叔母さん、お願い」末っ子で五歳のケイティという女の子が言った。「もう一回だけ」

「あなたたちは、いっつもそう言うのね」レイク夫人がアナベルを助けようとした。「アナベルを少しは休ませてあげなさい。叔母さんはもう喉がからからよ」

「ねえ、ジャレットさまに歌ってもらったらどうかしら?」アナベルの顔にいたずら心がのぞく。「ただ、あなたたちの前で歌っても差し支えない曲をご存じかは知らないけど」

「何曲かは知ってるさ。だが、僕はとんでもない音痴《おんち》なんだ。本当に。魚にピアノを弾かせたほうがましなぐらいで、みんな耳をふさぎたくなるぞ」

アナベルがすかさず反論した。「信じられませんわ。話すときには、とてもよく通るすてきなお声ですのに」

アナベルが自分の声をすてきだと思っていることにしか頭が回らなかったため、ジャレットは周囲の状況に注意できなくなった。するといつの間にか子どもたちが彼の周囲に集まって歌ってくれとせがんでいた。できるかぎりの抵抗はしたのだが、幼いケイティが親指を口にくわえて泣きそうな顔をするのを見ると、もう抵抗してはいられなくなった。「わかった、わかったよ。でも、きっと後悔するからね」

ジャレットは立ち上がり、こほん、と咳払《せきばら》いをした。有名な歌手の独唱会にでも来たかのように、全員が静かになった。そして今歌詞を思い出せる唯一の童謡『ホットクロスバン』を歌い始めた。

最初のひと声で、子どもたちはびくっと身構え、誰かがおならをしたかのような顔になった。アナベルでさえも目を見開き、レイク夫人はただただ仰天している。

それでもジャレットは、誠心誠意の努力で歌い続けた。ひどい歌だぞ、と前もって警告したのだ。それにジャレットの最大の欠点を知って以来、きょうだいたちは人前で歌を披露させてくれなくなり、歌うのは久しぶりだった。ありがたいことに、『ホットクロスバン』は短い曲で、その場の人に拷問を与えるのは一分程度で終わる。

終わると、部屋を緊張感の漂う沈黙が包んだ。やがてアナベルが瞳を輝かせて言った。「これほどひどい『ホットクロスバン』を聞いたのは、生まれて初めてだわ」

「アナベル！」レイク夫人がたしなめようとする。

「いや、いいんだ。まったく気にしていないから」ジャレットはにやりと笑った。

「僕にもできないことはある」

「猫が喧嘩《けんか》してるみたい」おそるおそるジョーディが言った。

「猫が金切り声を上げているところ、と言われたことはあるよ」ジャレットはジョーディの意見を認める。「僕の弟のゲイブは、踏み潰《つぶ》されたバイオリンを奏でた音、と言ったけど」

「クルミが詰まったフルートみたい」別の子が言った。「今の、楽しい」

「もっかい、歌って！」突然ケイティが叫んだ。「今の、楽しい」

驚いたジャレットはひざまずいて幼女の顔をのぞき込んだ。「お嬢ちゃんは気に入ったのかい？」ちらりと振り向いてレイク夫人を見る。「僕に言い忘れていたのだろうね、レイク一族の血を引き継ぐと、必ずとんでもないことを言い出すって」

全員が笑ったが、ケイティはひるまない。「とんでもないことって何？ でも、今の歌で毎晩子ども部屋の前の木に来るフクロウを思い出したの。大きな声で鳴くのよ。あたし、フクロウ大好き。だから、もう一度歌って」

ジャレットは笑いながら、やさしくケイティの顎《あご》を撫でた。「ごめんよ、また歌えば、君の父さんと母さんから戒めを受け、きっと羽根をつけられる」

ケイティは、きゃっと笑った。「それ、楽しそう」

ジャレットはすぐそばにいるアナベルを見上げた。「君の叔母さんなら、きっと楽しんでくれるだろう」そしてこっそりとアナベルだけに伝わるように言った。「叔母さんは、僕を苦しめるのが好きなんだ」

アナベルが頬《ほお》を赤らめるのを見て、ジャレットの血がいっきに熱くなった。しかし彼女はジャレットをたしなめるように見てから、子どもたちに言った。「さあさあ、もうこれぐらいにしましょ。ジャレットさまは、あなたたちの父さまとカードを楽しんでらしたところなのよ」

「でも、あたし、ジャレットさまが戒めを受け、羽根をつけられる姿を見たいの」ケイティが声を上げた。「母さま、〝戒め〟って何?」

おとなたちが笑う中、アナベルは子どもたちを集めると、不満を訴える声には耳も貸さず、レイク夫人と一緒に階段へと向かった。ジャレットはまたヒュー・レイクの座るテーブルへと戻った。しかし、札を手に取ったところで、レイクがじっと自分の様子をうかがっているのに気づいた。

「何か、言いたいことでもあるのか?」

ジャレットの質問を受け、レイクは自分の手札をテーブルに置いた。「無礼を承知で、遠慮なく言わせてもらう。君はどうしてここに来た? なぜ僕たちを助けようと決めたんだ? 計画がうまくいっても、プラムツリー・ビールにとってはほとんど得るところはないはずだ」

ジャレットは手札を入れ替えた。「それは違う。オールソップの成功をこの目でじゅうぶん見た。だから僕たちにとっても得るものは多い」

「僕がきちんと働き続ければな」険しい表情に苦悩がにじむ。「そして、そうなる保証はない」

ジャレットは慎重に言葉を選んだ。「今週ずいぶん多くの時間を君と過ごした。だから君の妹の言葉は本当だったと結論づけた。君には商才がある。ただ自分の能力を自分で信じていないだけだ」

「レイク・エールは、ぎりぎりの状態にある」反論が返ってきた。「商才があり能力に恵まれた男が、家業をそんな状態にすると思うのか？」

「君の商才に問題があったのではない。酒におぼれて仕事を忘れたから、こうなっただけだ」

レイクは顔を怒りに赤らめたが、否定しなかった。そう度胸がないわけでもないのだ。「僕の飲酒が、ロシア市場の問題を引き起こしたのではないぞ。飲酒のせいで材料費が高騰したわけでもない」

「確かにそうだが、男の強さというものは、人生で苦境に立ったときの対応で決まるんだ。これまでのところ、君の対応がすばらしかったとは言いがたいね」

「君にわかるはずがない」レイクが鋭く切り返す。「僕の聞いたところでは、その人生の苦境とやらを君は完全に避け続け、賭けごとをして過ごしてきたそうだから」

悔しいが、言い返す言葉もない。確かにジャレットを頼りにする家族はいないし、ばばさまがしっかりプラムツリー・ビールを経営している以上、仕事にかかわる必要もなかった。ただ、自分でも仕事をしたいとばばさまには訴えたのだ。

十年前にもう一度、ビール会社の仕事をしたいとばばさまに頼んでいたら、今頃どうなっていただろう？　あの当時は、どうせ認めてもらえないのなら、そんな努力は無駄だと思っていた。また辛くなるだけだと。

そう考えたのは間違いだったのだろうかと、今になって思う。言ってみなかったから何も得られなかったわけで、その十年後、結局はプラムツリー・ビールを経営することになった。十年前に仕事を始めていれば、ロシア市場での損害も、ある程度は防げたのではないか。ひょっとしたら、ばばさまが怒りにまかせて、あの運命の相続条件を言い出すことさえなかったかもしれない。

そう思うと、愕然《がくぜん》とした。

「君の言うとおりだ。運命が用意した困難にどう対応すべきかをとやかくいう資格など僕にはない。ただ僕は失敗から学ぶ。これまでの経験から、逃げても問題は解決しないと僕は学んだんだ。先延ばしにするだけで、やがて問題と直面せざるを得ない。それなら何もしないより、努力をしてみて失敗するほうがいい」

実にそうなのだ。この一週間二つの会社で共同事業を始める計画を立てるのは、本当に楽しかった。希望もわいてきた。長年の賭けごとでは味わったことのない感覚だった。どんな手札を引くかは、まったくわからない。しかしカードと同じように、手にした札をどう使うかですべてが変わる。

レイクの顔からは怒りが薄らいでいった。しかし狐《きつね》が狩人を警戒するような目つきで、ジャレットの様子をうかがっている。「質問にはまだ答えてもらっていない。どうしてここに来た？　アニーはどうやって君を説得したんだ？」

「君の妹は非常に説得力に富む話をする」明確な答えを避ける。

レイクはうなずいた。「さらにアニーは美しい――君もそのことには気づいたようだが」

「目が見える男なら、誰だって気づくさ」この話がどこに向かおうとしているのかがわからないので、それ以上のことは言えない。

「僕が気づいたのは、君がこんなに長くバートンに滞在する必要はなかった、という事実だ。何か特別な理由でもあるのか？」

猫がネズミを追い詰めるような言葉のやり取りに、ジャレットは苛立《いらだ》っていた。

「何か言いたいことがあるのなら、はっきり言いたまえ」

「いいだろう」カードを続けるふりなどもうやめて、レイクは椅子の背にもたれ、腕組みをした。「僕の妹と真剣な気持ちで付き合いたいのなら、そう言ってくれ。違うのであれば、妹に構わないでもらいたい」

ある程度予想していた言葉ではあったが、それでもジャレットは不愉快になった。

「真剣であろうが、遊びだろうが、僕が彼女と付き合いたいと思っていると、どうして決めつける？」

「まず、君のせいでアニーはしょっちゅう顔を赤らめる。君がここに来る前には、妹はそう顔を赤らめたりはしなかった」

ジャレットは無理に笑顔を作った。「僕のせいで顔を赤らめる女性は多くてね。特に意味はないんだ」

「僕の言いたいのは、まさにその点だ。妹が女たらしに騙《だま》されて心を打ち砕かれるところは見たくない」

「君の妹は、相手が誰であろうと、じゅうぶん自分の身を守れると思うがね」怒りを抑えてジャレットは告げた。

「アニーは昔、悪い男に騙され、ひどい目に遭っている」

その言葉に、ジャレットは驚いた。「まさか、ルパートのことじゃないだろうな？英雄だったんだろう？」

「ふん、たいした英雄だよ。家族が反対するのも気にせず、自分よりはるかに地位が高い女性に求婚したんだからな」

「君たちの父上は、結婚に反対していたのか？」

レイクの表情を激しい憤りがよぎる。「父にはわかっていたんだ。僕にもな。ルパートは衝動的に何をしでかすかわからない、勇気だけが取り柄で頭は空っぽの若者だった。妻を養っていく金などなく、将来的にもその見込みは薄かった。あいつの父親は、二人の息子には何も遺さずに死んだ。仕事に関しても、言われたことはまじめにやったが、それ以上のことはしないやつだった。時間が経てば、いずれアニーにもそれがわかると思ったよ。そうなれば、若い頃の恋心なんて消える」

「結婚を待てと父上が言ったのは、そういう事情だったんだな」

レイクがうなずいた。「ルパートと会うことを頭ごなしに禁じれば、意志の強いアニーのことだ、余計に恋心を募らせると父にはわかっていた。少々遠回しなやり方だが、結婚を先のことにしておけば、そのうちアニーにも理性が戻ると考えたんだ」

「しかし遠回しなやり方ではうまくいかなかった」

「僕のやり方よりは、効果があったよ。僕は、二人が離れ離れになれば、落ち着いて考えることもできるだろうと思ったんだ」レイクは部屋の向こうをぼんやりと見た。その顔に後悔の色がにじむ。「僕のやり方が、取り返しのつかない結果を招いた」

「取り返しのつかない結果？」レイクがアナベルとルパートのことについて、どこまで打ち明けてくれるつもりかを知りたくて、ジャレットはたずねた。

レイクはさっとジャレットを見た。「あいつは妹の心を奪ったまま戦争に行った。それが結果だ。そして死んだ。それ以来、妹の人生は変わってしまったんだ」

アナベルが今もなおルパートを想い続けていると聞かされ、ジャレットは胸に短剣を突き刺された気分だった。ルパートの死を話していたときのアナベルからは、罪悪感が伝わってきた。こんな自分を求める男性はいない、というような口ぶりだった。ただ、まだルパートを愛しているとは言わなかった。彼女はいまだに想いを断ち切れていないのだと知り、ジャレットは何だか腹が立ってきた。

「まあ、それなら君が心配する必要はないだろう？　彼女の心はまだルパートのもとにあるんだから」

「君は彼女の心を求めているのか？」レイクがたずねた。

またもや、率直な質問だ。それなら率直に答えねばならない。「僕にもわからないんだ」

ジャレットの返事に、レイクは驚いたようだった。「わかるまでは、妹に手を出すな」

考えれば、何だか滑稽《こっけい》だった。一週間ばかり前、まったく同じことをジャレットはジャイルズ・マスターズに言ったのだ。

レイクがジャレットを妹から遠ざけたい気持ちはよくわかる。これは彼には家長としての責任感があり、また、妹を深く愛しているという証明でもあった。そんな彼に、ジャレットは敬意を抱いた。

とは言え、それがジャレットのアナベルへの態度に影響するものではない。まったく。彼女の近くに行くこともできない日が続き、彼女への欲望でジャレットの体は燃え上がりそうだった。何としても、二人きりで会わなければ。

彼女と体を重ねれば、こういう気持ちもいくらかは治まるはず――これまで気になる女は何人かいたが、いつも体の関係を持てばそういう気持ちも消えた。ただ、アナベルは普通の女性とは違う。彼女への気持ちは抑えきれず、頭がおかしくなりそうだ。

突然玄関ホールで物音がして、ジャレットとレイクは、何だろうと扉のほうを見た。すると聞き慣れた声がジャレットの耳に届いた。「ロード・ジャレット・シャープはここにいると言われたの。本当かしら?」

ああ。ジャレットは渋々立ち上がった。まったく、もう。バートンでの時間は、もう終わりを告げたのだなと、ジャレットは思った。

21

アナベルはそろそろと階段に近づき、どきどきしながら執事の応対に耳を澄ました。ジャレットを迎えに女性が来た。これはどういう意味なのだろう？　女性と深い付き合いはしないと彼が言っていたのは、嘘《うそ》だったのだろうか？　愛妾《あいしょう》がいるとか、ひょっとすると婚約者かもしれない。

胸をえぐりとられるような気がした。

おまけに現われた女性は、非常に美人だ。深い色合いで輝く金色の髪が、笑みを絶やさない顔の周りで揺れる。旅行用のドレスは薄いピンクがかった紫、流行のイタリア産のシルクのあや織りが男性の目を引く豊かな曲線を強調している。

嫉妬心《しっとしん》を抑えて、アナベルは階段を駆け下り、ホールに出たところで女性に声をかけた。「ジャレットさまをお探しでしょうか？」

女性の瞳《ひとみ》の青緑色が、なぜか見慣れたもののような気がする。「ええ。ロード・ジャレットの行き先はここだろうと、『クジャク亭』の主人が私たちに教えてくれたの」

私たち？「ええ、確かにおられますわ。今夜は夕食をこちらでとり、今は私の兄とカードを楽しんでおられます」

「では、あなたがアナベル・レイクさんね！」女性はうれしそうに叫んだ。「あなたのことはゲイブからさんざん聞いたわ」アナベルがなおも困惑の表情を浮かべるのを見て、女性が言い添えた。「私はミネルバ・シャープよ」

「僕の妹だ」ホールの向こうから、ジャレット・ジャレットの声がした。「何日か前、ミネルバという妹がいるという話をしただろ？」

その話題がどういう状況で出たかを思い出し、アナベルは顔を赤らめた。

ジャレットも同じことを思ったのだろう、にやりとしてから、妹のほうを向いた。

「おまえはここで何をしている？」

レディ・ミネルバは不快そうに顔をしかめた。「それが妹に対する挨拶《あいさつ》？　せめてキスぐらいしてよ」

「わざわざここまでひとりでやって来た理由を教えてくれたら、キスしてやるよ」

「ひとりで来たんじゃないの。ゲイブとピンターさんは、外で辻馬車《つじばしゃ》代をどちらが支払うかでもめてるわ。宿からすぐの距離で、たいした金額でもないのに」

ジャレットの表情は、滑稽《こっけい》ですらあった。「ピンターとゲイブも来ているのか？まさか、ばばさままで来たんじゃないだろうな？」

「ここに来たがったのは、ばばさまだったの。でもライト先生にだめだと言われてね。それで、ジャレットに伝言を届けるよう、私に頼んだのよ」そう言うと、レディ・ミネルバは手にしていた扇で、ぴしゃりと兄の手を叩《たた》いた。

「痛っ！」ジャレットが手をさする。「何だよ、これは？」

「言ったでしょ――ばばさまからの伝言がこれよ。戻って来いって」

アナベルはつい笑ってしまい、ジャレットからにらまれた。

彼はまた妹に話しかける。「僕のほうからも、ばばさまに伝言がある。僕が帰る気になるまで、おとなしくじっと待ってろ、そう伝えてくれ」

ちょうどそのとき、ロード・ガブリエルとピンター氏が玄関を入って来て、居間から出てきたヒューとぶつかりそうになった。慌ただしく全員の紹介が始まり、二階から下りてきたシシーも話に加わった。

全員はすぐにダイニングルームに移動し、エールとワインを楽しみながら、突然の訪問客に料理頭《がしら》は大慌てで夕食をまた作り始めた。

「本当にお気遣いなく」レディ・ミネルバがシシーに言った。これで三度目だ。「食事の面倒までかけるだなんて、申しわけないわ。私たちはジャレットを迎えに来ただけなの」

「とんでもない。皆さん長旅でお疲れでしょうし、夕食もまだだと、ガブリエルさまからうかがいましたわ。面倒などでは、ちっともありませんのよ。ジャレットさまのご家族とお友だちなら、私どもではいつでも歓迎いたします」

シシーの言葉に、レディ・ミネルバは笑顔で感謝の意を伝えた。そのあと、あからさまな好奇心を浮かべて、アナベルを見つめる。

気づかないふりをしながらも、アナベルの心臓は大きな音を立てていた。この三人は、ジャレットを迎えに来たのだ。彼はすぐにここを発つ。いずれこの日が来ることはわかっていたが、それが現実になると、耐えられない気分だった。

ジャレットに無関心でいるのは、最初の日は比較的簡単だった。妹を心配するヒューの言葉が耳に残っていたからだ。しかし日が経つにつれ、どんどん難しくなっていった。

ジャレットが自分に向ける眼差しが、ときおり強い熱を放ち、全身の血液が沸騰するのではと怖かった。ジャレットは常にアナベルを目で追い、アナベルは彼の存在を五感すべてで意識した。彼の匂《にお》い、彼がどこに立って、誰と何の話をしているのかを、たえず感じていた。

いちばん惨めだったのは夜だ。体を重ねたときの記憶がよみがえり、アナベルはベッドで自分の体に触れてみた。彼の手がこうやって興奮をあおり……こうやって乳房をもみしだき……脚のあいだに入ってきて……天国へと何度も何度も連れて行ってくれた。

「アナベルさん、私のエールにも、そのアーモンドシロップを入れてくれないかしら？」レディ・ミネルバがグラスを差し出す。「あなたのうっとりした顔から判断すると、さぞかしおいしいんでしょうね」

アナベルははっとして、顔が真っ赤になるのを感じた。ジャレットが何かを考えているような目つきで自分を見ているのがわかり、穴でもあったら入りたい気分だった。彼は人の心が読み取れるのだろうか？　いや、シャープきょうだい全員に、他人の心を読み取る能力があるのだろうか？

アナベルは何も言わずに、レディ・ミネルバのグラスにシロップを注いだ。何かひと言でも口にすると、心の中を知られてしまいそうで怖かった。

ジャレットはしばらくアナベルを見ていたが、また椅子《いす》にもたれた。「さて、ミネルバ、そろそろ教えてくれよ。わざわざおまえを迎えに来させるとは、ばばさまにどれだけ緊急の用ができたんだ？」

「実は、ばばさまが迎えに寄こしたのは僕なんだ」ロード・ガブリエルが答える。

「ミネルバは何にでも首を突っ込みたがるから、ついて来ただけだよ」

「首を突っ込みたかったわけじゃないわよ。家を離れたくてどうしようもなかったの。ばばさまのせいで、頭がおかしくなりそうよ。独身男性を入れ代わり立ち代わり夕食に招待するんだから。私が夕食に出ないと言うと、ばばさまったら発作を起こすふりをするのよ」

「本当に、ふりだけなんだろうな？」ジャレットの表情がいくぶん曇る。

「すぐに回復して夕食に出るのは、じゅうぶんよくなっている証拠でしょ？　どう思う？」

ジャレットがくすっと笑った。「また悪賢いたくらみをくわだて始めたんなら、体調もいいんだろう」そしてまた、離れたところにいるアナベルに視線を戻した。「急いで帰らなくてもいい理由が、また増えたわけだ」

ヒューが話に口をはさんだ。「プラムツリー・ビールでの仕事を邪魔するわけにはいかないな。契約は、明朝、細部を確認すればいいだけだから、昼には出発できるはずだ」

アナベルは心臓にナイフを突き立てられた気がした。

アナベルを見つめるジャレットの顔に、苛立《いらだ》ちが広がる。「もう少し話し合っておきたいことがあるんだ。少なくとも一日はかかる」

「私なら、あと一日二日ここにいてもいいんだけど」レディ・ミネルバが言った。

「ばばさまから、はっきり申し伝えられているの。モルト業者との会議までには、必ずジャレットを連れ戻してねって」

「しまった――すっかり忘れていた！」

「明日の昼に出発すれば、何とか会議には間に合うわ。でも、それ以上は待てない」アナベルは自分を励まし、現実的な言葉を告げた。「それに、早くロンドンにお帰りになれば、それだけ早く東インド会社の船長とも話していただけるということになりますわ。ですから、早く発たれるほうがいいと思います」ジャレットと会えなくなると思うと、心が麻痺《まひ》していく。

ジャレットの瞳で強い感情が燃え上がり、アナベルを見据えた。「そうだな」

どっちともつかない言葉が、ロード・ガブリエルでさえ気になったようだ。「どうやら、うちの兄貴は、この地に並々ならぬ愛着を感じるようになったようだな。バートンには年寄り好みのことでもあるのかな」

ジャレットは弟を無視して、これまでひと言も口にしていないピンター氏に話しかけた。「君も、僕に知らせることがあったんだろう？」

「ええ。依頼された件について調べてみて、わかったことがあった。あなたがレディ・ミネルバとロード・ガブリエルの説得に応じるか、不安に思ったもので、今後どうすべきか話し合うために、ここに来るほうがいいと判断した」

「兄さまが『依頼した件』とは、どういう謎《なぞ》なのか知りたくて」レディ・ミネルバが不満げに言った。「道中、ずいぶんと頼んでみたんだけど、この方、何も教えてくれないのよ」

「頼むというより、口を割らそうと拷問した、という感じだったな」ロード・ガブリエルは、意味ありげな視線をアナベルに投げかけた。「僕の姉がその気になれば、塗り壁だって舌だけで剝《は》がしかねないんだ。君たち二人は、いい勝負だな」

レディ・ミネルバがまぶしいほどの笑顔をアナベルに向けた。「弟はずっとそう言い続けるんだけど、まったく意味がわからないわ。だってあなた、私たちが到着してから、ずっとおとなしくしてるから」

「おまえがずっとしゃべり続けてきたからさ」ジャレットが言った。「口先での勝負となれば、彼女はおまえの強敵になるぞ」

「さっさとお兄さまを連れて帰ってくださる、レディ・ミネルバ？」アナベルは皮肉で返した。「こんな方、いなくなればずいぶんせいせいするわ」

全員が笑ったが、ジャレットは違った。「少しぐらい、僕にいてもらいたいという気にはならないか？」シルクのような彼の声を聞き、アナベルの背中にざわっと興奮が走る。

ヒューが自分のほうを見ているのに気づき、アナベルは朗らかな笑顔を作った。

「あなたの歌で、この町の人々の安眠を奪い、恐怖のどん底に突き落としたいと思うとき以外は」

ロード・ガブリエルが大きな声で笑った。「こりゃあ、大変だ。ジャレットの歌を聞いたわけか。とっとと出て行けと言うのも無理はないな。ミネルバの口の悪さなんかの比じゃないからな。ジャレットが歌えば、塗り壁が崩れるよ。ミルクが酸っぱくなり――」

「もう、いい」ジャレットが怒ったように言った。「僕の歌がどれだけひどいか、この人はみんな知ってるから」

「カードの腕も知っているわけよね」レディ・ミネルバが言う。「ゲイブから聞いたわよ、あなたとアナベルさんが、一対一でホイストの勝負をして――」

アナベルは慌てて立ち上がった。「お話の途中で申しわけありませんが、夕食の用意がまだ整わないのか、気になります。レディ・ミネルバ、一緒に様子を見に行きませんこと？　それに、珍しいターナーの絵が廊下に飾ってありますので、興味をお持ちではないかと。いかにもゴシック小説に出てきそうなお城の絵ですのよ。レディ・ミネルバはゴシック小説をお書きだとうかがいましたから」

意味のないことをしゃべっているとは思ったが、他にどうしようもない。カードで勝負したことも、何を賭《か》けの対象にしたのかも、兄には知られたくはない。

レディ・ミネルバは少し考えていたが、立ち上がった。「ええ、私はゴシック小説家よ。それに偶然だけど、ターナーは大好きなの」

「僕もだ」ジャレットの声に、アナベルは驚いた。「僕も一緒に行こう」

三人が廊下に出て、ダイニングルームからじゅうぶん離れるとすぐ、ジャレットは妹に向かって言った。「ターナーの絵は、あっちにある。よく見ておけ。そのあいだに、僕はアナベルさんと話をする」

レディ・ミネルバは、うふっと笑った。「ええ、ええ。好きなようにしてちょうだい。何か指示があるまで、私はここにいるから」

ジャレットは妹のからかいには取り合わず、廊下の端にあるヒューの書斎にアナベルを引っ張って行った。

二人だけになるやいなや、ジャレットはアナベルを胸に抱き寄せ、激しくキスしてきた。その濃密さに彼女はうっとりした。抵抗しなければならないのはわかっていても、彼がもうすぐいなくなるという事実が心に重くのしかかり、どうすることもできなかった。

彼の上着の襟を引き寄せ、命綱のように必死でつかむ。彼が全力でアナベルを誘惑しようと唇を奪ってくると、負けそうになる。いや、懇願したくなる。

その可能性を考えて、アナベルははっとし、唇を離した。

ジャレットは彼女の耳に唇を押し当て、熱い吐息が切迫した彼の気持ちを伝えた。

「今夜、君に会わなきゃならない」

「どうして？」

「どうしてかは、君もわかっているはずだ」

わかっていた。さらに問題なのは、アナベル自身彼と会いたいということだった。その瞬間のアナベルは、ヒューのことやジョーディのことや、その他のもろもろをいっさい考えられず、ジャレットに抱かれることだけで頭がいっぱいだった。「同じ場所で？」

彼が少し後ろに下がり、疑うような眼差しを向けてくる。「腕をねじ上げてでも説得するつもりだったのに」

「説得されたわよ」事実だった。しかも非常に効果的に。

ジャレットはアナベルのヒップを持ち上げるようにして、自分の腿《もも》のあいだに押しつけた。「説得が足りないみたいだ」官能的な声でつぶやいてから、また唇を奪おうとした。

「ここではだめ」アナベルは体をよじって、彼の腕から離れた。「あとでね。醸造所で」

彼の瞳で炎が高く上がる。「本当に抜け出せるのか？　君が兄上とのあいだに問題を抱えるようなことは避けたい」

「抜け出せるかどうかは、わからないけれど、やってみる」

ジャレットはアナベルの手を取り、甲にくちづけしてから、反対に向けて手首にもキスした。脈がひどく乱れているのがわかる。「できるだけ、がんばってくれ」そのあとの言葉には、凄《すご》みがあった。「君と二人きりになれるまでは、僕はバートンを去れない」

アナベルが言葉を返す前に、扉の向こうからささやく声が聞こえた。「ジャレット、召使いが近づいて来るわ」

苛立たしげに悪態をついてから、ジャレットはアナベルを引っ張るようにして廊下に戻った。廊下に出る寸前に彼は手を放したが、アナベルは彼の視線を感じ、見られている部分が愛撫《あいぶ》されているように思った。三人は召使いと一緒にダイニングルームに入ったが、どさくさに紛れて彼が耳打ちしてきた。「また今夜な、ヴィーナス」

アナベルのハートがとろけていった。少しは彼に対する守りを固めたつもりだったのだが、毎日少しずつ、彼は守りの壁を崩していき、今となってはもうがれきしか残っていない。

そのあとの数時間は、アナベルにとって拷問にも等しいものだった。このあと何があるか、ということしか考えられなかった。ジャレットがきょうだいと一緒にいるところを見るのが辛かった。非常にきょうだい仲がいいのは、見ていてわかった。自分は今夜かぎりでジャレットの姿を見られなくなるのに、きょうだいが毎日ジャレットと会えるのが羨《うらや》ましかった。レディ・ミネルバととても話が合うのがわかって大好きになり、ロード・ガブリエルは、馬車レースの話でみんなを笑わせ続けた。

やがてシャープきょうだいとピンター氏が立ち去ると、アナベルは兄とシシーに、自分ももう休むからと言った。自分の部屋に戻り、着替えを手伝いに来たメイドを、自分でするからと下がらせ、兄に知られずに家を出るにはどうすればいいのだろうと考えながら、苛々と部屋の中を行ったり来たりした。ヒューが夜遅くまで起きていることは、召使いから聞いていた。今夜はアナベルのことを見張っているはずだ。

見張られても当然ではある。いけないことをしようと思っているのだから。もう一夜だけの逢瀬《おうせ》に、何の意味があるのだろう？　彼に会ったところで、あるいは会わなくても、心が打ち砕かれることに変わりはないのだ。

それでも、アナベルはどうしてもあと一夜だけ、彼と一緒に過ごしたかった。彼に会いたいと思う切実な気持ちは、ほとんど病のようなものだった。

突然ノックの音が響いて、アナベルはどきっとした。ベッドにもぐり込もうとしたのだが、その前にシシーが入って来た。「まだ着替えていないのね」

アナベルの頭の中が真っ白になった。まだ夜着を身に着けていない言いわけがひとつも思い浮かばない。

「これから醸造所に行って、仕事をするつもりなのね？」シシーは義理の妹のぼう然とした顔を見て、シシーはさらに言った。「戻って来た最初の夜にも、あなたは醸造所に行ったって、ヒューから聞いたわ。だから、二度とそんなことをするなと禁じたと」

「ええ、危険すぎるからって」

「でも、今夜はどうしても行かなければならない、そうなんでしょ？」アナベルの表情を探る。「ジャレットさまの出発を明日に控えて、しなければならないことがたくさんあるんでしょうね」シシーの声がやさしくなる。「私にはわかるの。あなたのお兄さまはわからないみたいだけど。女性にだってときには……ある種の衝動を感じるものなのよ。あなたは醸造所に行く衝動に駆られている。私にはそれを非難する気はない」

アナベルはまじまじと義理の姉を見つめた。シシーが鋭いのは、今夜だけのことなのだろうか。アナベルがどうしても醸造所に行こうとする理由なら、正確に理解していると伝えてきているのだろうか。

アナベルは慎重に言葉を選んだ。「兄さまは許してくれないわ」

シシーは肩をすくめた。「妹のことですもの、仕方ないでしょ。でも、だからと言って、あなたが……大切だと考えることをやり抜こうとするのが間違っているわけではないわ」シシーは真心のこもった眼差しをアナベルに向けた。「ヒューのことなら、私にまかせておいて。どうしても今夜醸造所に行きたいのなら、そうすればいい」

アナベルの胸に希望がわいてきた。「でも、どうやって？」

「ほほ、私があの人と結婚して十三年になるのよ。どんなことをすれば、ヒューは他のことを忘れるか、ちゃんとわかっているわ」狡猾《こうかつ》な表情になる。「それから、あちらの殿方なら、ごきょうだいの相手でお忙しいでしょうね、と伝えておくわ」

「ええ、とても忙しいはずよ」

「つまり、真夜中過ぎにあちらの殿方に……特別な注意を払う必要はないと、ヒューを安心させればいいのよね？」

アナベルはどきどきしながら言った。「ええ、そのとおりよ。ヒューが心配する必要はないわ」

シシーの笑みがやさしく感じられる。「あなたなら大丈夫だって、いつも思ってきたわ。あなたの判断に間違いはないはずよ」

アナベルは胸が詰まって、笑い声もうまく出せなかった。「今夜醸造所に行くのが正しいことなのか、自信がないの」

「自分が正しいと信じて、思いきって飛び出さなければならないときもあるのよ。私はジャレットさまのことも信じている――今夜のヒューとあの方との話のあとは、特に」

アナベルは凍りついた。「二人で、どんな話をしたの？」

「あなたに対する気持ちは真剣なのかと、ヒューが詰め寄ったのよ」

ああ。「あの人、くだらない、と笑い飛ばしたんでしょ」苦々しい気持ちで、アナベルはたずねた。

「いいえ。そこが重要なのよ。ヒューが言うには、あの方、そう言われて考え込んでたって」

アナベルの心が沈む。「丁重に否定しただけのことよ」

「ジャレットさまがあなたを見る視線には、丁重さなんて微塵《みじん》もないわ」

アナベルにはまだ信じられなかった。「あの人には、いろいろと噂《うわさ》もあるのよ。忘れたの？」

「いいえ、ちっとも。噂ではね、あの方は、今にも落ちそうで手を伸ばせば簡単に届く果実だけをもぎ取るんですって。こういう言い方は失礼かもしれないけど、アナベル、あなたは、今にも落ちそうで手の届く果実ではまったくないわ。それにあの方、ここまで長居する必要はなかったのに、まだバートンにいらっしゃるじゃないの」

「私に手を貸す理由が、あの人が私に結婚を申し込むと思っているからなら――」

「私があなたに手を貸すのはね、アナベル、あなたもささやかな幸せをつかみ取るべきだと思うからよ。その結果が、どういうことになれ」

シシーはアナベルのためを思ってくれている。あと押しをしてくれているのだ。ただ、アナベルはジョーディと離れるつもりはない。だから、ジャレットと過ごす夜は、今夜が最後になる。

22

宿に戻ると、ミネルバとゲイブはすぐに寝室に向かったので、ジャレットは神に感謝したい気分になった。アナベルと会えると思うと、全身の血が煮え立った。

しかし彼女との逢瀬《おうせ》の前に、もうひとつ片づけておかねばならない大切なことがある。ジャレットは、宿の自分専用の居間にピンターを呼んだ。

「ブランデーでもどうだ？」ピンターが椅子《いす》に座ると、ジャレットはたずねた。

「ああ、いただこう」

ブランデーを注いだグラスを渡してから、ジャレットも立ったままで酒をすする。何だかそわそわして、腰を落ち着けられなかった。「さあ、話してくれ。何がわかったんだ？」

「事件当日、厩舎《きゆうしや》にいた者たちの消息については、まだこれといった情報はない」ピンターがブランデーを飲む。「しかし、あなたがたずねた別の件については、わかったことがあったので、できるだけ早く知らせておこうと思って」

「うむ」

別件とは、親戚《しんせき》のデズモンド・プラムツリーのことだった。ジャレットはごくりとブランデーを飲んだ。あの運命の日、ジャレットはピクニックからの帰り道、森でデズモンドを見かけた。確かにまたいとこの姿だとは思ったのだが、デズモンドの一族は侯爵家のパーティには招かれていなかったため、見間違いだったと気にも留めなかった。そして、そんなことは完全に忘れていた。ところがオリバーの話を聞いて、あの夜の出来ごとすべてに疑問がわいてきたのだ。

「僕の見間違いではなかったんだな?」ジャレットから先にピンターにたずねた。

「僕の両親が亡くなった夜、デズモンドは侯爵家の敷地内にいた」

「はっきりしているのは、その近くにはいた、ということだけなんだ。調べるのに時間はかかったが、近くの宿場町ターナムの厩舎で昔働いていた男が、事件の翌朝デズモンド・プラムツリーの馬具を洗ったと証言した」

「そんな昔のことを覚えているものかね」

「あぶみに血が付着していたら、忘れられなくても当然だろう」

ジャレットの背中を冷たいものが駆け下りた。どきどきしながら、ジャレットは椅子に腰を下ろした。「血が?」ぽつんとつぶやく。「なのにその男は、誰にも何も言わなかったのか?」

「デズモンドから狩りに行ったのだと言われたからなんだ。あの周辺で狩りを楽しむ者は多く、狩りのあとなら血が付いていても不思議はないから」

「それなのに、その男は覚えていた」

「あぶみに付いていたのが、変だなと思ったそうだ。馬を駆って狩猟に出かけたのなら、ブーツの底に血が付くはずはないだろう？　プラムツリー氏ほどの社会的地位のある人物なら、撃った獲物を召使いに取りに行かせ、あと始末もまかせるはずなのに。ただこの厩舎で働いていた男は、それでも事件との関連は考えなかった。理由は、デズモンドが前夜、宿で酔いつぶれていたからだ」

「しかし、父上と母上が亡くなったのは、夜になってからではない。もっと早い時間、おそらくは夕方になる前には死んでいたかもしれない」

「そこなんだ」ピンターも同意する。「しかし、その事実を知る者はいなかった。プラムツリー夫人が徹底的な箝口令《かんこうれい》を敷いたからな。全員が嘘《うそ》を信じていた」

ジャレットはぼんやりとうなずいた。もしばばさまが、家族の名誉を守ろうとしてあんな嘘をつかなかったら、今頃どうなっていたのだろう？　もっと早くに真実が明らかになっていたのだろうか？　それとも、家族を取り巻く中傷が、さらにひどいものになっていただけだろうか？

しかし、ばばさまの努力にもかかわらず、兄のオリバーが両親を殺したという噂《うわさ》まで流れたのだ。これ以上ひどくなっていたとは考えられない。

「わかった」ジャレットは話を先に進めようとした。「仮に——非常に大きな仮定ではあるが——デズモンドがうちの敷地に入って来ていた、さらに、僕たちの両親の死にかかわっていたとしよう。しかし、殺人の動機は何だ？　あいつが侯爵家から相続するものはないし、殺しても何の得もないはずだ」

「ビール会社をこのデズモンドという男に相続させる、プラムツリー夫人があなたを脅すのに、そういうことを言ったと聞いているが」

「ああ、しかし祖母は僕たちきょうだいを懲らしめようとそんなことを言ってみただけなんだ。僕たちがデズモンドをひどく嫌っているのをばばさまは知っているから。そもそも、僕の両親を殺したところで、デズモンドのプラムツリー・ビール社の相続には、何の関係もない。さらに相続するには、ばばさまがあいつを相続人に指定していなければならなかったんだぞ」

「しかし、別の角度からも考えてみよう。事件の三年前、プラムツリー・ビールの社長が亡くなったとき、デズモンドはあとを継ぐのは妻であるプラムツリー夫人ではなく、自分の父親だと信じていたのではないか？　少なくとも経営は自分たちにまかされるものだと考えていた。プラムツリー夫人が自ら経営に携わるとは思っていなかったはずだ」

「確かに」

ピンターは胸の上で手を組んだ。「自分の懐《ふところ》に転がり込むとばかり思っていたものが別の人間に横取りされると悟ったデズモンドは、どうすれば手に入れられるかを考えた。夫の死で悲嘆に暮れていたプラムツリー夫人は、ひとり娘と娘婿《むすめむこ》にまで先立たれたら、すっかり気落ちしてしまうに違いない、さらにその後、ひどいスキャンダルにも悩まされることになるわけだから、それほどの心労には、とても耐えられないだろう――デズモンドのもくろみは、そこだったのではないか。プラムツリー夫人が死ぬことはないかもしれないが、会社の経営はあきらめるだろうと」

ピンターはグラスを置いて、部屋を歩き始めた。「あなたはまだ若すぎて経営をまかせるわけにはいかない。兄上は侯爵になったばかりで、領地の維持管理だけで精一杯。プラムツリー夫人が経営をあきらめた場合、論理的に考えれば甥《おい》であるデズモンドに会社が譲られて当然だ。もしかして、プラムツリー夫人は本当にデズモンドを相続人に指定しており、彼はそのことを知っていたのかもしれない。つまり、もしプラムツリー夫人が心労で命を落とせば……」

「それなら、ばばさまを殺したほうが話は簡単だろ？　それで目的は達成されるじゃないか」

「そうだが、侯爵夫妻が生きていれば、相続人は君の母上になったかもしれない。あなたの母上が、経営者として外部の者を雇う可能性だってあった。さりとて、三人全員がいちどに殺害されれば、その理由が捜査される」

ジャレットはブランデーをひと息で飲み干した。「ただ、ビール会社を手に入れようとしてそこまでするか？　かなり思いきった推理ではないかな」

「しかし、可能性はある」ピンターが足を止める。「もちろん、もっと詳しく調べないかぎり、この推理が正しいと証明することはできない」指を順に開いて、要点を整理する。「ひとつ、なぜデズモンドは侯爵領に当日いたのか、また本当にいたのか。次にプラムツリー夫人の遺言状は、当時どうなっていたのか。この点については、直接夫人にたずねて――」

「だめだ、ばばさまをかかわらせたくない」

ピンターがジャレットを見つめた。「失礼を承知でたずねるが、その理由は？」

ジャレットはグラスを置いた。「まず、ばばさまはまだ体調が万全ではない。さらに、ばばさまの甥を犯人だと言い出すんだ。元厩務員が見たとかいうあぶみの血痕《けっこん》と、僕があいつを領地で見かけたはずだという記憶の他には何の証拠もなしに。十九年も昔のことだから、記憶も曖昧《あいまい》になっている。それに、デズモンドに冷酷な殺人を行なうほどの度胸があるのかも疑わしい」

ただ、デズモンドはずる賢い男だ。自分の両親を殺したのがまたいとこだった可能性を考えると、気分が悪くなってきた。親戚面《づら》をしてきた男が、本ものの悪人だったとしたら……

いや、しっかりした証拠は何もないのだ。今のところは。「ばばさまに知られることなく、遺言状を見る方法はないのか?」

ピンターはしばらく考えていた。「担当事務弁護士のボグ氏に、これまでに作成された遺言状のすべてを閲覧したいと申し出て、代理の人間に見させるといい。あなたの友人のマスターズ氏は法廷弁護士だから、代理人としては問題ないだろう。その際、僕も同席させてもらえばいい。あなたたちきょうだいが、プラムツリー夫人が出した相続条件に関して法的効力を確かめたがっていると言うんだ。それならボグ氏もプラムツリー夫人も不審には思わないだろう」

「名案だ。ロンドンに戻ったら、すぐにジャイルズに相談する」

「その間私は、厩務員たちの捜査を続ける。いずれ、当日デズモンドの馬の世話をしたという者が出てくるだろう。やつの召使いにもあたってみよう。あいつがロンドンを離れた理由が聞き出せるかもしれない」

「用心してくれたまえ」ジャレットはピンターに注意を促した。「僕たちがデズモンドのことを調べていると、あちらには知られたくないのでね。あいつが犯人だとすれば、何をするかわからない」

ピンターの顔がかげる。「実は、そう言われて思い出したことがある。この話を伝えるのは辛いのだが、どうやらあいつは、あなたの経営手腕をおおっぴらに批判しているらしい。あなたが経営するのなら、プラムツリー・ビールもう終わりだと。レイクさんとの賭《か》けの話をどこかで耳に入れたらしく、さらに……悪意のある噂にして広げている」

ジャレットは思わず椅子から跳び上がった。「あいつ、殺してやる！」

「それはお勧めできないな」ピンターが冷たく言う。「私はあなたを逮捕しなければならないし、そういう状況は困る」

ジャレットは何とか怒りを鎮めた。「で、君は、僕にどうしろと勧めるんだ？」

ピンターは真剣な面持ちでジャレットを見据えた。「気に入らないとは思うが」

「とにかく、言ってみろ」

「アナベル・レイクさんと、結婚するんだ」

結婚する、ということに対してジャレットは長年抵抗し続けてきたため、まったく反射的に言葉が口から飛び出した。「君はいつ、うちのばばさまに雇われたんだ？」

ピンターは、ふっと冗談を漏らす。「私もあの女性とは会っているんだよ。ああ、結婚したくない気持ちはじゅうぶん理解できるとも」そこでまじめな顔に戻った。

「しかし、噂を打ち消すにはそれしか方法はない。レイクさんのためにも、プラムツリー・ビールのためにも。非常にまずい状況になっているんだから。しかしあなたがエール醸造をなりわいとする地方の名家の令嬢と結婚するとなれば、願ってもない縁談だ。会社にとっても有利だし、あなたが急にレイク・エールと共同事業を始めたとしても、いかがわしい賭けの結果だと考える者はいなくなる。事業展開を見据えた、賢明な判断だと人は思うだろう。そうなれば、デズモンドの主張はまったく無意味になり、あいつがばかを見るだけだ」

「魅力的な案だが」ジャレットは吐き捨てるように言った。「結婚するだけの価値があるとは思えない」ただし、相手はアナベルなのだ。きらきら輝く瞳《ひとみ》とヴィーナスのほほえみを持つアナベルだ。ジャレットを笑わせてくれ、強い欲望をかき立てる女性。心を開けば、ジャレットの心をひねり潰《つぶ》してしまえる人。何でもできるあの小さな手で。ジャレットは、ぞくっとした。

探偵はジャレットの様子をじっと見ている。「アナベル・レイクという女性の価値は、あなたが決めるものだ」

「彼女のほうが結婚には同意すまい。君も聞いただろ、彼女が結婚をどう思っているかは」

ピンターの口元が、わずかにほころぶ。「ホイストをしているあいだ、彼女はかなり雄弁に語っていたからな。しかし、ジャレット・シャープともあろう男性が、彼女の気持ちを変えられないはずはないだろう？」

そのためには、無責任な生活態度を改めなければならないんだぞ、と思ったジャレットだが、まじめな生活もつまらないとは思わなくなっていた。不思議だ、一週間前なら、そう断言できたのに。

「君の忠告は心に留めておくよ。まあ当面は、君にはこの調査を継続してもらいたい。当然だが、誰にも知られないように」ジャレットは戸口に向かい、扉を開いた。「君は明日、自分の馬車でロンドンに戻るんだな」

「ああ、朝いちばんに出発する」

「ゲイブとミネルバは、侯爵家の馬車に僕と一緒に乗る。ではまた明日」

ピンターが立ち去るとすぐ、ジャレットは部屋の中をぐるぐると歩き始めた。アナベルと結婚する。今夜、この話をされたのは二度目だ。一週間前なら、くだらないとばかにして、考えもしなかっただろう。アナベルとの結婚は、つまりばばさまに負けることを意味するのだから。彼女と結婚すれば、今後もずっとプラムツリー・ビールとかかわらずにはいられない。そうやって、兄の会社を支援してくれとしつこく彼女に迫られるのだ。

また、賭博《とばく》での儲《もう》けは不安定だから、妻子を養っていくとなれば賭けごとだけをしてはいられない。これに関しては、アナベルの指摘が正しい。つまり、彼女を妻にすれば、すなわちジャレットはプラムツリー・ビールの経営を引き受けることになり、さらにはレイク・エールの面倒もみながら、一生を過ごすのだ。

彼はまたブランデーを注ぎ、ぐいっと飲んだ。真面目な生活はそんなにひどいものだろうか？　今週はいろいろと大変だった。こんな経験は実に久しぶりだった。そして、やりがいのある仕事が好きだと気づいた。目的を持ち、周囲に命令を下し、自分のエネルギーを挑戦しがいのある大きな仕事に傾注すること。

だったら、ばばさまに勝つだの負けるだのは、どうでもいいのではないか？　二人ともに勝利を収めるのだ。

ただし、年が明ければ、会社の経営はまたばばさまの手に戻る。するとジャレットはばばさまの下で働くことになる。ばばさまの顔色をうかがい、何をするにも許可を求めなければならない。ばばさまの言いなりだ。

ただし、自分ひとりでじゅうぶん会社を経営できると証明すれば、そんな事態にはならない。

ふとそう思って、ジャレットははっとした。実力を証明する時間は一年近くある。会社の経営が危うくなっている今こそ、いい機会だ。ばばさまに引退を迫るのだ。うまくすれば——特に、年内に結婚でもすれば、ばばさまはすんなりと隠居してくれるかもしれない。さらにその妻が、醸造家であれば、言うことはない。

ジャレットの顔に、じわじわと笑みが広がった。わくわくする感覚が胸に広がっていく中、彼はブランデーを飲み干した。

しかし、アナベルの説得に苦労するかもしれない。結婚する気などない、と二度も言われたのだ。それでも、説得する自信はあった。今夜ひと晩かけて、彼女を説き伏せればいいのだ。二人にとって、これがどれほどいい話かをたっぷりと教えてやろう。彼女は現実的な女性だ。婚姻による結びつきが、事業には大きな利点になるのも理解できるはず。心にもない感傷的なたわ言を垂れ流す気はない。そんなもの、彼女のほうも期待していないはずだ。たぶん。そもそも彼女は、まだルパートという愚か者を愛しているのだから、感情に訴えたところでどうなるはずもない。愛だの恋だのという理由で結婚すれば、不幸になるだけだと彼女は理解しているのだから。

もう待ちきれなくなったジャレットは、レイク・エールへ向かった。到着するとアナベルが先に来ていたことがわかり、ジャレットはうれしくなった。彼女は事務室の奥の小部屋でストーブに石炭をくべていた。

「ジャレット！」振り返ってジャレットの姿を認めると、彼女が大きな声を上げた。満面に笑みが広がる。「気が変わったのかと、心配し始めたところだったの」

「気が変わるはずがない」上着を脱いで椅子の背にほうり投げながら答える。「ピンターと話があったんだ。思っていたより時間がかかってしまった」結婚の話を最初にしておいたほうがいいだろうか？　さっさと片づけておいたほうが、すっきりする。

しかし、彼女に断られたら、そのあとぎくしゃくした雰囲気になる。だめだ、そんな危険は冒せない。これから朝まで、彼女とベッドで燃え上がろうというときに。ジャレットは彼女に近づくと、胸に抱き寄せた。「どれだけ君に会いたかったか、とてもわかってはもらえないだろうな」

「私に会いたかったですって？　どうして？」彼女の瞳がいたずらっぽくきらめく。「毎日会っているのに」

「どういうふうに会いたかったか、わかっているくせに。からかうなよ」ジャレットは顔を近づけて、彼女の耳たぶを軽く嚙《か》んだ。「この耳たぶのやさしい味が恋しかったんだ」指を広げて、結い上げられた髪からピンを引き抜く。「君の豊かな髪の感触をこの手で確かめたかった。それから……」

ジャレットは唇を重ねた。熱く濃密なキスに時間をかけ、何日もの会議や食事のあいだにくすぶり続けた情熱を伝える。彼女が震え始め、全身をぴったりと密着させてくるまで、唇を離さなかった。

やっと顔を上げると、今度は官能的な声でささやく。「こうできなかったのが、いちばん辛かった――君をこの腕に抱き、君の体を全身で感じることだ」もう一秒も待ちきれずに、彼はアナベルのドレスを脱がせ始めた。「君も僕に会いたかったか？」

「会いたいはずがないでしょ?」彼が顔を曇らせるのを見て、アナベルは笑い声を上げた。「ええ、わかった、認めるわ。少しは会いたかった」

シュミーズだけの姿になった彼女の息が荒くなり、ピンク色の花の蕾《つぼみ》のような胸の頂が尖《とが》っているのが薄い生地の下で透けて見える。

「少しどころではないな、きっと」ジャレットの声がかすれる。「正直に言えよ、ベッドにひとりで入るとき、僕のことを考えただろ? 僕がベッドでひとり、欲望にうずく体を持て余しながら君のことを考えている姿を想像したんだろう」彼女の脚のあいだに手を入れると、すっかり熱くて濡《ぬ》れているので、彼は頭がおかしくなりそうだった。「そうだ、想像してここを自分でさわってみただろ?」

「ジャレット!」アナベルは頰《ほお》を真っ赤にして抗議の声を上げた。「まさかそんな――」

「してないって言うのか?」なおも言い募る。「一度も?」

彼女は視線を伏せ、ジャレットのクラバット、チョッキ、さらにはシャツを脱がせた。最後にズボンのボタンに手をかけながらつぶやく。「ええ、その……何度かは」

突然ジャレットの頭の中に、アナベルが自分の体を慰めている姿が浮かんだ。下半身が痛いぐらいに硬くなる。「見せてくれ」

彼女がびっくりしてジャレットを見つめる。「何ですって?」

彼は靴を蹴《け》り脱ぎ、ズボンと下穿《したば》きも急いで取り去るとベッドに座った。「君がどんなふうに自分の体を慰めるのか、見せてもらいたい。君が自分で愛撫《あいぶ》する姿を見たいんだ」

彼女の頬がさらに赤くなる。「そういうの……いけないことみたいに聞こえるわ」

「僕はいけない男だからな。放蕩者《ほうとうもの》で無責任なろくでなしだ。ハルステッド館のヘリオン――」

「あなたをヘリオンと呼んだ覚えはないわよ。あなたが自分でそう言っているだけ」

ジャレットはシュミーズの裾《すそ》をつかんで引き上げた。丸みを帯びた美しい曲線があらわになる。「同じことだよ。僕の評判に見合うことをしてくれ」シュミーズをはぎ取って横に置き、またベッドに座って目の前の光景を楽しむ。「君が自分で自分の体をさわるところを見たい。ロンドンに戻っても、その姿を思い出してさびしい夜を慰められるから」

彼女の顔から赤みが消えたので、ジャレットはどきっとした。彼女は別れることなど何でもないふりをしているが、実際は辛いのだ。それなら、結婚にも同意してくれる可能性は高い。

「ロンドンに帰れば、さびしい夜を過ごすこともなくなるんでしょ?」強ばった口調でアナベルがたずねる。

「いや、君のせいで派手に遊べなくなった。ヴィーナスの体と、母ライオンみたいな強い心を持った女性醸造家のことが、忘れられなくなったみたいで」彼は声を落として、そっとささやいた。「自分の部屋でひとり横になるとき、胸にもさわってみたかい？」

彼女が目を伏せ、美しい瞳が隠れた。そして、こくんとうなずいた。

「さあ、やってみろ」

そこでとうとう、アナベルも手を動かし始めた。まず胸をもてあそぶようにして先端を硬く尖らせる。口からは低くかすれたあえぎ声が漏れ、その声にジャレットの血がわき立った。アナベルの手が乳房をいじる様子から目が離せない。「君の……スペードのエースをどうするんだ」荒い息で言う。「そっちは、ほうっておいていいのか？」

彼女がさっと目を上げ、じらすようにジャレットを見る。「あなたは、自分のジャックには触れないの？」

「う、触れるさ」

彼女の口元に笑みが浮かぶ。「やってみせて」

ジャレットは自分のものをつかむと、そろそろと手を動かし始めた。速くすると、彼女の中に入る前に終わってしまいそうで怖かった。彼の手の動きに呼応するように、アナベルも片方の手を自分の脚のあいだに滑らせ、ぬめりを帯びてはれぼったくなった場所を撫で始めた。

ああ、だめだ。アナベルが興奮に瞳を燃え上がらせ、自分の体を慰めている姿にひどくそそられる。これこそが女性――バラ色に染まった肉体、荒く息を吐くために少し開いた唇。ジャレットの下半身は爆発寸前になっている。これ以上続ければ、みっともないところを見せてしまう。

「もういい」彼は自分のものから手を離して、彼女を引き寄せ、自分の上にまたがせた。「君の中に入りたい。さあ、ヴィーナス、僕に乗るんだ。僕を天国に連れて行ってくれ」

彼女の顔が好奇心に輝いた。「あなたに乗る?」

ジャレットは彼女をまたがせたままベッドの中央へと移動し、彼女の両膝《ひざ》を開かせて、自分の腰の両脇《わき》に足を置かせた。「腰を上げて僕を中に入れるんだ。それから僕の……ジャックを奪う。この前、君が僕の膝にまたがってからずっと、君に奪われるところを想像してきた。女神が自らの快楽を得る姿だ」

どうするかを彼女も理解したようだったが、まだためらっている。「あなた、例のあれを……あなたのジャックにつけている?」

「カンドムだ」どうせ結婚するのだから、そんなものは必要ない、と言いかけたジャレットだったが、彼女が期待どおりには結婚に賛成してくれない可能性を考えて言うのをやめた。この雰囲気を壊したくない。仕方なく床に落ちていたズボンを拾い、ポケットからカンドムを取り出した。もう残っているのはこれひとつだった。

ジャレットは避妊具を彼女に渡した。「君がつけてくれ」

アナベルは恥じらうような笑みを浮かべながら、かちかちになった彼のものに薄い被膜をかぶせ、根元の紐《ひも》を結わえた。そして腰を上げ、シルクのような女性の熱へと彼を迎え入れた。

我慢しきれずに大きなうめき声を漏らし、ジャレットは自分の腰を突き上げた。

「そうだ、それでいい。ディアリング、そのまま続けて。君のしたいようにすればいい」

アナベルの顔が明るく輝く。「私のしたいように?」

ああ。これこそがアナベルの妖婦《ようふ》としての一面だ。自分の女性としての力を存分に使って、ジャレットを責めさいなむ。

彼女はまた腰を浮かせ、そのあとゆっくりと下ろす。滑らかな動きに、ジャレットの口から激しいあえぎがこぼれる。注いだポーターが泡立つように、彼女の髪がこぼれて肩に広がっていく。これほど官能的な光景を見たのは生まれて初めてだった。それに彼女の乳房、ああ、なんときれいなのだろう。すぐ目の前でゆさゆさと動く様子があまりにきれいで、ジャレットは手を伸ばした。もみしだき、頂をこする。そのあいだも、彼女はジャレットの体を思いのままに操る。

「ああ、女神だ。僕の女神……」彼女が腰を動かす速度が増し、それに合わせて彼の体も勢いよく上下に突き押しを繰り返す。もう頭が破裂しそうだ、と思った瞬間、彼女が叫び声を上げて彼の体に突っ伏した。彼女の体の奥が彼のものから欲望をしぼり出していく。親密感に満ちたそのとき、彼は思った。彼女を絶対に放しはしない。そのためなら、できるかぎり、どんなことでもする。

ジャレットはアナベルをきつく抱き寄せ、髪を撫でて額に口づけをしながらささやいた。「僕と結婚してくれ、アナベル」

アナベルははっと顔を上げ、ジャレットを見下ろした。今の言葉は……空耳だったの？　もちろんんだ。自分の頭が勝手に想像したのだろう。あるいは、絶頂のきわみで、彼が意味もなく口走ってしまっただけ。今の行為に、二人とも夢中になってしまっていたから。自分の体を慰めているところを彼に見られることで、アナベルは驚くほどひどく興奮してしまったのだ。

「どうだ？」ジャレットが返答を求める。「君の答は？」

アナベルは呼吸を整えた。「い、今、何を言われたかよく聞こえなかったの」

「僕と結婚してくれ、そう言ったんだ」彼がいとおしそうにアナベルの顔にかかった髪をかき上げる。「僕の妻になってほしい」

意味がわからない。こういうことを言い出す男性ではなかったはずなのに。「一週間前のあなたの言葉、覚えているわよ。相手が誰であれ、絶対に結婚なんてしない、そう言っていたわよね」

ジャレットの口元にやさしい笑みが浮かぶ。そして、アナベルの髪を指に巻きつけ、そっと唇を寄せた。そのしぐさに、アナベルは何だか胸がきゅんと締めつけられるような気がした。「あれは、君のことを気に入るようになる前だ」

なるほど、確かに気に入るというのは、ある種の感情を意味する。ただ、それでも……

彼がまた腰を少し押し上げた。「これが気に入った」

ふん。アナベルは険しい表情で腰を上げ、彼の体から離れると、シュミーズを捜して身に着けた。彼に触れられているあいだは、まともに頭が働かない。そして裸でいるかぎり、彼は触れるのをやめようとはしない。

冷静に考えられるようになってから、アナベルは口を開いた。「つまり、私と体を重ねるのが好きだから、私と結婚したい、そういう意味ね」

「僕は君のことが好きなんだ」ジャレットは慌てたように言った。「君は頭がいいし、冷静な判断でものごとに対処できる。家族を大事にするし、家柄としてもうまく釣り合う。似合いの夫婦になれる」

アナベルは目を丸くした。「あなたは侯爵家の生まれで、私の家はエール醸造で収入を得ているのよ」

「そんなことは気にならない。君だって、本音ではたいした問題だとは思っていないだろ?」

「あなたの家族は重要だと思うでしょ」

ジャレットは眉《まゆ》を上げた。「ああ、思うね。うちの祖母は、もう大喜びさ。地方の名門の令嬢で、ビール業界やエール醸造に精通している女性を家族の一員として迎えるんだから。ロンドンの屋敷の屋根に上って踊り出すかもしれないな」彼の口調がいくぶん強ばる。「君に会社をそっくり渡すとはかぎらないが」

「まじめに話してちょうだい」

「悲しいかな、まじめな話だ」ジャレットは立ち上がって、カンドムを火の中にほうり投げ、下穿きをはいた。「君は、うちのばばさまが僕の花嫁にと望む理想の女性なんだ」

「あなたはそれが悔しいのね?」

彼は肩をすくめた。「少しはね。ばばさまに負けると思うと」

「それなら、なぜ――」

「僕たちの結婚には、現実的に多くの利点がある。たとえば、噂は完全に消えてなくなることだ」

アナベルははっとした。「噂？」

いまいましそうなため息がジャレットの口から漏れた。「ああ。まだ君に話してはいなかったんだが」突然、彼の瞳に怒りが燃え上がる。「プラムツリー方のまたいとこにあたるやつが、僕たちの賭けのことをロンドンじゅうに言って回っているらしい。もっとも悪意に満ちた内容にしてね」

アナベルも、さらにはレイク・エールもそんな中傷にさらされたら、どういうことになるか――またスキャンダルに巻き込まれるのだ。「つまり、その人は、本当のところをみんなに話しているということ？」

「そいつは、本当のところはこうだろうと推測した」

「推測したことが、たまたま真実だったわけね」

「細かいところはどうだっていいだろ？　要は、この話はすぐにバートンにも伝わるってことだ。僕自身は何を言われても気にならないが、君や君の家族が、また新たな噂に巻き込まれて辛い思いをするのは耐えられない」

アナベルは体を硬くした。「では、あなたは私をかわいそうに思って結婚を申し込

のために、あなたが結婚を申し込むのは、ピンターが指摘したのは――」

アナベルは、びくっとして手を振りほどいた。「あなたが結婚を申し込むのは、ピ

「ピンターが指摘したのは――」

に突き刺さった。

そのとおりだった。しかし、彼のひと言、ひと言がアナベルの心臓にナイフのよう

は君の兄がきちんと生産するだろうと安心する」

思ってもらえる。東インド会社の船長も、僕が注文どおりの品物を納めると、あるい

結果として始めたものだと見なされ、それならこの事業に両社とも傾注するだろうと

これだけだとでも思っているのか、ジャレットが力説する。「共同事業は縁戚関係の

「レイク・エールにとっても、間違いなく有益なはずだ」アナベルが反対する理由は

みたいに言ってのける彼の才能には敬服するばかりだ。

「法的に有効な関係」アナベルはぼんやりと彼の言葉を繰り返した。結婚を事業契約

となんだ」

女の手を取る。「今の状況を解決する最善策は、僕たちが法的に有効な関係を結ぶこ

いろな意味で有利に働くってことなんだ」アナベルの前で足を止め、ジャレットが彼

の様子からはっきりと苛立《いらだ》ちが伝わってくる。「僕が言いたいのは、この婚姻がいろ

「違う！　どうしてわからないんだ――」アナベルの前をジャレットが歩き回る。そ

んだ、そういうことね」

ンターさんにそうしろと言われたからなの?」

「違う! いや、あ、確かにあいつには勧められ――」ジャレットが罵《のの》り言葉をつぶやいて、話すのをやめた。「これ、非常にまずい結婚の申し込み方だよな?」

「こういう言い方はどうかしら? これほど心のこもらない結婚申し込みの言葉を、生まれて初めて聞いたわ。以前に村の食肉業者から申し込まれたことがあったけど、その人だって少しは私のことを想っているふりぐらいはしてくれたわよ」

「君に好意がないとは言っていない」彼は両目のあいだを押さえた。苛立つ男性そのものの姿だ。「僕はただ……つまり、君って女性は、常にものごとを現実的に考えるし、だからこういう利点があると聞けば――」

「現実的な利点なんて、忘れてちょうだい。私は、なぜあなたが私と結婚したいと思うのかを知りたいの。あなたという人の気持ちよ。プラムツリー・ビールの臨時経営者としてではなく」

「臨時ではない」ジャレットが訂正を求める。「今後は、違うんだ。僕はこれからずっと、あの会社を経営していきたい。賭けごとなんて、もうやめるつもりだ」彼は腕組みをして、恨めしそうにアナベルを見た。「君が僕との結婚に乗り気でない理由はそこだった。だから、賭けごとはやめる。もう心配しなくてもいいんだ」

そう打ち明けられて、アナベルは膝から力が抜けていきそうに感じた。賭けごとをあきらめる？　自分を妻にするために？　信じられない。そうだとすると、いくらかは期待してもいいのかもしれない。

「ジャレット」彼女は静かに切り出した。「あなたがプラムツリー・ビールを引き継いで今後も経営していくつもりだと聞いて、言葉にできないぐらいうれしいわ。でも、私が知りたいのは、どうしても知っておかなければならないのは、あなたの私への気持ちよ。私と今後一生をともにしようと思った理由は何なの？」

即座に彼の目に警戒感が浮かび、アナベルの心は沈んだ。どうして彼は、自身のハートを与えてはくれないのだろう？　ほんのわずかでもいいのに。そんなに難しいことなのだろうか？

「気持ちはもう言った」事務的な口調が返ってくる。「僕は君のことが好きだ。君と体を重ねるのが好きだ。君だって、正直な気持ちを伝えてくる男のほうがいいのではないか？　愛の言葉をささやいておきながら、君のことなど考えもせずに戦争に行き、結果として苦しむことになるよりは」

アナベルは息をのみ、直截《ちよくせつ》的な言葉に自分がどれほど傷ついたかを知られないようにした。

彼の顔に、強い焦りの色が広がる。「君の夫としてできるだけのことをすると約束する。君を養い、君の家族への援助を惜しまない。賭けごとをやめることだって約束するんだ。それでもまだ足りないのなら、他に何をすればいいのかわからない」

あなたのハートを差し出してくれればいいのよ。アナベルはそう思ったが、彼には心を差し出すつもりはないのだ。

そう思うとひどく悲しい。もしアナベル自身のハートが完全に彼に奪われてしまっていなければ、それでも耐えられるだろう。けれど、彼女は深くジャレットを愛してしまっていた。ルパートに恋したときとは比較にならないぐらい、激しく。

ジャレットのヒューの扱いのうまさに感心した。交渉はジャレットの思いどおりに進んだのに、兄はまるで自分がすべてを取り仕切ったように感じていた。彼のその有能さを愛してしまった。歌が救いがたいほどへたなところも愛していた。アナベルのことを心配してくれる点も愛していた。

だからこそ、彼のハートが得られないと知りつつ、彼と結婚することはできないのだ。そんなことをすれば、胸が張り裂けてしまう。おまけに、もうひとり深く愛している人物のそばにいることをあきらめなければならないのだから。ジョーディだ。

「わかったわ。ルパートの無意味な甘い言葉より、率直な気持ちを聞くほうがありがたい。だから私も、同じように正直に答える」

ふっと深く息を吸う。「もうひとつだけ、考慮すべきことがあるの。つまり、あなたの主張する事業展開にかかわる相互関係を結ぶに際して、だけど。あなたにこれまで伝えていなかったの」落ち着くのよ、とアナベルは自分に言い聞かせた。「この話を聞けば、あなたも私と結婚する気はなくなるはずよ」

ジャレットは警戒するような眼差しで、じっとアナベルを見た。「ほう?」

どういう言い方をしても、辛いのは同じだ。アナベルは胸を張って、ジャレットをまっすぐに見た。「私には息子がいるの」

23

開いた口がふさがらないまま、ジャレットはただアナベルを見ていた。今のは、どういう意味だ？　私には息子がいる？

　そのときふと、初めて二人が体を重ねたときの彼女の言葉を思い出した。**男性と最後に肌を触れ合ってから、もう十三年も経つのよ。**十三年前。

　はっと事情に気づいて、ジャレットは胸に一撃を食らった気分だった。「ジョージは君の息子なんだ」

　アナベルは、ごくっと唾《つば》を飲み、そのあとうなずいた。

「だから君は、これまで結婚しなかった」

「ええ」

「そして、しつこく避妊を迫った」これでいろいろなことに納得がいく。配られるトランプ札のように、ぱたぱたといろいろなことが腑《ふ》に落ちていく。「だから君の兄上は、ルパートのことで自分をあれほど責めていたんだ。そして君は、兄が罪悪感を持つことを申しわけなく感じてきた。さらに、君のジョージに対する態度も母親そのものの……シシーさんと同じだったのも、そういう理由だったんだ」

「ええ」アナベルが小さくつぶやく。

これほど重大な秘密を彼女が今まで隠していたことに、ジャレットは衝撃を受けた。「この話をいつ僕にするつもりだったんだ？　このまま隠しおおせると思っていたのか？」

アナベルは挑戦的な視線を投げかけてくる。「あら、いつにすべきだったかしら──あなたはどう思うの？　あなたが結婚にはいっさい興味がないと言ったあとかしら、死ぬまで賭《か》けごとはやめないからな、と宣言したとき？」つかつかと歩み寄る彼女の瞳《ひとみ》が怒りに燃えている。「それとも、私が指摘したとおり、どうしようもないろくでなしだと自慢したあとがよかった？」

「別に自慢したわけでは──」

「ああ、わかったわ！　私をロンドンに連れて行き、ときどきは妾《めかけ》として情けをかけてやると告げたときに、打ち明けるべきだったのね。好きなときに私の体を──」

「もういい」彼女の言い分ももっともだ。「よくわかったから」

彼女の怒りは急速に消えていき、苦悩がにじみ出てきた。その姿を見て、ジャレットの良心が痛んだ。どこか心の深いところがえぐり取られる気分だった。その深いところが、彼女を守ってやらなければ、と訴える。苦しむ彼女を救ってやるのだ。いつからこんな衝動を持つようになったのだろう?

アナベルの顔が苦悩に歪《ゆが》む。「ジョーディが生まれてからずっと、私はあの子が父《てて》なし子と呼ばれないためにできるかぎりのことをしてきたわ。あいつの母親は身を持ち崩した女だぞ、と後ろ指を差されないように」彼女の目が涙でいっぱいになる。「私は、あ、あの子が別の女性を『母さん』と呼ぶのを見てきたのよ。そのたびに、私の心は、す、少しずつ打ち砕かれていった。あの子の、しょ、将来を台無しにする危険を冒せると思う? 自分のことさえ、いっさい、は、話してくれない男性には、秘密を打ち明けられないわ」

涙がとめどなく彼女の頬《ほお》を伝い始め、そんな姿を見ているのはジャレットにとって耐えられないほど辛かった。「いいから、ディアリング」彼女を胸に引き寄せてそっとつぶやく。彼女の痛みを押さえていた蓋《ふた》を開けてしまった。それをどうやって閉じればいいのか、わからない。

ジョージにかかわることで、彼女がすぐにむきになったのもこれでうなずける。レイク夫人が、あの少年に関する決定をアナベルにゆだねてきた理由もわかった。今では、何もかもに納得がいく。

どうしてもっと早く気づかなかったのだろう? 十二年間秘密を隠し続けてきたア

ナベルが、いちばん隠し方を知っていたから。またジャレットのほうも、彼女への欲望で何も考えられなかったから。魅力的な女性の肢体の奥に、心打ちひしがれた母親の姿があることが見えなかったから。

アナベルの嗚咽《おえつ》がいくぶんなりとも収まるのを待ってから、ジャレットは思いきって別の質問をした。「ジョージはこのことを知っているのか?」

彼女が首を横に振る。「どうやって……どうやって話せばいいのか、わからないの。あの子に嫌われるのが怖くて、あの子はきっと理解してくれないだろうと思って」涙に濡《ぬ》れた顔を上げる。「金輪際、自分とはかかわってくれるなと、あの子に言われるのが嫌なの。そんなことになったら、私、生きていけない」

彼女の心の痛みがひしひしと伝わる。同情せずにはいられない。彼女の心を思いやらずにはいられない。思いやりなど感じたくはない。けれど、どうしようもなかった。彼女の苦悩がジャレットの胸にも痛切に迫り、そんな彼女を見ているとジャレットまで辛くなった。「嫌われるはずがないだろ」ジョージ少年に対して、かすかな嫉妬《しっと》を感じた。ジャレットにはいなかった母が、あの少年には二人もいて、愛情のすべてを注ぎ彼の世話をあれこれと焼いてくれるのだ。「君はあの子のために、これまでの人生のすべてを捧《ささ》げてきた。それがどれほど大変ですばらしいことか、あの子だってわかるはずだ」

「そうだといいけど」ささやくような彼女の声が痛々しく、彼女が抱えるすべての痛みを取り除いてやりたいとジャレットは思った。「そろそろ言わなきゃならない時期が来ているの。先延ばしすればするほど、事態は悪くなるわ」

どう答えればいいのか、ジャレットにはわからなかった。自分の母が同じことを言ってきたら、自分はいったいどうしただろう？　これまでの自分の人生が嘘《うそ》で塗り固められていたのだと知ったとき、母に対して怒りを覚えることなく、その事実を受け止められただろうか。

アナベルは体を離して、背筋を伸ばした。「だから、わかったでしょ。私があなたと結婚するのは無理だってことが」

無理。救いようのない言葉に、ジャレットははっとした。「これが結婚とどういう関係があるんだ？」

「あなたと結婚すれば、私はあの子をシシーとヒューのもとに置いて出て行くことになる。一緒に連れて行こうとすれば、ジョーディは私の実の息子だと世間に知られ、父なし子の烙印《らくいん》を押され、残酷な中傷にさらされるのよ。そんな選択肢を取るのは無理だわ」

無理という言葉を遣わないでもらいたいと、ジャレットは強く思った。「君が考えるほど無理な話じゃないさ。ジョージはストーンヴィル侯爵家の一員となるんだから。

僕たちならゴシップには慣れている。またひとつ噂の種が増えたところで、どうってことはない。僕たちでできるかぎりのことをして、あの子を守ろう」

　アナベルが横目で見上げる表情が、彼の言葉への疑念を伝えてくる。「プラムツリー夫人は、さぞかし大喜びでしょうね。あなたの花嫁は醸造家の娘で、私生児の息子を連れて来るのよ。大歓迎してくださるのかしら」

「僕の祖母は、しがない食堂をやっていた男を父親に生まれたんだよ、ディアリング。僕が君の息子を受け入れるかぎり、ばばさまだって同じようにしてもらう。歓迎してくれないのなら――くそくらえだ」

「あなたには『くそくらえだ』なんて言える贅沢《ぜいたく》は許されないのよ。そんなことを言えば、即座にプラムツリー・ビールの経営から締め出されるわ」

　彼はびくっとした。「ばばさまは、僕と取り決めをしたんだ。だから、その取り決めに従ってもらう。従わなかったとしても、君とジョージのことは、僕がちゃんと養っていくから。心配しなくても、大丈夫だよ」

「私が心配しているのは、ジョーディが傷つくことよ。あの子はこの町しか知らずに育ってきた。知らない世界に連れ出したら、どうなることか。かと言って、あの子をここに置いていくことはできないわ――どうしても」

「置いていけとは言っていない」ジャレットは涙に濡れた彼女の頬を両手ではさんだ。

「しかし、どうするかという決定はあの子にゆだねなければ。本当のことを話した上で、どうしたいのかをたずねるんだ。中傷にさらされる危険を冒しても実の母親と一緒に住むか、それともせめて成年に達するまではここに留まるか。おとなになれば、どこに住むかはさほど意味はなくなるだろ?」

「ここに留まるとあの子が決めるなら、私も出て行けないわ。私もここを離れない」

彼は体を強ばらせた。「僕はロンドンを離れられない。プラムツリー・ビールの経営をまかされている以上は」

「ほらね」アナベルがそろそろと後ろずさっていく。「言ったとおりでしょ——無理なのよ」

「無理だって言うのはやめろ! 自分のために君が人生のすべてを台無しにすることを、あの子が本当に望むと思うのか? 夫を持つ夢をあきらめ、自分の家庭を築き、また子どもを産み育てる希望も——」

アナベルが大きく目を見開いた。「あなた……子どもが欲しいの?」

思わず口走ってしまった。言うつもりもなかった言葉に、足元がぐらつく気がした。世界の軸が、彼女の質問で大きく変わった。ジョージが自分と一緒に住むのであれば、息子ができるわけで、彼の面倒をみてやらねばならない。責任を持たねばならない人が二人になるわけだ。二人の期待を裏切ってしまったら、どうしよう? それにもしかして、考えるのも恐ろしいが、プラムツリー・ビールの経営に失敗したら、どうすればいいのだろう？

「どうなの？」アナベルがもう一度たずねた。

「いつかは僕も……子どもを何人も持ちたいと思うはずだ」

アナベルは、哀れむような表情を見せた。「ねえ、ジャレット。はっきり言ったらどうなの？　結婚の申し込みをしたときには、こんなことになるなんて思っていなかったはずよ。あなたの気持ちもわかるわ、ほんとに。だって、妻をめとるつもりが思春期の子どもまでついてくるんだもの、そんなことを望む男性がいるはずはない。ごく最近まで結婚すらしたくないと言い張っていた人なら、特にね」

彼女は勝手にジャレットの気持ちを決めつけている。腹が立ったジャレットはつかつかと彼女に詰め寄った。「僕がどう思っているか知りもしないくせに！　君はジョージの存在に十二年間慣れ親しんできた。僕がこのことを知ったのは、たった五分前だぞ。今後僕だって、あの子ときちんと付き合っていけるかもしれないだろう？　僕だってあの子と仲よくなりたいんだ」

「あのねえ、ジャレット――」彼女が聞き分けのない子どもを諭《さと》すような口調になったので、ジャレットの怒りが爆発した。

「君自身の問題は何なのか、教えてやるよ。君は勇気を持って困難に立ち向かわないんだ。いつだって、安全な方法を取る。あの賭けに応じたのも、必ず勝てると信じていたからで――少しでも負けると思っていれば、勝負に応じることさえなかったんだ」

「違うわ！　そうじゃない」

「違うのか？　自分の息子に真実を話さずにいるのは誰だ？　何もかも変わってしまうのが怖くて、自分の人生を精一杯生きるのが怖くて、だからこそ周囲の人たちのために自分を犠牲にしてきたんじゃないのか。人を信じるような危険を冒すよりは、問題を自分で抱えるほうがいいと――」

「その問題は何か、自分でわかっていない、そういうこと？」彼女の口調が苦々しい。

「ええ、そのとおりよ。皮肉なものね、その問題とはあなたのことなんだもの。あなたのことがわからないのよ。あなたが自分のことを少しでも話してくれれば、私も危険を冒してみる気になったかもしれない。でもあなたは、何も話してくれないわ。結婚には現実的な利点があるとあれこれ並べ立てながら、あなたのハートはどう感じているのか、何も教えてくれない」

ああ、どうすればいい？　心の問題を話し出すのなら、困った事態になる。「僕にはハートなどない。今になってもそれぐらいわからないのか？」

「あなたがハートを持ちたくないと思っていることは、知っているわ。ハートがなければ、打ち砕かれることもないものね――ただ、何もないふりをしていればいいのよ、ここには」アナベルが一歩前に出て、ジャレットの胸に手を置く。「でも実際はそうじゃない。ハートを持たない男性を、私が愛することなんてあり得ないから」

ジャレットは凍りついた。愛する？ まさか、あり得ない。愛なんて男をだめにする罠《わな》でしかない。「そういう言葉を遣うな」じわじわと胸に動揺が広がって行くのを感じ、彼はアナベルの手を胸から払いのけた。「僕のベッドには、君にいてもらいたい。僕たちが結婚すれば、きっと幸せに暮らしていけると、心から思っている。ジョージの問題には必ず解決策がある。しかし、それ以上のことを求められても困る。君に与えられるものが、僕にはないんだ」

彼女の顔をよぎる苦悩が、ジャレットの胸にも同じような痛みを起こさせた。ちくしょう、こんなのは嫌だ！ 感情を揺さぶられたくないんだ。

「勇気を持って困難に立ち向かえないのは、誰なのかしら？」彼女が静かに言った。「そうだったわ、賭けごとをする人は、手の内をけっして明かさないものよね。私がばかだった。でもね、ジャレット、いつかはその手札を出さなくてはならないときが来るのよ。負けを覚悟しなければならないときもある。人生も同じよ。私は多くのものを失う覚悟はできている――ジョーディのことさえ、もしあなたがハートを差し出してくれさえすれば。でも、そうでなければ、危険を冒すことはできない。あなたにはそこまでの覚悟がないだけなのね」

ジャレットはベッドに戻って服を拾い上げた。「それなら、仕方ないな。これは――僕たち二人が一緒になるのは、無理だったんだ」

しばらく二人を沈黙が包んだ。ジャレットは頭のどこかで、アナベルが反論してくるのを期待していた。いえ、無理じゃないわ、あなたと結婚して、ベッドをともにする、あなたのハートがなくてもいいの、と。

しかし、どこか魂の奥底では、彼女が反論してこないことはわかっていた。アナベルはそういう女性なのだ。一度決心すれば、気持ちが揺らぐことはない。そういうところを愛している――違う、そういう彼女が大好きなのだ。

まいった。彼女と話していると、どんどん影響されてしまう。ハートだの愛だの。これ以上影響されてはならない。

二人は無言で服を着た。ジャレットが先に身支度を整え、そのあとアナベルがコルセットをつけるのを手伝い、ドレスを着させた。その間、こんなに近くにいるのに、はとても離れている気がして、身を切られるような気分だった。これが最後なんだ、はちみつみたいな甘い彼女の匂いを嗅ぐのも、彼女と二人きりになれるのも。そんな思いを抱き続けた。

キスして、恍惚《こうこつ》とした状態で結婚に同意する言葉を口にさせようかとも思ったが、彼女のほうが自分を愛しているとはっきり宣言した以上、そんなことはとてもできなかった。体を重ねることが彼女にとってとても大切な経験なのだとわかりながら、彼女の体を奪うようなまねはできない。

ジャレットはそそくさとドレスのボタンを留め、できるだけ急いで彼女のそばを離れた。彼女と近い距離にいることのほろ苦い歓びに、もう耐えられなかった。

ふと心配になり、ジャレットは書きもの机に近寄ると、いくつかの連絡先を書いた。アナベルが髪をピンでまとめ上げるあいだに――この豊かな髪もジャレットが愛する――大好きな――ところだった――彼は元の場所に戻った。

「噂がここまで広がり、気が変わって僕と結婚したくなったら、この住所のどこかに連絡してくれ。最初のは僕の独身者用の住まいで、二つ目はばばさまのタウンハウス、最後のが侯爵領のハルステッド館だ。ただ、現在は侯爵領にはほとんど誰もいない」

彼はほとんど強引に、彼女に紙を握らせた。

アナベルは顔を上げ、何の感情もない目でジャレットを見た。「ありがとう」

「明日は、君もこの醸造所に来るのか？」

「私が来る必要はないわ」

彼女には必要ないだろうが、ジャレットには必要が――

ない。もうこんなごたごたはたくさんだ。そう決めたはずなのに。

「それでは、これでお別れだな」

アナベルがおぼつかなげにほほえんだ。「そういうことになるわね」

ジャレットはキスしたかった。彼女を抱きしめたかった。しかし、何もせずに、彼女に背を向け扉に向かった。

戸口で彼女に呼び止められた。「ジャレット？」

くだらないとは思いつつ、胸に希望がふくらむのを感じながら、ジャレットは振り向いた。「何だ？」

「ありがとう」

「何に対して？」

「ここまで来てくれて、兄を助けてくれたことに。私の人生を明るくしてくれたことに。ほんの短いあいだだったけれど、うれしかった。そして、女性であるのはすばらしいことだと思い出させてくれて」

胸に何かがつかえるのがわかった。「どういたしまして」

しかし、醸造所を出て宿に戻るあいだに、ジャレットはとんでもない間違いをしでかしたのではないかと思うようになっていた。彼女と別れたのは、正しかったのだろうか？　自分は彼女が指摘したとおりの、弱虫なのだろうか？　彼女が求めるものを差し出し、その結果傷つくことになっても、覚悟を決めるべきだったのか？

いや、だめだ。傷つくに決まっているのだから。これでよかったのだ。体の関係を持っただけの女性と別れるだけで、これほど辛いのなら、ハートをすべて差し出したあと彼女を失ったらどれほど傷つくのだろう。

困難に立ち向かう勇気がないのだと彼女には言われたが、賭けごとをする男は、危険が大きすぎる場合は勝負を控えるものだ。今回の賭けは、あまりに危険が大きすぎる。それは確信できる。

24

その後数日間、アナベルは感覚すべてが麻痺《まひ》したままで過ごした。毎日、ジャレットとの会話のすべてを思い起こし、ああ言う他にはなかったと自分に言い聞かせた。毎夜、いや、やっぱり間違っていた、彼の申し込みを受け入れればよかった、と思い直した。

彼が自分を愛していないことが、それほど重要なのだろうか。彼が結婚を決意したのは、アナベルを彼なりに救おうとしていたからで、それでもいいのではないか？つまり、アナベルに対する想いがなにがしかはあるのだから。

しかし、自問を繰り返しているうちに、いつも夜が明け、また、これでよかったのだと思うようになる。ジャレットは賭《か》けごとをやめるとも断言したが、それさえ実際はどうなるかわからないのだ。結婚したら今後の一生をともにしなければならないのに、彼が妻を持ったことを後悔する日が来るかもしれない。さらに、ジョーディのことについても、侯爵家やプラムツリー夫人は問題にしないと彼は言うが、本当にそうなのか、直接彼の家族に会っていないアナベルにはわからない。

ああ。ジャレットの言葉の中に、正しかったことがひとつある――ジョーディに真実を話さなければならない。自分が臆病《おくびょう》だったのだ。先延ばしにすればするほど、問題は深刻になる。それでも、地元の小学校でのいじめが解決してからにしよう、もうすぐジョーディの大好きなイースターが来るから、行事が終わったあとにしよう、などなど、言いわけを続けていた。

今なお、ぐずぐずと迷っている。自分でもわかっている。

しかし、近頃はジョーディに話す必要性も薄れてきている。何もかもがうまくいき始めたのだ。ヒューがレイク・エールの経営に本腰を入れ始めたのはうれしい驚きだった。ジャレットとの合意により、自分たちのペール・エールを東インド会社に売れるかもしれないという希望を抱いたためか、兄は自信を取り戻し別人のようになった。毎日醸造所にやって来る兄の姿からは、期待と興奮がにじみ出ていた。

そのため、ジャレットが去ってから一週間経ったある日、ふとアナベルは書斎をのぞいて、その光景に愕然《がくぜん》とした。ヒューがウィスキーの入ったグラスを手にしていたのだ。ロンドンから戻って以来、兄が強い酒を飲んでいるのを見たのは初めてだった。

全身が凍りついたが、ヒューは実際にはウィスキーを飲んでいるのではなく、グラスを見つめているだけだとわかった。ためつすがめつ、グラスのウィスキーが光に反射するのを眺めているのだ。アナベルの存在を感じ取ったのか、顔を上げもせずに言った。「入ってくれ、アナベル。おまえをここに呼ぼうと思っていたところだ」

その声があまりに穏やかすぎて、アナベルは悪い予感を覚えた。「何があったの？」

「オールソップから、興味深い噂《うわさ》を聞かされた。ロンドンじゅうで評判になっている話だそうだ。アナベル・レイクという娘が、とある貴族といかがわしい賭けをしたらしい」

アナベルの顔から血の気が引けるのと同時に、ヒューが視線を上げた。「事実なんだな？」

アナベルは胸を張り、どうにか言いつくろおうとした。「レイク・エールを支援してもらう代わりに、母さまの形見の指輪を賭けたのよ」

「僕が聞いた話とは違うな」

「ええ、でも――」

「ロード・ジャレット・シャープが、指環を賭けの対象として勝負に応じることはない。絶対に」兄の視線が、アナベルの表情を探る。「しかし、おまえをベッドに連れ込む機会を目の前にぶら下げられれば、あの男が勝負に飛びついてくるのは間違いない。噂では、これが賭けの対象だったそうだが」

アナベルは頰《ほお》が熱くなるのを感じた。「何を賭けたのかなんて、どうだっていいでしょう？　私が勝ったんだから」

「つまり、噂を否定しないんだな」

　彼女は絶望的なため息を吐《つ》いた。「ヒュー、お願いだから……」

「そういう賭けをジャレットさまが言い出したことには、何の驚きもない。しかし、おまえが応じたという事実に愕然としたよ」

「兄さまに恥をかかせて、申しわけなかった――」

「そういう問題じゃない！」兄がグラスを置いたので、アナベルはほっとした。「レイク・エールを救おうとして、妹がそこまで必死になっていた事実が……まさかおまえが……そこまでしなければならないと思っていたなんて……」ヒューは両手に顔を埋めて突っ伏した。「ああ、何てことだ。僕は妹をそんなにも追い詰めてしまった」

　アナベルはどきどきしながら、兄に近寄るとそっと肩に手を置いた。「私が負けていても、ジャレットさまは賭けの勝ちを受け取りはしなかったはずよ。あの方、根は善良なの」

　ヒューがさっと顔を上げる。「善良な男は、追い詰められた女の弱みにつけ込んだりはしない。善良なら、女性が社会的体面を失うような事態を招くことはしないし、その女性ひとりを悪い噂の渦中にほうり出したりはしない。あの男のせいで、町じゅうの者からおまえは身持ちの悪い女だと言われているんだぞ。僕はこれからロンドンに乗り込んで、あいつに決闘を申し込む！」

「だめよ」アナベルはきっぱりと言った。

「当然の報いを受けさせてやる」

「いいえ、当然ではないの」話すべきか迷ったが、兄が決闘みたいな愚かなことを言い出した以上、話さざるを得ない。「噂を聞いてすぐ、ジャレットさまは私に結婚を申し込んだのよ。私が断ったの」

ヒューが目を丸くしてアナベルを見つめた。そしてゆっくり体を起こした。「なぜ？　いったいまた、どういうわけだ」

「理由はわかっているでしょ。ジョーディは自分の産んだ子だと、おまえはあの男に言ったのか？」

「ジョーディよ」

「仕方ないでしょ。結婚を申し込んでくれたのだから、知らせるのが筋だわ」

ヒューが椅子《いす》にもたれ直し、厳しい表情でアナベルを見た。「以前にもおまえに結婚を申し込んだやつはいた。その誰にも、おまえはあの子のことを話さなかった」

「その人たちのことなんて、何とも思っていなかったもの」

「しかし、ジャレットさまに対しては想いがある」

ためらってから、アナベルはうなずいた。

「あの男は他の人間にこのことを話すかもしれないんだぞ。心配じゃなかったのい」

「噂は、あの方が話したから広まったのではないのよ。あの方はそういう人間じゃないか？」

「秘密を守る男が、ロンドンじゅうに賭けの話を吹聴《ふいちょう》して回るわけか？」

「いいえ、あの方なら秘密は守るわ」アナベルははっきりと断言した。

「そうか？」兄の顔に憤りが広がる。「それならなぜ、おまえは結婚を断った？　おまえに私生児がいると聞いて、あの男がひどいことを言ったんだろう？」

「いいえ、そうじゃないの。状況を理解し、私への気遣いを示してくれた」

ヒューはあっけにとられている。「おい、何だかわけがわからなくなってきた」頭をこすり上げる。「ジョーディがおまえの息子だと聞いても、ジャレットさまは問題にしなかった、それならなぜ、おまえは結婚を承諾しなかったんだ？」

「ジョーディをこの家から連れて出なければならないからよ。生まれてからずっとここに住み、ここを我が家だと思っているあの子は、ここに置いていかなければならない。だから私がジャレットさまと一緒にロンドンに住むためには、あの子とは離れ離れになってしまう。そんなこと、耐えられないわ。それだけ、単純な話よ」

「どこに住むかの判断は、ジョーディにゆだねるべきじゃないのか？」

「ふん、ジャレットさまも兄さまも同じことを言うのね。まだ年端もいかない子が、まともな判断を下せるはずがないでしょ。世間がどれほど残酷なものか、あの子は知らないのよ。私があの子の母親だと言えば――ロンドンに連れて行くには、そうせざるを得ないでしょ、噂は手に負えないぐらい広がるわ。全員が苦しむのよ、あの子だけの問題じゃない。それにもし、あの子がここに留まる、私と一緒には来ないと言ったら――」涙で声が詰まり、その先は言えなかった。

「ああ、アニー」兄がアナベルを抱き寄せる。「いつかはあの子に、本当のことを言わねばならない日が来るんだよ」

「わかってる。い、言うわよ」

ヒューがどこからかハンカチを出してきた。「ルパートのやつがここにいたら、首を絞めてやるんだがな。子どもの面倒をみることなんて考えもせずにおまえをはらませてしまうなんて。あのろくでもない――」

「それはもう昔の話よ」アナベルはハンカチで鼻をかんだ。「私が過ちを犯したの。今さらルパートを責めたところで、何にもならないわ」

「おまえの過ちは、愚かな若者を信用しすぎてしまったことだけだよ。おまえがどれほど特別な女性かが、あいつにはまるでわかっていなかったんだ」ヒューがアナベルの頰の涙をそっと拭《ぬぐ》う。「僕が心配しているのは、そこなんだよ、アニー。おまえがまた、同じ過ちを繰り返しているんじゃないかという点だ。だから、僕としては質問しておかなければならない。ジャレットさまに関して、何か言っておかなければならないことでも、たとえば……」兄は耳まで赤くなったが、すぐにまじめな表情に戻った。「おまえのお腹《なか》には、子どもがいるのか？」

そうなれば、最悪の事態だ。「それはあり得ないわ」ジャレットが大丈夫だと言っていたのだから。

「本当のことを聞いたからといって、おまえを責めたりはしない。だから気にせず話してくれ。万一、可能性としても――」

「私とジャレットさまのあいだには、あのくだらない賭けの勝負以外には何もないわ。断言します」言いきったが、心の中ではつぶやいていた。少なくとも、今後は何もない。「その賭けには私が勝った。だから心配しなくていいの」

ヒューはアナベルをさらに抱き寄せ、彼女の頭を包み込むように顎《あご》を載せた。「それでも、噂は広まっている。おまえが心ない中傷にさらされるのが耐えられないんだ。友人や近所の人にまで、おまえが白い目で見られると思うと」

アナベルは覚悟を決めようと思った。「兄さまは、私に結婚の申し込みを受け入れてもらいたいの？　気が変わったら連絡するようにって、ジャレットさまは住所を残していったわ。兄さまやシシーが面汚しを抱えるようになるなんて、申しわけないから」

「ああ、アニー」ヒューがアナベルの顔から髪をはらいのける。「僕もシシーも、そんなことは気にしない。おまえたちがいてくれて、この家がどれほど明るくなっているることか。それに、いちばん辛い思いをするのはおまえだからね。僕はただ、妹をしっかり守ってやりたいと思うだけだ」

アナベルは体を離して、笑顔を作った。「中傷の嵐《あらし》は吹き荒れるだろうけど、いずれ消えるわ」机のグラスを見る。「また飲み始めていたの？」

「妹が自分を犠牲にしてくれたのに？　まさか、酒はもうきっぱりやめた」

ほうっと息を吐いて、アナベルはつぶやいた。「よかった」

ジャレットとの出会いで、少なくともひとつはいいことがあった。これほどの胸の痛みに耐える甲斐《かい》があるというものだ。

廊下では、ジョージが身を凍りつかせていた。自分の耳が信じられなかった。自分は父《てて》なし子だった。アナベル叔母さんが本当の母親だった。母さんだったのだ。本当の父親は戦争で死んだ。だから、父さんはいない。これまで父さんだと思っていた人は、実は伯父さんだった。

ああ、どうしよう。こんなことがあるなんて。母さんはきょうだいたちと同じように自分に接してくれた。だから僕だけが母さんの子でないはずはない。それなら、何か思い当たることがあったはず。母さんが僕に嘘《うそ》をつくはずがない——

全員が嘘をついていたのだ。こみ上げてくる涙を、ジョージは懸命に抑えた。どうして？　みんなして、隠していたなんて。僕が……父なし子だって。

父なし子。その侮蔑《ぶべつ》的な言葉がジョージの頭の中でがんがんと鳴り響き、吐き気さえする。ジョージはよろけながら階段を上がり、自室に入って独りになった。父なし子。ときどきおとなが話しているのを耳にする。たとえばトビー・モワーだ。トビーの母さんは結婚せずにトビーを産んだ。アナベル叔母さんと同じだ。

違う、叔母さんじゃない。アナベルは母さんなんだ。ジョージはベッドで丸く体を縮こまらせた。アナベルが母さんだった。でも僕のことを実の息子とは言えない。言えばみんなが恥ずかしい思いをするから。僕はみんなの面汚《つらよご》しなんだ。ああ、どうしよう。吐きそうだ。

慌てて便器のところまで行くと、ジョージは胃の中のものをすべて吐き出し、そのあと床にうずくまった。膝《ひざ》を抱えて考える。みんな、嘘つきだったんだ。みんな、秘密を隠すことしか頭にないんだ。僕にさえ教えてくれなかった。

ふとジョージは、おじいちゃんやおばあちゃんはこのことを知っているのだろうかと思った。いや、違う——あの人たちは本当のおじいちゃんやおばあちゃんではないのだ。

涙があふれてくる。おじいちゃんもおばあちゃんも、僕にはいないんだ。みんな死んだのだ。アナベル叔母さん、いや母さんの婚約者には父さんも母さんもいなかったから。かわいがっていた弟や妹も、本当の兄弟ではなかった。みんな、いとこなんだ。つまり、自分には父親がおらず、おじいちゃんやおばあちゃんも、きょうだいもないわけだ。いるのは母親だけで、ずっと、その人はジョージの母だと名乗れず、嘘をついてきた。

なぜならジョージが父なし子だから。

僕が悪いんじゃないのに！　悪いのはルパートというやつ。ひどい男だ。その男が本当の父親であろうが、戦争の英雄であろうが、ジョージにとっては何の関係もない。そいつがアナベル叔母さんの——ジョージの母親のお腹に子どもを作った。そんなことをしてはいけなかったのに。父さんがそう言っていた。いや、違う。あの人は父さんじゃないんだ！

ジョージはうなだれたまま、涙をこらえた。何もかも、昔に戻ってほしかった。何も知らなかったときに。知らないままなら、僕には父さんと母さん、おじいちゃんやおばあちゃん、弟や妹までいたのに……

少年は、はっと顔を上げた。そうだ、元に戻せばいいんだ。自分が気づいたということは、誰にも知られていない。自分とアナベル叔母さんが何も言わなければ、元どおりの生活が送れる。そうしよう。ジョージは別の母親など欲しくはなかった。今のままがいい。ジョージさえ望めば、このままでいられる。本当のことを知っている者はいない。

ジャレットさまの他には。

ジョージは眉間《みけん》を寄せて考えた。ジャレットさまは、アナベル叔母さんといかがわしい賭けをして、そのことをみんなに言い触らして回った。アナベル叔母さんのことを真剣に想っていると言ったのに、そんな気はなかったんだ。ジャレットさまは結婚する気なんてないのよ、とアナベル叔母さんが言っていた。

しかし、叔母さんは嘘をつくときがある。さっきの話では、ジャレットさまは叔母さんに結婚を申し込んだらしい。本当だろうか？　これも嘘かもしれない。

その証拠に、ジャレットさまとは賭けをしただけだ、と叔母さんは説明していたが、これが嘘なのはジョージも知っている。ジャレットさまは宿で叔母さんにキスしていた——このことに関しては、間違いないと思っている。それからダベントリの近くの市《いち》に出かけた日、二人は遅れて雨の中を帰って来たが、二人とも何か悪いことをしたようなそぶりだった。二人が互いを見つめ合う様子も……父さんと母さんも、ときどきあんなふうにお互いを見るときがある。

大変だ。ジャレットさまはアナベル叔母さんのお腹に子どもを作ってしまったのかもしれない。子どもがどうやってできるのか、詳しいところはわからないけれど、キスしてベッドに入ることと関係しているらしい。それに、二人の賭けは、叔母さんがジャレットさまのベッドに入ることだと聞いた。つまり……

少年はこぶしを床に打ちつけた。お腹に子どもができたのに、叔母さんがジャレットさまと結婚しなかったら、家族全員が白い目で見られる。叔母さんが結婚しない原因は、ジョージなのだ。ジャレットさまが、ジョージは父なし子だと他の人に言えば、これもまた家族全員の恥となる。ここでも原因はやはりジョージなのだ。

そんなことになれば、家族のみんなが自分を責めるだろう。そして、自分が父なし子であることは、あらゆる人に知られる。だめだ、止めなければ。

解決する方法はひとつしかない。何とかしてジャレットさまをアナベル叔母さんと結婚させ、叔母さんにはこの町からいなくなってもらおう。そうすれば、みんな元の生活に戻れる。

しかし、その場合、アナベル叔母さんにあれこれと世話を焼いてもらうこともなくなる。父さんが酔いつぶれてしまったときに、子ども部屋に温かいココアを運んでくれる人はいない。悪い夢をみたときに、子守唄《こもりうた》を口ずさんでくれる人も。競《せ》りにかけられる馬を見に、市に連れて行ってくれる人もいないのだ。

そのときやっと少年は気づいた。叔母さんがあんなにやさしかったのは、本当は母さんだったからなんだ。

胸が締めつけられるような気分で、少年は考えた。あの人は、母さんなんかじゃない——そんなことは許さない。そしてジャレットさまに叔母さんを遠くへ連れて行ってもらおうと決めた。噂が広がったのだから、いずれジャレットさまはそうせざるを得なくなるんだ。父さんが話していた。ジャレットさまに叔母さんを迎えに来てもらって、結婚させるんだ。叔母さんの気持ちなんて、構っていられない。

しかし、具体的に何をすればいいのだろう？

ジャレットさまに手紙を書いても無駄だ。手紙を読んでくれないかもしれない。だから、そう、直接会いに行くしかない。

そう思うと、また胸がむかついてくる。ロンドンに行く？　ひとりで？　行けるかもしれないが、父さんや母さんにどれだけひどく叱《しか》られるだろう。いや、待て。あの人たちは父さんでも母さんでもないんだ。僕には両親なんていない。面汚しの僕を産んで、後悔している女の人がいるだけ。

おい、待てよ、みんなに心配をかけるぞ、と心の声がジョージを止めようとした。

ふん、心配をかけたから、どうだって言うんだ？　みんな苦しめばいいんだ。これまで嘘をついてきたのは、僕じゃないからな。

そもそも、誰も心配なんてしないかもしれない。そう思うと涙があふれそうになり、少年はぐっとこらえた。僕は父なし子なんだ、みんな、僕なんかいないほうがいいと思ってるんだ。けれど、ジョージが問題を解決すれば、みんなそんなふうには思わなくなる。うまくいけば、何もかも元どおりだ。

ジャレットさまのところに乗り込み、独りで問題を解決する自分の姿を少年は頭に描いた。ジャレットさまがまたここに現われ、アナベル叔母さんを連れ去り、二人は結婚する。よくやったぞ、ジョージ、とみんなに褒められる。そうなれば、ジョージが父なし子である事実は、みんな忘れてくれるはず。そして以前の生活に戻る。ここがいちばん重要なところだ。

でも、どうやってロンドンまで行けばいいのだろう？　母さんとアナベル叔母さんと一緒に行ったとき、生まれて初めて乗合の定期便馬車に乗った。定期便は真夜中に宿場の駅を出発する。だからうまく家を抜け出せば、朝になるまで誰もジョージがいないことには気づかないだろう。ロンドンに着いたら、辻馬車《つじばしゃ》を拾ってプラムツリー・ビールまで行く。ジャレットさまは醸造所の事務所にいるはずだ。

そこで残る問題は、定期便馬車に乗る方法だ。クリスマスにおじいちゃんがくれたお小遣いで、運賃にはじゅうぶん足りるはずだ。宿場の駅に行ったのはこの前の一度きりなので、誰にも顔を覚えられていないと思う。ただ、ジョージぐらいの年齢の子がひとりで馬車に乗るのを、御者が許してくれるかどうかがわからない。父さんはどうした、母さんはどこだと、あれこれ質問を浴びせられるだろうし、ひとりでロンドンに行く理由も言わねばならない。

ジョージはベッドに腰かけて考えた。召使いの誰かに頼み、親のふりをして乗合馬車に乗せてもらおうか。ロンドンの親戚《しんせき》を訪ねるところだとか説明してもらって。だめだ、それではうまくいかない。告げ口されるに決まっている。しかし、他に頼める人がいるだろうか。

名案が浮かんで、ジョージはベッドから飛び起きた。トビー・モワーだ。あいつなら十七歳だし、御者にも信用してもらえる。それに侯爵家の馬車で戻って来てからというもの、トビーやその仲間たちのジョージに対する態度がずいぶんよくなった。友人とまでは言わないが、前みたいにいじめられることはなくなった。

おまけに、トビーが欲しがっているものをジョージは持っているのだ。父さんからもらった時計だ。

引き出しからその時計を取り出した。本ものの金の時計で、内蓋《うちぶた》には『ジョージ・レイクへ、十二歳の誕生日を祝って、一八二五年一月九日』と彫ってある。ジョージにとっては初めての自分の時計だった。本当にこれを手放してしまうのか、と思うと胸がせつなくなる。

だが、そうするしかない。ロンドン行きには、できるだけたくさんお金が必要だ。

そしてトビーを買収するには、これしかないのだ。

辛い気持ちを振り捨て、ジョージは時計をポケットに忍ばせた。これでいい。トビーは協力してくれるはず。二人で真夜中前にどこで落ち合うかを決め、みんなが寝静まったあと、こっそり家を抜け出してロンドン行きの乗合馬車に乗る。何もかもが終わったら、また安心して暮らせるのだ。

25

ジョーディの部屋の前まで来て、アナベルはためらった。ジョーディが朝食の席に現われなかったので心配だった。昨夜の夕食の際も、態度がおかしく、むっつりと黙りこくっていた。最近こういう様子を見せることはちょくちょくあったのだが、いつもとは違う印象を受けた。激しい憤りを抑えているようだった。

ジョーディは怒りを抑える子ではない。何かに腹を立てているときは、すぐにわかる。

これが思春期というものかもしれない。感情を抑える方法を学んでいるのだろう。つまり、いよいよ本当のことを話さなければならなくなったわけだ。もう先延ばしにはできない。

ジョーディがロンドンでの噂《うわさ》を聞きつけたら、ジャレットとアナベルに対して腹を立てるだろうし、そうなる前に、なぜアナベルが黙って噂に耐えることを決めたのか、またジャレットがその決意を受け入れてくれた理由も説明しておかねばならない。アナベルが結婚しないわけを話しておくのだ。

話をする勇気を出すのに、ひと晩かかった。

アナベルは扉をノックした。返事はない。不吉な予感が胸をよぎり、彼女は扉を開こうとした。ところが鍵《かぎ》がかかっている。ジョーディはまだ部屋に鍵をかける許可をもらっていないのに。

「ジョーディ、扉を開けなさい！　今すぐに」大きな声を張り上げる。

返事はない。

何度か開けるようにと叫んだあと、アナベルはヒューがまだ醸造所に行っていないようにと祈りながら、大急ぎで階段を駆け下りた。兄を見つけるとすぐ、二人でジョーディの部屋の前に戻り、ヒューは震える手で予備の鍵を使って扉を開けた。

扉を抜けると部屋はもぬけの殻《から》だった。空《から》っぽなのだ。いったいあの子は、どこに行ったの？

ふと見ると、窓が開け放たれており、ベッドの支柱に結わえた縄が窓の外へ垂れ下がっている。窓の下に怪我をして血まみれになったジョーディの姿があるのではないかと、アナベルは慌てて窓辺に駆け寄った。しかし、やわらかな土の上に足跡があるだけだった。

アナベルの横に来たヒューが叫んだ。「何なんだこれは！　あの子は何をたくらんでいるんだ？」

「ジョーディは出て行ったのよ、ヒュー。家出したんだわ」

「まさか。何か他のことに決まっている。あの子が家出する理由なんて、ないじゃないか」

　アナベルは兄のほうに向き直った。駆けつけたシシーが召使いを呼んでいる。「昨夜夕食のとき、あの子すごく機嫌が悪かったでしょ。何か、不愉快なことがあったのよ」

「夜中にちょっと悪さでもしてみたくなっただけだよ。森でたき火をしてみようとか、川でウナギでもつかまえようとか、くだらない遊びをしに行ったに違いない」ヒューは自分でも落ち着こうとしているのだが、顔には不安がくっきりと表われている。「そのうち、ふらっと帰って来るさ。してはいけないことをしたと、自慢そうな顔で。あの年頃の少年は、みんなそういうものなんだ」

「あなたはどうだったの？　真夜中に窓から忍び出した経験があるかしら？」シシーが夫に詰め寄る。「そんなこと、あなたはしなかったはずよ。今すぐ警察に連絡して、署長さんにうちまで来てもらってちょうだい」

「まずは、君の両親のところに連絡してみよう。あの子が、通りを隔ててすぐ先のおじいちゃんの家にいるとわかったら、ほうぼうに迷惑がかかるだけだ」

ところが、時間がどんどんと過ぎていき、ジョーディは真夜中の少年らしい冒険に出たわけでも、祖父母のところに行ったのでもないことがはっきりしてきた。ふっと少年の姿だけが消えたのだ。召使いも何も知らず、ジョーディが家を出るところを見た者もいなかった。

昼近くになると、アナベルはもう、いてもたってもいられないような気分になっていた。ヒューは苛々《いらいら》と当たり散らし、シシーはしくしく泣いてばかりいる。警察に使いを出したのだが、署長が到着する前に、見知らぬ男がひょろっとした少年を連れて玄関に姿を見せた。少年は隙《すき》があったら今にも逃げ出しそうだ。

「ごめんください、レイクさま」男が口を開く。「こちらに連れてまいりましたのはトビー・モワーという子で、私に時計を売ろうとしたんです。ところが蓋《ふた》の内側を見ると、これはおたくのぼっちゃまのものだとわかりました。トビーはこちらのジョージぼっちゃまからもらったと言い張るんですが、本当にそのぼっちゃまがトビーに譲ったものなのか、確かめておいたほうがいいと思いまして」

トビーという名のいじめっ子のことを、ジョーディが恨めしそうに話していたのは、アナベルも覚えていた。恐ろしい予感が彼女の胸に広がる。トビーという少年は、ジョーディを傷つけて時計を奪ったのだろうか？

「ジョーディの姿が見えないんだ」ヒューは二人を中に入れながら、説明した。そのあいだもずっと、トビーを厳しい眼差しでにらみつけている。「トビー、うちの子はどこなんだ?」

トビーはへっちゃらさ、というふうをよそおった。「知らないな。あいつがおいらに時計をくれたんだ。それだけだよ」

「何の理由もなく、あの子があなたに時計を渡したの?」アナベルの少年を問いただす口調が鋭くなった。「そんなの嘘《うそ》よ」

少年の瞳《ひとみ》がきらりと光った。「好きなふうに考えればいいさ。でも、あいつはおいらに、タダでこの時計をくれた、それだけの話なんだ」

「なるほどな」ヒューが口をはさむ。「それはうちの息子が大切にしていた誕生日の贈りものでね、あの子がそれを手放すとは考えられない。ところがおまえはタダでもらったと言う。どちらの言い分が正しいかは警察署長に調べてもらおう。ちょうど署長はこちらに向かっているところだから、おまえの身柄を引き渡し、尋問してもらうとしよう」そこでヒューは凄《すご》みを利かせた口調になった。「当然だが、万一ジョーディが死体で見つかるような事態になれば、おまえが犯人だということになる。まあ、おまえは縛り首になるときも、金時計をぶら下げていられるというわけだ」

「ちょっと待ってくれよ!」トビーは恐怖に大きく目を見開いて叫んだ。「いや、だから、おいらは人殺しなんてしてないよ。おいらが最後に見たとき、ジョージは生きてたんだ。絶対に！」

ヒューは腕組みをしてトビーを見据えた。「最後に見かけた場所は？」

トビーはごくんと唾《つば》を飲み、そわそわしながら振り向いて玄関扉のほうを見た。

「おいらを警察になんか引き渡さないよね？」

「おまえが話す内容次第だな」

トビーの下唇がぐっと突き出る。「やっぱりな、思ったとおりだよ。あんな甘えっ子を助けてやるんじゃなかった。あいつの計画なんてばかげてるって、おいらは言ったんだよ。でも、おいらの言うことなんて、あいつ、耳を貸さなかった」

「どういう計画なの？」アナベルは先を早く聞きたかった。

「ロンドンに行って、どっかのお偉い貴族のだんなに会うんだよ。先週ここに来てた、あの人さ。ジョージはおいらに、兄さんのふりをしてくれって言ったんだ。馬車の御者に、弟はロンドンの叔父さんを訪ねるからって、おいらが説明した。運賃はジョージが払って、助けたお礼においらに時計をくれたんだ」

アナベルは心臓が止まるかと思った。ジョーディがはるばるロンドンへひとりで行った？

「いったいどうしてまた、ジョーディはジャレットさまに会いに行ったの？」シシーがトビーを詰問する。

「知らねえよ。理由は言ってくれなかったから。ただ、父《てて》なし子ってどういう気分か、おいらに何度も聞くんだ。あんまりしつこいから、手伝ってやるのをやめようかと思ったぐらいだよ」

父なし子。

アナベルはさっとヒューに視線を投げた。青白く引きつった兄の顔を見て、兄も同じことを考えているのがわかった。

「教えてくれてありがとう」ヒューは強ばった口調でトビーに声をかけた。「もう帰っていいよ」

トビーの顔が曇る。「時計はどうするんだよ？　それはおいらのものだ。ちゃんとジョージからもらったんだから」

「警察に突き出されないだけでも、ありがたいと思うんだな」ヒューがぴしゃりと言い放った。「その時計をおまえに渡しはしない」

「でも、よければお菓子を出してあげるわ」シシーが弱々しい笑みを浮かべてトビーに言った。「私たちを助けてくれたお礼に」

トビーは胸を張って言い返した。「お菓子なんか要らないよ」ふくれっ面《つら》をシシーに向ける。「でも、ローストビーフがあるんなら……」

「あなたの好物を何でも用意してあげるわ」シシーはやさしく言うと、トビーを台所へと連れて行った。

ヒューが質屋の主人に礼を言い、男は帰って行った。男の姿が見えなくなるとすぐ、アナベルは口を開いた。「ジョーディは、昨日の私たちの話を聞いていたのね。あの子、最近しょっちゅう盗み聞きするようになっていたでしょ」

厳しい表情でヒューがうなずく。「すぐに馬車の用意を調えさせる。準備ができ次第、ロンドンに発とう。シシーは他の子どもたちと一緒にここに残しておこう。ジョーディが途中で、自分の愚かさに気づいて戻って来るかもしれないから」

うなずいたアナベルだが、胸の鼓動がひどく乱れているのはわかっていた。道中、ジョーディがどんな危険な目に遭うか予想がつかない。

ヒューがアナベルの肩を抱いた。「あの子なら大丈夫だよ、アニー。機転の利く子だからね」

「ジャレットをどうやって捜し出す気なのかしら？　ロンドンをひとりで歩き回っているうちに、何か面倒なことに巻き込まれたらどうしよう。あんな大都会では、思いもしないような危ない目に遭うのよ」

「わかっているさ。しかし、最悪の事態ばかり考えていたのでは、頭がおかしくなってしまうよ。あの子が無事、ジャレットさまのもとにたどり着けるよう、祈るしかないんだ」ヒューがアナベルの額に口づけした。「あの子を信じてやろうじゃないか。

ジョーディは頭のいい子なんだから」

機転の利く頭のいい子であろうが、荒くれ者に遭遇してしまえば、対抗できはしない。アナベルの頭は、ジョーディが追いはぎにでも遭い、金品を奪い取られたあげく、ひどく殴られてどこかの裏道に捨て置かれた姿しか思い描くことができなかった。そのまま死んでいく我が子の姿だけを想像してしまう。「私が話しておけばよかったのよ。ちゃんと話してさえいれば――」

「済んだことをとやかく言っても始まらないだろ。僕たちでジョーディを必ず見つけ出す。ロンドンの草の根をかきわけても」

兄の言葉に満ちる決意の強さに、アナベルは少し救われた気がした。そして、彼女はひとつだけ確信したことがあった。ジョーディを見つけたら、何があろうとあの子のそばから離れない。

ジャレットは軽やかな足取りで、プラムツリー・ビールの執務室に入った。東インド会社の船長たちとの話し合いがまとまったのだ。レイク・エールのペール・エールを、プラムツリー・ビールを通じて購入することに彼らが同意した。アナベルが醸造したエールの質を非常に高く評価した彼らは、何と二千バレルをその場で発注したのだ！　ロシアに輸出していた分にほぼ匹敵する量で、レイク・エール社の利益は相当な額になる。この注文だけであの小規模なエール会社の一年分の売り上げに匹敵するだろう。アナベルは大喜びするはずだ。

そこで、ジャレットははっとした。そうだ、バートンまで行って、直接彼女にこのことを伝えよう。そして二人で成功を祝うのだ。

そうすれば、アナベルに会える。

ああ。ジャレットは机の後ろの席にどさりと腰を下ろした。彼女のことは、頭から追い払ったはずなのに。バートンをあとにしてから、彼は仕事に打ち込んできた。今回のレイク・エールとの事業を成功させ、プラムツリー・ビールの業績を回復することに没頭した。そうやって、彼女を忘れようとしたのだ。

しかし、忘れることはできなかった。ホップの香が漂うと、清潔で果実のような彼女の匂《にお》いを思い出した。麦芽が発酵して泡立つところを見ると、彼女の豊かな髪のことを考えた。夜になって暗がりにランプがともされ、あたりが静かになると、レイク・エールの事務室の奥にあった小部屋を思った。あの部屋でアナベルと愛を交わし、そこに燃え盛っていたのはストーブの石炭と二人の情熱だけだった。

だめだ、だめだ。また感傷的な言葉が頭の中を埋めつくしている。しかし、ふと気づくと、こんなことばかり考えているのだった。彼女と会えないことがこれほど辛いとは思っていなかった。

クロフトが扉を開いた。「ピンターさまがお見えでございます。お通ししてもよろしいですか?」

「もちろんだ、入ってもらいなさい」これでしばらくは、アナベルのことを忘れていられる。

ピンターは席に着くとすぐに、本題に入った。「当日、あなたの母上の馬に鞍《くら》をつけた厩舎《きゅうしゃ》の者の行方を突き止めた。この男が言うには、その日デズモンドの姿は見かけなかったし、そんな話も聞いていなかった。デズモンドが近くに来ていたとは、まったく知らなかったらしい。しかし、あなたの母上がこの男に言い残したことがあった。ひょっとしたら、何か手がかりになるんじゃないかと、男は言っていた」

ジャレットは身構えた。「母は何を言ったんだ?」

ピンターはぎこちなく椅子《いす》の上で姿勢を変えた。「母上は……その……これから出かけることを、あなたの父上には言わないようにと命じた」

一瞬、ジャレットは息が止まるかと思った。ジャレットの推測は正しかったのだ――母は父を追いかけていたのではなかった。母は父に見つからないようにしていた。しかし、また新たな疑問がわく。父はどうやって、母の行き先を知ったのだろう? さらになぜ、父は母のあとを追ったのか? 二人は口さえきかない関係だったのに。

「デズモンドについては？　何かわかったことはあるのか？　ジャイルズに頼んで、ばばさまのこれまでの遺言状を見る手続きをしている。もうしばらくしたら、手続きは終わるはずだ」

「新たにわかったのは、デズモンドが経営する紡績会社が、当時倒産の危機に瀕《ひん》していたことだけだ」

「つまり、あいつには強い動機があったわけだ」

「ああ」

「母はデズモンドと会うために狩猟小屋に向かったとは考えられないか？　父に対してひどく腹を立てていた母が、いとこであるデズモンドと共謀し、何かを計画していたとか。僕たちはみんなデズモンドのことが大嫌いだが、自分の身内だという意識があるためか、母はそれほどあいつを嫌ってはいなかった」

「可能性はある。しかし、やはり……」

「そうだな、まだ情報が不足している。よしわかった、引き続き調べてくれ」

ピンターがうなずく。「それから、デズモンドはいまだにあなたの悪口を吹聴《ふいちょう》して回っている。ただ、誰もあいつのことなど相手にしなくなったようだ。あなたの経営手腕には、みんな感服しているから。東インド会社と大きな契約を結ぶのではないかという噂まで流れている」

「噂じゃないんだ」ジャレットは誇らしげに伝えた。

「ほう。それでは、お祝いを言わせてもらわないと。レイク家の人たちも、大喜びだろう」

ジャレットはため息を吐《つ》いた。「ついでだから君には言っておく。僕はアナベル・レイクに結婚を申し込んだ。そして断られた」

「彼女のほうから？」

「僕がいい夫になるとは、信じてもらえなかったようでね」

ピンターが、何かを考えているような眼差しを向けてきた。「契約が成立したんだから、彼女も考えを変えるかもしれない」

「まあ、無理だろうね。これまでの僕の暮らしぶりはめちゃめちゃだったから、こんな男と結婚しようなどという女性はいないよ」

「縁とは不思議なものだからな。あなたの兄上のストーンヴィル侯爵が、いい例だ。だから、まだ望みはある。結婚を決断するのに、これぐらい時間があればじゅうぶんだろうと男が考えるより、さらにたっぷりと時間をかける必要が女性にはあるらしい。頭のいい女性は特に、じっくり考えて判断を下すみたいだな。まあ、それも当然だよ。結婚によって女性が失うものは、男よりはるかに大きいんだから」

ピンターが去ったあとも、彼の言葉がジャレットの頭の中で響いていた。確かにアナベルが結婚すれば多くのものをあきらめねばならない。ジャレットが彼女に頼んでいたのは、我が子を失う可能性も覚悟しろ、ということだったのだから。その代償として彼女が得るものと言えば、既婚婦人としての社会的な立場、今後ジャレットが生活態度を改める、という約束だけだった。さらにその約束を証明するような行動も、何ひとつ示していなかった。多くの男性に失望し続けた彼女に、自分という男を信じて、目をつむって飛び込んで来い、と言ったのも同然だ。

ジャレットのほうは、自分の心の一部たりとも彼女に見せないようにしておきながら。長いあいだ、慎重に誰にも見せないように守ってきた心の奥底は、誰かに対して強い感情を抱くことをひどく恐れているからだ。彼女の言葉の正しさを、今さらながら思い知る——ハートなどないふりをしても、ハートが打ち砕かれるのを防ぐことはできない。そして、今後一生彼女に会えないとしたら、ハートが粉々になるよりも辛いのではないかと思えてくるのだった。

この一ヶ月のあいだに、ジャレットは無神経で気楽な男から、彼女のことを絶えず気にかける男へと変貌《へんぼう》していた。彼女自身についてだけでなく、二人の将来像をあれこれと思い浮かべる。そして自分がそんなふうに考えていると気づいて、恐ろしくなる。このままでは彼女を愛してしまうようになり、運命が彼女をジャレットから奪っていく。父と母のときのように……

ジャレットは、はっとした。ピンターからさっき聞いた話で、運命は両親の死とは無関係だったことがはっきりしたのだ。オリバーの告白の内容にも違和感を覚えたのだが、あのときはまだ違うと断言する気にはなれなかった。理由は？　もし偶然に、母が父を誤って撃ってしまったのでなければ、運命の力を信じていた自分のこれまでが、まったく無駄だったことになるからだ。

多くの人々が、運命に翻弄《ほんろう》され、その結果悲劇が起こるのは確かだ。しかし、もっと多くの悲劇が人によって引き起こされる。愚かな、あるいは危険な行為によって——さらには頑固さによって。ばばさまがこのいい例だ。他人を遠ざけてしまえば、そして情愛を抱くことを拒否すれば、結局は、愚かで危険な行為を続ける。ただ意地を張るだけに固執する。けれど、この世には他人を思いやる人の存在が必要なのだ。その思いやりが愚かで危険な行為による悲劇を帳消しにし、この世はつり合いが取れて、平穏であり続けられるのだ。この世はアナベルのような人物を必要としている。

ジャレットがアナベルのような人を必要としている。いや、ジャレットにはアナベルが必要なのだ。彼の人生は、かたわらに彼女がいなければ成り立たない。仕事で辛さを忘れようとしても、その事実を変えることはできない。

26

その数時間後、きびきびと命令する聞き慣れた声が執務室のすぐ外で響くのに気づき、ジャレットはにやっと笑った。さまざまないきさつを抱えてはいるが、ばばさまはいつでも歓迎だ。ジャレットの満面に笑みが広がると同時に、クロフトを従えた祖母が部屋に入って来た。

「奥さま、どうかお座りください」クロフトが訴える。「ライト先生がおっしゃったことを、お忘れですか？」急いで長椅子《ながいす》の背に置かれていた覆いを取り除く。「こちらにどうぞ。ここならゆっくりできます。肘掛《ひじか》けに頭を載せ、足を上げて——」

「クロフト、私の世話を焼くのはやめてちょうだい。さもないと、あなたのお尻《しり》をこの足で蹴《け》り上げるわよ」ばばさまが、厳しい口調で書記を叱《しか》りつける。「私なら大丈夫なの。気分もいいんだから」

「しかしですね——」

「出てお行き！」指を扉に向ける。「孫息子に話があるのよ」

クロフトは傷ついた表情を浮かべ、丁寧に覆いをたたんでから、長椅子のさっきとまったく同じ場所に覆いをかけ、そのあと出て行った。

「もう少しあの男にやさしくしてやってもいいんじゃないのか？」ジャレットは笑いを噛《か》み殺しながら、つぶやいた。「あいつは、ばばさまが踏んだ床でも崇拝するようなやつなんだよ。何か言うたびに必ず『プラムツリーの奥さまはこうおっしゃっていました』、『奥さまからこう申しつかっております』という言葉が入るんだ」

「私が墓穴に片足突っ込んでいるとでも思っているのかしらね、あの男は」ばばさまは文句を言いながら長椅子に座る。「あなたたちみんな、そう思っているんでしょ」

「僕は思ってないよ。そこまでばかじゃない。手の甲をぴしゃりと叩《たた》かれるのはごめんだからね」ジャレットは椅子にもたれ、手を組んでお腹《なか》の上に置いた。「それで、近頃体調はどうなんだ？」

「ずいぶんよくなったわ。ライト先生の話では、快方に向かっているって」

確かに二週間ほど前に比べると元気そうだ。ほとんど咳《せ》き込むことがなくなったし、顔色もずいぶんいい。何より、会社までやって来たという事実が、体調のよさを証明している。

「もう契約の話を聞いたのか？　ずいぶん早耳だな」

「あら、契約って？　何の契約なの」とぼけてみせるが、知っているのは明らかだ。

ジャレットは片眉《まゆ》を上げてみせた。「ばばさま、僕はもうよちよち歩きの幼児じゃないんだから。東インド会社との契約の話を聞きつけたんだろ？」

ばばさまが肩をすくめた。「ま、そういう噂《うわさ》は耳にしたかしら……」

「だから、本当のところを確かめに来たんだな。ああ、そうだ。噂は本当だ」ジャレットは契約書の写しを手に取り、祖母の膝《ひざ》の上に置いた。「自分で確かめればいい」

ばばさまは、あらさがしでもするかのように、契約書をむさぼり読んだ。細かい条項にまで目を通していたので、少し時間がかかったが、やがて契約した量のところまで読み進み、大きく目を見開いた。「二千バレルの注文を受けたの？　どうやってこれだけの大きな注文を取りつけられたの？」

「質のいい製品を適切な価格で提供するからさ。東インド会社の船長たちだって、ばかじゃない」

「でもこれは、市場全体の四分の一にあたる量よ！」

「驚いているみたいだな」ジャレットは皮肉っぽい口調で応じてから、また椅子に戻った。「僕がここでうなだれたまま、ぼんやり時間を過ごしているとでも思っていたのか？」

とげとげしい口調に気づいたのか、ばばさまは契約書から顔を上げた。「ジャレット、人がどう言おうが、私は自分の過ちを認めない人間じゃないわ。だから、認めます。あなたが若い頃、醸造所で働き続けることを禁じたのは、本当に大きな過ちだった」

今さらどうだっていい、と受け流したかったが、実際は祖母の言葉はジャレットにとって大きな意味を持っていた。「過ちを認めるとは、さすがばばさまだ」どうにか笑顔を作る。「僕は法廷弁護士向きの人間じゃないんだ。だが、今になって思えば、突然五人もの孫を育てる責任を負わざるを得なくなり、ばばさまも醸造所を僕がうろうろするのは迷惑だと――」

「まあ、違うわ。そんな理由じゃなかったの」祖母の青い瞳《ひとみ》が悲しみにかげる。「当時の私の気持ちが、まだわからない？　私はほとんど強引に、娘を侯爵家に嫁がせた。結婚が惨めな結末を迎えたとき、私は思ったのよ。あなたにも選択肢を与えていなかったな、と。じじさまと私で、あなたを醸造所の仕事に引きずり込み、将来はここを継ぐんだよと言い聞かせ続けた」

「僕の望む将来は、まさにそれだったんだ」

「あなたは十三歳だったのよ。そんな子どもに何がわかると言うの？　他にも選択肢があることさえ、あなたは教えてもらっていなかったんだから。あなたには広く世界を知ってほしかったの。世の中にはもっといろいろな仕事があり、あなたが好きなことをできるんだって。ビール製造の仕事をしようと決めるのはそのあとでいいと思った。名門の家柄に生まれた同じ年頃の少年と同じような機会が与えられるべきだ——いい教育を受ければ、何かもっと立派なことを成し遂げられるかもしれないと考えたのよ」

一ヶ月前なら、祖母の言い分に激しい反発を感じていただろう。イートン校は、両親を亡くして悲しみに暮れる少年を、その死が大きなスキャンダルとなっている最中に送る場所としては、最悪のところだったと言ってやりたかった。傷ついた少年は、慣れ親しんだ場所で見慣れた人々に囲まれて傷を癒《いや》すべきなのだと。

しかし、アナベルを知って、ジャレットの考え方も変わった。今になってやっと、彼にも祖母の気持ちがわかる。母親は、さらには祖母も、子どものためを思って自分を犠牲にするが、その判断が間違っている場合もある。なぜなら母は、男の子の世界を知らず、男の子の気持ちを想像できないからだ。ときにはただ、知るのを恐れているだけのときもある。

だからと言って、その女性たちの愛が足りないわけではない。むしろ、より深く愛しているからこそ、そういった間違いを犯してしまうのだ。

「ばばさまは、あの当時正しいと思ったことをしただけさ」彼は過去のわだかまりがすっかり消えていることに気づき、やさしく告げた。「あのことでばばさまを責めはしないよ」

ばばさまはあふれそうになる涙をこらえ、また契約書を読み始めた。「しっかりした契約書だわ。うちにとって、実に有利な内容になっている」

「ああ、わかっている」

ばばさまが、豪快に笑い出した。「あんたって子は、まったく抜け目のない悪がきだこと」

「よく言われるよ」さらに契約書を読み進める祖母を見ながら、そろそろここしばらく考えていた話を切り出すべきだとジャレットは決意した。「ばばさま、年が明けても僕は会社の経営を続けたい」

祖母は契約書を見ていたが、その手が震えていた。「そうできるように手配してもいいわ」

「それから、ばばさまは社長の座から退く」

その言葉で、祖母は顔を上げ、しかりとジャレットを見た。「何ですって！　私を隠居させるつもりなの？」

「違うんだ。ばばさまほど貴重な人材はいないからね、そんなことをしてはもったいない。ばばさまの知恵をできるかぎり利用させてもらうつもりだ」そこで祖母の怒りがいくぶん鎮まったようだったので、ジャレットは説明した。「だが、ビール醸造は力仕事だ。若者が担うべきだってことぐらい、ばばさまも知っているだろ。だからこそ、今回僕に助けを求めたんだ」そして少し眉を上げて、意味深な視線を投げかける。「それに例の悪魔の計画が功を奏し僕たち全員が結婚すれば、すぐにひ孫ができて、その世話で忙しくなるぞ。プラムツリー・ビールにかかわっている暇なんてなくなるさ」

ばばさまはしばらく考えていた。「つまり、あなたは私のやり方をまだ気に入ってはいないわけね」

「ああ。こういうふうに結婚を無理強いすれば、いずれ思ってもいなかったような悲しみがばばさまを待ち受けているんじゃないかと恐れている」

ふん、と鼻を鳴らし祖母はまた契約書に目を向けた。読み終わって契約書を脇《わき》にやると質問する。「レイク・エールは契約どおりの量のエールを納入できると思う？」

「できると確信している。アナベルがいるんだから、間違いなく納入してくれるさ」

「アナベル？　ずいぶん親しげだこと」ばばさまが眉を上げる。

少し迷ったが、ジャレットはすでに心を決めていた。もういちど彼女を説得するつもりだ。彼女の他に求めるものなど何もない。「ばばさまも、アナベルのことを気に入るよ。実は彼女、すごくばばさまに似てるんだ――頑固で、ずけずけとものを言う、厄介なことこの上ない女性だ。そして大海原のような広い心を持っている」

「あら、それならその女性と結婚すればいいでしょ」

「僕は結婚を申し込んだ。彼女のほうから断ってきた」

「何ですって？　ふん、それじゃその女性はあなたにふさわしくなかったわけね。愚かな女性だこと。愚かな女を妻にすべきではないわ」

「彼女は愚かなわけじゃない。ちょっと臆病《おくびょう》になっているだけなんだ。さらに、彼女には……こみいった事情があって」

「では、事情をこみいらなくさせなさい」ばばさまは契約書を指でとん、とんと叩いた。「これほど大きな契約を取りつけたあなたが、たかだか地方の醸造家で、ずっとお兄さまの子どもたちの面倒をみることに時間を費やし、婚約者を戦争で亡くしてからは浮いた噂のひとつもないような女性の抱える事情とやらを、解決できないはずがないでしょ」

ジャレットはまじまじと祖母を見つめた。「そんなことまで、どうやって知ったんだ？」

ばばさまが、ふんと顎《あご》を突き上げる。「私にはあちこちに情報源があるのよ、忘れたの？」

まったくもう。他にもどれだけの秘密がばばさまの耳に入っていることやら。

ジャレットがもう少しばばさまが得た情報を探り出そうと思ったとき、部屋の外で言い争う声が聞こえて、二人とも扉のほうを向いた。クロフトが悲鳴のような声を上げた瞬間、ひどく興奮した少年が部屋に飛び込んで来た。

「ジョージ？」ジャレットは椅子から跳び上がった。この子はいったい、ここで何をしている、もしかしてアナベルも一緒なのか、そう思うとどきどきした。

クロフトがすぐに追いかけてきて、少年の襟首をつかんだ。「失礼いたしました。ただこのこわっぱに、脛《すね》を蹴り上げられましたもので、あっという間に――」

「放してやれ、クロフト。この子なら知り合いだ。君は下がっていい」

クロフトはぱっと手を離し、どう考えても悪態としか思えないような言葉をつぶやきながら、部屋を出て行った。

ジョージはひどいありさまだった。服はしわだらけ、髪はぼうぼう、靴は泥まみれだ。上着には菓子のたべかすなのか、しみまでついている。

クロフトが扉を閉めるやいなや、ジョージがいきなり話し始めた。「僕が父《てて》なし子だって、ジャレットさまは知ってたんだね。なのに、僕に教えてくれなかった」

少年の顔に浮かぶ、裏切られたという表情に、ジャレットは胸が締めつけられるような気がした。「知ったのは出発の前の夜のことなんだ。そのとき初めて、君の叔母さんに――」

「僕の母さん、てことでしょ？　隠さなくてもいいんだ。アナベルは僕の母さんだった」

こほん、と咳払《せきばら》いが聞こえ、ジョージの顔が引きつった。ばばさまがすぐそばに座っているのを見て、ジョージは真っ赤になった。

「ジョージ、こちらは僕の祖母、ヘスター・プラムツリー夫人だ。ばばさま、この少年はジョージ・レイク、アナベルの――」

「息子です」ジョージが先に告げる。まるで喧嘩腰《けんかごし》だ。「父なし子として生まれた息子です」

ばばさまは目を丸くしたが、やおら立ち上がり、ジョージに近づいて握手の手を差し出した。「初めまして、ジョージ。あなたのお母さまについては、よい評判をあれこれうかがっているわ」

少年はぽかんとばばさまを見ていた。どう対応すべきかわからないのだ。やがて手を出して、ばばさまと握手したが、警戒の色は残っていた。

「ばばさま、ちょっと席を外してもらえないかな。ジョージと二人で、話し合わなきゃならないことがあるんだ」ジャレットがばばさまに声をかける。

「ええ、もちろん」そう言うと、もの問いたげな眼差しでジャレットを見た。「これがあなたの言う、こみいった事情のひとつなの？」

「まあ、そうだな」あとで必ずすべてを話してくれるわね、ばばさまはそう伝えているのだ。

ばばさまの姿が見えなくなるとすぐ、ジャレットは口を開いた。「よく来てくれたね、ジョージ。それで、君の家族はどこにいるんだ？」

「バートンさ」今にも心が折れそうなのを懸命にこらえているのか、少年の口元がわなわなと震えた。「僕ひとりでロンドンに来たんだ。こっそり家を抜け出して」

「何とまあ、おい、気は確かかい？　今頃みんな心配して、大騒ぎになっているぞ」

少年はぐっと下唇を突き出す。「みんな気にも留めないよ」苦々しい口調で言い添える。「僕は父なし子で、家族みんなの面汚《つらよご》しなんだ」

「おい、おい。まさかそんなことを、君の家族が言うはずはない」

「そうは言わなかったけど、何ひとつ僕には言わないんだから。僕にちゃんと説明してくれる人なんて、誰もいないんだ。でも、どういう事情か話しているのを聞いちゃった……アナベル叔母さんは、ジャレットさまからの結婚申し込みを断った、原因は僕だって。そう聞いて、僕はここに急いでやって来た」少年の表情が必死の思いを訴える。「ジャレットさまは、アナベル叔母さんと結婚しなきゃいけないんだ」

ジャレットは眉を上げた。「僕はすでに結婚を申し込んだ。だけど、断られたんだ」

「面汚しの僕のことを、世間に知られたくないからだよ。でも、誰にも知られないようにする。叔母さんがみんなに話すのなんて、僕が許さない。ジャレットさまは叔母さんと結婚し、ロンドンに連れて来ればいい。そ、そしたら、何もかもが、も、元どおりに戻る」

ジョージはこぶしを両脇で握りしめ、絶望的な表情を浮かべて立っていた。簡単には引き下がらないぞ、というその姿に、ジャレットの心が痛んだ。「残念だがね、ジョージ、元の状態に戻ることはないんだよ。たとえば、水を飲んだら、その水はもうなくなってしまうだろ？　それと同じだ。他の人に知られなくても、君は知ってしまった。君はこのことを頭から消し去れないんだ」

「消せるさ！　絶対に忘れる。だからアナベル叔母さんと結婚して。前の暮らしに戻して！」華奢《きゃしゃ》な肩をいからせる。「どうしてもと言うのなら、僕が結婚させてみせる」

ジャレットはびっくりした。「ほう、いったいどうやって？」

「決闘を申し込む」

笑い出さないようにするのは、大変な努力が必要だった。「武器は何を使うんだ？」

「き、きっと、ジャレットさまなら、予備の決闘用拳銃《けんじゅう》を持ってるだろうと思ってたんだけど」

「なるほど。これまでに銃の撃ち方を教わったことはあるのかい？」

ジョージは胸を張った。「おじいちゃんが狩りに連れて行ってくれたとき、鳥を飛び立たせる威嚇用のらっぱ銃を撃たせてもらった」ふと眉をひそめる。「でも、おじいちゃんは僕のおじいちゃんではなかったんだ。アナベル叔母さんのお父さんは……」

「ほらな」ジャレットはやさしく語りかける。「何もかも元どおりにはならないんだよ。君はいろんなことを知ってしまったんだから」

「でも、僕が知りたかったわけじゃない！」ジョージが叫んだ。「と、父さんがいなくて、妹も弟も、おじいちゃんやおばあちゃんまでいないなんて、そ、そんなの――」

ジャレットはすかさずジョージの横に駆け寄り、少年の体を抱きしめた。「大丈夫だよ、みんなうまくいくさ。僕が約束する。今すぐには無理かもしれないけど、いずれ丸く収まる」

「う、うまくいきっこないよ」ジョージは泣き声になっていた。「僕は父なし子なんだ。そのことは変えようがない」

「それは事実だ」ジャレットは少年を窓辺の長椅子へと連れて行き、腰かけさせた。自分も並んで座り、少年の肩を抱き寄せる。「でも、君さえその気になれば、その事実に君の人生が影響されることはないんだ」ジャレットは両親の死による怒りと苦悩で、これまでの人生を無駄にしてきた。この子にそんな経験をさせたくはない。「それに、君のお母さんの君への愛情は、君が父なし子であっても変わりはしないよ」

「母さんなんて言わないで！　アナベル叔母さんは僕の母さんじゃない。あの人が母さんになるなんて、僕が許さない」

「もちろん、それは君が決めることだ。嘘《うそ》をついたままでも生きてはいける。だがな、君がそうすることでアナベルを深く傷つけてしまうんだよ」

ジョージの唇が震える。「傷ついたって、当然だよ。僕に嘘をついたんだから。みんな僕に嘘をついてたんだ」

「ああ、そのことで君が腹を立てる気持ちは、よくわかる。しかしそれはみんな、世の中の無知で愚かな者たちから、君を守ろうとしたからなんだ。君の家族は、君が面汚しだと思って恥ずかしがっているわけじゃない。君が恥ずかしい思いをするんじゃないかと心配し、そんな事態を防ごうとしていただけなんだよ」

ジャレットは少年の肩を抱いた手に力を入れた。「君のお母さんは、君をとても愛している。これは紛れもない事実だ。普通のレディなら、夫以外の男性の子どもを産めば、どこかに里子に出し、あとは知らん顔をするものだ。そして何の責任も感じずに、好き勝手な生活を送り、気に入った相手が現われれば結婚する。しかし、アナベルはそうはしなかった。結婚をあきらめ、自分の家庭を築く夢を捨て、君のそばにいることを選んだ。そして、君の世話をして成長を見守った」

ジョージがごくんと唾《つば》を飲む。「でもやっぱり、僕に話してくれればよかったのに、と思う。父さんと母さんだって、どうして話してくれなかったんだろう」

「そうだね。おそらく話すべきだっただろうな。だがな、おとなってのは、子ども以上に、何をしていいかわからなくなるときがあるもんなんだ。それに、こういう見方ができないかな——普通、子どもにはお母さんがひとりしかいない。僕は君ぐらいの歳の頃、母を亡くした。だから、二人もお母さんがいる君のことがどんなに羨《うらや》ましいか、わかるか？　二人も君のことを大切に思い、あれこれと世話をやいてくれる女性がいる。二人とも、君がどんなに頭がいいかを自慢したくて仕方ないんだ。君は本当に運のいい子だよ」

ジョージは眉間《みけん》にしわを作って考え込んだ。

「今の君は、あんまり運がいいとは思っていないだろうけどね、自分の幸運を感謝する日が、必ず来る」

「つまり、ジャレットさまはアナベル叔母さん……僕の母さんとは、結婚しないの？」

ジャレットはほほえんだ。「そうだな、鳥を脅かす銃での決闘をやめると君が言ってくれれば、もう一度結婚を申し込んでみよう。しかしそれでも断られたら、僕にはもうどうすることもできない。アナベルの気持ちを尊重するしかないんだ。それでいいかな？」

「たぶん」ジョージはもじもじと上着の裾《すそ》をいじった。「じゃあ、ジャレットさまが僕をバートンに連れて帰ってくれるの？」

「正直なところ、君の家族はもうこちらに向かっていると思うよ」

「みんな、僕がロンドンに来たことを知らないんだ。書き置きみたいなものは残してこなかったから」

「僕の推測では、書き置きなんて関係ないだろうな」ジャレットは皮肉な口調で言った。「君のお母さんなら、今頃はバートンの住民全員に君の居所をたずね回っているはずだ」

ジョージは激しく首を横に振った。「トビー・モワーはしゃべらないよ。あいつには、時計を渡したから」

「トビー・モワー……君をいじめているとかいう子、確か宿敵とか言ってたんじゃないのか？」

「そう」

「敵を信じてはいけないぞ。とにかく、バートンに速達便を出して、君がここにいることを知らせておこう。僕たちが出たあとで、入れ違いになったのでは、はるばるロンドンまで来た君の家族に申しわけが立たないからな」ジャレットは少年を励ますように肩を軽く叩いた。「それに、僕の家族にも君を紹介したい。だって、君も僕の家族になるかもしれないんだから」

ジョージの顔がみるみる明るくなった。「ジャレットさまが僕の……母さんと結婚したら、僕の父さんになるんだよね？」

「ああ、継父になる。それから僕の弟のゲイブ、ほら、馬車レースをするやつだ、あいつは君の叔父さんになるんだよ。そうだ、君には二人のおじさんと二人の叔母さんができるわけだ。さらには、ひいおばあさんまでね。弟や妹のほうがいいのはわかっているが、それでも、家族が増えるんだよ」ジャレットは少年を見て、狡猾《こうかつ》に話を締めくくった。「もちろん、君がお母さんと一緒にロンドンに住むと決めればの話だけどね。ただ、父なし子と知られるわけだから、嫌がるのも無理はないな」

考えるジョージをその場に残し、ジャレットはクロフトを呼んだ。すぐに部屋に入って来た書記に、バートンのレイク家へ速達を出すよう命じた。

クロフトのあとから、ばばさまが部屋に乗り込んで来た。「ジョージ、最後に食事をしたのはいつ？」扉に耳をくっつけて、何もかも聞いていたのは間違いない。

ジョージは肩を落とした。「乗合馬車で隣に座っていた女の人が、今朝お菓子をくれたんだ。僕の手持ちのお金はもうなくなっていたから、それからは何も」

ジョージがひとりで乗合馬車に揺られている姿を思い浮かべ、ジャレットは胸が締めつけられるような気になった。どんな不測の事態が起きていても、不思議ではなかったのだ。

「では、このすぐ近くにあるパン屋さんに行って、お腹《なか》に入れるものを買ってくるわ。夕食までしばらくは、それでひもじい思いもしなくていいでしょ」

「助かるよ、ばばさま」

祖母が出て行くと、ジャレットは机の席に戻った。「ところで、ロンドンまでどうやって来たのか、話してくれないか」ジョージの巧妙な計画を聞いて、ジャレットは信じられない思いで首を振った。「君は実に頭のいい子だな、ジョージ。頭がよすぎて、心配になるときがある」そして厳しい目つきで少年を見据えた。「覚悟していると思うが、こういう危険なまねをした以上、僕としては君にお仕置きしなければならない。もう二度とこんな危ないことをして、家族に心配をかけるんじゃないぞ」

「お仕置き?」ジョージがすっとんきょうな声を上げた。

「父さんは、悪いことをした息子にお仕置きをするもんだろ?」

最初は当惑の表情が、その後、怒りがジョージの顔をよぎった。しかし、怒りの中に安堵《あんど》も見て取れた。何と言ってもジョージは頭のいい子だ。自分が間違ったことをしたときに正しく諭《さと》してくれるおとなが必要だという事実を、頭のいい子は理解するものだ。

ジョージはそれ以上何も言わなかった。お仕置きを受けるつもりなのだ。そこでジャレットはお仕置きの内容を伝えた。「よし、ふさわしい罰を考えた。プラムツリー・ビールの厩舎《きゅうしゃ》にある馬房の掃除を一日手伝うんだ」

「はい、わかりました」必要以上に元気のいい答が返ってきた。

ジャレットはにんまりしそうになるのをこらえた。ジョージはおそらく、サラブレッドの馬房の掃除を想像しているのだろうが、とんでもない。プラムツリー・ビールの厩舎にいるのは、荷車をひくための大きくて頑強で鈍い馬ばかりなのだ。こういう馬は、信じられないぐらいたくさんの肥料を排出する。このお仕置きは、ジョージにとって忘れられない体験になるだろう。

「質問があります」

「何なりと」

「どうやってアナベル叔母さん……僕の母さんを説得するつもりなの？　つまり……結婚すると言ってもらうために」

「まったくどうしていいかわからない。君には名案でもあるか？」

ジョージは難しい顔で考え込んだ。真剣に名案を捜しているようだ。「まずは、どれほど美人かを伝えればいいと思う。父さん、いや、僕の伯父さんは、いつも言ってるよ、僕の……えっと……僕の……」

「そいつは名案だな」ジャレットはやさしく言った。

「それから、頭もいいって言うんだ」ジョージがさらに案を披露する。「アナベルは他の女の人とは違うでしょ――自分は頭がいいと思い込んでて、ばかだとか言われると、すごく怒るんだ」

それは、彼女が本当に頭がいいからだ。ジャレットはそういう彼女を愛している。

愛して？

ジャレットはその言葉について考えてみた。そして自分の気持ちを表わすのには、この言葉が最適なのだと気づいた。昔の生活にしがみつくばかりで、それではうまく機能しないことを理解できていなかった。これまでだって、そんな生活はうまくいっていなかったのだ。そして目の前にあった真実を見過ごすところだった。

アナベルを愛している。彼女のいない人生には耐えられない。彼女なしでは、あまりに辛くて生きていけない。

自分のハートを守ることなど、どうでもよくなっていた。アナベルの言ったとおりなのだ。大切なものを得るには、危険も覚悟しなければならない。

「愛していると言えば、いいんじゃないかなと思うんだ」ジャレットはジョージに言った。

少年は顔をしかめた。「ま、どうしても言わなきゃならないんならね。何か、甘ったれた言葉だけど、女の人って、そういうの好きだから」

ジャレットは笑みをこらえた。「僕の経験では、結婚の申し込みをするときは、女性はたいていそう言われるのを期待しているらしいよ」

ジョージはため息を吐《つ》いた。「女って厄介だよね」

「ああ」ジャレットは少年を見つめた。この子を育てるのが楽しみでならない。そうなることを期待するしかない。子どもを育てると思っても、うろたえる気にはならないのが、不思議だった。「だがな、これだけは言っておく。厄介だけの値打ちはあるんだ。絶対に」

27

　ロンドンへの旅は、いつまでも続くように思えた。アナベルとヒューは十七時間で到着したが、まさに奇跡的な速さだった。ヒューは金に糸目をつけなかった。ジョーディの乗った馬車が出発してから、そう時間も置かずにバートンを出たが、乗合馬車はヒューの馬車よりずっと速く走れるはずなので、ロンドンに到着したときには、このままジョーディが見つからないのではと不安でたまらなかった。

　まず駆けつけたプラムツリー・ビールで――ジョーディが立ち寄る場所としてはここしか考えつかなかったのだが、少年はプラムツリー夫人のタウンハウスで元気にしていると言われたときには、アナベルはほっとして泣き出しそうになった。クロフト氏はわざわざ二人を屋敷まで案内してくれ、その心遣いにアナベルは何度も感謝の意を伝えた。

　しかし、高級住宅街のメイフェアでプラムツリー夫人のタウンハウスが近づいてくると、アナベルはまた別の問題で悩み始めた。ジョーディはすでに本当のところを知った。だから腹を立てているはずだ。どう対処すればいいのだろう？　あの子に何と言えばいいのか。

ジャレットもその場にいるかもしれないと、ふと彼女は思った。また彼に会える。しかしそんな考えは頭の隅っこに追いやった。大きな問題の対処は、一度にひとつずつが精いっぱいだ。

プラムツリー夫人のタウンハウスに到着したのは、午前十時を少し過ぎた頃だった。アナベルとヒューはすぐさまダイニングルームに通された。優雅な部屋だった。ジョーディはジャレットの家族に囲まれ、あれこれと世話を焼かれていた。燻製《くんせい》ニシンと卵、その他少年が好きそうなさまざまな品が朝食として用意され、ジョーディはお腹《なか》いっぱいで満足そうだった。レディ・ミネルバとロード・カブリエルはすでに面識があったので、もうひとりの若い女性はレディ・セリア、そして年配の婦人がプラムツリー夫人に違いない。

ジャレットはジョーディの隣に座り、馬に関する冗談を言っていた。

ジョーディがアナベルたちの姿に気づき、その瞬間喜びがその顔に広がった。しかしすぐに顔色が変わり、辛そうに頬《ほお》を強ばらせた。その表情が、アナベルの心を切り裂いた。そのあと、ジョーディは皿に視線を落とし、アナベルの目を避けた。

この子は本当のことを知った。それは仕方ない。だから信頼を失った。どうやったら信頼を取り戻せるのか、アナベルにはわからなかった。

ジャレットはいとおしげにジョーディの肩に手を置くと立ち上がった。「ほらな、ジョージ。僕の言ったとおりだろ？　僕が送った速達便を見る暇さえなかったに違いない。手紙が届くよりずっと早く、バートンを出たんだよ。君のことを心配しているからだ」

「恐怖に駆られた、というほうが正しいけど」アナベルはそれだけつぶやいた。

ジョーディはただ、皿を見続けるだけだ。

我が子のそばに駆け寄り、この腕をあの子の体に巻きつけ、骨が折れそうなぐらい強く抱きしめたい、アナベルはそう思ったが、そんなことをすれば事態がさらに悪化するのではないかと怖かった。

ぎこちないその場の雰囲気を、ジャレットが全員を紹介することでとりなした。その後、プラムツリー夫人に告げた。「レイク家の人々だけで、話し合うことがありそうだ。僕たちは遠慮しよう」

「ジャレットさまには、ここにいてもらいたい」ジョーディが声を上げた。「もしよければ、だけど」

ジャレットがこちらを見たので、アナベルはうなずいた。ジョーディにとってジャレットは憧《あこが》れのような存在だ。真実を知った息子が、自分ではなくてジャレットのところに駆けつけた事実に彼女の心は痛んだが、それでも、これから話をする際にジョーディの気持ちを少しでもやわらげられるものがあるのなら、何でも受け入れる。

ジャレットは元の席に座り、彼の家族は部屋を出て行った。アナベルの横を通りすぎる際、好奇心いっぱいの眼差しを彼女とヒューに向けてきた。するとヒューは、励ますようにアナベルの腕を力強く握った。アナベルは兄と並んで、ジョーディの向かい側に腰を下ろした。

「僕がここにいるって、どうしてわかったの?」ジョーディが小さな声で、まだ顔を上げようともせずにたずねる。

冷静さを失ってはだめ、アナベルは自分に言い聞かせた。「トビー・モワーが、あなたからもらった時計を質屋に売ろうとしたの。店主が刻印を見つけて知らせてくれたわ。警察に突き出すぞ、とヒューに脅されて、トビーはあなたがロンドンに向かったことを話した。『どっかのお偉い貴族のだんなに会うんだ』ってあなたが言ってたことも」

ジョーディがジャレットを見上げる。「本当だね、敵を信用しちゃいけないんだ」

「おまえはことの重大さを理解しているのか?」ヒューが鋭い口調で言った。「父さんや母さんを、こんなに心配させて。生きた心地さえしなかったんだぞ」

ジョーディが怒りの視線をヒューに向けた。「母さんてどっちの? 僕の母さんだと嘘《うそ》をついて、母親に成りすましていた人のこと？　それとも僕を実際に産んだ人？」

ジョーディの言葉の剣が、アナベルの心を突き刺し、ヒューは小さく毒づいた。しかし言い返そうとする兄の腕に手をかけ、アナベルが口を開いた。

「どちらもよ。二人とも、心配でたまらなかったの。あなたが殴られて血まみれのまま、どこかの道端にほうっておかれている姿が頭に浮かんで――」

アナベルが泣き声になり言葉に詰まると、ジョーディは初めて顔を上げた。「ごめんなさい。ぼ、僕が悪かった。家出なんかするんじゃなかったよ」

アナベルはテーブル越しにジョーディの手を取ったが、ジョーディはすぐにその手を振りほどき、アナベルの心はさらに沈んだ。「あなたのことをとても傷つけてしまったのは、わかっている。もっと早くに、本当のことを言うべきだったのよ。私が母さんなのよって。でも怖かったの、あなたが――」

喉《のど》が詰まって、言葉が出てこなかった。話を続けるために、アナベルはいちど唾《つば》を飲んだ。「あなたが私を憎むんじゃないかと、怖かった。嘘をついた私を許してくれなくなるんじゃないかと。あなたのことをとても愛しているから、あなたに嫌われたら、耐えられないと思ったの」

ジョーディの口元が震え始め、また皿を見下ろす。「僕は面汚《つらよご》しで、僕がいるのが恥ずかしいんだろ——家族みんな、そう思っているんだ。父さん——伯父さんに言っているのが聞こえたんだ。ジャレットさまと結婚して、僕をロンドンに連れて来れば、みんなの面汚しになるって」

それらしい言葉を遣ったことは、アナベルも記憶していた。しかし、その意味を、ジョーディは完全に取り違えている。「あなたがそういうふうに受け取ってしまったのなら、悪かったわ。あなたを私の息子だと世間に知られれば、ヒューとシシーまで好奇の目にさらされる、自分の身勝手でそんなことをしてはいけないと思ったの」声が震える。「でも、面汚しと言われるのは、あなたじゃない。私なのよ」

ジョーディはさっと顔を上げて、アナベルの目を見た。まったく意味がわからないらしく、目には当惑の色がある。「どうして?」

「結婚せずに子どもが生まれた場合、責められるのは生まれた子ではなくて、その子を産んだ母親なの。そういう女性は……身持ちが悪いと見なされるのよ。さらに、その悪さを隠した女性の家族も、いけない人たちだと思われる。世間からあばずれだと呼ばれ、後ろ指を差されたって、私自身は気にしないけれど、ヒューとシシーまで悪く言われるのには耐えられない。私の身勝手で、二人をそんな目に遭わせられない」

アナベルは兄の手を取った。「ヒューはとても思いやりがある兄さまだから、自分たち夫婦も何を言われても構わないよと言ってくれた。でも、心配はそれだけでは解決しない。あなたの気持ちも気がかりだったのよ」いくぶん声を低める。「あなたは私を憎むに違いないと思った。世間の人々からひどい言葉を浴びせられ、その原因を作った私を恨むようになるはずだと」

「僕、憎んじゃいないよ」ジョーディが小さな声で言った。「アナベルを恨むことなんて、これからも絶対にない」

安堵感《あんどかん》がどっとアナベルの全身に広がった。

「しかし、まだ不思議に思うのは」ヒューが言った。「どうしておまえはここに来たんだ？　ジャレットさまに何をしてもらおうと考えたんだい？」

ジャレットがアナベルを見た。その瞳《ひとみ》がやさしくて、彼女は胸に迫るものを感じた。

「僕がアナベルと結婚して、アナベルがロンドンに住むようになれば、何もかもが元どおりになる、ジョージはそう思い込んだらしい。この少年の立場になれば、弟や妹や祖父母、さらには父親まで失ってしまうことになり、それがいちばん辛かったようだ」

アナベルは胸が張り裂けそうだった。ジョージにしてみれば、いちどに家族全員を失ってしまうことになるのだとは、考えてもいなかった。ただ、ジョージはアナベルと引き換えにして、他の家族を失わないほうを選んだのだという事実が辛かった。彼女がいちばん恐れていたことだった。

「おまえはいつまでも、僕の息子なんだよ、ジョーディ」ヒューが強い口調で告げた。「何があろうが、その気持ちは変わらない。シシーも同じように思っている」

「ジョーディ」辛かったが、アナベルはどうにか自分に鞭打《むちう》って話し出した。「元どおりの生活に戻ってもいいのよ」ジョーディに涙を見せまいと、懸命にこらえる。「この子にこれ以上辛い思いをさせてはならない。「私をアナベル叔母さんと呼んでくれればいいの。父さまと母さまも、前と同じよ。何もかもが元どおりの生活に戻れるわ」

「だめだ」ジョーディがきっぱりと言った。アナベルを見る彼の瞳が潤んでいた。「ジャレットさまと話をしたんだ。一度飲んでしまった水を、飲まなかったことにはできないって。僕は元には戻れない。みんな元には戻れないんだ。前に進むしかない」そこでジャレットを見上げる。「ジャレットさま、話があるんでしょ?」

突然話題が変わって、アナベルは驚いたが、やがて、ジャレットの話とは何のことかに気がついた。

「ああ」ジャレットがアナベルをまっすぐに見ながら言った。「しかし、他の人たちが見ている前でする話じゃないんだ」ジャレットが視線をヒューのほうに移す。「レイク君、僕がバートンを出る前の夜に話したことを覚えているね? 彼女の心を求めているかどうか、自分でもわからないと答えた。今はわかる。だから、しばらくジョージを連れて外で待っていてくれないか？　アナベルと二人だけで話したいことがあるんだ」

「ああ、もちろん」ヒューが腰を上げた。

ジョージが自分の側に来たとき、アナベルはもうじっとしていられなくなり、椅子《いす》を立って我が子を抱き上げた。

一瞬、ジョーディは体を強ばらせたが、やがて腕をアナベルに巻きつけ、頭を彼女の肩に預けた。「大丈夫だよ、母さん」耳元でジョーディがささやく。「ほんとに、大丈夫だから」

母さん。アナベルの頬を涙がこぼれ落ちた。そう呼ばれるのを長年待ち続けてきた。こんなに美しい言葉を耳にしたことがなかった。

扉を出て行く息子の後ろ姿を見送りながら、これ以上めめしいところは見せないようにしようと自らを奮い立たせた。すると、ジャレットが何かを握らせてくれた。ハンカチだった。

「聞いてたとおりだな」彼の言葉がやさしかった。「君は本当によく泣くんだね」

ジャレットに同情されるのが辛かった。ジョーディと離れているのと同じぐらい。これがどういう意味なのかを悟って、アナベルは涙を拭《ぬぐ》うと顔を上げた。「ジャレット、あなたが私をかわいそうに思ってくれているのはわかったわ。だから、義務として――」

「僕がどう思っているかを、勝手に決めつけないでもらいたいな」ジャレットがさっきよりもしっかりした口調で言った。椅子を引いて、アナベルの前に置く。「座るんだ、ディアリング。話しておかねばならないことがある。長い話なんだ」

アナベルは驚きながらも、言われるままに座った。ジャレットは隣に椅子を置いて、互いの顔が見えるよう斜めに座った。二人の膝頭《ひざがしら》が触れ合う。

「昔々、あるところに男の子がいた。その子は祖父母が経営する醸造所に行くのを何よりも楽しみにしていた。ホップの香、ローストされて輝く大麦の金色が大好きだった。祖父母が許してくれるなら、醸造所で寝起きしたいとさえ思った」

ジャレットがアナベルの手を取る。「ところがあるとき、男の子の両親がおそろしい事故で亡くなった。男の子の祖母はその前に夫を亡くしていたので、ビール会社をひとりで切り盛りするかたわら、突然五人の孫を育てることになった。祖母は必死に努力したが、ビール会社の経営がいちばん重要だった。なぜなら、家族の主な収入源はビール会社だったからだ。長男――若くして侯爵位を継いだ少年はすでに学校にいたし、長女には家庭教師がつけられており、下の二人はまだ子どもで、当然世話をする乳母たちが必要だった。しかし、次男だけは、また別の問題があった」

ジャレットが何を語ろうとしているのかに気づき、アナベルは固唾《かたず》をのんで続きを待った。

ジャレットはぼんやりと、遠くの窓を見ている。「次男は、毎日醸造所に行っていたんだが、祖母はこの子も長男と同じ寄宿学校に入れたほうがいいと決心した。祖母は、法廷弁護士や役人、あるいは軍人など、貴族の次男としてふさわしい職業に就くべきだと考えたからなんだ。男の子は何度も祖母に頼んだ。どうか醸造所にいさせてくださいい、と。しかし、祖母に拒否された」

「まあ、ジャレット」思わず声が出た。突然家族を失い、将来の希望まで奪われた彼の心の痛みを感じずにはいられなかった。

ジャレットの声も涙に詰まっていた。「男の子は学校が嫌いだった。周囲の少年たちは、両親の死についてひどい噂《うわさ》を持ち出し、その男の子をからかった。事故のあと、祖母が閉ざしてしまった侯爵家の領地が恋しかった。幸運にも、見方によっては不幸にも、男の子は自分には賭《か》けごとの才能があることを発見した。カードでの勝負なら、ほとんど負けることなく、そのおかげでいじめっ子たちを遠ざけておくことができた。カードの遊び方は父親から教わったもので、昔の生活の唯一の名残だったんだ。男の子は何としてもその思い出にすがりついていたかった」

ジャレットが、ほうっと息を吐いた。「前に、どうして僕が賭けごとをするようになったのかと、君はたずねたね。こういうことさ。十三歳の男の子なら、そうするのも無理はない。家族が恋しくて、心の痛みに耐えきれなかったんだ。

しかし、僕はおとなになってもそんな生活を続けた。いい加減、ものの道理をわかってもいい歳になっているのに、やめられなかったんだ。僕は運命の女神に、すっかり自分をゆだねていた。運命の女神が気まぐれなことはじゅうぶん承知していたから、女神が何をしようが心は傷つかずに済むだろう？　そうやって、他の人が僕を傷つけようとしても、無視できるように心を守ろうとした。そうするのが簡単だからさ。傷つけられるほど、人を近寄せなければいいんだ」

ジャレットは視線を下げ、彼女の手を見た。親指をそっと動かして、彼女の指を撫《な》でる。「そんなとき、君と出会った。君は頑固で、美しくて、どうしようもないぐらい頭がよかった。君が会社の事務室に軽やかに現われた瞬間、僕は君に夢中になった。どうしようかと焦ったよ。自分の描く将来像とは異なる未来が垣間見えたとき、男は慌てるものなんだ。僕は数々の愚かなことをしたが、君を遠ざけておこう、君に恋することなど不可能だと自分に信じ込ませたかったんだ。君のことなど何とも想っていないと、信じたかった」

彼が顔を上げると、大海原のような色の彼の瞳がいっそう深い色合いになっていた。この海の色が大好き、アナベルはそう思った。「でも、僕は君を想っている」彼女の手を唇まで引き上げ、ジャレットがそっと口づけした。「僕は君を愛しているんだ、アナベル・レイク。自分の息子を守るためなら何にでも立ち向かうところが大好きだ。何よりも、君が僕を見るとき、現在の薄っぺらな僕だけでなく、本当はどんな男になれるのかを見通してくれるところが好きだ。僕の心の中に、どんな自分がいるのかを僕が見出だしさえすればいいんだと励ましてくれるところが」

熱いものがこみ上げてきたが、この大切な時間を壊してしまうのが怖くて、アナベルは涙をこらえた。しかし、我慢できなかった。彼女がいちばんたくさん涙を流すのは、本当に、本当に幸福を感じる瞬間だったから。

ジャレットがほほえんで、あのえくぼが見えた。「そして僕は、自分の心の中にあるものを見つけたんだ。それは君だよ、マイ・ラブ。僕の心の中は君でいっぱいだから、他には何も必要ない」ジャレットの眼差しが真剣になる。「僕はもう川でいたくない。僕は木が根を下ろす大地になりたい。今なら、そうなれると信じられる。君が僕の木になってくれさえすれば。どうだ？」

もう我慢しきれなくなり、アナベルはぽろぽろ涙をこぼし始めた。笑顔を作って、これはうれし涙なのだとジャレットに伝える。「今の結婚申し込みは……明らかに……前のものよりすぐれていたわ」泣きながらつぶやいた。「ぜひ、あなたの木になりたい」

ジャレットが口づけをした。そのやさしさ、そこにこめられた情愛の深さに、アナベルの胸はいっぱいになった。体を交える行為の序章としてのキスではないことがわかっているので、余計にそのキスは切な意味を持ったのだ。

ジャレットが自分を愛している。本当に心から。彼は自分を妻に迎えたいと思っている。数々の問題があるにもかかわらず――

アナベルははっと顔を上げた。「ジョーディのことはどうするの？」

ジャレットはハンカチを彼女の手から取ると、彼女の頬を拭ってくれた。「どうするかは、僕とジョージの二人でいろいろ話し合った」彼が腰を上げ、アナベルの手を引っ張って一緒に立たせる。「だが、これはジョージの口から君に伝えさせたい。いや、ジョージとばばさまの二人で説明するのが適切かな。あの二人がいい案を考えたんだから」

プラムツリー夫人まで、かかわっている？　婚外子という問題に、どんな解決策を考えたのだろう。信じられない。僕の家族なら気にしないさ、と言ったジャレットの言葉は、正しかったようだ。

彼に促されるまま、二人は廊下に出た。思ったとおり、彼の家族全員がいた。レディ・ミネルバが、何でもお見通しよ、という視線を送ってきたので、アナベルは赤くなった。何とまあ、この人たちはジョーディよりひどいわ。扉越しに、話をすべて聞いていたのだ。

「さあ、いいぞ、ジョージ。今度は君の番だ。今後どうするか、アナベルに話すんだ」

ジャレットに促され、ジョージは大きく息を吸ってから、アナベルの前に来た。

「僕はそろそろ学校に行く年齢だって、前に話してたよね。実は、侯爵領はイーリングにあり、そこにはハルステッド館という大きなお屋敷がある。ハーロウ校は、そこからほんの六マイルのところなんだ。ハーロウ校は寄宿舎に入らずに、親元からの通学を許可してくれる。だから、ジャレットさまと一緒に、僕たちもハルステッド館に住めばいいとプラムツリー夫人が言ってくれたんだ」

「学校に通うため、叔父夫婦のところに住むのはよくあることですからね。怪しむ者はいないわ」プラムツリー夫人がさらに説明する。「ジョージが望むのであれば、本当の関係を人には言わずに済むわ」

「実際のところ」ジャレットが口をはさんだ。「寄宿舎には入らないほうが、ジョージのためになる」

ジャレット自身の経験を聞かされたので、アナベルも彼がそう考えるのは納得できたが、もっと時間が経てば、いずれジョージも寄宿生活を楽しみたいと思うかもしれない。

「学校が休みのときは、僕はバートンの家に帰ることになる」ジョーディは不安そうな表情でちらっとヒューのほうを見た。「もし、バートンの家でも僕を迎えてくれるというのなら」

「あたりまえじゃないか。おまえの帰りを楽しみにするよ」ヒューが言った。「おまえにもう会えなくなるのなら、シシーがどれだけ悲しむか」

ジョーディはポケットに手を突っ込んだ。「これが考えた案なんだけど、どうかな？　僕とずっと一緒にいる人はいない代わりに、誰もが少しずつ僕と一緒にいられることになる」

アナベルはいとしい我が子を見つめ、そのあと誰よりも愛する男性のほうを見た。この二人のどちらかをあきらめて、ひとりだけを選べると思っていたのが信じられない。頭がどうかしていたのだ。自分では考えつかなかった案を、この二人が考えてくれたことが本当にありがたかった。

「名案だわ」また涙がこみ上げてくる。「最高の案だと思う」

「ジョージは頭のいい少年だからな」アナベルの腰に腕を回して、ジャレットが言った。「しかしまあ、この子の母親の頭がいいから、当然ではある。だからこそ、この母親は、とうとう僕との結婚に同意してくれた」

廊下に歓声が響き渡り、口々におめでとうと言う人々の中で、アナベルはどうしたらいいのかわからなかった。頬を染めればいいのか、喜びに顔を輝かせればいいのか、また泣き始めるべきなのか。あまりにも幸せで、心がその感情をいちどに処理しきれなかった。

しばらくして静かになると、レディ・ミネルバが言った。「ばばさま、これでもう満足したでしょ？　ジャレット兄さまはプラムツリー・ビールの経営を引き受けるだけでなく、結婚までしたんだから。さらにはひ孫までできたのよ。上首尾だわ。これでもうじゅうぶんでしょ？　残りの私たちを結婚させなくてもいいはずよ」

プラムツリー夫人が顎《あご》を突き出す。「あと三人残っているわよ」

「ばばさま！」ロード・ガブリエルが言い返す。「無茶ばかり言うなよ」

「あきらめるんだな、ゲイブ。ばばさまが、一度言い出したらあとには引かないことぐらい、おまえだってわかっているはずだ。この件に関しては、ばばさまは引き下がらないぞ」ジャレットは弟に言ってから、祖母を見た。「下がる、という話で思い出したが、ばばさまはかなり長時間立ったままだぞ。そろそろ下がって休んでもらったほうがいい。見ろよ、ずいぶん体が辛そうだ」

「辛くなんかないわよ！」プラムツリー夫人はそう言いながらも、レディ・セリアとロード・ジャレットに抱えられるようにしてその場を去るように促されても、抵抗しなかった。三人は廊下の向こうへと歩いて行った。

レディ・ミネルバがジャレットのすぐそばまで来て、足を止めた。「つまり、ジャレットもオリバーと同じように私たちを裏切る気なのね？　ばばさまの側についたわけ？」

ジャレットがほほえむ。「いや、ばばさまがああいうことを言い出したのはもっともだとは思うが、やり方が間違っている。だからミネルバが相続条件に抵抗すると決めたのなら、僕はどこまでも応援する」彼が妹を見る眼差しが、何か別のことを考えているようだった。「どうだろうな、ジャイルズ・マスターズに相談するのは。法的に何か穴があるか、あいつなら助言してくれるはずだ。どう思う？」

「あんな役立たずに？」そう言うレディ・ミネルバの頬にさっと赤みが広がる。「あんな人の助言が、何の役に立つのかしら」

「あいつは優秀な法廷弁護士だぞ」

「あの人が、自分でそう思っているだけよ」言い返すと、レディ・ミネルバはすぐに背を向けた。「でも、ジャレットの好きなようにすれば。あの人は兄さまの友だちなんだし」

「今のは何だったの？」妹の後ろ姿を見送るジャレットに、アナベルはたずねた。

ジャレットは眉間《みけん》にしわを寄せる。「僕にもはっきりわからないんだ」

ヒューーがアナベルとジャレットを見比べてから言った。「婚姻条件を文書にしないといけないようだね。財産や月々の手当やら決めておくことはいろいろある」

「当然、正式な結婚には必要な書類だ。詳しい取り決めが、前よりいっそう必要になった。これからはますます金持ちになるんだから」ヒューが怪訝《けげん》な顔をすると、ジャレットが説明した。「東インド会社の船長たちと契約が成立した。先方は、君の会社のペール・エールを二千バレル発注し、さらにプラムツリー・ビールからも、数百バレル、さまざまな種類のビールを購入することになった。僕の思惑としては、いずれこの数量もどんどん増えるだろう」

ヒューはぼう然とした様子で、その場に立ちつくしていた。アナベルは歓声を上げてジャレットに抱きつき、キスの雨を降らせた。「やったのね！　あなたなら必ず契約がまとめられると思っていたわ！　あなたは英国のビール業界でいちばんすごい人だわ」

ヒューの顔に大きな笑みが広がる。「ありがとう、僕たちを助けてくれて」

ヒューが差し出した手をジャレットが取り、二人は強く握手を交わした。「詳しいことはあとで説明するが、今しばらく、未来の花嫁と話がしたいんだ。二人にしてもらえないかな?」

ヒューはうなずくと、ジョーディの肩に腕を回した。「さあおいで。恋に落ちた二人を、そっとしておいてあげないとな」

廊下に他の人の姿がなくなると、ジャレットは誰もいなくなったダイニングルームにアナベルを引っ張って入った。抱き合って唇を重ねると、さっきのキスよりははるかに熱のこもったものになった。

アナベルの全身がぼうっとしてきたところで、彼がさらに近くへ引き寄せ、耳のそばでささやいた。「すぐに結婚したい。いつならできる?」

「あなたの望むまま、できるだけすぐに」

「ばばさまは盛大な式を望むはずだ。何層にも重ねたウェディング・ケーキに聖ポール寺院での挙式だ。君もそういうのを望んでいるのなら、楽しみを奪いたくはない」

アナベルは笑った。「あなたの妻になれるのなら、納屋で式を挙げたっていいわ」

彼の瞳に炎が燃え上がる。「実質的な婚姻の契りを納屋で交わす寸前だったことを考えれば、納屋での挙式もふさわしいとは思うんだが、特別結婚許可書を手に入れ、ハルステッド館でささやかな披露宴を開こうと思う。それでどうだ?」

「それこそ私の思い描く理想の結婚式そのものよ。ただ、あなたのおばあさまが許してくださるか――」

「ばばさまは僕が結婚するのなら、どんな式でも許してくれるさ。たとえば、醸造所の中で、発酵する麦芽釜《がま》の横で式を挙げると言ったって、ばばさまは認めてくれるよ」

「それは認めてくださらないと思うけど」

突然、彼の瞳がきらりと光った。「どうだ、賭けてみるかい、マイ・ラブ?」

アナベルはうさん臭そうにジャレットを見る。「あなた、賭けごとはやめるんじゃなかったの?」

「ああ、だがこれは身内の中だけでの秘密の賭けだからな。それぐらいは許されるだろ」

「勝ったら何をもらえるの?」

「一生を僕のベッドで過ごせる」

彼女は笑みを殺してたずねた。「あなたが勝ったら?」

ジャレットは目を丸くして、そのあと大声で笑い出した。

家族たちのうれしそうな声が廊下の向こうから聞こえてくる中、ジャレットはヘリオンをベッドに勝ち取った場合は、何を期待していいのかを教えてくれた。

エピローグ

最終的には、アナベルがロンドンにやって来てから二週間後、二人はハルステッド館の礼拝堂で、内輪だけの式を挙げることになった。ジャレットの兄、オリバーが英国に戻るのを待ってから、とは思ったものの、すぐに結婚する必要に迫られた。新学期に間に合うようジョージをハーロウ校に入学させたかったし、まだ結婚もしていない〝叔父と叔母〟のところに下宿させるわけにはいかなかったからだ。

式から六週間後、ジャレットはハルステッド館の正面玄関にある階段を上っていた。ここにずっと住み続けるつもりはなく、ジョージが学校を卒業したら、ロンドンの醸造所から近いところに居を構える予定だったが、それでも幼少期を過ごした家にまた戻れたことが、ジャレットはうれしかった。

ただ、アナベルの体調がすぐれないことだけが気がかりだ。何もかも文句のつけようのない暮らしの中で、新妻の胃の調子が悪いのだ。元々健康そのものだった彼女が、胸のむかつきを訴え始め、その状態が長引いている。ジャレットは、オリバーとマリアを出迎えるため、他のきょうだいたちと波止場まで出かけたのだが、アナベルのそばについていてやればよかったと後悔した。ただ、彼女が独りでも大丈夫だからと言い張ったのだ。

扉をそっと少しだけ開くと、眠っているアナベルの姿が目に入った。午後も遅い時間の太陽が部屋に射し込み、いくら触れてももっと触れていたくなる彼女の美しい髪に反射して輝く。この華奢《きゃしゃ》な体を見るたびに、ジャレットは胸が締めつけられるような気になる。彼女が自分のものになったことが、まだ信じられない。結婚したくないと言っていたのが嘘《うそ》のように思える。彼女こそ、ジャレットの人生最大の喜びなのだ。

一緒にいて楽しい相手であることは、わかっていた。ベッドの中でも、外でも。しかし、仕事仲間としても最高の人材だったのは再発見だった。体調が悪くなるまでの数週間、二人は毎日一緒に醸造所に出向き、アナベルは新しい配合や蒸し方を試したり、ジャレットが計画中の醸造所改善案についてハーパーと話し合ったりした。仕事の話を妻にできることがうれしかったし、自分の話す内容を妻が理解してくれ、何に悩んでいるのかをわかってくれるのがありがたかった。彼女はどんなことがらにおいても見事な解決策を提案し、あるいは漠然とした悩みについても、ここが問題なのよ、とずばりと指摘してくれた。

アナベルが何かの気配に気づいたようだ。ジャレットの胸が高鳴った。「気分はどうだ？」ジャレットはベッドに近づいた。

彼女の顔から眠気が消えていった。鋭い視線がジャレットをとらえる。「最悪よ。みんな、あなたのせいなんだから」

「どうしてだ？　僕はあのピクルスを食べるなと言ったんだぞ。口に入れたとたん、えずいてたじゃないか。最近君は、変なものばかり食べたがる――」

「理由があるのよ」ジャレットをにらみつけたまま、アナベルが上体を起こした。

「私、病気じゃないの。身ごもったのよ」

その言葉の意味をジャレットが理解するのに、少し時間がかかった。安堵《あんど》とともに、はしゃぎ出したくなって、彼は声を立てて笑った。

「笑いごとじゃないんだから！」大きな声で言うと、アナベルがベッドから起き出た。

「あのカンドムとかいうものを使えば、必ずうまくいくって、あなた、言ったじゃないの。大丈夫だって。ところが、どうなの、十三年前とまったく同じことになっているじゃない」

「まったく同じではないぞ」ジャレットは上機嫌だった。「君は結婚している」

「でも、もし結婚していなかったら、どうなっていたと思うのよ。あなたがあのままロンドンに帰って行き、残された私は子どもを抱えていたのよ。あなたは、うまくいく、心配は要らない、なんて言っておきながら――」

「まあ、可能性というのは皆無にはならないからな。カンドムを使っても万一ってことはあるわけだ。たとえば、穴があいていたとか、きちんと結わえていなかったとか、それとも――」

アナベルが枕《まくら》をぶつけてきた。「あなた、これまでは常にうまくいった、と私に言ったのよ。もしかしたら、派手な女遊びのあいだにロンドンのあちこちで十人以上も子どもを作ったんじゃないの？」

ジャレットはにやつく顔を、何とか真顔に戻そうと苦労していた。どうしてもにんまりしてしまう。うるさく詰め寄るアナベルがいとおしくて仕方ない。その彼女が、自分の子を身ごもっている。血を分けた初めての我が子を！

「大丈夫だよ。もし僕の子どもを宿した女がいれば、これまでに名乗り出て大騒ぎしてるはずさ。何てったって、僕は侯爵家の息子なんだから」

「ふん、それぐらいよくわかっておりますわ。だからこそ、夜の街を徘徊《はいかい》し、ほうぼうで子種をまき散らし――」

「まき散らすほど、遊んでたわけじゃないよ」アナベルがまだにらみ続けるので、ジャレットは笑って彼女を胸に引き寄せた。「さ、もうそのぐらいにして。君だって本当は怒っているわけじゃないんだろ？　僕たちの子どもができたんだから」

彼女の全身から、すっと怒りが消えた。「ちっとも、怒っていないわ」認めた彼女の表情がみるみるやさしくなった。目には涙がにじんでいた。

ジャレットはすぐにハンカチを差し出した。涙もろい彼女のために、常に手近にハンカチを用意しておく必要性を、彼は経験から学んでいた。「君はきっと、子どもができたと知って泣いたんだろ？ どうだ？」

「ええ、でもうれし涙よ。あなたは気づいていないかもしれないけれど、何の心配もなく我が子をこの腕に抱くのは、私にとってこれが初めてなんだもの。これまでは我が子を抱き寄せるとき、周囲の人に本当のことを知られてしまうのではないかと、不安だった。思う存分、息子を、あるいは娘の世話を焼いていいのよ。この子は生まれた瞬間から、ずっと私の子どもなの」

「僕の子でもある」

涙まじりの顔に笑みを浮かべて、アナベルが言った。「もちろん」

ジャレットは扉へと彼女を促した。「さあ、おいで。兄と兄嫁を紹介するから」

「今すぐに？ でも、私ひどい格好よ」アナベルが抵抗する。

「今の君は、言葉を失うぐらい美しい」心の底からそう思っていた。「いつもと同じように」

「口ばっかり」そう言いながらも、アナベルの口元がほころぶ。

しかし談話室に近づくと、彼女の緊張が伝わってきた。「落ち着いて」彼女の耳元でささやく。「侯爵としてオリバーがいつも使っていた虫眼鏡は、アメリカに忘れてきたらしいし、宮中参内《さんだい》用の立派な杖《つえ》は、折ってしまったはずだ」

　アナベルはその冗談に笑い、その結果、二人が部屋に入った瞬間には、彼女の瞳《ひとみ》はきらきらと輝き、唇はうっすらと笑みを浮かべていた。ジャレットはその場で彼女にキスしたくなったが、悪党の兄弟が見ているのを意識して、かろうじてその衝動を抑えた。

　兄のオリバーはジャレットの心の中を読み取ったのか、にやりと笑って立ち上がり、侯爵夫人となったマリアと一緒にジャレットのところへ歩いて来た。

「オリバー、マリア」ジャレットが互いを紹介する。「こちらが僕の妻、アナベルだ」

　アナベルは正式なお辞儀《カーツィ》をして、深々と頭を下げたが、オリバーはすぐに彼女の手を取り、温かな表情を浮かべてやさしく握りしめた。「君が噂《うわさ》の醸造家だね？　ロンドンからの馬車の中で、ジャレットは君のことばかり話していたんだ。そうそう、君は賭《か》けごとに関しても、ジャレットに匹敵する腕を持っているとか」

　アナベルは真っ赤になった。「ジャレット、あんまりだわ。まさかあの話を――」

「ゲイブが話したんだ。僕たちが出会ったその日に、僕が未来の妻にカードの勝負で打ち負かされた話をするのが、ゲイブは気に入っているらしくてね」

「まあ、会ったその日に、喉元《のどもと》に剣を突きつけてくるよりはましだな」オリバーが言った。

「ふん、当然の報いだわ。自分でもそう思うでしょ」マリアが満面の笑みをアナベルに向ける。「ジャレットがあなたを警察に突き出す、なんて言い出せば、おそらくあなたも同じことをしたでしょう?」

「あら、私なら、もっと下のほうに狙《ねら》いをつけますわ」

全員が大笑いした。

「おまえの言ったとおりだな、ジャレット」オリバーが言った。「彼女ならうちの家族にすんなりと溶け込める」

そのとき、学校から帰って来たジョージが、戸口に現われた。

「やあ、お帰り」ジャレットが少年を招き入れる。「いい知らせがあるんだ。おまえも大喜びすると思うよ」アナベルの肘《ひじ》が脇腹《わきばら》をついてくるのを無視して、ジャレットは声を張り上げた。「ジョージ、とうとうおまえにも、弟か妹ができるんだ」

「やったあ!」ジョージが歓声を上げた。本当に喜んでいる様子だった。

ふとミネルバを視界にとらえたジャレットは、その顔にちらりと嫉妬心《しっとしん》が浮かぶのを見て取った。そこで、あることへの結論が出た。アナベルとの結婚を決めて以来、ずっと決めかねていたのだ。ビール会社の経営はジャレットにまかされたわけだし、彼はきょうだいたちを最後まで経済的に支えるつもりでいた。だから、ばばさまの相続条件を心配する必要はなくなったのだが、それを弟や妹に話すべきかどうかを迷っていたのだ。

言わずにおこうと思った理由は、以前オリバーがこのことについて話した際に、はっとしたからだった。シャープきょうだいは五人とも、両親の死後、悪夢のような過去にとらわれたまま、ぼんやりと時間を過ごしてきた、オリバーのその言葉が、正しいようにジャレットにも思えてきたのだ。特にミネルバは、完全に外部から自分を切り離し、本の世界に閉じこもっている。

ミネルバが本当に独りでいるほうが幸せで、本を書く毎日に満足しているのであれば、ジャレットはどこまでもミネルバを応援するつもりでいた。ばばさまからの相続条件には徹底的に抵抗し、妹を守ろうと決めていた。しかし最近、ミネルバが本当に求めているのはそんな暮らしではないのでは、と思い始めるようになった。ミネルバにとっては本を書くことが世間から隠れる壁のようなもので、それはジャレットが賭けごとの陰に隠れていたのと同じではないか、と。

妹にはもっと満ち足りた暮らしを送ってもらいたい。残り三人、全員だ。自分で幸福を実感できる今となっては、心からそう思う。ばばさまの強引なやり方には賛成できないが、この際、相続条件があることを利用するのも悪くないと考え始めた。そして成り行きを見守ろう。ミネルバは愛する男性でなければ結婚しないのはわかっていた。その結果、ミネルバが、あるいは他の二人も相続条件を失う覚悟で結婚しないと決めたのなら、それはそれで構わない。ジャレットは全員を支えていくつもりだった。しかし、今の時点でそれを言う必要はない。

「アナベルが妊娠しているって、本当なのか?」ゲイブがいたずらっぽく目を輝かせて言った。「年寄りのひとり合点じゃないのか? だって、結婚してまだ六週間だろ、そんなにすぐわかるものなのかなあ」

ああ、しまった。日数をきちんと計算すればよかったのだが、ついうれしくて話してしまった。アナベルにひどく怒られるだろう。

「しっし。お黙りなさい」ばばさまがゲイブを叱《しか》りつける。「私にとっては初めてのひ孫なんだから、子どもを授かったのがいつかなんて、どうだっていいのよ」

オリバーが笑った。「実は、その子は初めてのばばさまのひ孫にはならないんだ。マリアのお腹にも子どもがいてね。言っとくが、うちの子のほうが絶対先に生まれるからな」

「ほんとに、もう」アナベルに共感を求める視線を投げながら、マリアが言った。「こんなことまで競争にしてしまうのね、この人たちったら」

「僕は競争に加わらなくて、やれやれだよ」ゲイブが言う。

「おまえだって、そのうち参加するさ」ジャレットの言葉には、ミネルバに対する警告もこめられていた。「ばばさまは、まだあきらめないって言っているんだから」

「ええ、あきらめるもんですか」ばばさまが、宣言した。「でも、まあそんな話はもういいわ。今はとにかく、祝杯を挙げましょう」

ばばさまはオリバーと、貯蔵庫からどのワインを持ってこようかと話しながら部屋を出て行き、セリアはマリアを脇に引っ張って行って、古くなった子ども部屋をどう改修しようか相談し始めた。ジョージは下校時に見かけた、新型の馬車についてゲイブに伝えている。

そんな家族を見ていると、ジャレットの心が温かな感情で満たされていった。アナベルの腰にすっと腕を回す。「まったく手に負えないやつばっかりだな、うちの家族は」

「ええ」アナベルの顔が生意気そうな笑みで輝く。「私はその中から、いちばんの大当たりをつかまえたわけね」

ジャレットは彼女の髪にそっと口づけした。「子どものこと、うっかり口を滑らせて悪かったね。こんなに早い段階で、言うべきじゃなかったよ」

「いいのよ。子どもが産まれれば、いつ授かったかはみんなにわかるんだから」ふと彼女が言葉を切る。「あなたは、子どものこと、喜んでくれているのよね？」

「すごく喜んでいる」

本当にうれしかった。恐怖にとらわれるだろうと思っていたのに。自分が責任を持つべき人間が、またひとり増えるのだ。愛情を抱く人間も増える。運命のいたずらで、この幸せがいつ奪われてしまうかもしれないのに。

しかし、アナベルと過ごしたこの数週間で、そういう考え方が間違っていることにジャレットは気づいた。人生は失ったものを嘆くためにあるのではない。今、手にしているもの、それをいつまで手にしていられるかわからないけれど、手元にあるかぎり、精いっぱい楽しむものだ。大切なものを失うのは、いつだってどうしようもなく辛く悲しい。けれど、それを一度も手にしないまま人生を過ごすのは、もっと辛いのだ。

家族が笑い声を上げ、乾杯を叫んでいるのを聞きながら、ジャレットは運命が今この瞬間を自分に与えてくれたことに感謝した。家族たちに囲まれ、この女性がかたわらにいることに。やっと自分の人生が始まった。気分がよかった。

著者あとがき

ビールおよびエール醸造は、英国では歴史的に女性の職業とされてきました。エールワイフや女性醸造家という名称が存在するのもそのためです。そこで私は、その職業を愛する女性をヒロインにすれば面白い物語が書けるのではないかと考えました。プラムツリー・ビールとレイク・エールは私の想像の産物ですが、それ以外のビール産業にまつわる話は歴史的な事実です。インディア・ペール・エールとして知られる独特の種類のビールは実際に十月製造のビールをインドに輸出する結果、生まれたものです。その後、東インド会社と、直接インド市場にビールを売ろうとしたホジソン・ビール社とのあいだに軋轢《あつれき》が生じ、それに乗じたバートン近郊のエール業者たちはインド市場で大儲けします。中でもオールソップとバース社はバートンの水質のおかげで巨万の富を築きました。バートンの水にはわずかに塩分が含まれていたため、醸造がうまくいったのだと言われています。バース社は現在もエール事業を続けています。

ダベントリの市の場面でワニが登場しますが、これはこの当時の文献を読んでいたときに、そういうことがあったと知ったためです。若干、話をふくらませはしましたが、自分の書く物語に、ついつい、ワニをほうり込んでしまえ、という誘惑に勝てなくなったもので。

訳者あとがき

「ヘリオン」シリーズの第二話、天性のギャンブラーである次男のジャレットがヒーローとなるロマンスは、いかがでしたか？　シャープきょうだいのその後の人生を決めてしまう、先代ストーンヴィル侯爵夫妻の死に関して、ジャレットのもっとも強烈な記憶は、イートン校の寄宿舎の夜、自分のギャンブラーとしての能力を初めて認識したことにつながっていたのでした。数字に明るく、経営能力にも秀でている彼は、実業家として名を成すのが本来の運命であったのに、それを否定されたため、賭けごとに明け暮れる生活を送るようになってしまったわけです。

本作品で重要な役割を果たす、ビールおよびエールと、カード（トランプ）・ゲームについて補足させていただきたいと思います。

ビールに関する言葉の定義は時代や国によっても異なるのですが、ビール類の中でラガーはビール酵母を上面で、エールは下面で発酵させたものと大別されます。日本で販売されているビール、さらに言えば、世界のビールの主要ブランドのほとんどはラガーに分類されます。本作品の時代頃までは、エールタイプのものが圧倒的でしたが、その後、冷蔵技術の発達で大量生産に適したラガータイプが中心となっていきます。歴史的には、食事のときに供される飲みものとして「エール」は古代から広く愛されており、中世まではホップを使用しないものがエールとされていたのですが、東ローマ帝国が滅亡した頃にエールにもホップを加えるようになり、ほぼ現在のエールタイプのビールができ上がったとされています。本作品の背景においては、ビールというくくりの中にエールがあり、その種類としてはペール（オクトーバー・ビールを含む）、ライト、レッド、ダーク（ポーターを含む）などが主なものであるとお考えいただければと思います。また、ダーク・エールの中でも特に強い風味を持つものがスタウトと呼ばれる黒ビールになります。

次にトランプ・ゲームについて。〝トランプ〟という言葉は、本来切り札を指し、いわゆる〝トランプ〟札を使う遊びは、〝カード・ゲーム〟とすべきではあるのですが、『ポケットからカードを取り出し』とした場合、名刺のようなものを出したのかわかりづらい可能性もありますので、ルビを使ったり、トランプ札、カードなどの語を混在させたりすることになりました。

最初にヒーローとヒロインが勝負する「ホイスト」は、自分に配られた手札から同じ絵柄《スート》、すなわちスペード、ダイヤ、ハート、クラブの札を一枚ずつ出して、数字の大きい札を出した人がその回《トリック》を取る、というたとえば、日本でも「ナポレオン」みたいな、もっとも古くからあるトランプ遊びの種類のひとつで、ルールとしてはきわめて単純でありながら、普遍的な楽しさを持つゲームです。四人が二人ずつの組を作って、ひとりが十三枚の札を一枚ずつ出していき、多くのトリックを取った組の勝ちになります。ゲームはどちらか（の組）が七トリック取ったところで終わります。一対一の変則ホイストは、たとえば花札を二人でするようなものでしょうか――と言っても最近、花札をする人も少ないのですが。このホイストが発展したものが、現在のコントラクト・ブリッジです。

二人が二度目に勝負する「ピケ」は、トリックを勝ち取るゲームでありながら、手役を宣言し合って相手の手を読む、いわば現在のポーカーのような駆け引きがあり、最終的にはできた役の点数で勝敗が決まるという、非常に複雑なものです。ざっと説明すると、五十二枚の札から2から6までを除いた三十二枚だけを使用、二人だけでの対戦、配られる手札は各十二枚、山札として八枚残す、というところからスタートします。子（配った側ではないほう）から、手札の強くないものを五枚まで山札と交換できますが、交換する前に十二枚の中に絵札が一枚もない場合、この作品中でもあったように「カルテ・ブランシェ」という役になり、これを先に宣言する場合もあります。当然、弱い札ばかりであることを宣言するのは危険ではあるものの、この役だけで十点がつきます。親と子の両方が交換して手札が確定したところで、手役を宣言しますが、札を見せずにどんな役ができたかだけを子から先に告知します。役には三種類、同じスートの札が四枚以上、続きの札が三枚以上、そして異なるスートの同じ絵札もしくは10が三枚以上そろっていれば、手役となります。親は自分の役を宣言し返して、双方がどんな手札を持っているかを探り合います。そのあと、「ホイスト」同様、一枚ずつ手札を出してトリックを獲得していきます。トリックの獲得による点数もあり、役も札の種類によって点数が異なり、十二トリックで（つまり十二枚の手札をすべて出して）一ゲームは終了しますが、片方が十二トリックすべてを取れば、追加に四十点を獲得し、勝負はほぼ決着がつきます。

訳者は一度もこの「ピケ」をやったことがなかったので、おかしな訳にならないようルールブックを参照しながら、今回の翻訳に際してやってはみたのですが、あまりに面倒で途中で挫折しました。結局「ピケ」では誰にも負けないジャレットはよほど頭もいいのだろうと想像した次第です。

「ヘリオン」シリーズは、シャープきょうだいの上から順に刊行されていますので、次は長女のミネルバの話となります。ゴシック小説作家で、皮肉屋の伝統的美女の相手がカークウッド子爵家の次男、ジャイルズ・マスターズであることはここまでにも何度か言及されていたので想像しておられた方も多いと思いますが、二人の関係、そしてジャイルズの秘密が予想外に深いもので、たっぷりお楽しみいただけると思います。

◉訳者紹介　上中 京（かみなか みやこ）
関西学院大学文学部英文科卒業。英米文学翻訳家。訳書にライス『真夜中の男』他シリーズ三作、ジェフリーズ『誘惑のルール』他〈淑女たちの修養学校〉シリーズ全八作、『ストーンヴィル侯爵の真実』（以上、扶桑社ロマンス）、パトニー『盗まれた魔法』、ブロックマン『この想いはただ苦しくて』（以上、武田ランダムハウスジャパン）など。

切り札は愛の言葉

発行日　2014年4月10日　第1刷

著　者　サブリナ・ジェフリーズ
訳　者　上中 京

発行者　久保田榮一
発行所　株式会社 扶桑社
〒105-8070　東京都港区海岸1-15-1
TEL.(03)5403-8870(編集)　TEL.(03)5403-8859(販売)
http://www.fusosha.co.jp/

印刷・製本　株式会社 廣済堂
万一、乱丁落丁(本の頁の抜け落ちや順序の間違い)のある場合は
扶桑社販売宛にお送りください。送料は小社負担にてお取り替えいたします。

ISBN978-4-594-07027-4　C0197
Printed in Japan(検印省略)
定価はカバーに表示してあります。